FLORENCE AUBENAS

Ici et ailleurs

ÉDITIONS DE L'OLIVIER

Les reportages réunis dans le présent ouvrage
ont paru dans *Le Monde*, entre 2015 et 2022.

ISBN 978.2.8236.2017.7

À Oleg Sosnov

Préface

J'étais allongée dans un lit. De ça, j'étais absolument certaine. De la poussière dorée tourbillonnait dans un rai de soleil entre les rideaux mal fermés. C'était le matin donc : voilà ma deuxième certitude. Il y avait peu de bruit, sauf parfois des pas qui allaient et venaient de l'autre côté de la porte. Une chambre d'hôtel, sans doute. Sûrement même.

L'oreiller sous ma tête, le jour naissant, l'hôtel, tout cela m'était familier. Dans la pénombre, je distinguais maintenant une table où était posé mon ordinateur, et un sac de voyage en désordre, quelque part dans un coin. Je n'étais donc pas perdue. Au contraire, j'étais dans mon univers à moi : en reportage. Mais où ? Dans quelle ville ? Quel monde ? Pour quel événement ? Rien ne me revenait en tête, pas un indice.

À l'époque, j'enchaînais les départs. Partir, revenir, partir, surtout ne jamais reprendre son souffle. Dans cette chambre d'hôtel, j'étais sûre de me trouver à l'endroit où devait être un journaliste à ce moment-là. J'étais bien là, présente, avec tous mes outils. C'est le réel que je n'étais plus capable de saisir.

Régulièrement, une question m'est posée : suis-je devenue différente depuis la prise d'otages qui m'a valu 157 jours de captivité en Irak ? Y-a-t-il eu un avant/après ? Je n'en suis pas sûre, je dois être un mauvais exemple. Mes ravisseurs me le répétaient d'ailleurs : Vous êtes un otage nul. Zéro. Je me suis habituée à voir la déception chez mes interlocuteurs quand je leur fais cette réponse. Je n'ose pas poursuivre, du coup. Mais s'il me faut vraiment désigner un avant/après, nommer un moment où son propre monde bascule, ce serait ce réveil en plein vide dans une chambre d'hôtel.

Ce livre-ci est né de ce matin-là. Ma vie est restée celle d'un reporter, partir, revenir, repartir. Je crains que ce ne soit désormais définitif. « Incurable » serait peut-être plus juste. En reprenant ces articles, parus dans le quotidien *Le Monde* entre 2015 et 2022, l'idée n'était pas de clouer des mots déjà écrits comme des papillons morts sur un bouchon. Je voulais au contraire garder en mouvement ces visages et ces lieux. Savoir où nous étions et où nous sommes.

L'ordre chronologique s'est imposé dans la construction de ce volume, les chapitres correspondent à des années, elles battent elles-mêmes la mesure, un compte à rebours spontané, comme si le temps s'était soudain accéléré. En cinq ans seulement, nous avons traversé les attentats, les soulèvements populaires, les confinements. Et l'Europe connaît à nouveau la guerre.

Se relire suscite forcément des tentations coupables. On voudrait changer un mot, parce qu'il a soudain pris, en quelques mois seulement, une signification autre : il semblait banal, il est devenu incorrect ou inadéquat. La langue mène sa propre vie.

Je me souviens de ma perplexité en entamant « La Bourse », une nouvelle de Balzac publiée en 1832. Je m'attendais à découvrir la petite enfance du Cac 40. L'histoire raconte les tribulations d'un porte-monnaie brodé par une mère de famille et contenant quinze louis d'or.

Parfois aussi, des situations ont évolué de telle manière que les articles publiés à une époque paraissent étrangement décalés avec le recul. En août 1945, *Le Monde* annonçait le bombardement d'Hiroshima comme une « importante découverte scientifique ».

Je n'ai pas voulu retravailler les textes d'hier à la lumière d'aujourd'hui, ou alors seulement pour rajouter une date ou un élément qui permet de recontextualiser. À leur manière, ils sont les marqueurs de nos perceptions d'alors et du temps qui passe. C'est une des choses que j'ai appris à chérir dans mon métier : écrire sur le vivant, rendre compte des palpitations et du souffle d'une époque sans savoir où elle nous mènera. Se tromper fait partie de l'exercice.

Quand j'ai fini par me réveiller tout à fait dans cet hôtel, j'ai noté frénétiquement dans mon carnet de reportage tout ce qui m'entourait, la couleur des murs, le numéro de la chambre, le nombre de placards. Le moindre détail devenait brusquement essentiel, une nécessité vitale. Ne plus jamais oublier où je suis. C'était à Bujumbura, pendant l'embargo du Burundi durant l'été 1996. Autrement dit, ici et maintenant.

F. A.

Paris, décembre 2022.

2015

« Tu crois qu'on va tenir encore un peu,
mon bébé ? »

Ma cité sous les palmiers

7 mars 2015

En Thaïlande, la virée initiatique de deux cousins français de Nanterre partis pour les vacances.

Claquer la portière et rouler vers la rue de la République, à travers le quartier du Petit Nanterre, dans les Hauts-de-Seine. Passer devant la mosquée, ralentir au cas où l'oncle qui habite le HLM en face passerait justement par là. Continuer tout droit jusqu'au centre commercial et klaxonner à toute force, plusieurs fois. Puis descendre en criant : « Je pars demain ! » Alors, dans la modeste arène que dessinent le parking, le supermarché miniature et le taxiphone – qui vend aussi du café au gobelet –, un cercle s'arrondira avec les petits, les grands, les scooters, les chiens, des mères peut-être, voire des filles, allez savoir. De bouche en bouche, on répétera : « Il part demain ! » et, pour quelques instants au moins, Mourad aura l'espoir de tenir la vedette au petit théâtre qui se joue, chaque matin, à la cité des Pâquerettes.

Mourad Kateb se demande pourquoi, à vingt-cinq ans, il garde le besoin frénétique de faire ces trucs de gamin. Mais à quoi bon partir si les voisins ne sont pas au balcon ? Personne ne lui demandera sa destination, il en est sûr. Pas même une blague sur la Syrie et ceux qui décollent pour le djihad. Le voyage, le vrai, on sait ce que ça veut dire dans les cités de France : c'est la Thaïlande pour les vacances.

« Si tu es jeune, si tu veux briller ou simplement exister, il faut pouvoir mettre la Thaïlande sur ton CV, au moins une fois, décrète Mourad. Tu es obligé. » Et, du coin de l'œil, il vérifie que le petit Zac est bien en train de baver d'admiration, lui qui a flambé 700 euros, grattés sou à sou en livrant des pizzas, pour s'offrir une paire de mocassins italiens, noirs et vernis. « En Thaïlande, tu peux faire tout ce qui est interdit ici. Tu es libre, sans limites, tu vas au bout de tes rêves », s'exalte Mourad. Un grand s'en mêle : « Tu y es déjà allé combien de fois ? » Mourad éclate de fierté. « Ce sera ma cinquième », et il exhibe sur son portable la photo d'un gros garçon, de dos, tentant d'échapper à la foule. Il assène : « Tu reconnais Maradona ? Là-bas, j'ai été le premier à le voir. »

La Thaïlande, aujourd'hui, on y vient de tous les quartiers de France, surtout à Patong, dans l'île de Phuket, où un coin entier de la ville a été baptisé « les 4 000 », en référence à La Courneuve.

Enfin, ça y est. Mourad Kateb est arrivé. Le voyage commence par Pattaya, près de Bangkok, là où le mythe a éclos. La nuit est déjà bien avancée, ça l'arrange, la meilleure heure pour remonter Walking Street. Il y fonce, sa caméra GoPro sur la poitrine, filmant ce grouillement d'humains emportés de bar en bar, certains trop sombres, d'autres envahis de néons, au milieu de contrefaçons flamboyantes par vitrines entières. Déferlement de bière, de vodka, de soupes de nouilles servies dans des carrioles, de filles thaïes dansant sur des comptoirs en plein air. Devant une boîte de nuit, Mourad demande à Sofiane : « Tu veux y aller ? »

Sofiane, c'est son petit cousin, tout pâle d'émotion et de timidité, 18 ans, sa première Thaïlande. Le jour du départ, sa sœur a pleuré, et Sofiane serre dans un carnet trois phrases en anglais, le kit de survie : « Combien ça coûte ? » ; « Où sont les toilettes ? » ; « Parlez-vous français ? ». On lui a répété de ne pas s'en faire. « Là-bas, personne ne vole, sécurité maximum. Si on te dépouille, ne cherche pas : ce sera quelqu'un des cités. »

Quand les deux garçons entrent dans la discothèque, un Thaï en grand uniforme, la soixantaine, claque des talons et se met au garde-à-vous. Eux sont en tongs-bermuda, même modèle vert fluo, acheté à la descente de l'avion. L'hôtesse les escorte avec cérémonie jusqu'à la piste, les seins en avant, un sourire qu'on devine derrière son masque blanc antipollution, bien plus couvrant que sa micro-jupe. Les deux garçons traversent au pas de course un magma compact d'Australiens qui dansent les bras en l'air, puis se précipitent dans la boîte d'en face – des Russes cette fois –, et encore dans une autre. « On est les rois du monde », halète Mourad. Dans la quatrième, deux barbichus du Blanc-Mesnil discutent de l'opportunité de se faire incruster un diamant dans une dent. Un autre bombarde ses contacts de SMS hystériques : « JE SUIS EN BOÎÎÎÎÎÎÎTE ! » Il y est entré pour la première fois. « Chez nous, je me fais toujours recaler. Mais ici, ils ne connaissent ni la banlieue ni les cités. Pour eux, on est normaux. » La serveuse, 20 ans peut-être, rit. Elle explique avoir longtemps cru qu'il n'y avait pas de Français blancs, « seulement des Noirs et des Arabes ».

Il faut aller dans des rues plus retirées pour rencontrer des anciens, ceux qui ont lancé la Thaïlande dans les cités, au tournant des années 1980. Zedka est en pleine partie de belote, nimbé d'une brume d'after-shave et de chicha, parfum double pomme. À cette époque, « nous les dealers, on était les seuls avec assez de pouvoir d'achat pour s'offrir des vacances ». C'étaient aussi les premiers à oser dépenser de l'argent pour les loisirs, « une sorte de révolution culturelle par rapport à nos parents ». L'été des autres, c'étaient immanquablement les colonies de la mairie – s'il y en avait –, parfois un foyer d'accueil, mais surtout le voyage au bled. Personne, nulle part, n'en dira jamais de mal. Intouchable, le bled, aussi sacré que la famille. Mais comme ils pouvaient être ingrats, parfois, ces étés sans fin dans des villages maussades et avides, où les « immigrés » étaient jalousés comme des milliardaires.

Zedka croit se souvenir que ce sont des clients d'alors – « les toxicos et les babas » – qui ont initié les dealers à la Thaïlande.

Ou alors des braqueurs, des Lyonnais peut-être, autres vieux habitués du pays. Zedka n'est plus très sûr, pas fâché au fond de cette opacité des origines, qui épaissit encore la légende. Il aime surtout raconter comment son équipe embarquait souvent avec elle pour ses bordées à Pattaya un gamin de la cité, pioché parmi les plus pauvres. Au retour, le gosse racontait le paradis, extatique et intarissable, au petit théâtre de la cité. Zedka a fini par rester en Thaïlande, une retraite en somme, à 55 ans. En France, ceux qui parlaient de racisme lui ont toujours paru « des fouteurs de merde ». Voilà un mois, il y est retourné par hasard. Il a pensé : *Mais qu'est-ce qui est arrivé à mon beau pays ?* Il n'a rien reconnu dans « ce territoire affolé, où des gens perdus ne se supportent plus les uns les autres et se barricadent entre eux. On serait en Afrique, je parlerais de conflits tribaux. Mais chez nous, comment ça s'appelle ? »

Soleil dans le dos, épaules brûlées à vif, Mourad et Sofiane pétaradent dans un embouteillage, à deux sur un scooter. Demain, ils choisiront une Harley-Davidson orange. Puis une Jeep rouge. Ou peut-être un scooter T-Max. Ici, leurs journées démarrent comme ça, dans une fureur du paraître, où on grimpe torse nu, tête au vent, sur des engins que personne ne pourrait se payer en France, mais que les loueurs thaïs marchandent pour pas trop chers à la journée. « On est à Patong. Tu réalises ? » triomphe Mourad. Ils viennent d'arriver dans l'île de Phuket, à une heure et demie d'avion de Pattaya. Mourad est allé droit à l'hôtel où tout représentant de la cité des Pâquerettes se doit de résider, un cube de quatre étages sur la rue, 25 euros la chambre, piscine, climatisation, minibar avec préservatifs, McDo livré à toute heure. Chaque banlieue a fini par élire sa *guest house*, pour être sûre de se retrouver entre soi. Elles se ressemblent toutes, poussées par grappes dans le nouveau quartier Nanai Road, un coin de terre aménagé quelques années plus tôt, avec de vagues baraques et un marché.

À leur tour, des restaurants ont ouvert. Tout naturellement, ce fut un spécial hamburger, un gastronomique halal ou un grec – oui, un vrai grec, comme dans la cité. Puis ce furent les bars à chicha, plutôt chics, où le match PSG-Chelsea passe en direct, à l'aube, sur un écran plasma, et les salons de coiffure dont les patronnes ont appris à sculpter les coupes au rasoir. Le supermarché miniature, lui, était déjà sur place. Inutile de dire qu'ils sont là, les fameux « 4 000 » de Patong, hallucinante reconstitution de la vie de quartier, jusqu'aux petits groupes devant le hall des hôtels et les discussions, la nuit, assis dans les escaliers. En général, c'est Tchaï qu'on désigne « pour avoir provoqué ce raz de marée ». L'accusation vaut compliment. Tchaï, la quarantaine, est martiniquais, tendance Corbeil-Essonnes, avec un sérieux charisme. Les visiteurs venus de France se retrouvent jusqu'à quatre fois par jour dans un de ses deux restaurants des « 4 000 », le Green Ice et le Green Gourmet, à quelques minutes l'un de l'autre, bondés en permanence et surnommés « les QG ». En un mois de vacances, certains n'en décollent jamais.

À la terrasse, quatre gaillards de Toulouse viennent de faire le tour de la Terre, dix-neuf heures de vol, pour planter leur fourchette dans les recettes-cultes des quartiers, spaghettis au Boursin et escalope normande halal – avec crème, œuf à cheval et pommes sautées –, exportés tels quels par 30 degrés. « La caillera en vacances ? plaisante un autre restaurateur de l'île. Mais ils sont presque les plus franchouillards de tous, du Jacques Tati, version wesh-wesh. » Un petit métis de Grigny, dans l'Essonne, s'excuse : « Ça rassure d'être là, entre Français. On ne parle pas beaucoup d'autres langues. » La Thaïlande est sa première vraie sortie, seul hors de la cité, à part quelques incursions à Paris, toujours selon le même périple : la descente des Champs-Élysées à quatre mecs dans une voiture, sans risquer un pied à terre. Bien sûr, ils matent ceux qui passent sur le trottoir, font des commentaires très fort, vitres ouvertes si possible. Puis ils poussent jusqu'à Montmartre, s'arrêtent dans le bistrot où ils étaient venus manger une crêpe, gamins, avec le centre aéré. Ils en prennent une dans la voiture et retournent au quartier.

Au Green Ice de Patong, comme à celui de Pattaya d'ailleurs, on débrouille aussi les dossiers graves, billets d'avion, argent perdu, meilleures contrefaçons de la ville... Quelqu'un crie à travers la salle : « Salima cherche une villa avec trois chambres. Qui s'en occupe ? » Un autre s'offusque qu'un policier thaïlandais lui ait demandé son permis. « Bientôt, ça va devenir comme en France ! » Entre soi, on conseille de glisser 5 000 bahts en cas de contrôle. « Quand on paie, ils nous respectent. Ils nous parlent comme à tout le monde. Il y en a même qui rient avec nous, comme si on était tous du même côté », raconte un garçon de Tremblay-en-France, dans le neuf-trois. Un douanier lui a demandé sa nationalité. Il a fait claquer le mot « français », très fort. « Chez nous, je ne me le serais pas autorisé. » Une appréhension sourde, l'impression qu'on pourrait lui rire au nez, comme pour signifier : « Toi, français ? Tu t'es vu ? »

Tchaï, le patron, a commencé dans le petit business de la sape il y a une vingtaine d'années, France-Chine, escale en Thaïlande, avec des jeans, des survêtements de marque, des téléphones portables. Contrefaçon ou pas, les gamins se les arrachaient au pied des immeubles de la cité. Dans le circuit des importateurs, ils étaient de plus en plus nombreux face au même casse-tête : comment manger halal en Thaïlande ? En 1997, Tchaï s'est dit que le bon plan serait d'ouvrir un restaurant. À sa grande surprise, l'opération se révèle bien plus facile « que prendre un abonnement à la médiathèque de Corbeil ». Formalités minimales, aucun stress, presque pas d'impôts et 40 % du chiffre d'affaires dans la poche au lieu des 15 % en France, 25 % en faisant du black. Sous l'enseigne « Restaurant français », le Green Ice ouvre en 1997, peint en vert pomme, PlayStation à disposition et versets du Coran au mur. Un triomphe.

La fille de Tchaï, 8 ans, fréquente l'école locale de Patong. Heureusement. Il n'aurait pas été tranquille de la mettre en classe en bas de chez lui, à Corbeil. Ici, le système lui convient : uniforme obligatoire, salut au drapeau et hymne national le matin, photo du roi, respect des adultes. Dans la salle, un type lève un bras bleu de tatouages pour demander s'il y a du tiramisu au Nutella en dessert.

On finit sur la plage, avec une dizaine de garçons des Hauts-de-Seine, autour d'un téléphone qui balance du rap dans un sable blanc comme du sel. Pas besoin de serviettes, des Thaïs vont venir en proposer. En voilà déjà un qui arrive, une bestiole dans la main : 200 bahts le Polaroid avec le petit paresseux aux yeux jaunes. D'un bloc, les garçons se lèvent. Bien sûr qu'ils veulent la photo, et ils veulent aussi l'ananas découpé en cubes, les canettes de Coca, les bracelets tressés. Les petits vendeurs ont reniflé l'aubaine, ça déboule maintenant en courant, chacun avec son panier, aussitôt entouré par la bande entière qui dévalise successivement les glaces et les pizzas. C'est simple, ils veulent tout. On se bat pour s'inviter. Des billets de banque sortent par poignées, même le taux de change donne l'impression d'être riche, 36 bahts pour un euro. Dans la cohue, une jeune femme propose ses massages, rien de grave, de l'huile solaire appliquée sur un coin de transat. Cette fois, plus personne ne bouge ni ne parle. Elle avise un garçon, silhouette finement musclée, peau très noire, short Red Bull, les bras salement entaillés par un accident de scooter. Il y en a un par jour en moyenne sur l'île, deux gamins dans le coma en un mois. « Pour toi, gratuit », invite la masseuse. Et là, « Red Bull » se décompose, courant se réfugier derrière les autres au cri de : « Pourquoi moi ? » Quand la jeune femme s'éloigne, l'ambiance retombe. « Moi, une fois, j'ai fait un vrai massage, celui avec supplément, annonce quelqu'un. Je voulais savoir. » Tout le monde baisse les yeux vers le sable, il commence : « La fille m'a dit : "Déshabille-toi." J'ai tout enlevé, sauf mon caleçon, bien sûr. » Chacun acquiesce, lançant en écho quelques « bien sûr » bourrus. « Mais elle a ri, elle voulait me l'enlever. » Le narrateur avale sa salive et tous les autres avec lui. Il faut attendre un peu avant qu'il continue. « À ce moment-là, il n'y a plus ni faible ni fort, tu n'es plus à la cité. J'ai plié mon caleçon sur la chaise, le plus lentement possible. Je me sentais un tout petit enfant. »

Plus loin, un autre groupe joue au ballon, gracieux dans le soleil qui tombe, au milieu d'une crique frangée de palmiers, derrière l'à-pic d'une falaise. Ils sont de Pithiviers, d'Orléans, du Mans. Leur rencontre ici les a fait rire, chacun ayant d'abord pris les autres pour des « racailles ». « En France, on ne se serait pas adressé la parole, peut-être même qu'on aurait dû se battre. » Tous travaillent – contrôleur à la SNCF, garagiste, animateur, ambulancier –, cumulant aussi un deuxième, voire un troisième emploi « pour tenir » – chauffeur, vigile, livreur.

D'elle-même, la conversation se met à rouler sur la France. Eux se sont toujours considérés « comme des citoyens normaux. c'est notre pays, je ne connais rien de mieux, dit l'ambulancier. Mais même les gens qui n'avaient rien contre les Arabes sont en train de devenir fous. On nous demande de fournir des gages, en blaguant, mais sans cesse, et toujours les mêmes : boire du vin rouge, manger du porc, donner des prénoms non musulmans à nos enfants. Sinon, ils nous regardent comme des tueurs ». Le contrôleur de Pithiviers raconte avoir croisé un ami, l'autre jour. « Il était entre Blancs, il m'a envoyé un bonjour de loin, gêné. On ne se mélange plus. On ne s'appelle plus. On ne se dit plus les mêmes choses selon qui est présent ou pas. Ils ont leurs endroits, nous les nôtres. La crainte est née. » Il a perdu l'habitude d'écouter les nouvelles, ne croit plus à rien de ce qui se dit dans les médias, ne veut plus entendre répéter « islam, islam, islam, comme une condamnation permanente. Il faudrait inventer un bouton spécial pour arrêter la télé et même Internet ».

Le contrôleur de Pithiviers regarde sa montre. Il a rendez-vous avec une fille : le coup de foudre, trois jours plus tôt. Elle aussi est partie en bande, une pharmacienne et deux institutrices, toutes de la banlieue de Lyon. Ça se fait de plus en plus, ces dernières années : « Tout le monde va en Thaïlande ! On s'est dit : "Pourquoi pas nous ?" »

Un temps, les go-go thaïlandaises ont tourné autour de la clientèle des « 4 000 ». Plus maintenant. Ce n'est pas dans le ton de s'afficher avec une entraîneuse. Ni avec une jeune fille thaïe, d'ailleurs. Une lycéenne de Phuket prend l'air boudeur : « On leur fait peur. » Elle est en train de boire un cocktail au club VIP du Séduction pour un anniversaire, petit groupe rieur de lycéennes en Prada et appareils dentaires, filles des grandes fortunes de l'île, dans la crevette ou l'hévéa. C'est une des seules tablées locales, il y en a peu à la haute saison touristique. « Les autres Thaïlandais ne sont pas assez riches », persifle la lycéenne. Battement de cils vers le reste de la boîte, où se bousculent exclusivement ceux des 4 000. « Eux ne s'intéressent qu'aux femmes de chez eux. »

Les patrons du Séduction, des Finlandais, ont d'ailleurs recruté un directeur artistique français, le talentueux DJ Tracks, qui invite des artistes sur mesure pour le public, Booba ou DJ Hamida. Ce soir, Lacrim, rappeur de Chevilly-Larue avec un gros vécu de taulard, va chanter six succès : les entrées sont déjà bloquées, tables réservées à grands frais près de la scène. Au Séduction, la compétition entre clients consiste à aligner pour la soirée le plus possible de champagne mais surtout de vodka, vendue dans de spectaculaires bouteilles de six litres, plus de 1 000 euros pièce. Les serveurs prennent soin de les dresser ostensiblement dès le début de la nuit, comme des quilles dans un bowling : la table la plus en vue culmine ce jour-là à 14 000 euros. Debout derrière, on s'impatiente de voir quels princes ont réussi à s'offrir ça. Ils arrivent, on s'écarte pour mieux les dévisager. Et voilà que sous les lumières apparaissent le garagiste du Mans, le contrôleur de Pithiviers…

Faire sensation. Exagérer. « Bosser comme des Pakistanais pour se payer la même chose que les dealers. » De toute façon, le flux des trafiquants s'est plutôt ralenti, moins voyant en tout cas, depuis que les tribunaux français se sont mis à comptabiliser les séjours en Thaïlande comme éléments à charge dans les dossiers de stupéfiants. Commander une autre bouteille, que tout le monde applaudisse. Mais un des noceurs se fâche qu'on veuille le photographier avec du champagne : ses parents pourraient le voir. « C'est fait pour avoir l'air classe, pas pour boire, précise l'ambulancier. On est musulmans. » Au petit matin, quand ils repartent, leurs bouteilles sont intactes, à part quelques verres.

Plus haut sur la corniche, du côté de Surin, se tient la réunion mensuelle d'une des associations de Français expatriés à Phuket : 900 environ sont inscrits au consulat de la ville, chiffre qui augmente de 10 % par an. « Les nouveaux venus sont plutôt de ceux qui n'auraient pas vocation à partir de France : des jeunes retraités aisés qui éprouvent lassitude et désaffection pour notre pays, notamment à cause de l'immigration », estime Éric Miné, élu FN aux élections consulaires. Personne ne sait comment y commenter l'arrivée de ceux des 4 000. « Le problème, c'est qu'ils ont le même passeport que nous, se désole un représentant. Nous avons suggéré de les appeler les French Muslims, pour que les autorités thaïlandaises ne nous confondent pas. » De son côté, un certain Patrick a surnommé Nanai Road « la casbah » : « Ils ont recréé leur ghetto, ils ne veulent pas s'intégrer. Enfin, ici au moins, ils ne nous attaquent pas. » Puis, il raconte aimablement que 80 % des expatriés environ sont aussi venus à cause des femmes. « Les Thaïlandaises sont adorables, avec de petites attentions charmantes. » Lui-même mène avec l'une d'elles une nouvelle vie de milliardaire inimaginable en France. Celle d'avant c'était à Nice, au cabinet de Christian Estrosi, maire UMP de la ville.

Au zoo de Phuket, Mourad s'est assis à côté d'un tigre assoupi : 200 bahts le cliché. Il a aussi posé en tirant la queue de l'alligator et Sofiane, son cousin, s'est fait prendre sur le dos d'un bébé éléphant. La veille, ils sont partis en excursion sur les îles Phi Phi. Ils ont fait des cartons au fusil à pompe dans un stand de tir, prenant bien soin, pour la photo, de ne pas cadrer le distributeur de chips fatigué, la pancarte qui prévient « No have M-16 et AK-47 » ou le ventilateur consciencieusement tagué par toutes les banlieues de France. Ils ont bien rigolé en imaginant ces images-là atterrir sur Facebook, avec des commentaires sur la Syrie. Ils ont bu du Red Bull dans des coupes à champagne au milieu de la piscine d'une villa louée 9 000 euros. C'est les vacances, c'est la mode, c'est la réussite.

Mourad se souvient n'avoir appris qu'à la mort de sa mère qu'elle vivait avec 900 euros par mois, pendant des dizaines d'années dans le même appartement. Lui travaille à la cantine d'un collège et mène, en parallèle, une carrière d'humoriste. Il voulait d'abord faire du théâtre. Mais dans la petite arène des Pâquerettes, le mot sonnait vieux. Il en avait honte. N'osait pas l'évoquer pour refuser une partie de football, presque comme s'il avait dit : « Désolé, je fais mes devoirs. » Humoriste, en revanche, ça passait bien, avec quelque chose de glorieux. À l'époque, en tout cas. C'est devenu de plus en plus compliqué. Il y a eu Dieudonné, *Charlie Hebdo*… Personne ne sait plus trop de quoi rire. Quatre gars du quartier se sont rasé la barbe après les attentats. Finalement, peut-être que la photo du stand de tir, il faudrait l'effacer ?

L'abstention, reine des urnes

23 mars 2015

En France, d'élection en élection, le nombre des abstentionnistes n'en finit pas de grossir.

Sur la place de la Mairie, Dédé s'avance, costume noir, chemise blanche et cravate, beau comme un chanteur. On voudrait dire qu'il fend la foule. Ce serait exagéré. Une cinquantaine de personnes vaquent le long d'une poignée d'étals. Mais attention : Sauzé-Vaussais, dans les Deux-Sèvres, est un chef-lieu de canton avec son marché du jeudi et son usine qui aligne 500 emplois dans le contreplaqué, bref, un endroit d'influence pour les élections départementales. Dédé serre des mains, un rayon de soleil dans les yeux, comme flottant dans un air de fête. Un étranger le prendrait pour un candidat, mais non, il est apprécié, c'est tout, et le voilà qui se lance dans le récit de la dégringolade de sa charcuterie, sur un ton aimable de blague. Elle était à quelques mètres de là, tout près de la mairie. Maintenant, il travaille dans les pompes funèbres. Croque-mort, il dit. Ça lui plaît aussi. On plaisante gentiment quand, d'un coup, Dédé déclare : « Ça sent la guerre. »

Entre les volailles et les fromages de chèvre, tout le monde hoche la tête, tant ça paraît une évidence. « En période de conflit, on s'en sort mieux en campagne », poursuit Dédé, dont l'optimisme a aussitôt repris le dessus. Une guerre comment ? De qui contre qui ? « On ne sait pas encore. On a l'impression que le système est en train de s'effondrer, explique un employé. Les choses semblent continuer à fonctionner, mais c'est un décor. Derrière, il n'y a plus rien, du vide. »

Prenez les élections départementales des 22 et 29 mars, justement. Les panneaux, les urnes, les isoloirs, tout est en place. « Mais qui y croit encore ? Les puissants s'occupent entre eux, ils nous ont lâchés. Nous, le peuple, on reste tout seul, désorienté, prêt à se manger les uns les autres. Ça va finir par éclater. » Un marchand de pommes de Saint-Pardoux (Haute-Vienne) explique qu'il est à bout : il ne votera pas. Chacun se récrie bien plus fort qu'au moment où Dédé avait annoncé la guerre. Ce ne sont pas des choses dont on se vante, sauf dans les grandes villes ou certains milieux. Un retraité commente : « Il vaut encore mieux dire qu'on vote FN. On sera moins regardé de travers. Après tout, voter FN, c'est encore voter. »

Une jeune dame tente de faire entendre raison au marchand de pommes : « Pensez à la Révolution française, faites votre devoir. » « Moi j'étais communiste », relance une fonctionnaire en bonnet. Ici, on disait plutôt « les rouges », pour les distinguer des « Badinguet », qui sont de droite et vont à la messe. Ça se transmettait par la famille, on changeait rarement de côté. « Mon Dieu, mon Dieu », pouffe la jeune dame, comme si on lui racontait un épisode préhistorique. Maintenant, la fonctionnaire rouge vote « un coup à droite, un coup à gauche ». Cette fois, elle pense d'ailleurs qu'elle n'ira pas, elle non plus. « Comment faire quand on n'est plus d'accord avec rien, sans adhérer au FN ? Comment dire “arrêtez tout, on n'en peut plus” ? Il n'y a pas de solution, si ce n'est disparaître, prendre le maquis des urnes. »

L'abstention, donc. Passons sur la frange des irréductibles, que Vincent Pons, conseiller en stratégie électorale, appelle « les abstentionnistes sociologiques ». Il s'agit cette fois des autres, en hausse constante depuis les années 1990, même si les chiffres fluctuent suivant les périodes et les scrutins. L'abstention est maintenant solidement installée dans les périphéries des grandes villes, poussant ailleurs jusqu'à des chiffres parfois phénoménaux, 74 % à une législative partielle dans l'Aube en décembre 2014 ou 60 % dans le Doubs, un grand néant électoral. « C'est devenu une attitude politique », estime François Bayrou, président du MoDem et maire de Pau, dans les Pyrénées-Atlantiques, département devenu champion de France du vote blanc. « Le mal est aujourd'hui plus profond que la simple remise en cause des deux grands partis », PS et UMP.

En campagne dans le Pas-de-Calais pour les Verts, Lisette Sudic s'attendait à des portes qui claquent. Mais non. C'est le désarroi qui l'a frappée, des gens aussi perdus que fâchés. « Le système ne peut plus durer, il y a vraiment une prise de conscience sur le terrain. » Quand elle a ouvert son enveloppe d'information électorale, près de Grenoble, Marine a cherché les tracts de l'UMP et du PS. Rien. Elle a appelé son mari, qui faisait sa tournée de facteur. « Ne te fais pas avoir, a prévenu le mari. Ils essaient encore de nous enfumer. Leurs tracts à eux, c'est ceux qui ont coûté le plus cher, papier glacé et photo couleur, tu les reconnaîtras à ça. » En effet, ils sont bien là, mais sans aucune référence au parti, ni logo ni mention.

À travers le pays, c'est presque partout pareil, des campagnes aux listes floutées, aux couleurs politiques brouillées, coiffées d'appellations vagues comme « Rassemblement » ou « Union ». « Le PS est tellement décrédibilisé au niveau national qu'on a préféré ne pas y faire référence pour ne pas se plomber », explique un candidat en Franche-Comté. Dans le canton de Sauzé-Vaussais, Dorick Barillot, élu socialiste sortant, soutient que les sigles de gauche avaient bien été apposés, « mais ils ont sauté à l'imprimerie », un hasard. On le sent inquiet. Lui qui a toujours su à la voix près ce qui se votait dans sa région reconnaît être incapable de toute prévision aujourd'hui.

À Niort, dans le canton numéro 1 des Deux-Sèvres, Rose-Marie Nieto, 49 ans, et Romain Dupeyrou, 32 ans, tiennent une réunion électorale dans un centre social. « Vous voulez que je vous aide à mettre des chaises ? » demande le premier arrivé. « Pas la peine, il n'y aura personne », promet M. Dupeyrou. Son pronostic se révèle pessimiste : sept participants finissent par prendre place. L'un d'eux, un professeur portant catogan, demande : « Vous êtes de droite ? » Dans le canton, tout le monde désigne la liste en ces termes, sans autre manière, et quelques signaux clignotent d'ailleurs en ce sens, comme ce cadre de l'UMP, qui observe la réunion, assis sur une table près de la fenêtre. Ou le soutien de Jérôme Baloge, « gaulliste social », qui vient de piquer la mairie de Niort aux socialistes.

Mais aucune mention explicite ne figure non plus sur la liste Nieto-Dupeyrou, et tous deux s'effarouchent comme face à une insulte. Lui : « Moi, je serais plutôt MoDem. » Elle : « Moi plutôt centre gauche. » Assez vite, Romain Dupeyrou explique que « la priorité, c'est le maintien du social, comme la majorité socialiste sortante : on n'a d'ailleurs rien contre leur bilan. Mais les médias s'en foutent. Ils ne nous reprennent pas quand on dit ça. Alors, on a choisi de faire campagne sur ce qui nous différencie : la voie de contournement au nord ». Quand surgit la promesse de « freiner les impôts », un fonctionnaire dans la salle demande à combien s'élève « le point de fiscalité modulable ». Pas de réponse.

Face aux candidats, les sept participants se mettent à parler Bourse, paradis fiscaux, traités internationaux « pour essayer de comprendre où vous vous inscrivez dans l'histoire, le pays », dit une enseignante. Rose-Marie Nieto les sermonne : « On n'a aucun pouvoir là-dessus au département : ce sont les grands partis et les élites qui décident. Révisez vos basiques avant d'interrompre une réunion électorale. » Puis, à la manière d'un commercial qui proposerait une offre d'abonnement de portable, Dupeyrou continue : « Nous, on travaille sur un projet. Lisez-le, puis vous faites votre choix. »

Sous les lumières trop blanches, dans la salle trop grande, la scène paraît soudain absurde, une démocratie en roue libre, un grand sauve-qui-peut électoral. Et le fonctionnaire au catogan s'excuserait presque d'être là : « On n'a rien contre vous personnellement. Je vous assure, on ne se connaît même pas entre nous. » Romain Dupeyrou regarde sa montre. « Je vais rentrer ; j'ai une famille, moi. » Brusquement revigoré, il sourit.

À Montceau-les-Mines, en Saône-et-Loire, un candidat du Front de gauche, André Gillot, explique ne plus organiser de réunions publiques, « ou alors seulement pour la presse : ça nous fait un article. Mais les gens, eux, ne viennent plus que pour régler des problèmes personnels, le logement surtout ». Après les avoir aidés, Gillot suggère : « Ce serait bien de prendre la carte quand même. » Ils s'inscrivent et, en général, on ne les revoit pas l'année suivante. De plus en plus, Gillot sent que le Front de gauche se retrouve classé dans le même sac que les grands partis. Il se demande pourquoi. « En Grèce et en Espagne, l'extrême gauche s'impose en recours contre le système. Chez nous, non. C'est le FN. »

La politique, Virginie n'aime pas en parler. Elle se trouble, joue avec la nappe, dans son appartement HLM, derrière la zone commerciale de Montceau. Elle prévient : « Je ne pourrai peut-être pas donner toutes les réponses. » À la dernière campagne municipale, un de ses beaux-frères chômeurs – trois d'entre eux sont « touchés », précise-t-elle – s'était enthousiasmé. Il répétait : « J'ai causé avec la candidate. Tu aurais vu comment elle m'a parlé. » Il s'imaginait déjà employé municipal, au service balayage. Le rêve. Et puis rien. Il ne vote plus. « Est-ce que les hommes politiques savent que la situation est si grave ? Est-ce qu'ils savent que les courses tiennent maintenant dans un tout petit sac, parce que 40 euros à sortir d'un coup pour un chariot, ça fait trop peur aujourd'hui ? » Virginie, elle, vote « encore un peu ». Si on s'abstient, ça pourrait se savoir. Et comment venir demander quelque chose ? Puis, doucement, sans malice, elle dit : « C'est normal qu'on pense comme ça. Eux aussi sont là pour leur intérêt. » Puis, inquiète à nouveau : « J'ai mal répondu ? »

Près du canal, un imposant monument aux morts proclame sa reconnaissance aux « victimes de la mine » plutôt qu'à ceux de la Grande Guerre. La dernière fosse dans la région a fermé depuis longtemps, plus de charbon, mais deux plates-formes d'appels téléphoniques, bientôt un Center Parc et un atelier ferroviaire. Ici comme un peu partout, le découragement frappe surtout l'électorat de gauche. « En vingt-cinq ans de mandat, j'ai vu changer le regard des gens sur leurs élus », explique Didier Mathus, ex-maire et ex-député socialiste. Dans les années 1980, les gens traversaient la rue en le voyant, fiers de le saluer. Puis, petit à petit, on s'est mis à lui glisser : « Tous des pourris. Sauf vous, bien sûr, vous n'êtes pas comme les autres. » Maintenant, on ne dit plus rien. Didier Mathus pense même qu'il a perdu au dernier scrutin municipal sur ce qui le faisait gagner jusque-là : ses références à un destin commun, à un idéal social. Trop d'aides, trop d'aides. La phrase tourne en refrain aujourd'hui, du marché au bowling.

À Montceau, l'annonce des logements neufs ressemble désormais plutôt à une menace qu'à une bonne nouvelle, soulevant chaque fois des rumeurs insensées – des tours entières de Seine-Saint-Denis viendraient se déverser du côté de la rue des Alouettes. En 2011, le FN était arrivé deuxième aux cantonales, juste derrière le PS. Ce coup-ci, tout le monde s'attend à ce que le Front national arrive toujours deuxième, mais avec la droite en tête.

Sur les flancs d'une colline, à Montceau, s'étend l'ancien quartier des mineurs. Ici, on n'est pas dans les corons du Nord, des maisonnettes plutôt pimpantes, un peu campagnardes, où on voisine cordialement avec une petite population de hérissons, de gros-becs ou de renards. Il y a trente ans, on était fier de pouvoir y vivre mieux que les parents, envoyer les gamins au solfège, pique-niquer le samedi, mettre une baignoire dans la salle de bains. Et puis, c'est arrivé il y a trois ans, peut-être quatre : l'une après l'autre, on a vu sortir les fameuses baignoires sur le trottoir. Trop chers, les 80 litres d'eau chaude pour le bain. Les retraités se sont mis à couper les haies, faire de la charcuterie, quelques légumes, des petits boulots pour compléter la pension.

Chez Andrée et Zef, la maison entière a fini par se métamorphoser : chauffage au bois, puits creusé dans la cave, trois poules, des pommes de terre et des choux dans le jardin. Un monde meilleur, qu'est-ce que ce serait aujourd'hui ? Zef ne réfléchit pas. « Arrêter de compter. Les lois sont faites pour les riches. » Et puis, avec une fierté qui surpasse d'un coup tout le reste : « Ces grandes gueules-là, elles crèveraient de faim si elles avaient nos paies. » Il caresse ses moustaches, un modèle comme on n'en porte plus, commençant comme celles d'Astérix pour finir en mousse épaisse en dessous du menton.

Zef ne votera plus. C'est dit, assez fort même. Il s'apprête à embrayer « sur les étrangers », mais sa femme l'a vu venir. Elle le coupe : « Zef, ils sont français, tu dois l'admettre. » Alors, elle sort l'accordéon et joue une valse musette, tandis que Zef et le chat semblent tous les deux remuer leurs moustaches en chœur.
José, un voisin, pourrait dater l'arrivée de son « grand désarroi », en donner le jour et l'heure, exactement. Il n'est pas le seul. Sa femme le peut aussi, et à vrai dire, toute la rue, toute la ville, toute la France. Quelles que soient les convictions, ce jour-là revient de manière obsessionnelle dès qu'on parle élections : le 21 avril 2002, quand Jean-Marie Le Pen est arrivé au second tour de la présidentielle devant Lionel Jospin.

L'essentiel, pourtant, n'est pas là. « Sur le moment, il ne s'en fallait pas de beaucoup pour que je me sente un héros, rigole José. On se sentait forts, tous ensemble, 80 % des Français en tout cas. On se disait : *Plus jamais ça*. On était sûrs que ça s'arrêterait là. » Aujourd'hui, il revit la situation avec honte. D'autres l'appellent « la trahison ». Là-bas, en Charente, Dédé le croque-mort pense

« s'être fait avoir comme un con. Chirac a empoché nos voix. Ça reste une blessure ». En famille, il a arrêté de parler politique, trop sensible, surtout avec les petits-neveux. « Ils sont devenus à peine respectueux, il n'y a qu'eux qui auraient les bonnes idées, dit sa femme, Éliane. Ils nous accusent de nous être fourvoyés avec la gauche. » Dédé la reprend : « Non, c'est "acoquinés" qu'ils disent. » En tout cas, c'est comme si la légitimité avait soudain basculé de leur côté.

Natacha ne garde plus que le goût de la peur, tout le reste paraît désaccordé, les convictions, les engagements. Depuis ses 18 ans, elle a vécu seulement sous la présidence de Nicolas Sarkozy et de François Hollande, sans avoir l'impression d'une vie différente. À Montceau, elle s'est retrouvée au coude-à-coude avec des militants FN dans les manifestations pour *Charlie Hebdo* et l'Hyper Cacher, treize ans après les défilés contre Le Pen. Finalement, elle se dit qu'elle aurait peut-être mieux fait d'aller boire une bière.

Son mari aussi. Lui est cuisinier. Là-bas, au bout de la rue, il a aperçu l'autre jour ses parents, distribuant des tracts du PS, serrés dans leurs blousons. Il se souvient de sa mère, étranglée par les problèmes avec sa parfumerie. La famille fouillait les tiroirs pour trouver de quoi acheter une baguette. Un élu PS l'avait reçue, aidée. Maintenant, c'est à son tour, et elle le fait de toutes ses forces, militante exemplaire. Le cuisinier se demande pourquoi la scène lui serre tant le cœur. Il retape une maison dans un joli hameau, sa fille vient de naître. Lui ne vote pas. Natacha ira, la vieille peur du FN. « Mais ne vous trompez pas : on est des jeunes plein d'espoir. »

Retour du côté du marais poitevin, à Arçais (Deux-Sèvres), surnommé « la Venise verte », un village de pierres sèches sous un grand ciel lavé, très bleu, qui donne plutôt l'impression d'être en plein océan. La première entreprise du village est la maison de retraite, la seconde un atelier de fabrication de yourtes, une dizaine de salariés, qui gère aussi un camping écolo, des stagiaires internationaux, un partenariat avec une entreprise d'insertion, un réseau important d'échanges.

Une partie des activités ne serait sans doute pas viable sans quatre emplois aidés, surtout par la région, et différents dispositifs publics d'accompagnement. La période est austère, les subventions diminuent partout, même pour les bus scolaires. « On est conscients que notre vie peut changer en fonction des redécoupages et des résultats électoraux », explique Estelle. Elle essaie de voter le plus souvent possible, avec le sentiment de « prendre des claques à chaque fois : les élus font souvent comme bon leur semble après la victoire ».

Anaïs ne se voit pas y aller. Pour elle, le système ne marche déjà plus. « On a appris à se débrouiller tout seuls. Pour nous, l'engagement a glissé ailleurs, dans le fait de choisir de vivre comme on veut. » L'atelier est entièrement autogéré, tous sont installés en yourte, sauf un. Leurs clients leur ressemblent : des jeunes couples, autour de la trentaine, qui n'ont les moyens ni d'un loyer ni de s'endetter pour une maison et choisissent cet habitat léger, pas forcément raccordé à l'eau ou à l'électricité. Anaïs ne se sent pas du tout marginale : portable, ordinateur, un chat qui mange des croquettes. « À un moment, toute la société fera comme nous, une réorganisation de vie à la base. »

Eux aussi, ils sont l'avenir, sûr et certain, et ils s'étonnent même qu'on en doute. Ils y croient à fond, assis tous les six sur deux canapés en Skaï et un autre tout neuf en velours vert olive, délicatement frangé, devant une table basse où s'accumulent une théière japonaise, un bouquet de jonquilles, une bonbonne d'eau, du tabac à rouler. L'ensemble est planté en plein air, juste en bordure d'une décharge d'ordures. À côté de Rochefort (Charente-Maritime), une équipe de jeunes gens se relaie sur un campement installé à l'endroit où devrait être construit un incinérateur de déchets géant. Ils s'opposent au projet et, depuis janvier, l'endroit a été déclaré ZAD – zone à défendre –, comme Notre-Dame-des-Landes ou le barrage de Sivens.

Pendant la campagne municipale, le maire (UMP) de Rochefort avait pris parti contre l'incinérateur, lui aussi. Il a changé d'avis une fois élu. Une jeune fille, qui passe apporter du café, agite en riant un tract barré d'une épaisse inscription : « Non à l'incinérateur ». Elle l'a pris tout de suite, impatiente, soulagée, heureuse. « Enfin, je vais pouvoir aller voter, j'ai trouvé mes candidats. » Puis, elle a retourné le papier. C'était signé FN.

Sur le canapé vert, un jeune garçon tente de sauver un frelon englué dans du miel. Quelqu'un propose une mission dans la décharge, à la recherche de nouveaux canapés. Un autre voudrait faire la fin du marché, à Rochefort, pour glaner des vivres au rebut. Flo y était la semaine dernière, seul jeune au milieu de personnes âgées. Certains avaient à peine la force de se baisser pour fouiller les poubelles. Flo s'est senti tellement gêné qu'il a préféré partir bredouille. La plupart des jeunes ici viennent de « familles sans problèmes », qui s'inquiètent, prennent des nouvelles sur les portables. « On leur demande de nous rejoindre, dit Flo. Mais personne ne vient, comme s'ils nous déléguaient un pouvoir de révolte. »

Un autre, étudiant à Bordeaux : « On a bien conscience que ce sont les classes moyennes qui gueulent. Il faut avoir les moyens pour protester aujourd'hui. » Certains ont des formations, d'autres ont abandonné leur travail pour rejoindre la ZAD. Un réseau local les soutient, avec des réunions régulières. « On est dans une phase étrange, dit un professeur. Réformer le système de l'intérieur n'est plus possible, mais quelles ouvertures les politiques peuvent-ils laisser sur le terrain à des expériences hors du système, comme celle-ci par exemple ? C'est la seule marge de manœuvre pour en sortir aujourd'hui, bien au-delà du scrutin. »

Dans la ZAD, personne n'ira voter, sauf un apprenti mécanicien, dont le père se présente sur une liste Front de gauche.

La conversation tourne sur les panneaux solaires de la douche, derrière une cabane. « On forme une microsociété, qui, pas à pas, va avancer vers une autre », s'enthousiasme quelqu'un.

À quelques mètres, devant l'entrée barrée de branchages et d'une sculpture en bois, une voiture de police est en train de patrouiller.

« Où est la crise grecque ? »

1er août 2015

En Grèce, la compagnie d'autocars Ktel est devenue une héroïne nationale dans la tornade des crises financières.

Certains jours, les pas de Bessi Dinopoulou la conduisent, sans même qu'elle y prenne garde, vers la gare routière de Patras, une modeste bâtisse qui donne sur le vieux port. Bessi Dinopoulou, élégante veuve blonde, traverse la salle d'attente, et son sac à main se balance à l'arrondi de son bras. Sur les bancs, quatre soldats attendent l'autobus express de 12 h 30 pour Athènes ; des paysans ont posé devant eux des semis de tomates emmaillotés comme des nouveau-nés ; une famille se tient debout, très droite, dans des habits de mariage. « Mais où sont les bidonvilles ? » demande une jeune Italienne de passage à un étudiant grec, par-dessus sa valise à roulettes. Elle semble sincèrement choquée. « Où sont les mendiants ? Où sont les émeutes ? Où est la crise grecque ? »

Bessi Dinopoulou monte directement à l'étage de l'administration, où un ventilateur à trois pales perd chaque jour son combat contre la moiteur de midi. À sa mort, son mari lui a laissé un héritage que lui envient ses amies : la propriété d'un autocar de la Ktel, à Patras, troisième port du pays. Couvrant tout le territoire, la Ktel n'est pas seulement une société de transports privés : c'est une coopérative. Chaque bus constitue une entreprise, et surtout une sorte d'héroïne nationale dans la tornade de la crise grecque. La Ktel n'a jamais baissé les salaires – contrairement à presque partout ailleurs – et affiche une santé inaltérable face aux chemins de fer publics, par exemple, avec leur réseau en miettes et un milliard d'euros de pertes par an. Sur le parking, les chauffeurs blaguent, petit groupe en polo et lunettes d'aviateur. L'un revient de Volos, en Magnésie. « Là-bas, tout a fermé, sauf les tavernes et les supermarchés. » Du côté de Kalamata, dit un autre, on ne trouve plus ni spaghettis ni médicaments, stockés ces dernières semaines au moment des négociations au sujet de la dette à Bruxelles. Surtout, plus rien ne bouge, pays figé, notamment dans les villages, chacun reste barricadé chez soi sauf pour les rendez-vous vraiment graves, chez le médecin ou, « plus dramatiques encore, dans une administration », plaisante un chauffeur. Depuis janvier, il a un nouveau bus, un Mercedes, sa marque préférée, et ce changement lui a paru bien plus capital que l'élection au même moment du gouvernement Syriza, coalition de la gauche radicale, rompant avec des décennies où les partis traditionnels, le Pasok (socialiste) et la Nouvelle Démocratie (droite), se sont succédé au pouvoir. Les premières semaines, le chauffeur n'arrivait pas à rentrer chez lui, dormant dans son car neuf, l'appelant « mon bébé ». Il dit qu'ils roulent si vite, tous les deux, que la crise ne réussit pas à les rattraper. On rit sur le parking. Les chauffeurs gagnent 1 300 euros, comme les profs, avant que les salaires de ces derniers ne dégringolent à 900 euros. Ce matin de juillet, alors que la Grèce vient de sauver sa place en Europe contre un nouveau plan de rigueur, la Ktel va, pourtant, perdre un peu de son innocence.

Dans son bureau, sous les portraits datant de 1952 des fondateurs, moustaches et sourcils conquérants, Andréas Manolopoulos, 80 ans, président de la Ktel-Patras, téléphone. Chacune des 60 régions possède son Ktel, indépendant mais connecté en réseau, les plus riches cotisant pour les plus pauvres. Patras fait partie des gros, 150 cars. La moitié appartient aux chauffeurs, l'autre à des « propriétaires », comme Bessi, la charmante veuve. On vend et on achète entre soi, par cooptation, on s'entend pour que nul ne possède trop de bus, pour maintenir un équilibre. Le président est un actionnaire d'importance : deux bus à Patras, un à Delphes, par amour de la ville. Dans le hall, un homme harangue les voyageurs : « Vous, les Grecs, vous devez en baver pour votre propre intérêt. » Il a émigré en Allemagne depuis trente-deux ans, sa femme déplace bruyamment leurs paquets pour tenter de couvrir sa voix. « On avait confiance dans la vie, dit une restauratrice qui arrive de l'île de Kefalonia. Tout paraissait à portée de la main, faire des études, se marier, acheter une robe… » Elle-même a renoncé à divorcer : trop cher.

Dans des villages perdus, on va parfois à l'arrêt de la Ktel, rien que pour se rassurer, vérifier que le bus passe encore, seul signe tangible que la Grèce continue d'exister, là-bas derrière la montagne. En cinq ans, la fréquentation des passagers a chuté de « 30 % seulement, commente une guichetière, parce que les gens renoncent davantage à la voiture avec la flambée du prix de l'essence ». Il arrive qu'on offre un ticket aux plus pauvres. Rarement. « Ils ont honte. » La Ktel n'a pas augmenté ses prix, malgré les hausses de la TVA, passée de 8 % à 9 %, puis à 13 %, au fil des renégociations de la dette.

Le taux de TVA dans chaque pays est d'ailleurs devenu la première question aux étrangers. Une Française rit. Elle ne sait pas. Un bagagiste lui offre une rose. « Profitez-en. Nous non plus, on ne savait pas, avant. » Il porte un collier de perles noires, ses yeux sont d'un bleu étincelant. Tout à l'heure, il retournera pêcher. Des poissons passent de main en main, en photo sur les téléphones portables. « Yeux-bleus » pense que son travail est le moins important du monde, « il n'y a que les femmes de ménage en dessous de nous », mais il l'aime. Il dit à son fils, qui a 11 ans : « Ce n'est pas mal du tout, tu sais, je te fais rentrer à la Ktel, si tu veux. » Sur le parking, le bus de 16 h 30 pour Thessalonique démarre : c'est « Schäuble » au volant, un type qu'on a surnommé comme le ministre allemand des Finances parce qu'il est le seul à insister pour baisser les salaires, ceux des chauffeurs compris. Le président s'y est opposé, Bessi Dinopoulou aussi et tous les Ktel en chœur. Chaque propriétaire recrute lui-même « son » chauffeur, Bessi a choisi le sien « comme un mari pour sa fille ». Le président Manolopoulos a toujours pensé que la personnalité d'un candidat était capitale. Pour le tester, on lui fait une blague. Puis on l'emmène à la taverne. Si le nouveau ne rit pas ou ne regarde pas dans les yeux, il n'est pas pris. À 10 ans, le président livrait du lait, seul dans une carriole à cheval. La découverte de l'existence des autres a été la révélation de son service militaire. « Ils me donnent de l'énergie. » Le matin, le président aime monter sur la terrasse du Grand Hôtel, près de la gare routière, observer la couleur de la mer. Elle est d'un bleu foncé aujourd'hui, que raie une fine digue blanche, comme un trait de craie, qui mène à l'église des marins. Le pope et le médecin sont déjà installés, l'instituteur aussi, qu'on appelle « professeur ». Il ne s'offre plus son café qu'un jour sur deux depuis la crise financière.

Devant le car pour Kalamata, une jeune fille, ongles verts, cheveux rouges, embrasse son presque fiancé. Elle avait 13 ans au début de la crise, elle n'a rien connu d'autre. Peut-être qu'elle partira à Londres. Le fiancé aussi, diplômé en électronique et ouvrier dans une usine d'aliments pour poulets. Elle travaille dans une crèche, sous financement européen. Le couple a voté « non » au récent référendum, en soutien au gouvernement dans les négociations avec Bruxelles. Malgré 60 % des votes contre l'austérité, un accord en ce sens a pourtant été accepté par le gouvernement. Il reste pour eux une énigme.

Dans la gare, un frémissement. Vendredi 17 juillet 2015, la TVA vient encore de bondir de 13 % à 23 %, selon l'accord européen, applicable aussitôt. Cette fois, il va falloir augmenter le prix des billets. Certains propriétaires, dans d'autres Ktel, ont commencé à baisser les salaires. En cinq ans, le revenu du propriétaire d'un bus a déjà chuté de 30 %. Mais il reste exceptionnel, dit le président : un peu plus de 1 000 euros par mois. Dans la cour, le chauffeur demande à son bus : « Tu crois qu'on va tenir encore un peu, mon bébé ? »

La nuit des attentats

15 novembre 2015

En France, une traversée de Paris le soir où une série d'attentats-suicides, revendiquée par l'organisation terroriste État islamique (Daech), fait 130 morts et des centaines de blessés.

Boulevard du Montparnasse, à Paris, les gens sortent du cinéma, petits groupes joyeux. Il est presque minuit, ils ne sont encore au courant de rien. Sur le trottoir, les autres se retournent sur eux. Quelqu'un dit : « Chut », à deux jeunes filles qui rient fort. Elles réalisent soudain que la foule autour d'elles semble d'une gravité particulière. « Qu'est-ce qui se passe ? On entre au cinéma et, quand on ressort, tout a changé. »

Un serveur de la Coupole offre une cigarette à la jeune fille. C'est le genre de nuit où les gens se parlent soudain bien davantage que d'habitude. Le serveur lui dit : « Maintenant, rallume ton portable, ma belle, et tu vas la perdre, ton innocence. Dans ce monde-ci, c'est la guerre. »

Sur la rive droite, dans le 9e arrondissement, vers la rue Blanche, quelqu'un se penche pour accrocher un drapeau français à une fenêtre du premier étage. Plusieurs lignes de métro s'arrêtent. « Mesure de sécurité », annoncent les haut-parleurs. Du coup, tout le monde remonte à pied le boulevard Sébastopol.

« Je peux marcher avec vous ? » demande un garçon, une canette à la main. Il ne veut pas être seul. Sans même y prendre garde, certains se sont mis ensemble pour cheminer. On entend en permanence des sirènes et des ambulances, plus ou moins loin dans la ville. Il y a toujours quelqu'un pour sursauter quand une voiture freine un peu trop brutalement, certains avancent collés le long des façades au cas « où ça mitraillerait », mais tout se passe dans le calme.

Pas de taxi, les files s'allongent aux stations. Porte de la Chapelle, dans le nord de Paris, à côté des pompes à essence, quelques chauffeurs tiennent conciliabule. Beaucoup décident de rentrer. L'un raconte que du côté de Bezons (Val-d'Oise), à l'annonce du massacre, les voitures étaient soudain si pressées « que le flash du radar crépitait en continu. Et vous savez quoi ? Tout le monde s'en foutait, voire même on accélérait ». Des voitures de police passent dans un sens, d'autres dans le sens inverse. Toutes les têtes se tournent en même temps pour suivre le mouvement de chacune d'elles. « Maintenant, même nous, ils nous tuent », dit un chauffeur G7 Club VIP que tout le monde appelle « Bibiche ».

Quatre amis se sont installés dans un fast-food libanais, rue La Boétie, dans le 8e arrondissement. Au milieu de la table, ils ont dressé comme un totem un téléphone portable qui diffuse BFM-TV. Ils refusent de sortir tant que les tueurs courent toujours. « Ils ne sont pas habitués », dit le cuistot, un Syrien de Homs. « Vous croyez que, maintenant, ça va être comme ça tout le temps ? » lui demande un des quatre amis. Un autre : « Ça ressemble à ça quand c'est vraiment la guerre ? » On le presse de questions, comme un expert. Un téléphone sonne. « Ils les ont eus ! » On embrasse le serveur et on échange les mails.

Il est 2 h 30 du matin sur les Champs-Élysées. « Des policiers sont arrivés vers 23 heures, en gilet pare-balles et en armes, criant : "Partez, c'est dangereux", explique le groom de l'hôtel Marriott. Tout le monde s'est volatilisé, comme un tour de magie. » Sur toute la longueur des Champs, une seule personne descend l'avenue et une autre la remonte. Quand elles se croisent au niveau du Fouquet's, elles s'adressent un salut comme des randonneurs en haute montagne.

À Montmartre aussi, la même consigne a été donnée et tout a fermé d'un coup à l'annonce des tueries, les cafés, les terrasses. On aperçoit les rectangles colorés des télés allumées par la fenêtre de tous les appartements, ou presque. « Cette nuit, la ville aussi, ils l'ont tuée », dit un clochard sur la place Charles-Dullin. Tous ses collègues ont déserté, partis dormir « en banlieue » ce soir.

Place Pigalle, des gamins font les malins dans la boulangerie ouverte toute la nuit. « Est-ce que tu as des sandwichs où il n'y a pas de cochon ? » se fâche un petit très énervé. Les autres : « Arrête, pas ce soir, s'il te plaît. »

Vers 4 h 30, très peu de voitures roulent encore. Le café La Royale dessine une flaque de lumière blanche sur le boulevard des Filles-du-Calvaire. À l'intérieur, les chaises sont sur les tables, des serveurs s'assoupissent dans l'ombre près du bar, tandis qu'un inspecteur de police, seul sous l'ampoule comme un acteur en scène, tape des témoignages sur son ordinateur portable. On est au cœur de l'arrondissement où la tuerie a eu lieu. Les cordons de sécurité rouge et blanc s'enroulent dans le vent le long des réverbères.

De l'autre côté de la Seine, c'est près de la gare d'Austerlitz que semblent s'être rassemblés tous ceux qui sont encore dehors. Devant une grande entrée, une cinquantaine de personnes attendent, demandant des nouvelles, cherchant à entrer. « Vous, c'est pour qui ? » demande une voix. Un soupir répond. Une voisine traverse, portant un thermos de café. Par-dessus les têtes, se déploie le nom « Hôpital de La Pitié-Salpêtrière ».

2016

La peur

Les quinze de Lunel

29 janvier 2016

En France, quinze jeunes gens d'une bourgade de Camargue sont partis en Syrie s'enrôler dans des groupes armés.

Tac a coupé sa barbe et ses cheveux, qui lui tombaient jusqu'au milieu du dos. Maintenant, il évite aussi de porter sa longue chemise de prière. Tac s'est dit que les gendarmes finiraient par venir le chercher, forcément, surtout depuis les tueries de Paris, en novembre 2015. Même sa famille a pris l'habitude de le surnommer « Daech », ça les fait rire, sauf sa mère « qui est contre ». Quand il entrait habillé comme ça à Intermarché, dans la zone commerciale de Lunel (Hérault), les gens se retournaient sur lui, « claqués ». Tac finissait par y aller rien que pour ça, cette crainte dans leurs yeux. Ça lui manque déjà, rien à voir avec « la tête que fait le type à l'agence d'intérim » quand il le regarde entrer maintenant. Tac a 22 ans, il aime Daniel Balavoine. Sympathique et doué, disaient ses professeurs.

À Lunel, bourgade de la petite Camargue, quinze jeunes gens sont partis en Syrie en 2014, sur cinquante en tout dans l'Hérault. Tac les comprend. Ce qui se passait à Lunel, « on le voyait venir, un secret de famille que tout le monde connaissait, mais on regardait ailleurs », dit Philippe Moissonnier, urbaniste et élu municipal (PS). L'affaire a fini par éclater à l'automne 2014, quand la ville a appris la mort de huit jeunes en quelques semaines. À cette époque encore, ils restaient nimbés de « romantisme, y compris pour des personnes très modérées, qui en parlaient comme des brigades internationales pendant la guerre d'Espagne », continue Moissonnier. Les attentats à Paris ont changé les regards. Celui de Moissonnier aussi : « Je les considérais comme des victimes d'endoctrinement. Il faut affronter la réalité : certains sont devenus des bourreaux. » Des vidéos circulent, où deux de ces enfants de Lunel participent à des actes terribles en Syrie.

Sous les platanes du cours Carnot, des pères de famille se donnent une accolade raide dans le petit matin. L'un, en djellaba brune, a perdu un fils là-bas. Il ne se risque jamais à en parler, les autres encore moins. Tout le monde respire, soulagé, dès qu'il s'éloigne, mélange de honte et de compassion. « On n'a pas su gérer collectivement nos émotions, dit Tahar Akermi, 48 ans. La communauté musulmane est tétanisée. Moi-même, je ne peux pas m'empêcher de penser : *Où est-ce que j'ai foiré ?* » Akermi a travaillé vingt-cinq ans à la Maison des jeunes et de la culture de Lunel.

Parmi les familles touchées, l'une a quitté la ville. Les autres tentent de devenir invisibles, y compris celle qui s'était d'abord félicitée de compter un martyr. La plupart des parents ont affirmé aux enquêteurs avoir appris le départ en Syrie par un mot laissé sur une table, qui demandait « pardon ». Un seul père a témoigné spontanément à la police, en juillet 2014, dès l'envol de son fils de 23 ans, étudiant ingénieur. Laurent Amar est cadre, juif non pratiquant. Depuis la mort de Raphaël, au bout de trois mois à peine, il a déposé plainte pour « instigation à participer à un groupement terroriste ». Aucune nouvelle de la procédure, selon Jean-Robert Nguyen-Phung, son avocat.

Entre le bar National et le bar des Amis, des policiers municipaux en patrouille (ils sont trente-sept en tout) regardent passer des militaires venus d'Aurillac – huit depuis novembre. Il y a aussi des gendarmes (cinquante pour la ville) et deux fonctionnaires des Renseignements territoriaux viennent d'être nommés. Lunel, 25 000 habitants, est la plus grande zone de sécurité prioritaire en France. « C'est un échec collectif de notre société », dit Pierre de Bousquet, le préfet. Alors que les jeunes gens étaient surveillés comme du lait sur le feu, « les services sociaux ne nous disaient rien quand ils décelaient un cas : cela aurait été de la délation, selon eux. L'éducation nationale ne nous a pas avertis non plus que l'un séchait les cours depuis trois mois. Réponse de l'académie : "Nous n'avions pas à le faire, c'est un jeune majeur." Chacun compartimente, caché derrière une prétendue déontologie ».

Une réunion entre les différentes institutions se tient désormais chaque mois : s'y partage entre autres un fichier nominatif de certains profils, régi par une charte commune. Le maire de Lunel, Claude Arnaud (div. d.), y siège aussi. Mais il boude depuis si longtemps, obsédé par les journalistes « qui ternissent l'image de la ville », qu'on finirait par l'oublier. « Je ne veux pas tomber dans le syndrome du musulman victime, mais Lunel a été un peu une fabrique de la haine », dit Jacques Choukroun, professeur de cinéma. Il se souvient de son arrivée en ville, en 1981, et de ce graffiti immense en pleine place du Marché, que personne n'effaçait : « Mort aux Arabes ». Puis il y a eu la punition de ce fils d'immigrés pour une merguez volée sur un barbecue pendant la fête votive : une main sur le gril. Dans des quartiers construits pour ceux qui arrivaient d'Algérie, s'entassaient les ennemis de la veille : harkis, pieds-noirs.

En 1983, Lunel devient la première ville de France où deux élus FN entrent au conseil municipal. Le Front a fait 47 % aux élections régionales de décembre 2015. La permanence locale ne répond plus depuis la fin de la campagne. Aujourd'hui, les choses semblent s'être lissées. Certaines années, le couscous de la section du MRAP réunit 150 personnes et le Festival du cinéma méditerranéen, créé par M. Choukroun, pied-noir lui-même, est toujours un succès. Mais une ligne de démarcation implacable tranche à vif la vieille ville, jadis surnommée « le Saint-Germain-des-Prés camarguais ». D'un côté, les arènes, les halles, Notre-Dame-du-Lac, où la messe des rois se dit en occitan dans une église comble de « pescalunes », appellation qui distingue les natifs des simples habitants, les Lunellois. De l'autre, les boucheries halal, les salons de thé, les adolescents dans l'ombre brune des porches devant d'anciennes maisons de maître, désossées par des marchands de sommeil.

La ville est juste assez grande pour pouvoir ne pas s'y mélanger, trop petite pour s'ignorer. Alors on se regarde, imaginant la vie de l'autre bien plus qu'on ne la connaît. Face à face, les deux clubs de foot, les deux cafés, les deux établissements scolaires – dont l'un est surnommé « le lycée français ». Avec au milieu, sur la place des Caladons, un poste-frontière extravagant entre gardians et barbus : le bar-restaurant de Didier et Jesus, drapeau homosexuel hissé en façade tandis que résonne un air d'opéra. « Il y a ici une classe politique indécente, qui se sert des communautés pour être élue au lieu de les pacifier », dit Patrick Vignal, député (PS), qui a consacré 180 000 euros de sa réserve parlementaire aux associations de Lunel. Depuis dix-huit mois, une pluie d'euros tente d'apaiser la ville, 60 millions en tout pour le détournement de la nationale, la rénovation de la gare, le financement de l'ANRU 2, l'École de la 2e chance ou le centre social avec la CAF.

Des jeunes gens boivent de la bière dans une voiture devant leur lycée fermé. Le soir tombe. Ils préfèrent ne pas aller au centre-ville, « trop dangereux ». Tous, la fille aussi, veulent travailler dans « les forces de l'ordre », gendarme ou militaire. Posée sur un rond-point entre Kiloutou et la blanchisserie Le Raton laveur, la mosquée El-Baraka est une boule de cristal dans laquelle chacun tente de lire aujourd'hui. Professeur, spécialiste de l'islam, Gilles Kepel y consacre un chapitre de son livre, *Terreur dans l'Hexagone*, racontant la fuite de l'imam menacé de mort, la valse des présidents de la mosquée, la mutation des pratiques.

C'est à El-Baraka aussi que, pour la première fois de sa vie, Kepel dit n'avoir n'a pas eu le droit d'entrer dans une mosquée. En 2009, le bâtiment majestueux devait symboliser la réussite des musulmans lunellois à s'organiser, devenant très vite la mosquée en vogue, où se bouscule la fine fleur musulmane de la région. Trop grande, trop de gens. Personne à Lunel n'a bientôt plus la carrure pour la contrôler. « Alors, tout le monde s'est mis à venir y chasser, dit un fidèle. Un petit groupe de jeunes a commencé à vouloir s'imposer face aux anciens, affirmant qu'eux seuls connaissaient le vrai islam. »

Quelques-uns y prennent leurs quartiers, restant parfois nuit et jour. Les enquêteurs ont aussi repéré des anciens des maquis algériens, une sorte de gourou local vivant en zone pavillonnaire, un imam radical de Montpellier. Reste le mystère de cette petite bande de copains de Lunel, partis et morts presque en même temps, en moins d'un an. Les récits demeurent de leur week-end dans une ferme des Cévennes, des soirées au Bahut, un fast-food près du lycée, où ils tenaient leurs « assises ». On y parlait « du massacre du peuple palestinien ou syrien ». Du mariage pour tous. Le gérant du Bahut fait partie des tués.

Depuis, le snack est devenu le New York. Certains s'attardent devant. Cinq arrestations ont eu lieu en janvier 2015, juste après l'attaque de *Charlie Hebdo*, puis une vague de perquisitions et d'assignations à résidence a suivi les tueries de novembre. Mohamed, 22 ans, évoque le cas d'un jeune du quartier, poursuivi pour avoir envoyé à un ami quelques mandats de cinquante ou cent euros en Syrie via Paypal. « Il aide son pote dans la galère, normal », s'étonne Mohamed, comme il parlerait de vacances qui ont mal tourné. Lui aussi est resté longtemps en contact avec un autre embrigadé de Daech. « Ici, on se pose tous des questions, du genre : *Qu'est-ce que je fais là ?* Il est parti pour trouver les réponses. Là-bas, on sent qu'on a besoin de nous. » Ensemble, ils commentaient les matchs de foot sur Skype. Puis l'ami est mort.

Un des survivants voudrait rentrer, sans y parvenir. Plus personne ne commente. On passe aux attentats de novembre : « Qui prouve que c'est Daech le coupable ? se fâche Mohamed. Les politiques nous lavent le cerveau. » Plus personne n'aurait quitté Lunel en 2015. Ici, les cartes géographiques ont commencé à se superposer de manière troublante : celle des départs en Syrie coïncide avec le tracé de l'emprise des sectes selon les régions, relève Catherine Lavergne, du MRAP-Lunel. Le vote FN suit lui aussi le même dessin, continue l'avocat Alain Ottan.

Mais Lunel, bien sûr, ne se résume pas à « ça ». L'immense majorité y vit paisiblement. C'est pour envoyer ce message que le conseil municipal de Lunel-Viel, village collé flanc à flanc, s'est porté volontaire pour accueillir une famille de réfugiés syriens. C'est un homme seul, un gaillard kurde et musulman de 33 ans, qui est arrivé juste avant Noël. Il ne s'est pas effarouché d'être logé dans l'ancien presbytère. Lui a d'abord fui en Irak les persécutions de Bachar al-Assad, où il a été rattrapé par la guerre et Daech. On entend les éclats du bistrot. « Au début, on a eu peur des réactions », dit Fabrice Fenoy, un adjoint. Les habitués ont proposé champagne et whisky au nouveau venu. Il a accepté, à leur grande surprise. On lui a parlé des jeunes, partis en Syrie, comme un chassé-croisé de l'Histoire. « Bachar et Daech, c'est pareil », a soupiré le Kurde, via la voix métallique du traducteur automatique de son téléphone. Puis il a complété : « Merci, ce village a bon parfum. »

« On attendait seulement notre tour »

24 mars 2016

En Belgique, la capitale est frappée par trois attentats-suicides, à nouveau revendiqués par l'organisation terroriste État islamique (Daech).

Les rues de Bruxelles sont presque vides ce mardi 22 mars, chaque geste paraît au ralenti, les passants évitent de parler fort et on se retourne sur ceux qui se prennent à élever la voix. À certains endroits de la ville, la vie semble s'être arrêtée net. Un autobus évacué reste en travers de la chaussée, dans le quartier des institutions européennes. Rue Belliard, un vélo est couché sur le trottoir, roues en l'air, comme abandonné dans une fuite. Ailleurs, on trébuche sur une sacoche renversée, d'où s'échappent quelques dossiers, une canette de soda, un sandwich dans un sac en papier.

Pendant ce temps, au siège du Conseil européen, les réunions s'enchaînent comme d'habitude, à peine un retard dans les horaires. Après deux attentats le matin, à l'heure des embouteillages, c'est un sentiment vertigineux qui monte dans la capitale belge : « On le savait : on attendait seulement notre tour », commence une fonctionnaire. Ici, il n'y a pas cette sidération qui se lisait dans les regards à New York ou à Paris, ces villes devenues tragédie, tout entières, après des attaques terroristes. À Bruxelles, on est déjà au-delà, on est déjà après, à ce stade où « on connaît les choses avant de les vivre », constate un policier. L'émotion et la douleur, évidemment. La surprise, non. Et c'est cette impression d'inéluctable, peut-être bien plus terrible au fond, qui restera ici la marque des attentats.

Un couple, main dans la main : « Les choses se sont passées exactement comme dans nos pires cauchemars. On avait même imaginé où et comment cela se passerait, dans le métro, dans un aéroport, dans le quartier de l'Europe, aux heures de pointe. » Un enseignant porte un bouquet de roses à travers le quartier piétonnier du centre-ville, sans savoir où le déposer. « On se le répétait entre nous : nous serons les suivants. Qui, en Belgique, n'a pas eu cette conversation, ces derniers mois ? » Et, comme en écho, on entend Charles Michel, le Premier ministre, marteler dans un micro : « Ce que nous redoutions s'est réalisé. »

Place de Brouckère, à 13 heures pile, l'immense publicité lumineuse Coca-Cola s'éteint, remplacée par un drapeau belge et le nom de « Bruxelles » dans une cocarde noire. Un grand hôtel a barricadé sa porte : ne rentrent désormais que ceux qui ont une réservation en cours, preuve à l'appui. Un peu partout, dans ce quartier d'affaires et touristique, des voyageurs tournent sans fin, valise à roulettes sur les talons. Plus d'avion, plus de bus, plus de tram, plus de métro, plus de train. Les voitures de police et les ambulances sont les seules à continuer de rouler, à toute allure. « Bruxelles n'est plus qu'une sirène », écrit joliment Béatrice Delvaux dans son éditorial du *Soir*, le grand quotidien belge. Bruxelles, ville-sirène.

Les autorités ont appelé les Bruxellois à rentrer chez eux et à y rester. La Grand-Place est vide, les Sablons aussi. Personne aux terrasses. « Je vous offre le café », risque un serveur à l'unique passant de la rue, qui retourne chez lui à pied. L'autre s'étonne. « Un café ? Vous pourriez proposer un cognac et boire avec moi. » En traversant les quartiers résidentiels, Ixelles ou Boitsfort, des silhouettes comme hypnotisées dans la lumière bleutée des téléviseurs s'encadrent dans toutes les fenêtres. Le bilan atteint désormais au moins 31 morts et plus de 250 blessés. Spontanément, une centaine de personnes commencent à se rassembler devant la Bourse, rendez-vous traditionnel des manifestations.

« Nous, on ne veut pas rentrer. On n'a pas peur, on préfère rester tous ensemble », dit une étudiante. Les premiers arrivés sont surtout des jeunes gens, chacun cherchant quoi faire pour tromper ce temps suspendu. « C'est notre premier attentat-suicide, alors on ne sait pas trop », dit un livreur à vélo. Il a voulu donner son sang à l'hôpital Saint-Pierre, où ont été évacuées les victimes du métro Maelbeek. Un périmètre de sécurité interdit d'approcher. Trop de volontaires, personnel débordé. On recherche surtout certains groupes sanguins. Pas le sien. Il en pleurerait.

Trois étudiantes de l'école de journalisme distribuent des craies, invitant les passants à écrire des messages sur le bitume. « On ne veut pas non plus créer un phénomène de foule, ce serait dangereux », hésite Victoria, l'une d'elles. Et, bien sûr, c'est ce qui arrive, on se masse, comme si on n'avait attendu que ça, dans une ambiance qui rappelle bientôt celle de la place de la République à Paris après les attentats. Un couple, Riet et Dom, prend l'affaire à bras-le-corps. Elle, travailleuse sociale, appelle tout le monde à se mettre en cercle, se prendre la main, puis lever les bras, en faisant une minute de silence. Lui, diplomate, part faire fabriquer plusieurs modèles d'autocollants. À peine un quart d'heure plus tard, celui avec les trois lettres BXL, aux couleurs du drapeau belge, s'impose sur les manteaux et blousons.

Sur le sol, les mots à la craie s'enchaînent, en anglais si possible. « On n'est plus flamand ni wallon, on pleure bilingue », dit quelqu'un qui vient d'écrire « I love Brux'hell ». On parle surtout d'espoir : « Let's be happy ». Ici, l'ambiance n'est pas aux embrassades ou aux effusions. Au contraire. Un penchant pour les jeux de mots, les blagues, les douces bêtises transparaît rapidement, comme si la tristesse, par courtoisie, s'ingéniait à rester bonne fille. « Faites des frites, pas la guerre », trace l'un. Un cameraman britannique interviewe une dame : elle raconte avec entrain qu'elle devait partir en Turquie la semaine prochaine, des vacances avec son mari. « Là-bas aussi, il y a des attentats. Alors, aujourd'hui, j'ai pensé : *Si c'est comme ça, je préfère encore me faire péter chez moi.* On va à Knokke-le-Zoute. » Il y a un petit silence. Le journaliste arrête la caméra. « Vous êtes sérieuse ? Désolé, je ne peux pas diffuser ça. »

Quelqu'un pose des ballons en forme de cœur rouge, un autre des fleurs. Deux policiers s'approchent. Politesse extrême, ce ton particulièrement calme des grandes catastrophes : « Personne ne sera choqué si on les déplace sur les marches de la Bourse pour qu'elles ne soient pas piétinées ? » demande l'un. Et l'autre : « Il est important d'être gentil les uns avec les autres. » On annonce un renforcement des contrôles aux frontières, les voisins se barricadent, les Français, les Allemands, mais les Américains aussi. Sur les réseaux sociaux, une image écrase les autres, tournant ici bien davantage que les messages de solidarité : les images de vidéosurveillance, sur lesquelles trois hommes poussent chacun un chariot à bagages dans l'aéroport de Zaventem. Deux d'entre eux, vêtus de noir, ne portent qu'un seul gant, « dissimulant peut-être le détonateur », croit savoir quelqu'un. Le dernier, blouson clair, porte un drôle de chapeau et une barbe qui paraît fausse. Il serait en fuite. Ce n'est que bien plus tard, vers 19 heures, que la police fédérale, submergée, se résout à lancer officiellement l'avis de recherche.

Sur la place de la Bourse, on a commencé à allumer des bougies, on chante, un millier de personnes peut-être, mais l'homogénéité étudiante du matin a éclaté. La foule est vraiment mélangée, toutes classes sociales, toutes origines, tous âges et c'est sans doute l'autre particularité de ce deuil belge. Le drapeau gay voisine avec une banderole de football, un groupe agite le fanion d'une marque de bière, des groupes de jeunes gens battent des mains, façon mariage marocain. Contrairement à Paris, les quartiers du centre-ville restent ici très mélangés. « Au début, je n'osais pas venir par peur d'être montré du doigt », dit Hussein, ouvrier venu du Rif au Maroc. Personne ne s'y risque. Au contraire, la solidarité se veut ostensible. Un gamin cherche à joindre son père, réseau saturé. Une grande blonde essaie de le rassurer : « Il doit être en cellule psychologique. »

Plus haut sur le boulevard Anspach, des jeunes gens viennent de se faire contrôler, bras en l'air. « On l'accepte. On a la tête et le style de ceux qu'ils recherchent », dit Moulay, 24 ans. Lui écrit par terre à la craie : « 1080 avec les victimes ». 1080, c'est le code postal de Molenbeek, la commune où Salah Abdeslam – en fuite depuis les tueries de Paris – a été arrêté à peine quatre jours plus tôt.

Molenbeek se trouve à 200 mètres à peine de la Bourse, de l'autre côté du canal. En quatre mois, 160 perquisitions y ont été faites, 3 des terroristes abattus en France y vivaient, 5 des mis en examen aussi. L'annonce des attentats de Bruxelles s'y est abattue comme une nouvelle malédiction. Quelques magasins ont commencé à baisser le rideau le matin. On ne parle plus qu'entre soi, et encore, le moins possible. Puis, dans la journée, des explosifs sont découverts dans un appartement loué dans le quartier de Schaerbeek. À Molenbeek, ça rouvre.

Gare Centrale les trains redémarrent en fin d'après-midi pour permettre aux employés de repartir. Les écoles, les administrations devraient à nouveau fonctionner mercredi, le lendemain. « Tout va plus vite finalement qu'après les attentats du 13 novembre en France. À Bruxelles, la vie avait alors été bloquée trois jours à cette époque », se souvient une institutrice. Mercredi, au petit matin, les embouteillages ont repris dans la ville, voitures bloquées sur les boulevards, pluie fine. Un jour comme les autres, sauf que les automobilistes arrêtés s'envoient des sourires au lieu de klaxonner.

La bande de Molenbeek

6 mai 2016

En Belgique, Akrouh, Abaaoud, Abdeslam, Abrini ou Dahmani ont grandi ensemble dans le quartier bruxellois de Molenbeek : tous se retrouvent impliqués à des degrés divers dans les attentats de Paris et Bruxelles.

À Molenbeek, quartier ouvrier de Bruxelles, les habitants montraient volontiers en exemple Omar Abaaoud, un commerçant d'une soixantaine d'années. Arrivé du Maroc pour travailler dans les mines de charbon, Abaaoud s'était hissé peu à peu jusqu'au statut de notable discret, presque opulent, propriétaire de deux magasins de vêtements. Son fils aîné, Abdelhamid, tenait l'un d'eux. La famille fondait beaucoup d'espoir sur lui, « un garçon facile », qui s'était révélé « bon commerçant ». Les six enfants étaient choyés, on les surnommait « les petits rois ». Papa Abaaoud aimait répéter : « Ici, nous avons une belle vie. Une vie fantastique même. Notre famille doit tout à la Belgique. »

En novembre 2015, Abdelhamid Abaaoud a été identifié comme l'un des organisateurs des attentats de Paris et tué dans une planque à Saint-Denis, après un assaut du RAID. Il était parti en Syrie deux ans plus tôt : depuis les vidéos qu'il envoyait à ses amis ont fait le tour du monde. Il y joue au football avec une tête humaine, traîne des cadavres derrière un 4 × 4, les yeux plissés dans le soleil, sourire immense, « le même que sur ses photos de vacances au Maroc, où il paradait en quad devant leur villa », raconte un ami du quartier. De Syrie, Abaaoud commentait avec entrain : « Ici, on a tout, surtout depuis qu'on fait venir du Nutella de Turquie. » Il avait 28 ans.

Mort à Saint-Denis à ses côtés, avec une ceinture d'explosifs, Chakib Akrouh était un étudiant sportif, plutôt timide. Sa famille avait essayé de le joindre depuis le Maroc, à l'été 2013, pour annoncer qu'on lui avait enfin trouvé une fiancée – à son goût, espérait-on. Akrouh était parti depuis peu en Syrie, il s'y était marié, attendait un enfant. Lui aussi venait de Molenbeek, à quelques rues de chez Abaaoud.

Akrouh, Abaaoud, Abdeslam, Abrini, Dahmani… Ici, ils sont une vingtaine de jeunes gens impliqués à des degrés divers dans les attentats les plus meurtriers jamais commis en France. Ils ont grandi ensemble, voisins, cousins, petite bande labourant un territoire minuscule entre le canal et le chemin de fer, appelé « le bas Molenbeek ». Ou plutôt « le Molenbeek historique » comme il convient de dire maintenant. Avec les tueries de Bruxelles, en mars 2016, les arrestations se sont enchaînées. En six mois, 160 perquisitions, plus de 300 auditions. « La nuit, je me réveille en sursaut », dit un commerçant, collègue du père Abaaoud. Il se penche à la fenêtre. « Est-ce qu'il s'est encore passé quelque chose ? Est-ce que les journalistes sont revenus ? » Il ne voit que les maisons basses, briques, pavés, charme humble des faubourgs de Bruxelles dans la lumière floue des réverbères. Son propre fils est parti deux fois en garde à vue, « comme tout le monde ici ». Et, de nouveau, les questions qui empêchent la Belgique de dormir tournent dans la tête de cet homme : *Qu'est-ce qu'on n'a pas su faire avec nos enfants ? À qui la faute ?*

À la maison communale, on se le demande aussi, évidemment. « Il n'y a pas de zone de non-droit à Molenbeek, nos 17 000 jeunes ne doivent pas tous être stigmatisés », répète la bourgmestre de la commune, Françoise Schepmans (du Mouvement réformateur, le parti libéral francophone), avec une inusable patience. Une affaire, en revanche, la met sur les nerfs : la liste que l'Organe de coordination pour l'analyse de la menace (OCAM, placé sous l'autorité des ministres de l'Intérieur et de la Justice belges) lui a transmise en juin 2015, recensant 85 personnes « présumées radicalisées » dans la commune. Cinq mois avant les tueries de Paris s'y égrènent déjà ces noms : Abaaoud, Abdeslam, Abrini, Akrouh… « À ce moment-là, on n'a pas tilté. Et que pouvait-on faire ? On n'est pas la police », dit la bourgmestre.

Ceux qui étaient partis en Syrie ont été radiés, droits sociaux supprimés. Un élu poursuit, comme on s'excuse : « On était en train de financer le djihad avec l'argent des Belges, il fallait arrêter ça. » Il se souvient que quelqu'un a demandé alors : « Mais qu'est-ce qui va se passer s'ils reviennent ? » Nul n'a été capable de répondre, comme si les pièces du puzzle étaient là, étalées, sans personne pour les assembler.

Dans un salon de thé, un groupe discute sagement devant un tiramisu sans alcool pour savoir s'ils auraient aidé un fugitif après les tueries, comme Abid Aberkan, qui a caché Salah Abdeslam dans la cave de sa mère. « Je l'aurais fait aussi, pour ne pas qu'on le tue, pour connaître ses raisons », tranche une jeune fille de 23 ans qui travaille dans la communication, tout étonnée qu'on s'en étonne. Pour évoquer « la petite bande de Molenbeek », des élus ou des proches parlent volontiers de « bras cassés », de « pieds nickelés ». Les enquêteurs pincent les lèvres. Pas si sûr, selon eux. Certes, le mécanisme des opérations de l'organisation État islamique (EI) en Belgique, en Tunisie ou en France a été mis au jour dans ses grandes lignes : des combattants partis en Syrie sont renvoyés dans leur pays ou zone d'origine pour y commettre des tueries, avec faux papiers et contacts relais. Des appuis locaux, sans histoires, assurent la logistique – logement ou voiture – à proximité des lieux d'attentats. Mais la circulation de plusieurs des terroristes et la provenance de certaines armes ayant servi aux attentats du 13 novembre restent toujours mystérieuses. Et seul un hasard a permis d'arrêter deux membres d'un quatrième commando, le 3 octobre 2015, dans un flot de réfugiés sur l'île grecque de Leros.

À Molenbeek, ceux qui parlaient de voyage en Syrie aux policiers se sont pourtant longtemps entendu répondre : « Laissez-les donc partir », raconte un élu. « Ces jeunes-là n'étaient pas mal considérés alors, même par la communauté internationale, qui ne bougeait pas », explique de son côté Olivier Vanderhaegen, chargé de mission contre la radicalisation dans le quartier. Au printemps 2012, en plein soulèvement syrien contre Bachar al-Assad, plusieurs fonctionnaires communaux remarquent « des gens qui cherchent la discussion » du côté du canal. Ils haranguent les hommes de Molenbeek : « Vous n'allez pas rester à l'arrière, comme des femmes ? »

Beaucoup se revendiquent d'une jeune association, Sharia4Belgium, née en 2010 à Anvers (puis dissoute en octobre 2012). Ce sont eux aussi qui distribuent des tracts appelant à ne pas voter, rejetant toute intégration des musulmans dans la société occidentale. Eux encore qui font flamber une manifestation contre le commissariat de Molenbeek, en juin 2012, après l'interpellation d'une femme en voile intégral. À cette époque, Abdelhamid Abaaoud se laisse pousser barbe et cheveux. On appelle ça « la coupe du Prophète ». Les gosses veulent tous la même. « Il a été un des premiers à être chauds, mais surtout à l'afficher : il aimait la pavane », dit un voisin. Abaaoud n'est pas un caïd, loin de là. « Je vis d'air et de lumière », lance-t-il à un magistrat, quand il est jugé, en 2011, pour une lamentable tentative de vol avec la voiture de sa sœur et trois potes du quartier. Pas de gros casier, on veut leur donner « une chance » : ils prennent du sursis. La famille Abaaoud est l'une des seules ici à avoir essayé de pousser ses enfants hors de Molenbeek. L'aîné est inscrit au collège Saint-Pierre d'Uccle, le plus élitiste de la ville. Renvoi. « Papa Abaaoud, qui a une gentille petite culture musulmane, a décidé de l'envoyer étudier un peu de théologie quelques mois en Égypte, raconte un ami de la maison. Il disait : “Là-bas, ils le remettront dans le droit chemin.” En fait, cela a été le début de la catastrophe. »

Abdelhamid Abaaoud est revenu à Molenbeek connaissant des sourates, parlant l'arabe, le vrai, celui du Coran, pas le *darija* marocain qui se transmet en famille. Personne ici ne dira qu'il était religieux, au sens de la piété. Il maniait l'islam comme une devise forte. « Il avait ramené un nouveau truc : à toute chose une réponse existe et il la connaissait. On avait le sentiment de devenir hyperlucide en l'écoutant. La religion donnait un sens aux injustices », dit un proche. Un exemple ? Le premier jour du ramadan, des affiches publicitaires avaient été changées dans le quartier : les nouvelles vantaient des soutiens-gorge. Lui commente : « Un hasard ? Tu veux rire mon frère ! C'est contre les musulmans. » En janvier 2013, Abaaoud quitte la Belgique, comme six autres jeunes du quartier. « Trop calme. Je ne vais pas vendre des costumes à 20 balles toute ma vie. »

À quelques pas de ce qui fut son magasin, sur la place communale, un groupe de touristes écoute un guide sous un parapluie rouge raconter le passé industriel de Molenbeek, 100 000 habitants. Sans transition, le guide poursuit : « Derrière vous, au numéro 30, la maison de la famille Abdeslam, au premier étage. » Au balcon, un rideau bouge à peine. La famille se barricade des jours entiers, à chaque rebondissement du dossier. Des proches viennent les ravitailler. Le 13 novembre 2015, à 21 h 41, Brahim, l'aîné, a déclenché sa ceinture d'explosifs dans un café à Paris, après s'être excusé de son arrivée bruyante avec un sourire, selon un témoin. Étiqueté ennemi public numéro 1, seul survivant des commandos en France, son frère Salah a été arrêté en mars 2016 après quatre mois de cavale et transféré le 27 avril à Fleury-Mérogis. Comme pour Abaaoud, des vidéos des deux frères circulent sur Internet. Mais d'un autre genre : ils dansent, flirtent, fument en boîte de nuit à un concert du rappeur Lacrim.

Des « sorteurs », comme on dit ici. Les enquêteurs, de nouveau, restent prudents : « Une vie de fêtards, gérée comme une couverture, reste une des hypothèses. »

Salah Abdeslam, 26 ans, a commencé, en 2009, à la Société de transports intercommunaux de Bruxelles, comme son père, conducteur de tram au dépôt de Molenbeek. Ça ne lui plaît pas vraiment. De toute façon, il est viré en 2011 pour « absence injustifiée » : en fait, il est en détention provisoire à la prison de Malines, dans la même lamentable affaire qu'Abaaoud. Ils sont si proches, à vrai dire, que le père de Salah Abdeslam confie à un voisin, au moment où Abaaoud s'envole pour la Syrie : « Je me demande ce que va devenir le mien. » Le « sien » commence par bouder. Sa fiancée, Yasmina, une brune ravissante aux cheveux lâchés, lui fait remarquer : « Abaaoud est fou. » Il répond que chacun choisit son camp, mais « il n'avait pas l'air content de [ce] choix », dira-t-elle aux enquêteurs. Pendant les manifestations violentes contre le commissariat de Molenbeek, il s'était affiché côté police, tentant de contenir les jeunes, se souvient Pharred, qui tient la librairie sur la place communale.

Salah Abdeslam cherche du travail. Il se tourne naturellement vers la commune. Trois fois, le premier échevin (adjoint au bourgmestre), Ahmed el-Khannouss, le reçoit et l'oriente vers la maison de l'emploi. Le garçon est estomaqué. À Molenbeek, les Abdeslam sont ce qu'on appelle une grande famille, autrement dit nombreuse, au moins cent personnes avec les alliances, le genre à peser pour les scrutins électoraux. Ils ont la réputation de vivre sous l'aile de la municipalité, installés dans un logement social depuis 1998 malgré des revenus bien trop importants et les 17 000 dossiers qui attendent douze ans en moyenne.

Mohamed, un autre de la fratrie, avait d'ailleurs été embauché par le bourgmestre en 2006. « Je voulais sortir ce garçon de la rue : Mohamed n'est pas une flèche, mais pas un radical non plus, plutôt le pitre de service », se défend aujourd'hui Philippe

Moureaux. Lui, c'est l'ancien bourgmestre socialiste, vingt ans aux commandes, jusqu'à sa chute en 2012. Depuis les attentats, lâché par son parti, il essuie les accusations d'« islamo-socialisme » et de « clientélisme » avec une population qui compte 40 % de musulmans. L'athénée royal Serge-Creuz, l'établissement secondaire du quartier, est le seul du pays à autoriser le voile. Il y a un an, le dernier des commerçants italiens – qui ont longtemps tenu la chaussée de Gand – a baissé le rideau. Il vendait des dragées. Rue du Prado, les maroquiniers juifs étaient partis bien avant, dans les années 1970. Désormais, dans le Molenbeek historique, plus rien ou presque n'interrompt l'alignement des boucheries halal et des boutiques orientales. « Sans s'en rendre compte, on a laissé les gens s'entasser », admet une assistante sociale. Presque tous sont issus d'une seule région, le Rif marocain, jusqu'à former un entre-soi où ceux d'un village se regroupent parfois dans une même rue.

Avec son frère Salah, Brahim finit par ouvrir un café, rue des Béguines. On y sert plus de shit que de bière. C'est à trois stations de métro du Molenbeek historique, mais déjà un autre monde. « Ils n'auraient pas osé s'installer dans le quartier, les vrais caïds ne l'auraient pas permis. Eux sont des petites victimes, courbant la tête devant les durs », soutient un ami. Aux Béguines, ils sont une vingtaine d'habitués, loin des gros établissements bruxellois qui tournent à plus d'un kilo par jour et 6 000 euros de gain. Brahim Abdeslam lève rarement la tête de son écran branché en continu sur la Syrie. On « skype » avec ceux qui sont partis. L'un d'eux leur présente un « frère » « qui garde sa ceinture d'explosifs nuit et jour et ne l'enlève que pour sauter dans la piscine ». Là-bas, Abaaoud est devenu Abou Omar al-Baljiki. Il rit sur l'écran : « Qu'est-ce que vous gagnez en restant là ? Vous ne serez jamais personne. »

Un grand maigre, ancien habitué des Béguines, soupire devant une assiette de charcuterie halal bio. Ses parents lui ont souvent raconté qu'être arabe en Belgique n'était pas forcément le pire dans les années 1980. C'étaient plutôt les Italiens qu'on traitait de « profiteurs » en leur chantant avec un accent de pizzaiolo : « À la Moutouelle, que la vie est belle… » Nouveau soupir. Les choses ont salement changé, surtout après le 11 septembre 2001. Il avait une dizaine d'années alors, comme Abaaoud et les autres. Génération apocalypse. Il parle de contrôles d'identité, où un policier crie en pleine rue : « Toi le basané, abaisse ton froc. » « On vit une autre réalité que les parents, mais eux refusent de le voir. Les diplômes, les diplômes… Ils ne savent répéter que ça, ils veulent encore y croire, toujours cette mentalité du bled, même mon père né ici. » Autour, ses copains secouent la tête : colère d'être issus de ce milieu résigné, refus d'en faire partie.

La conversation dévie sur un gros voyou du quartier « qui a un budget essence de 2 000 euros par mois ». On se pâme. Ici, « on montait dans la délinquance, avant de monter dans l'islam, dit quelqu'un. La religion était la conséquence, pas la cause ». Des fratries entières ont pris l'avion ces années-là : trois des fils Bazarouj et la fille avec ses deux enfants, une famille où se recrutent les gros bras du quartier. Ils écrivent à leurs trois frères qui sont restés. « Vous laissez tomber la famille ? Vous devriez nous rejoindre. » Le voyage est facile, la voie balisée : Abaaoud s'en charge. On murmure que, là-bas, il accueille en personne les combattants de Molenbeek. Maintenant, il est quelqu'un, dirigeant la « Brigade des immigrés », 80 hommes environ, des Belges et des Français surtout. L'élite, dit-on. « Nos parents ont quitté leur pays pour du travail. Mais nous, quelle est notre place ici ? Pourquoi n'émigrerait-on pas au nom du Coran ? On a enfin l'impression de faire partie de l'Histoire », dit un jeune homme. Il se met à parler de la vidéo d'Abaaoud, évidemment. Les cadavres qu'il traîne ? Non, c'est la voiture, qu'il évoque : « Un 4 × 4 Ford ! »

Abaaoud repasse parfois en Belgique, presque sans se cacher d'ailleurs. Le 13 janvier 2014, il propose d'aller chercher lui-même son petit frère après la classe, Younès, 13 ans. Toute l'école numéro 9 découvre quelques jours plus tard la photo du gamin sur Internet, un fusil d'assaut à la main, exhibé comme un trophée : « Le plus jeune djihadiste du monde ». Abaaoud l'a embarqué avec son cartable. Longtemps, l'école numéro 9 a symbolisé l'idéal scolaire de la commune, ce mélange optimiste de nationalités et de religions. « Paradoxalement, les difficultés scolaires ont augmenté alors que la majorité des élèves est née en Belgique désormais », dit Sylvie Extin, assistante sociale. Les familles s'investissent, viennent la voir. Elle leur demande : « Qu'est-ce que vous craignez si vous dites non à vos enfants ? » Peur de mal faire. Peur de ne plus s'aimer. Peur des voisins. Papa Abaaoud a déposé plainte pour enlèvement d'enfant, liquidé les deux magasins de Molenbeek, fui la maison de vacances à Oulad Teima. En voiture, il sillonne seul le Maroc. Une rumeur sème régulièrement la panique à l'école numéro 9, depuis la mort d'Abdelhamid Abaaoud : le petit frère reviendrait venger le grand. Aucun parent d'élèves ne prononce plus le mot « Syrie ».

À partir de juin 2014, les enquêteurs décrivent une montée de la radicalisation chez les combattants étrangers, quand l'EI proclame le « califat » et le djihad global. Une coalition internationale, dont la France, engage une série de frappes. À Molenbeek, Salah propose à sa fiancée le départ en Syrie. « Ce n'était pas mon délire, je ne l'ai pas pris au sérieux, dira-t-elle à la police. Durant les trois quarts de sa vie, il sortait en boîte. Il priait, mais même pas à l'heure. [...] J'ai pensé que c'était pour me mettre la pression et que je finisse par parler de notre mariage à mes parents. » Il n'y reviendra plus. Elle : « Je n'ai vraiment rien vu venir. » Aux Béguines, Brahim Abdeslam se nourrit d'égorgements en vidéo, lançant à propos de l'un ou l'autre, joint à la main : « Celui-là, il faudrait le tuer, un mécréant. » Il se vante, images à l'appui, d'avoir passé une semaine en Syrie. « Il est revenu en héros », dit quelqu'un.

Il s'intéresse de plus en plus à la religion : « Il me parlait même que je devais me mettre à la prière », dira aux enquêteurs Mohamed Amri, 28 ans, deux enfants, barman aux Béguines. Hamza Attou, fan de console vivant chez ses parents, assure, quant à lui, le deal. Quand Salah Abdeslam leur demande de venir le chercher à Paris, le 13 novembre à 23 heures, « Amri a roulé un joint et nous avons démarré », explique Attou, devant les policiers. Il demande alors à Amri s'il croit Salah mêlé aux attentats qui viennent d'avoir lieu : l'autre dit non. Abdeslam lui fait pitié, « il ressemblait à un enfant de 12 ans pleurant au téléphone », continue Attou. Ils apprennent son implication à Paris. Abdeslam supplie : « Ne me balancez pas. » Amri et Attou ne le feront pas. Comme Ali Oulkadi, apprenti soudeur, lui aussi habitué des Béguines, qui le transporte le lendemain dans Bruxelles. La police viendra les arrêter.

C'est à partir de janvier 2015 que tout semble s'être accéléré. Un attentat est déjoué dans une cache à Verviers, en Wallonie. Cible : le commissariat de Molenbeek, selon des écoutes. Le nom d'Abdelhamid Abaaoud revient sans cesse. Il plastronne. Dans *Dabiq*, la publication en anglais de l'EI, il revendique ouvertement en février 2015 : « Mon nom et ma photo étaient étalés partout et, pourtant, j'ai pu rester dans leur patrie, planifier des opérations contre eux, et [re]partir [en Syrie] en toute sécurité. » La police belge décide à ce moment-là d'entendre Salah Abdeslam à propos d'Abaaoud : « En dehors du djihad c'est quelqu'un de bien ; maintenant, je ne tolère pas ce qu'il fait », leur dit-il.

Les tentatives de tuerie s'enchaînent, en avril 2015 à Villejuif (Val-de-Marne), puis en août à bord du Thalys reliant Amsterdam à Paris. « J'ai des informations pour empêcher des attentats en Belgique et en France », dit aux services français un Breton arrêté à son retour de Rakka, à l'été 2015. Il cite Abou Omar al-Baljiki, qui trie les dossiers en Syrie pour sélectionner les terroristes. Puis, « deux Tunisiens » au-dessus de lui « décident du départ ou pas ». Quelques semaines plus tard, un autre Français déclare, toujours auprès des agents français, avoir été désigné par Abou Omar : « Il m'a dit de choisir une cible facile comme un groupe de personnes, un concert, par exemple [...]. Il m'a dit que, si sa tête ressemblait à la mienne, il aurait pris mon passeport et il y serait allé lui-même [...]. Cela va arriver très bientôt. Là-bas, c'était une véritable usine. »

Nous sommes en août 2015. Dans le quartier, Salah Abdeslam laisse entendre que « des missions » lui sont maintenant confiées. Mercedes louée, nuit à l'hôtel, cash dans la poche. « L'aventure, une bande soudée : ça y est, il pouvait se la raconter alors que, jusqu'à présent, il avait toujours gardé les yeux baissés, comme son père avant lui », dit un ex-habitué des Béguines. Le 4 août, Abdeslam est contrôlé sur un ferry entre la Grèce et l'Italie, puis le 9 septembre sur une aire d'autoroute en Autriche. À chaque fois, il transporte des hommes qui seront impliqués dans les attentats à des postes-clés, logisticiens, artificiers ou kamikazes. Les frères Abdeslam sont bien sur la liste des 85 noms de l'OCAM remise à la bourgmestre de Molenbeek, mais sans avis de recherche.

Le 5 novembre, un arrêté de fermeture tombe contre les Béguines, pour trafic de drogue. Et Brahim tempête qu'on s'acharne contre la famille. Tant pis. Il annonce à la cantonade qu'il va maintenant ouvrir un car wash.

Le 11 novembre, il tourne dans le quartier, cherche du haschich. Finalement, il finit chez Pharred où il choisit une grande tunique pakistanaise, toute blanche, 35 euros. « J'ai cru qu'il allait se marier », se souvient Pharred. Un témoin la remarquera quand Brahim rentrera au Comptoir Voltaire, le 13 novembre, avec sa ceinture d'explosifs.

Quelques heures plus tard, Salah Abdeslam laissera la carte d'identité de son frère dans la boîte à gants, en abandonnant sa voiture. Selon Attou, il voulait imiter les frères Kouachi après les attentats de *Charlie Hebdo*, et rendre Brahim célèbre dans le monde entier.

Dix jours au poste

30 décembre 2016

En France, pour la première fois, les policiers manifestent contre leurs conditions de travail : une plongée au commissariat de Sarcelles entre colère et malaise.

Au premier coup contre la porte, c'est un petit monsieur en costume qui ouvre, teint très pâle, rasé et peigné, comme s'il attendait chaque nuit qu'on vienne frapper au matin. Il est 6 h 14 à Sarcelles, l'heure des femmes de ménage et des perquisitions. « C'est l'étage au-dessus », dit le petit monsieur sans qu'on lui demande rien. Il précise : « Porte de droite. »

Les coups reprennent, un palier plus haut. « Police. » Une voix de femme : « C'est pour qui ? – Kevin. » On entend soupirer. « Encore… » La porte s'entrebâille. « Sa chambre est dans l'entrée, lit superposé du haut », dit un des trois flics. On les croirait chez eux. « Comment je m'habille ? » leur demande Kevin. Ça discute chiffons. Kevin a 19 ans.

Dans le salon, le sapin qui clignote éclaire par saccades le visage de la mère. « Je suis traumatisée », elle dit. Sa fille rigole. « Raconte pas ta vie, c'est pas des psychologues. » La mère, à nouveau : « Il a fait quoi cette fois ? – Il a pris rendez-vous avec une dame sur Leboncoin pour acheter un portable. Il le lui a arraché. Mais avant, il avait envoyé une adresse mail avec son nom, pour la facture. » La mère gémit. « Mon Dieu qu'il est bête… » Dans la voiture de police, Kevin, menottes et survêtement noir, vérifie sa coiffure dans le rétroviseur.

Au commissariat de Sarcelles (Val-d'Oise), on éventre un sachet de croissants sur le bureau, la tradition entre enquêteurs après une arrestation. « Moi, c'est le Boulet », se présente l'un d'eux. Quand la conversation mollit, le Boulet aime raconter quelques-unes de ses gaffes. Une chanson d'AC/DC joue fort sur l'ordinateur. Qu'on ne s'y trompe pas : ici, le dossier Kevin est une affaire sérieuse.

Depuis le mois d'octobre, il n'y a pas une semaine où on ne parle des policiers, de leurs colères, leurs malaises, leurs manifestations. Pour la première fois, des hommes et des femmes, parfois en uniforme, défient la loi pour protester de nuit, sans autorisation. Le gouvernement vient d'annoncer un texte élargissant pour la police la notion de légitime défense, une des revendications. Ça ne suffira pas, tout le monde le devine. À quoi ressemble aujourd'hui le monde vu à travers la glace sans tain d'un commissariat ? Le ministère de l'Intérieur m'a autorisée à passer dix jours dans celui de Sarcelles.

À l'accueil, quelqu'un vient de déposer un lapin angora, trouvé dans un ascenseur. Une dizaine de personnes attendent. Plutôt calme, aujourd'hui. Sur le cahier des doléances, une main a écrit : « On a volé tous les cadeaux de Noël. » Il y a aussi des compliments pour Nadine, qui tient le guichet. À 60 ans, Nadine a été recasée là, après une vie de barmaid au foyer des CRS. Elle adorait. Elle en a gardé l'indulgence, une certaine façon d'écouter. Le jour de la visite de Bernard Cazeneuve, alors ministre de l'Intérieur, une jeune fonctionnaire a pourtant été installée à la place de Nadine. Des voitures neuves avaient aussi été prêtées par la préfecture de Cergy, en cache-misère des guimbardes de Sarcelles, et des agents amenés d'autres commissariats, pour faire masse. « C'est normal que les officiels ne comprennent rien : à chaque fois, on monte un décor pour faire croire que tout va bien, dit un fonctionnaire. Mais ce qu'on vit, d'autres institutions le vivront aussi. On est juste à l'avant-poste. »

Prenons ce mariage, par exemple : une histoire de rien pourtant, qui aurait fait rire en d'autres temps. C'est Christelle, de l'équipe police secours qui raconte. Ça se passait l'autre jour, vers l'avenue du 8-Mai-1945, les Champs-Élysées de Sarcelles, une guirlande de boutiques orientales, juives ou pakistanaises qui dévalent le long de la chaussée. Trop de tapage, une patrouille débarque à la noce. « Bande de merdes, petits flics à 1 000 euros, on connaît des gens plus importants que votre uniforme ridicule », se mettent à crier les mariés. C'étaient des familles paisibles, « des gens qui devraient être avec nous, s'énerve un autre équipier. On est devenus de la viande, des larbins ».

Ceux qui sont avec la police, ceux qui sont contre la police : la ligne de partage traverse désormais chaque conversation, coupant l'horizon en deux. Et, tous les jours, la catégorie des « contre » semble enfler, démesurément. « Invulnérables », le terme serait exagéré : disons que les policiers se sentaient sûrs d'eux, solides comme la République. L'instabilité de l'époque, les attentats – dont certains ciblant des fonctionnaires – ont soudain mis à nu une impression de fragilité. Sylvie, major exceptionnel, évite tout signe distinctif quand elle quitte le boulot. « C'est le monde à l'envers : normalement, c'est pas à nous de nous cacher. » Maintenant, devant les commissariats, les flics gardent les flics, ambiance bunker, la police contre le reste du monde. La parole aussi est barricadée, comme s'il y avait la peur et la honte de la peur. « Qu'est-ce qu'on peut dire ? On est censés représenter la force et on se fait tirer comme des lapins », lâche le bonhomme de permanence.

Dans le bureau du Boulet, l'interrogatoire de Kevin vient de commencer. « Kevin, tu fais quoi en ce moment ? » demande Baptiste, qui conduit l'enquête. « Ben, je suis là », répond Kevin, interloqué. Une banane trône à côté de l'ordinateur, une serviette de bain rose sèche sur le radiateur à côté d'une lampe de poche et d'une barre à mine – l'équipement personnel du Boulet ; le ministère n'en fournit plus. Un ventilateur et un micro-ondes ont été récupérés dans les poubelles, certains meubles aussi. Est-ce qu'il reste assez de papier pour imprimer les PV ? Sous la lumière crue du commissariat, Marianne avec son bonnet phrygien ressemble soudain à une petite clocharde. Kevin nie le vol. Il reconnaît juste « être passé dans le coin, mais plus tard ».

Dans le couloir, des collègues râlent contre une nouvelle loi – « encore une ! » Aujourd'hui, les fonctionnaires renâclent à devenir enquêteurs de police judiciaire, même au prestigieux Quai des Orfèvres, le rêve il y a quinze ans encore. « À l'époque, on n'y entrait pas comme ça, il fallait se faire remarquer », dit le commandant Yann Le Poulard. Il raconte la brigade des stupéfiants, où il a travaillé, les dossiers suivis de A à Z, les aveux à 4 heures du matin. « Un pied terrible. » La magistrate lui avait donné son numéro de portable, « je l'appelais en pleine nuit et elle décrochait ». Flics et juges dînaient ensemble, sentiment d'être du même monde. « Aujourd'hui, le magistrat lui-même démonte les enquêteurs. Depuis que la procédure s'est incroyablement compliquée, le vice de forme est devenu une hantise », reprend Yann Le Poulard.

Les appels radio se succèdent au poste, dans la pièce à côté. Un bébé seul dans une Scenic derrière un hypermarché, braquage à la bijouterie du centre commercial, des jeunes en bande caillassent le tram. « On va les attraper, ils vont dire que c'est pas eux, le procureur sera encore de leur côté », s'énerve une très jeune femme. Elle en parle comme d'une trahison. Quelqu'un glisse à la fonctionnaire qui gère les appels : « Tu m'envoies sur les bons trucs, OK ? »

En bas, dans les geôles, le gaillard de service fouille un Roumain – vol chez Auchan, une tranche de foie de veau, 6,07 euros. Bruits de grille et de clé, béton cru couvert de graffitis et d'épaisses traînées brunes, avec cette odeur qui s'incruste partout, même dans la bouche. Des formes sont allongées sous des couvertures de survie dorées. L'une répète en boucle : « Les toilettes, les toilettes. » L'endroit est surnommé Koh-Lanta. « Est-ce qu'on s'habitue ? » demande le gaillard de service. Sa femme est restée dans le Nord, il y retourne en fonction de ses récupérations. Lui vit en « squat », un appartement loué entre collègues, à quatre matelas par pièce. Certains réussissent à avoir leur chambre, mais c'est plus cher. Ici, les policiers viennent de partout, des jeunes surtout. Pauline, stagiaire, raconte que sa colocataire à l'école de police a fait une crise de nerfs à sa nomination en banlieue parisienne. Il faut dix ans pour être muté en province. Moins avec du piston.

Le gaillard regarde les papiers du Roumain. Puis regarde le Roumain. « Tu étais beau, avant. Tu t'es vu aujourd'hui ? » Sa boîte de BTP a fermé, le Roumain s'est réfugié dans un pavillon à l'abandon avec un Somalien sans papiers. Pendant les années Sarkozy, quand les sans-papiers étaient l'obsession politique, la statistique exhibée en trophée, une patrouille serait déjà partie cueillir le Somalien. « À l'époque, on nous disait : "Tu ne rentres pas au poste si tu n'en as pas ramené deux" », dit un gradé. Au pôle judiciaire, José se souvient qu'il n'en dormait plus – « ces hommes se mettant à genoux devant nous pour ne pas repartir et dont on ne savait jamais ce qu'ils étaient devenus… ». José a débuté au centre de rétention du Mesnil-Amelot (Seine-et-Marne), en 2006 : le camp, tout juste créé, avait englouti 150 diplômés sur les 240 de sa promotion. La politique a toujours voulu faire sa police. Les statistiques existaient avant Nicolas Sarkozy. « Mais il a officialisé le système. Parfois, les chiffres étaient affichés tous les jours. »

Aujourd'hui, les vols avec violences sont devenus la priorité – arrachages de sacs et de portables surtout. Sarcelles détient le record du Val-d'Oise, plus de mille par an. Un service spécifique a été créé en 2015, au sein du groupe de la répression des violences aux personnes. Déjà passée de huit fonctionnaires à trois, la brigade des mineurs y avait été dissoute dans le cadre d'une réforme nationale. « Notre spécificité a disparu, on l'a très mal pris, estime Nadège, brigadier-chef. Une enquête de viol, c'est long, sans intérêt statistique. Maintenant, on appelle parfois les victimes trois ans après les faits. » Un arrachage, en revanche, « ça se résout tout de suite, du résultat facile, ça brille », explique une autre. Le nouveau service décroche les meilleurs résultats du département – « À la préfecture, la directrice connaît nos noms. »

L'affaire Kevin est pile dans la cible. « Le but, pour nous, c'est qu'il prenne le maximum », dit un enquêteur. Dans le bureau du Boulet, la victime du Boncoin vient d'arriver, une grande femme exubérante et chaleureuse qui remercie sans cesse les policiers. Dans sa plainte, elle avait signalé un grain de beauté à gauche sur le menton de son agresseur. Il n'y est pas. Elle est sûre quand même que c'est Kevin, elle le reconnaît pendant le « tapissage » et la confrontation. Lui nie toujours : il était à l'auto-école au moment du vol, dit-il. « Vous promettez d'appeler ma mère quand vous verrez que j'ai rien fait ? Moi, elle me croira jamais. » Madame Leboncoin demande : « Il va être condamné ? » Tout le monde hoche la tête en riant. « C'est sûr. »

Dans le quartier de la gare, une voiture de la BAC, la brigade anticriminalité, vient de commencer sa patrouille. « Elle ne te rappelle rien, la Golf 6 devant le tabac ? Je crois qu'on l'a déjà pétée deux fois », dit Pierrick. Chacun scrute les rues, pistant la belle affaire, la morsure d'adrénaline. Alors, malgré les années, ce sera toujours la même chose, le cœur qui se décroche, la tête qui se vide d'un coup, plus rien d'autre n'existe. La BAC représente aujourd'hui le fantasme le plus répandu des commissariats, les derniers cow-boys urbains, même si l'image les énerve. « Aujourd'hui, les gars veulent du saute-dessus, du terrain, le dernier endroit où ils ont l'impression d'être utiles », dit un gradé.

Dans la voiture, on discute des attentats. Les premiers jours, tout le monde est venu au commissariat, spontanément, même les malades et les vacanciers. Après le 13 novembre 2015, Sarcelles s'attendait à être appelé en renfort à Saint-Denis, la ville voisine, pour l'assaut sur la planque de deux terroristes. Rien. En fait, « on a surtout aidé la DGSI [Direction générale de la sécurité intérieure] dans les perquisitions administratives ». Ça a duré quatre mois. Les gars en tenue gardaient les voitures sur les parkings ou s'épuisaient en garde statique. « Tout le monde voulait ses trois bonshommes devant chez lui. On devenait fous. » Des habilitations à tirer avec certaines armes ont été attribuées à la va-vite. Le commissariat s'est vu doté d'un fusil à pompe. Tout le monde n'avait pas encore suivi le stage « tuerie de masse » quand il a finalement été supprimé, en septembre. « Mais, au fond, qu'est-ce qu'on pourrait faire ? On n'est pas préparés pour ça », dit un autre policier.

La voiture de la BAC ralentit : un dealer signalé derrière le centre commercial. Pierrick course les acheteurs à travers les immeubles. L'un disparaît. L'autre se fait prendre : chômeur, plus si jeune, vivant seul avec son père. Il fait la gueule quand Guigui lui demande : « Tu ne consommes pas seulement du shit, je crois, vu l'état de tes dents ? » Les yeux de Guigui le fouillent comme ses mains tout à l'heure, en pire. Le garçon se fâche : « Je suis pas une balance. » Mais il sue de peur, ça se voit, pensant au Subutex au fond de son sac qu'on va lui supprimer. Le temps d'arriver dans les geôles, il a révélé la cache où le dealer planque ses doses.

L'équipe est en train de l'arrêter quand les portables vibrent, tous en même temps. Un homme avec une kalachnikov a été vu dans un centre de formation, juste à côté d'une école coranique. Il est 17 h 25. Retour au commissariat : trois minutes. Récupération des armes lourdes et des gilets pare-balles : deux minutes. Arrivée au centre de formation : six minutes. Plus un mot, plus un regard. « Cette fois, même le stress n'a pas la même odeur », murmure quelqu'un.

Une trentaine d'hommes et de femmes sont sur place, toutes unités confondues. Les radios saturent, il n'y en a pas assez, chacun se bouscule pour parler. Pas de plan des lieux, non plus. Quand les équipes s'éloignent, armes pointées, l'attente commence. Vingt minutes, l'éternité, et les revoilà. En fait, un vigile organisait un entraînement en cas d'attaque terroriste.

Dans le garage du commissariat, Laurence Gayraud attend les voitures qui rentrent. C'est la patronne, on ne l'appelle d'ailleurs que comme ça. Gravement, elle félicite tout le monde, un débriefing s'improvise, debout au milieu des gyrophares. « Pour un dépucelage, ça passe, dit Guigui. Il y a deux ans et demi, les premiers arrivés auraient foncé tout seuls, avec leur calibre et leur pare-balles, sans attendre personne pour dire : “C'est moi qui le fais.” » Il ne s'agit pas seulement de réflexe, on a pris conscience qu'on est dans autre chose. » Et un autre, plus bas : « Est-ce qu'il ne faut pas un nouveau genre de policier, dans cet autre monde ? »

On vient de finir les gamelles dans la salle de repos. Une manifestation a encore eu lieu la veille. À Sarcelles, tout le monde en soutient les revendications, la patronne aussi pour certaines. Mais personne n'y va. « Ou alors, ça ne se sait pas », commente une gradée. On parle de collègues sanctionnés à Paris. Ici, non. « On n'a pas reçu de menaces. On peut s'exprimer librement. » Quelqu'un rigole : « Tu te souviens, la fois où on a failli y aller ? On se serait retrouvés les seuls en voiture sérigraphiée. » Un frisson rétrospectif voile soudain les visages. Quartier de la ZAC, Villiers-le-Bel, district de Sarcelles. L'épave est garée juste à l'endroit où la rue devient sombre. À l'intérieur, un type roulé en boule, avec une bouteille de cognac et un sac de couchage. Adresse ? « C'est là dans cette voiture », il dit. Profession ? « Employé municipal. » La BST (brigade spécialisée de terrain) redémarre. Au volant, David chante avec la radio : « T'aimer sur les bords du lac… » Il est 22 heures, le moment préféré de l'équipe. Des immeubles défilent, et des ombres d'immeubles. À travers les fenêtres scintillent des télés allumées avec personne devant. « Ce serait bien de tomber sur une voiture volée. On la prendrait en chasse », dit Ludo. Ça discute d'un bâtiment plus loin. Toujours le même hall, toujours les mêmes têtes, toujours « quelque chose ». « Si on n'a rien à se mettre sous la dent, on ira les contrôler », dit l'un.

Des silhouettes au bas d'un immeuble, le seul éclairé. Hall noyé de fumée. La BST ralentit. Les têtes se tournent en même temps, les yeux se fixent. Chacun sait ce qui va se passer. Seule question : est-ce que ça va partir en vrille ou pas ?

Ici comme ailleurs, la drogue a tout bouffé, tout étouffé, tout acheté, y compris la paix sociale. Les « violences urbaines » ont sacrément chuté, le business aime le calme. Maintenant, les bagarres ont surtout lieu à la poste, le jour du versement des allocations. N'empêche. Et si les émeutes n'étaient qu'anesthésiées ? Prêtes à repartir, comme ici même en novembre 2007 ? À la ZAC de Villiers-le-Bel, pour la première fois, des balles réelles avaient été tirées contre des policiers, après la mort de deux gamins à scooter, percutés par une voiture sérigraphiée. « Cela a changé notre regard sur la délinquance. Je ne me sentais plus flic : c'était la guerre », se souvient le commandant Alain Tenaillon. Lui est né ici, en poste depuis trente-trois ans, diamant à l'oreille, portrait de Jacques Mesrine au-dessus du bureau, plus que trois ans pour rembourser le pavillon. Tenaillon pense qu'un flic doit vivre sur place, se mêler à la vie locale, être fier de son boulot. « Mais aujourd'hui, les jeunes montent tout de suite au charbon, ils affichent le rapport de force. » Une nouvelle recrue se souvient également des flammes dans le ciel de la ZAC. Il était au collège alors, juste à côté. C'est ce qui lui a donné envie de s'engager.

Après 2007, les patrouilles ont mis deux ans avant de pouvoir retourner dans le quartier. Ils circulaient à pied, un symbole, un rapprochement. Impossible aujourd'hui : pour Villiers-le-Bel, l'effectif est tombé de 21 à 9 agents.

« Mains contre le mur », dit Ludo, dans le hall. « Tu me contrôles parce que je suis noir ? Délit de faciès », dit un petit nerveux. Il a tutoyé les flics, tout de suite. Un plus grand se met à filmer au portable, « parce qu'il va se passer des trucs bizarres, je le sais ». Ils sont face à face, uniformes et cagoules, même âge ou presque. « Des fois, j'ai l'impression de faire de la médiation entre deux bandes », aime répéter un élu de Villiers-le-Bel. Dans le hall, celui qui filme repart : « J'habite pas l'immeuble, d'accord, mais je suis chez moi. Pourquoi tu m'emmerdes ? » Finalement, tout le monde s'en va, en évitant de se regarder.

Dans la voiture, un des équipiers rouspète. « Ils se sentent protégés de nous. Les associations n'arrêtent pas de monter au créneau, les médias suivent. » À l'avant, le second relance : « Toujours devoir se justifier. Eux, ils ont juste à dire qu'on a tort pour être crus. Quel délit de faciès ? Il n'y a pas de Blancs ici, à part les flics, les profs et les pompiers. » Il parle de son métier, qu'il n'ose plus évoquer en famille. De sa cousine, professeure en milieu rural. « Elle ne voit pas ce qu'on vit. Pour elle je suis le diable, limite une carte FN collée sur la tronche. » En intervention dans les quartiers, Ahmed, de police secours, se fait régulièrement traiter de « vendu ». Il n'aurait peut-être pas choisi ce métier quand il était môme, dans les années 1980. À ses débuts à Tourcoing, dans le Nord, voilà quinze ans, dit-il, il y avait encore des « commentaires ». Il complète : « De mes propres collègues. »

Dans la voiture de la BST, l'ambiance se détend d'un coup quand David demande : « Vous avez vu *L'Arme fatale 4* ? La scène où les deux flics se battent contre un cinglé et son lance-flammes ? » Ça rigole. Et quand le restaurant chinois s'écroule pendant une arrestation ? La hiérarchie des deux flics n'est pas contente, eux s'en moquent. Sur la table de leur petit déjeuner, un drapeau américain est planté dans le pot de bégonias, leurs femmes écoutent leurs histoires sans leur dire qu'ils sont tordus et voient l'humanité en noir. Elles ont l'air heureuses. « Eux, c'est encore des héros », dit quelqu'un au commissariat.

Garges-lès-Gonesse est à l'autre bout du district : un commissariat imposant, construit en forme de revolver. Sous les plafonds majestueux, les mots résonnent comme dans une cathédrale déserte : ils ne sont plus qu'une quinzaine depuis le rattachement à Sarcelles. La chaudière vient d'éclater. Elle ne sera pas changée : trop cher. Des radiateurs ont été apportés, certains de chez soi. Ici, on traite surtout les stupéfiants et la délinquance financière.

« On nous demande de prioriser les fraudes contre la Caisse d'allocations familiales et la Sécurité sociale, dit une fonctionnaire. Il n'y en a pas tant que ça – de la survie, surtout. »

Parfois, quelqu'un appelle pour s'inquiéter d'un autre dossier. Presque invariablement, il s'entend répondre : « Écrivez au parquet. » Il arrive que le parquet envoie à son tour un papier bleu : « Où en est l'enquête ? » Alors, un fonctionnaire descend à la cave. Il traverse un fouillis de plantes en plastique, rescapées d'une visite officielle, et de vélos datant de l'époque où devaient se lancer des brigades à deux-roues. Et là, tout au fond de ce cimetière des ambitions brisées, le fonctionnaire ouvre un placard. 1 846 dossiers sont alignés : escroquerie, abus de confiance, paiement frauduleux... Le fonctionnaire pose le papier bleu sur l'affaire qui lui correspond. Au hasard : l'arnaque d'un joli moustachu de Sarcelles aux dépens d'une infirmière de Rodez, rencontrée sur Meetic, 2 850 euros en 2013. Puis le fonctionnaire remonte. Il faudrait dix plein-temps pendant six mois pour les écluser. « Alors on attend que les procédures meurent toutes seules. »

Depuis septembre, 493 nouvelles affaires ont déjà été ouvertes. Une gradée soupire. « Les petits jeunes me disent : "Et la considération des victimes ?" Ils se sentent humiliés, impuissants à combattre la délinquance. Ils le prennent à cœur, ils dépriment. Je dois faire attention. »

Entre 2012 et 2014, quatre suicides ont frappé les équipes de Sarcelles. Depuis, un psychologue donne quelques heures de consultation, mais on préfère pousser discrètement la porte du capitaine Thierry Rolland, 55 ans. La photo d'un flic bronzé, botté haut et chevauchant une moto spectaculaire mange tout un mur de son bureau. « Et si tout ce que vous aimiez devenait votre métier ? » proclame l'affiche. Tout gamin, Thierry Rolland l'avait vue dans un commissariat : c'est d'elle que vient sa vocation. Il a fait son burn-out en janvier 2013. « Les collègues sont durs, l'un pensait que je simulais. » Il est un des seuls en France à accepter de briser le tabou et témoigner à visage découvert. « Ça me donne une raison de vivre. » Même si les statistiques restent discrètes, le nombre de morts par suicide dépasse largement celui des tués en service dans la police. Une mesure avait été mise en place, obligeant les flics à laisser leur arme au commissariat. Elle a été supprimée après l'attentat contre deux fonctionnaires, chez eux, à Magnanville, en juin.

Le Boulet se sert un thé dans une tasse siglée « l'homme de ma vie ». L'employée de l'auto-école a formellement identifié Kevin. Elle a montré les résultats du test qu'il a passé exactement à l'heure du vol pour l'examen du code. Un ami, peut-être, aurait utilisé son e-mail ? Le magistrat a libéré Kevin.

Sur la chaise, en face du Boulet, Mathurin vient de s'asseoir. Il commence : « Tu crois que je vais te lécher les pieds ? » On vient de l'arrêter avec un portable arraché à un apprenti maçon.

2017-2018

La révolte des ronds-points

En attendant Macron

25 mars 2017

En France, la campagne présidentielle de 2017 vue par ceux qui envisagent de voter pour le candidat Macron.

À la station-service de Rocamadour (Lot), il arrive que des touristes se photographient devant les pompes à essence, belles comme le décor d'un vieux film. Ils sont tout étonnés quand Tassadit, la patronne, leur annonce qu'ils peuvent même faire le plein. En général, ils répondent : « Alors mettez-moi de quoi aller jusqu'à la grande surface, ce sera moins cher là-bas. » Il est 9 heures, et Rocamadour attend la visite d'Emmanuel Macron, candidat à la présidentielle de 2017. Pour l'instant, on l'entend en sourdine débattre sur BFM au sujet des Uber. « Uber ? Qu'est-ce que c'est ? La Saint-Hubert ? » s'étonne Tassadit. Bruno, son mari : « Non, c'est un genre de taxis. » Tassadit éventre cordialement un paquet de madeleines, qu'elle offre avec le café. Ça fait longtemps que Rocamadour n'a plus de boulanger.

En ce moment, le village s'arc-boute autour d'un distributeur de billets qu'il est question de supprimer. À ce stade, la conversation devrait basculer sur les élections. On s'y adonnait férocement, ici, à coups de cannes, dans de délectables fâcheries. Ça s'est perdu. Reste un dégoût. Bruno : « Je me sens comme un amant trompé. »

À la mairie, plus bas dans le bourg, une tornade fait claquer la porte. « Je suis M. Eddarraz, mais appelez-moi Ahmed », trompette la Tornade. Il dévide son CV d'un seul souffle : « 31 ans, en échec scolaire de partout, un jeune rabougri sur lequel personne ne misait. » Aujourd'hui, il gère un bar-tabac prospère du côté de Millau (Aveyron). « Et ici, vous vivez de quoi ? » embraie la Tornade. Maryline Delcayre, secrétaire de mairie, énumère les truffes, le fromage, « la forêt des singes », « le rocher des aigles », le sanctuaire de la Vierge noire, 684 habitants l'hiver, 2 millions de visiteurs l'été, « le deuxième site touristique après le Mont-Saint-Michel ».

La Tornade l'arrête : « Tatata ! Chaque fois qu'on arrive quelque part, les gens prétendent être deuxièmes derrière le Mont-Saint-Michel. » La Tornade est venue en éclaireur pour la visite d'Emmanuel Macron. « Des questions ? » Maryline Delcayre se risque : « Quel programme pour les agriculteurs ? » La Tornade s'esclaffe. Désolé, ce ne sera dévoilé que dans une semaine. « En général, on me demande plutôt deux choses. Un : Comment est Macron ? Deux : Comment est sa femme ? »

L'un et l'autre apparaissent à 16 heures à l'entrée du bourg. « C'est *Les Feux de l'amour*, ma parole », siffle un vendeur de fringues. Pour lui, les affaires reprennent : les Anglais, partis en Croatie avec la crise financière de 2007, sont revenus depuis le Brexit. Sur le trottoir en face, un représentant en bijouterie explique l'inverse. Il fait 120 000 kilomètres par an « dans un pays prêt à exploser, des villes aux magasins fermés où on voit monter la haine. Ça va mal finir ». Et, d'un coup, la France ressemble à la Grand-Rue de Rocamadour, un côté ombre, un côté soleil, un qui veut y croire, l'autre qui veut tout renverser.

Au pied de la « citadelle de la foi », la Tornade regarde le soleil qui vient se déchirer sur les rochers. Macron est en train de finir son discours sur « la ruralité conquérante », la RGPP, « la bataille numérique ». Un élu enlève ses lunettes : « Puisqu'on parle chiffres, voilà le mien : j'ai compris 30 % de ce qu'il a dit. » Son voisin : « Tu as de la chance. » À la présidentielle de 2012, la Tornade était dans l'équipe de campagne de Dominique Strauss-Kahn. Il a encore du mal à en parler. « DSK était le rêve français, il pouvait faire face à tout. » La Tornade a pleuré quand son candidat a été arrêté à New York quelques mois avant le scrutin.

« On s'est retrouvés orphelins, sans oser s'appeler entre nous. Pour se dire quoi ? On était dans la honte et le désarroi. » À son avis, ils sont nombreux de ce réseau-là à se retrouver autour d'Emmanuel Macron. Rien qu'à prononcer ce nom, la Tornade ressuscite. Le voilà qui raconte son dernier anniversaire. Ce soir-là, son portable a sonné : « C'est moi, Emmanuel. » Une erreur, a pensé la Tornade. « Mais si, Emmanuel Macron ! Bon anniversaire. » Alors la Tornade a mis le haut-parleur pour que toute la tablée entende. « J'ai retrouvé ma fierté », il dit.

Il y a quelques mois encore, « on était quatre au QG de Tour-de-Faure à se demander quoi faire », se souvient Sébastien Maurel, 46 ans, chef d'entreprise et référent En marche ! pour le Lot. La formation d'Emmanuel Macron compte aujourd'hui près de 600 membres dans le département, des M. et Mme Tout-le-Monde, plutôt classe moyenne, hors radars, qui ont surpris leurs amis en s'entichant de politique. « Mon beau-frère aussi est chez Macron », avance une coiffeuse. Elle votera pour lui, d'ailleurs, sans en savoir grand-chose au fond, un quasi-inconnu aux mesures compliquées, qui n'a ni entourage ni appareil vraiment identifié. C'est sa musique qu'elle aime. Le dernier de ses enfants vient de se caser, « un presque CDI ». Les yeux se baissent, impression de l'avoir échappé belle. « Cette petite réussite m'autorise un petit espoir. »

En fait, c'est par là qu'il aurait fallu commencer le meeting d'Emmanuel Macron à Lyon, dans cette foule de jeunes gens, trop nombreux pour entrer tous. Il n'y a pas qu'eux, bien sûr, mais on ne voit qu'eux, une certaine jeunesse, plutôt formée, plutôt urbaine. Il se trouve que Macron est un homme politique mais, pour les plus fervents en tout cas, il est bien au-delà. Il a gagné des millions dans une banque d'affaires, il est devenu ministre de l'Économie à 36 ans. Chaque fois, il a tout plaqué. Il est ce type insolemment jeune qui fait ce qu'il veut et conduit trop vite en frôlant les lignes jaunes. « Un héros ? Oui, un héros », dit Jérémie, étudiant à Londres.

Ici, les mots de l'économie ont tout envahi. On ne dit pas « parti » mais « mouvement », pas « programme » mais « projet ». On ambitionne de remplacer « investiture » par « label ». Et on en blague, grisés de se voir si nombreux : « Le conseil des ministres s'appellera le "weekly-meeting", il aura lieu par Skype. » Ce sera quand Macron, 39 ans, sera élu président. Rodolphe, 34 ans, n'en doute pas. « On aidera les anciens élus à se réinsérer, la politique doit devenir un CDD. » Il l'a dit sans rire, comme s'il renvoyait en boomerang les commandements qu'on lui martèle depuis qu'il est tout môme. Rodolphe a deux boulots, instituteur et barman. Il compte laisser tomber instituteur. Sur la scène, des jeunes gens expliquent d'un micro ému pourquoi ils ont rejoint En marche !, ce qui donne un petit côté Alcooliques anonymes.

Puis Emmanuel Macron apparaît et tout se déroule à l'inverse d'un meeting classique. Personne ne se lève en hurlant. On s'assoit, ambiance conférence. Quelques-uns prennent des notes : « On enrichit son vocabulaire, c'est une bonne formation », dit Paul Bonmartel, 24 ans, école de commerce à Rouen.

La plupart n'ont jamais fait de politique et, à vrai dire, n'ont toujours pas l'impression d'en faire. Nils Cohen aime quand ça fonce à toute allure. « À 25 ans, j'ai déjà été salarié, chômeur, chef d'entreprise. » Pour la dernière présidentielle, Nils est resté dix minutes dans l'isoloir, la tête vide. À la primaire de la droite, en décembre 2016, il était allongé sur une plage à Cannes avec sa copine. Un instant, ils ont eu un sursaut républicain en maillot de bain. Aucun n'a finalement bougé. Cette fois, Nils a découvert un somptueux terrain d'aventures : la campagne présidentielle. Il a créé le comité En marche ! de Cannes avec Jean-Baptiste. Chaque groupe se monte et se gère seul, il y a des responsabilités tout de suite, des places pour tout le monde, c'est-à-dire pour eux aussi. Et même un avenir, ou quelque chose qui y ressemble. « On bosse, on vit des trucs de fou. Les grosses boîtes se font manger par les petites, c'est l'air du temps. Là, ça va être pareil. Macron a un coup d'avance, il est différent. » Nils a rempli le questionnaire Internet pour être « labellisé » député En marche ! et être investi aux élections législatives, en juin.

Trois amies en tee-shirt « Macron team » s'ennuient gentiment près de l'issue de secours. « Devine où je suis… » murmure l'une dans son téléphone. Exaspération des autres : « Chloé se la pète depuis qu'elle est derrière Macron. »

Une mère est venue écouter « ce monsieur » pour lequel vote sa fille. Elle en parle comme d'un prétendant et livre son verdict à la sortie. « Il est très intelligent, ton Macron, mais il doit faire comme tout le monde. Attendre son tour. Il sera parfait en 2022. » La fille : « Si ça marche pas, je pars au Canada. » Un médecin parle de « bulle prête à exploser », une expression qui colle à la campagne d'En marche ! depuis le début. Sur l'esplanade, des étudiantes de Sciences Po ont l'impression de sentir le vent de l'Histoire souffler enfin sur leur génération. « En France, on a toujours fait différent des autres. Cette fois, on sera les seuls à porter un changement sans le pire. » Ça fait longtemps, disent-elles, qu'elles attendaient « quelqu'un ou quelque chose ».

Dans le bus du retour, une jeune fille, son sac sur les genoux. Un de ses professeurs à la fac a demandé à chacun de se mettre dans la peau d'un candidat. « Tout le monde a fait Marine Le Pen ou Jean-Luc Mélenchon », dit-elle. Personne d'autre. Au meeting, elle accompagnait un ami. Mais n'est pas entrée.

Il vient d'arriver, le voilà : un mauvais sondage pour En marche !. La campagne fait les montagnes russes, sans cesse. Vers Metz, le membre d'un comité a le cœur qui se décroche : « Quel critère on a pour dire que Macron ira jusqu'au bout ? Et si tout s'écroulait ? » Les autres lui font les gros yeux pour qu'il se ressaisisse. Il n'y arrive pas. La théorie de la bulle réapparaît. Le « ni droite ni gauche », revendiqué par le candidat et qui séduit tant ses partisans, lui donne brusquement le tournis. Qu'est-ce qu'ils sont en train de vivre ? Un vrai changement de nature de la vie politique où les références familières volent soudain en éclats ? Ou le casse du siècle à l'Élysée ?

Suivre cette campagne, c'est traverser une France en débandade électorale avant que la bataille n'ait eu lieu. La lumière crue des plateaux télé éclaire soudain les sables mouvants de la politique, des candidats qui font la culbute, des sauve-qui-peut désordonnés, des ralliements acrobatiques. Dans le Lot-et-Garonne, « il sort à Macron des partisans de partout, qui courent dans tous les sens, comme des puces un jour d'orage. S'il vient une bourrasque, ils repartiront », s'amuse Anne Carpentier, journaliste à *La Feuille,* impayable mensuel satirique local.

Dans chaque coin du pays, le jeu se décompose, se recompose. Qui est où ? Les cas de figure se multiplient à l'envi. À Cannes, par exemple. Après des années de franche hostilité, Anne Majri, professeur et ex-secrétaire de la section PS, cohabite à En marche ! avec Philippe Buerch, notaire Les Républicains (LR). « Sarkozy a laissé beaucoup de gens au bord de la route, dit le notaire. À une soirée, Macron m'a serré la main. Il m'a capté. » Ou alors à Mondeville, près de Caen : deux comités fonctionnent en parallèle, l'un de la maire PS, l'autre de son principal détracteur. À Vire, en revanche, le responsable du MoDem n'a appris le soutien de François Bayrou à Emmanuel Macron que le jour de l'annonce officielle. Il se retrouve désormais derrière le même candidat que le maire de Vire, Marc Andreu Sabater (Parti radical de gauche, PRG), dont il est l'opposant. Sabater avait rejoint Macron depuis longtemps, sans le rendre public dans un premier temps. « Ce n'est pas évident quand on appartient à une formation, des élus de mon équipe ont d'ailleurs été perturbés. »

En général, « on sait à 80 % ce que ça vote dans les usines. Cette fois-ci, non. Même les syndicats ne parlent plus politique. Les gens sont perdus, le système est à bout de souffle », dit Jean-Marie Piranda, président du conseil de surveillance de Frial, un groupe agroalimentaire à Bayeux (Calvados). Piranda, 62 ans, raconte qu'il n'arrive plus à faire venir des cadres dans la région. « Bayeux paraît aujourd'hui plus loin que Tokyo. » Il a opté pour Macron voilà des mois. « Ce n'était pas facile, il paraissait si loin du but. Certains me disaient : “Tu es malade.” » À l'époque, les cercles économiques penchaient ouvertement pour François Fillon (LR), dont « le programme y allait plus fort ». C'était avant l'affaire révélée par *Le Canard enchaîné* en janvier. Maintenant, « les gens craignent d'afficher une conviction, même à des dîners privés ».

C'est sous la pluie, pendant une partie de golf à Étretat (Seine-Maritime), que la théorie de la bulle refait son apparition. « Mais les gens se trompent sur le timing », dit un autre dirigeant normand. Il prend le temps d'ajuster son coup, ravi de faire durer le suspense. « Si Macron gagne, il peut construire quelque chose de très neuf. S'il perd, tout s'évanouira. » Et ses mains dessinent une bulle de savon qui éclate.

De très loin, on est venu voir l'animal. Le meeting du candidat Macron pulvérise le record d'entrées depuis François Mitterrand sur cette terre de gauche. Mais au moment d'applaudir, chacun regarde en douce ce que fait le voisin, avec comme une gêne à s'afficher. Souillac, 3 300 habitants dans la vallée de la Dordogne, n'est pas Lyon, grande ville universitaire. Ici, on s'allonge sur les voies pour que les trains continuent de s'arrêter à la gare. Longtemps, il a fallu aller jusqu'à Cahors pour suivre le lycée en section générale. On deale entre soi les rendez-vous médicaux, un dentiste contre un ophtalmo, quand on a trop de mal à les décrocher. « Bref, le pays normal », dit en rigolant Joëlle, une assistante sociale.

Un groupe de quinquagénaires, plutôt de gauche, abstentionnistes par découragement, baisse la voix pour soupeser le choix Macron. Un fonctionnaire : « Il suscite l'intérêt, mais qu'est-ce qui se cache derrière ? Certains, on les connaît trop. Lui pas assez. » De groupe en groupe, les mêmes arguments reviennent. « J'ai l'impression de me faire baratiner, comme une débutante », s'amuse une mère de famille. Un commerçant se demande : « Quelle est sa part d'ombre ? Est-ce qu'il sera comme Cahuzac ? On craint d'être encore pris pour des pigeons. » Lèvres pincées, un cuisinier évoque Benoît Hamon, le candidat du PS, et son revenu universel. « J'ai du mal à admettre ça, je travaille depuis l'âge de 19 ans. » Silences, soupirs. Le Parti socialiste ? « Il nous a trahis », dit la femme du cuisinier. Finalement, ce sera « Macron quand même » pour tous les deux. Enfin, « si le scrutin était aujourd'hui. Demain, allez savoir… ».

Le dimanche, Khaled ben Abderrahmane, 40 ans, agent immobilier, tracte pour En marche ! devant l'hypermarché Leclerc des quartiers est de Nice. « Moi, je veux Le Pen, que ça finisse en affrontement une fois pour toutes », dit un père de famille en gandoura. Il ne reste que les témoins de Jéhovah pour passer dans les barres d'immeubles tout autour, même les infirmières ne se déplacent plus. En 2007, Khaled ben Abderrahmane avait fait la campagne de Ségolène Royal. La fédération locale du PS, dont il a été porte-parole, comptait alors 2 700 adhérents. Ils sont tombés à 1 500 pour la candidature de François Hollande, et à 800 cette année avec Benoît Hamon. « Ségolène touchait des gens simples, travaillant dur, souffrant à la fin du mois. Macron, non. Il parle à ceux qui sont installés, ou ambitionnent de l'être. Les déçus de la politique, oui, pas les désespérés. »

Une famille déambule au rayon poissonnerie du Leclerc, la promenade du dimanche. Est-ce qu'il y aura toujours du Wi-Fi quand « la France va péter » ? demande un gamin. Le père l'a prévenu : « Cette fois, les élections sont différentes. Tiens-toi prêt, fils. » Dans une station-service, un apprenti pâtissier s'enflamme. Ah, si seulement il était américain au pays de Donald Trump ! Ou bien russe chez Poutine. Voire anglais au temps du Brexit. Là, oui, le vote lui paraîtrait clair. Exaltant. Mais ici, « même Marine Le Pen paraît trompette, maintenant, à côté de ces gens-là ».

Dans le quartier, beaucoup n'ont jamais entendu le nom de Macron à quelques semaines du vote. « Comment faire ? On n'a plus *Les Guignols* pour s'informer », proteste, vexé, un peintre en bâtiment. Vanessa lui tend un tract. L'homme la déshabille des yeux, crûment : « Lui, je ne le connais pas, mais il les choisit bien. » Il en faut plus pour désarçonner Vanessa. « Je suis une vraie cagole. » Elle rit, c'est contagieux.

À 18 ans, Vanessa est partie avec un gars du gang des Grenoblois, puis en Arabie saoudite avec un milliardaire. Elle aurait voulu faire Sciences Po, dommage. Aujourd'hui, à 43 ans, elle est chef de réception d'un grand hôtel. Parfois, elle essaie de parler politique en boîte de nuit. « Les jeunes ne veulent rien entendre. » Et si le destin relançait les dés, une deuxième fois ? Gagner une vie toute neuve ? Vanessa se fait grave, soudain intimidée devant l'ampleur du rêve. Pourquoi pas députée ?

À Brive-la-Gaillarde (Corrèze), le comité En marche ! a hésité. Que faire de Macron ? Le promener sur la place du marché ? Déjà fait. L'emmener dans une ferme ? Déjà vu. Ce sera une dédicace de son livre, *Révolution* (XO Éditions), à la librairie Cultura. Celui d'Alain Juppé y avait cartonné avant la primaire, le Mélenchon s'achète par lots de 30. À nouveau, c'est la bousculade, une foule pas si différente au fond que si c'était le dernier Prix Goncourt. Chacun se conforte d'être là. « C'est peut-être psychologique, mais j'ai envie de tourner la page », s'émeut une inspectrice d'académie. « Arrêtons de sombrer, du positif ! C'est un jeune qui veut bouger », dit l'employé d'un club de sport. Jusque-là, il était sarkozyste.

Les conversations s'enflamment avec l'attente. On en vient à l'Europe, forcément, dont la défense est toujours applaudie aux meetings de Macron. Une pharmacienne se souvient avoir voté « oui » au référendum européen de 2005. Quand le « non » est passé, elle n'a plus osé le dire, pendant longtemps. « L'Europe était devenu un gros mot. »

Et finalement, Emmanuel Macron s'installe devant ses piles de livres. On le croirait chez lui, recevant dans l'intimité. L'inspectrice d'académie se penche : « J'ai le cœur qui bat. » Il fait l'enfant câlin. « Arrêtez, vous êtes adorable. » Une femme pleure, « l'émotion ». Les yeux dans les yeux, il parle avec chacun, longuement. Un artisan en chapeau mou cherche à lui prendre les mains. « On a tout mis en vous. » Lui : « Ne dites pas ça. » L'artisan s'éloigne. « Quand on a discuté, on était seuls au monde. »

Dans des villes, dont Nice, des panneaux sont régulièrement dressés par les équipes d'En marche ! pour recueillir les commentaires des citoyens. Il y transpire surtout une fièvre de fan-club, des cœurs griffonnés, des marivaudages. Une forme d'engouement frappe aussi une autre catégorie : les plus âgés, comme s'ils voyaient en Macron le petit-fils idéal. Charles Corlet, par exemple, 80 ans. Le bonhomme n'est pas né de la dernière pluie, une légende, même. Il se présente : « imprimeur-paysan », fondateur d'une boîte de 400 personnes à Condé-sur-Noireau (Calvados), la droite sociale. « J'ai un sale caractère, je me tenais sagement hors de la politique. En France, on craint de perdre des marchés si on élève la voix, c'est un peu mafieux sur le plan de nos dirigeants. Je ne critique pas, mais il faut le dire. »

Corlet a vu passer une cinquantaine de ministres. Le seul à lui faire de l'effet fut Macron, et tout de suite. « Sans doute aussi parce que je ne suis plus aux affaires », précise Corlet. Il a même consenti à recevoir la Légion d'honneur, à condition que Macron la lui remette. « Voilà un jeune qui croit dans le monde qu'on lui laisse et ne dit pas : "Tout est foutu." Bien sûr, il vient du milieu milliardaire, mais parle de réformes profondes, de dépoussiérer le pays. » Sur les photos de la cérémonie, Macron fronce le nez, bouche bien ouverte, souriant comme il ne le fait plus. Un sourire d'il y a mille ans, quand il était ministre, pas encore candidat.

À Brive-la-Gaillarde, à la librairie Cultura, un homme tranche nettement dans la file d'attente : Alain Delmond, agriculteur dans le Haut-Uzerche. Chaussures à bout carré, cravate un peu de guingois, celle des enterrements et des soirées où il chante Johnny Hallyday au village. Delmond dit être venu après une consultation chez son médecin, lequel est aussi élu, apparenté LR. En lui recousant le crâne – « Je m'étais cogné contre une poutre », détaille Delmond –, le docteur lui aurait confié : « Fillon, non. C'est chez Macron qu'il faut aller. Je te le dis à toi, mais sois discret. »

À la mairie de La Chapelle-Rainsouin (Mayenne), une affiche appelle à la lutte contre la grippe aviaire, une autre contre le djihadisme. L'isoloir a été poussé dans un coin et le sapin de Noël rangé derrière le rideau pour installer une quarantaine de paysans, tendance FNSEA, le grand syndicat de l'agriculture conventionnelle. Ils ont 30 ans, tout à construire et, si on additionnait les emprunts de chacun, il faudrait plus de cinq siècles pour rembourser. En Mayenne, François Fillon est passé à 81,19 % à la primaire, et sa ville, Sablé-sur-Sarthe, est à 30 kilomètres. Ici, on est dans un de ces coins de France où le vote paraît aller de soi. Ou plutôt paraissait. « Pour la première fois, je n'ai plus de ligne de conduite », dit un jeune éleveur. Cette année, ils ont la sale impression d'être « la variable d'ajustement du scrutin », ces campagnes qu'on vient calmer comme les ouvriers de la sidérurgie en d'autres temps.

Dans la salle, tous se connaissent depuis le lycée agricole, à Laval ou Mayenne. Des actions communes les ont soudés, en 2016, au moment de la crise du porc. Depuis, ils ont fait groupe, s'appelant régulièrement, se donnant le coup de main. « On s'est rendu compte qu'on avait besoin de parler. Nos anciens sont restés trop seuls. » Aucun n'aurait osé approcher des politiques avant : « On croyait que c'était réservé aux pontes du syndicat », dit un petit brun, 1 500 euros par mois pour la famille, deux enfants. C'est eux, cette fois, qui ont demandé à rencontrer Emmanuel Macron, par l'intermédiaire de Jean Arthuis, une figure de la région, député européen (UDI), rallié à En marche !.

Quand Emmanuel Macron s'assoit à côté de l'isoloir, la discussion démarre sur la fixation du prix du lait. Plus c'est technique, plus Macron jubile. En Mayenne, les maires ruraux ont finalement été plus nombreux à le parrainer lui que Fillon. Avant le début des affaires du candidat LR, « ses partisans avaient pris la grosse tête, ils se voyaient tous ministres, refusant de discuter en local. Ça en avait déjà poussé certains chez Macron », raconte Laurence Maillard, de l'UDI. Devant la mairie, un petit groupe. « Il a écouté, il a bossé. Ça nous a surpris, dit une jeune femme. Au final, on se méfie de lui, mais pas plus que d'un autre. » Quelqu'un regarde sa montre. Il y a les bêtes à soigner. Il votera Fillon. « On le sous-estime et l'autre, on le surestime. »

Sur les hauteurs d'Antibes (Alpes-Maritimes) se niche une sorte de « Macronland » : Valbonne. Là, la technopole de Sophia-Antipolis déverse chaque année 15 millions de rentrées et entretient un repaire d'ingénieurs, de start-up, de chercheurs, où les emplois se maintiennent, même en temps de crise. On y réclame des « plateaux-repas politiques » entre midi et deux, ou des cafés-débats « afterwork » avec Yannick Marziniak, 29 ans, chef d'entreprise et membre du comité En marche !. Les conversations roulent sur la victoire de Macron. On y croit, calmement. Ça y est ! Et si on l'avait trouvé, ce petit bout de pays où le vote paraît évident ?

Et puis, il suffit de s'éloigner de quelques kilomètres. Nous voilà dans l'arrière-pays, une de ces zones blanches : pas de services publics, pas de réseau de téléphone, pas de discussion de bistrot, puisqu'il n'y a plus de bistrot. Les colleurs d'affiches n'arrivent pas jusque-là, la présidentielle reste cette chose abstraite que montre la télé. « Dans ces coins-là, tout vous signifie que vous comptez pour rien : les problèmes, il faut les régler par soi-même. On connaît des gens désorganisés et perdus qui se lèvent le matin pour voir arriver l'huissier. Ceux-là, est-ce que la République les récupérera un jour ? » dit un maire. L'autre jour, Khaled ben Abderrahmane est allé par là distribuer ses tracts pour En marche !. « Trop de détresse pour qu'on les prenne », dit-il. Quelques-uns, pourtant, comptent bien aller à l'isoloir, proclamant avoir enfin trouvé leur vrai champion, l'antisystème chimiquement pur unanimement rejeté : François Asselineau, candidat du « Frexit » et du grand complot.

« On ne les met pas au lit, on les jette »

19 juillet 2017

En France, les aides-soignantes d'un Ehpad à Foucherans sont en grève depuis cent jours dans un silence national absolu.

C'était un matin comme les autres. Il était 7 heures en salle de relève, le début du service, les filles se tenaient prêtes dans leur uniforme blanc. Quelqu'un croit se souvenir que l'une pleurait déjà, mais pas très fort. Personne n'y faisait attention, l'habitude. La question rituelle est tombée : « Est-ce que vous êtes au complet ? »

La réponse, elles la connaissent toutes, aux Opalines, un Ehpad à Foucherans, dans le Jura. Chaque jour ou presque, les équipes d'aides-soignantes tournent en sous-effectif, pas de remplacement, ni des absentes ni des malades. Et toutes savent comment ça se passe dans ces cas-là derrière les portes fermées des chambres, ce qu'il leur faudra faire pour boucler le service à temps. Une deuxième fille s'est mise à pleurer. C'était un matin comme les autres aux Opalines, mais peut-être le matin de trop. Depuis le 3 avril 2017, une dizaine d'aides-soignantes mènent la grève la plus longue de France dans un silence national absolu.

Aux Opalines de Foucherans, 77 résidents, il faut savoir où on est. Certains ont vendu leur maison pour entrer ici. « Maman a élevé huit enfants seule, on voulait le mieux pour elle. On a attendu une place deux ans », raconte une fonctionnaire. Dans cet établissement privé, les prix surplombent ceux de la région :

2 500 euros par mois, contre 1 800 en moyenne. Le bâtiment a belle allure, inauguré il y a cinq ans, un jardin, de vastes chambres. Dans la salle à manger – on ne dit pas « le réfectoire » –, le personnel porte nœud papillon et chemise blanche, on sert du vin en carafe et l'apéritif le dimanche.

« Quand papa est arrivé, il était ébloui. Il répétait : "C'est plus beau qu'un hôtel !" » dit un fils. Lui se souvient pourtant d'impressions fugitives, des sonnettes appelant dans le vide, un lit resté souillé, le pas-le-temps, le pas-toujours-très-net. « Mais dans ces endroits-là, on ne pose pas vraiment de questions et on n'a pas vraiment de réponses. Chacun regarde ailleurs, espérant se convaincre qu'on ne pourrait pas mieux faire. » À Foucherans, aucun mauvais traitement n'a d'ailleurs été signalé, ni rien d'exceptionnel. Le tragique est là, d'une certaine façon : c'est la vie quotidienne dans un Ehpad qu'une poignée de filles à bout de souffle vient soudain de mettre à nu.

Sur le parking de l'établissement, un vent brûlant secoue la tente des grévistes. On dit « les filles » bien qu'il y ait aussi un garçon, tant le métier est estampillé « boulot de femme », avec son lot d'ingratitudes et ses salaires au plancher : 1 250 euros net à Foucherans, pour des journées de dix heures et deux week-ends travaillés. Les filles, donc, s'efforcent de paraître vaillantes, mais on les sent à cran à plus de trois mois de grève, balançant de l'euphorie au désespoir. À ce stade d'épuisement, elles se sont mises à raconter ce qu'on ne partage pas d'habitude, ou alors seulement entre soi, et encore pas toujours.

L'une commence, tout doux : « Le matin, on les lève sans leur demander leur avis. On sait déjà qu'on n'aura pas le temps : quinze minutes pour la toilette, l'habillement, le petit déjeuner, les médicaments. Alors, il faut choisir. Est-ce qu'on lave les cheveux ? Ou les dents ? La douche hebdomadaire, c'est rare qu'on la tienne. » Certains résidents sont nourris à la cuillère, des plats mixés. « Il m'arrive d'en avoir cinq ou six en même temps », dit une grande brune. Elle tend les bras, mimant le buste qui pivote à toute allure. « J'ai l'impression de faire du gavage. »

Et d'un coup, le piquet de grève ressemble à un confessionnal dans la fumée des cigarettes. « Quand je rentre à la maison, je suis une pile électrique, explique une autre. Je me sens mal d'avoir dit à celui-là : “Dépêchez-vous !” Comment il peut faire, il a 90 ans ! On cautionne. Je culpabilise. » Les images se mettent à défiler sous la tente des grévistes, les couches qu'on change alors que le résident est debout, en train d'avaler son goûter. Tenir la cadence, toujours. Une autre raconte l'angoisse qui monte à mesure que le soir tombe dans les chambres des Opalines. « Vous serez là demain ? » demande un homme à l'aide-soignante. Il est dans les choses graves, il veut raconter. La « fille » répond : « Je reviens tout de suite. » Bien sûr, elle ne revient pas. « On ne fait que leur mentir. » Temps du coucher : 3 minutes 41. « On ne les met pas au lit, on les jette. » Il faut trouver la bonne distance, ne pas s'attacher, recommandent les formateurs. « C'est difficile. On vit dans leur intimité, on leur lave le sexe », dit l'une. Elle se souvient de l'enterrement d'un résident, où elle en avait appris davantage sur lui ce jour-là que pendant ses années à l'Ehpad.

Il serait rassurant de voir Foucherans comme une exception. Pas du tout. Il se situe dans la moyenne nationale, avec environ 55 professionnels pour 100 résidents. Pas suffisant. Tout le monde sait qu'il en faut au moins 80. C'est le cas en Allemagne ; la Suisse ou les pays nordiques en sont à 1 pour 1. La France, en revanche, n'a entériné aucune norme – question de budget –, et le secteur compte plus d'accidents et de maladies professionnels que le BTP. Sous la tente des grévistes, une dame dépose en solidarité un sac de courses, pris au supermarché en face. Depuis trois mois, les filles vivent de collectes et de colis alimentaires. Elles ont de 20 à 50 ans.

À Foucherans, des résidents appellent les aides-soignantes « les courants d'air ». Des surnoms circulent, « la libellule » ou « la danseuse étoile ». « Vous avez vu comme elles sont fatiguées ? C'est à cause de nous. J'ai honte », dit madame Z., 91 ans. Parfois, elle voudrait qu'on la conduise aux toilettes : « Je vois qu'elles n'en peuvent plus. Alors je fais dans ma couche. » Mais surtout, ne rien dire aux enfants. Ne pas les inquiéter. Monsieur D., 83 ans, est le seul à pousser le déambulateur jusqu'au piquet de grève. « On sait que vous allez les voir », lui aurait glissé l'encadrement. Lui se récrie : « C'est mon droit. » Certains auraient été convoqués pour avoir témoigné. « À table, personne n'en parle, on n'a pas de voix là-dedans », reprend monsieur D.

Et à leur tour, les résidents évoquent les histoires terribles et minuscules, qui forment ici leur univers. « Ceux dont les proches rouspètent arrivent à se faire entendre. Mais quand on est tout seul, sans visite, sans famille, on n'existe pas », dit l'une. Pour l'inauguration de l'Ehpad, en 2012, « les huiles du département avaient été invitées à boire le champagne. Nous, on était parqués au premier étage sans une cacahuète. Rien de grave, bien sûr, mais ça donne une idée de notre place ici », raconte un autre. Un grand soir, pourtant, reste dans les mémoires : « la révolte des raviolis ». Deux repas de suite, des raviolis avaient été servis, « et en petite quantité », se souvient une dame. Toute la salle à manger avait posé la fourchette. « On était fières d'eux », dit une aide-soignante. Pour pallier le débrayage, des vacataires ont été réquisitionnés et 14 résidents transférés provisoirement.

Au-delà des Opalines, « c'est le système entier qui génère des formes de maltraitance, une situation totalement niée par notre société », explique Pascal Champvert, de l'Association des directeurs au service des personnes âgées (AD-PA). « Je ne vous dirai pas le nombre de politiques qui m'ont expliqué : "Je ne veux pas le voir, ça me fait trop peur." » En 2012, une proposition avait fait scandale : Jean-Marie Delarue, alors contrôleur des lieux de privation de liberté, revendiquait d'inspecter les Ehpad, comme les prisons ou les hôpitaux psychiatriques. « Un risque important existe d'atteintes aux droits fondamentaux, y compris involontaires », plaide Delarue aujourd'hui encore. Refus du gouvernement.

Dans le bureau de Véronique Steff, directrice de Foucherans, on entend gazouiller les oiseaux dans la volière et la télé dans le salon. La directrice est à cran. Elle reconnaît « un planning tendu » depuis des mois, « une fatigue des salariées ». Deux postes d'aides-soignantes ont été créés pour tenter d'apaiser la grève, grâce à Pierre Pribile, directeur général de l'Agence régionale de santé (ARS), qui finance le volet médical des Ehpad, y compris privés. De leur côté, les filles ont abandonné une revendication : 100 euros d'augmentation par mois. Les pourparlers butent encore sur la prime du dimanche, fixée à 23 euros, même pas de quoi faire garder les enfants. Les grévistes demandent qu'elle soit doublée. « Ce n'est pas grand-chose », laisse tomber Philippe Gevrey, directeur général de la SGMR-Opalines, dans une interview au *Progrès* (il n'a pas répondu au *Monde*). Mais il y voit une affaire de principes. Huitième groupe privé français, la SGMR a prévu des négociations globales pour ses 46 Ehpad à l'automne : pas question de lâcher quoi que ce soit avant. Un accord sur une « indemnité exceptionnelle » pourrait débloquer la situation. « Les grévistes y sont d'autant plus attachées qu'elles veulent la reconnaissance par la direction qu'elles en ont bavé », explique la préfecture. Les filles demandent 600 euros. La SGMR bloque : ce sera 375 euros ou rien.

« On ne se bat plus seulement pour les sous, mais pour la dignité », dit Anne-Sophie Pelletier, porte-parole du mouvement. Longtemps, aux Opalines, les filles ne se plaignaient même pas entre elles, par peur d'un conseil disciplinaire. Quand elles ont osé le mot « grève », au printemps, « la coordinatrice a posé son stylo et elle a rigolé », se souvient l'une. Puis un cadre leur a lancé : « Vous n'aurez rien, ni aujourd'hui, ni demain, ni jamais. » Anne-Sophie Pelletier reprend : « On ne s'est pas senties écoutées. »

Les autres la regardent comme si elle avait traversé la ligne de feu : « Anne-Sophie est cramée. Qu'est-ce qui lui arrivera après la grève ? Et à nous toutes ? »

Ici, on se souvient de Melissa, employée modèle, virée en 2015, qui comptait monter une section CGT. « Je n'ai pas pleuré devant eux, j'ai attendu d'être dans la voiture », dit Melissa. À Foucherans, seules des salariées en CDI font grève, mais aucune parmi la dizaine en CDD. Cynthia ne se le serait pas permis non plus, à l'époque où elle bossait là. D'août 2012 à février 2015, elle a enchaîné 79 contrats précaires. Sans permis, sans diplôme, elle ne disait jamais non. Elle a même fini sa vacation le jour de son licenciement, pour une histoire de planning. « Il faut s'écraser. On est des pions », dit Cynthia. Les prud'hommes lui ont donné raison, à Melissa aussi. D'autres Ehpad ont déjà fait grève, sans fédérer de revendications nationales. À Foucherans, la CGT et la CFDT ont apporté leur soutien.

Sous la tente, les filles parlent de vocation. « On aime notre travail. » Et puis, il y a les crédits de la maison, de la voiture. « Ailleurs, il faudrait repartir en CDD, ça fait peur. » La grève vient de passer les cent jours, leurs familles en ont pris un coup. Les filles ont envoyé un SOS à la préfecture. « Qu'est-ce qu'il faudrait faire, maintenant ? Qu'une de nous se suicide sur le parking ? »

« Je suis au RSA, je ne me sens pas autorisé à défiler »

8 novembre 2018

En France, pour la commémoration de la guerre 14-18, le président Emmanuel Macron arpente les anciennes lignes de front.

Un tracteur, deux tracteurs, trois tracteurs, puis un camion de cailloux. Plus personne pendant un moment. Un autre tracteur, un autre camion de cailloux, une voiture, deux voitures. Plus personne.

« C'est cuit », dit le Chef, sans quitter la route des yeux. L'après-midi n'en finit pas de s'étirer, misérable, à la station-service. Un gars s'arrête, pas quelqu'un d'ici, ça se voit tout de suite. On le dirait perdu. « Je vais à Maubeuge [Nord], j'ai dû louper l'embranchement avec la nationale 2.

– Non, non, vous êtes dessus », soupire le Chef.

C'est bien elle qui passe devant la station, toute droite, une seule voie dans chaque sens, gondolée et maculée de terre. On la croirait sortie d'un western, s'il n'y avait autour cette campagne somptueuse, ce bocage d'un vert tendre, ces fermes basses en briques rouges.

La Thiérache, tout au bout de la France, s'étire sur 50 kilomètres le long de la Belgique : pas de bus, peu de gares et la seule nationale 2 pour horizon. La station-service du Chef affiche 10 centimes plus cher que les hypermarchés. Le visiteur hésite devant les pompes. En France, on s'est mis à compter en centimes. Ou en milliards. Comme s'il n'y avait plus rien au milieu.

La mairie de La Flamengrie (Aisne), 1 200 habitants, est 3 kilomètres plus loin.

« Tu dirais qu'on est une région sinistrée, Lydie ? lance Nicole Meurisse, Mme la maire, à Lydie, la secrétaire.

– Y a pire. »

La commune a fait tout son possible pour qu'Emmanuel Macron s'arrête ici. « Il faut lui montrer un autre univers. »

Historiquement, une raison existe : un coup de clairon. Dans une pâture toute proche, le poilu Pierre Sellier a sonné le premier cessez-le-feu, le 7 novembre 1918 vers 20 heures, après cinquante-deux mois de guerre. Pour la cérémonie, d'habitude, ils sont une quarantaine, pas plus, au village.

Dans sa cuisine à La Flamengrie, Thérèse, nounou à la retraite, a l'impression d'être tombée dans un trou de mémoire. Pas d'accord avec la version officielle. Une injustice. En vérité, le coup de clairon historique aurait été donné par son grand-père, un certain Albert Liénard. Ça se serait passé à la même date, au même endroit, mais plus tôt, à 13 h 30.

La troupe française venait de prendre d'assaut la ferme Mercier, derrière un talus. Soudain, les tirs s'arrêtent. Le silence. Des soldats allemands apparaissent avec un drapeau blanc. Personne ne s'y attendait, pas plus Liénard que Sellier ou n'importe quel autre. Mais c'est au premier que le gradé fait sonner le cessez-le-feu.

Pour récompense, un choix lui est offert : soit 20 francs de prime, soit 48 heures de permission et la reconnaissance officielle de la patrie. Liénard calcule qu'il passerait ces deux journées à travailler, chacune pour la somme de 5 francs. « J'aurais été perdant », expliquera-t-il plus tard à un journal local, pendant une commémoration.

Plutôt que d'entrer dans l'Histoire, il préfère donc retourner à sa ferme, ses huit vaches et ses deux chevaux de labour. La Thiérache, à l'époque, était une terre prospère, des filatures, des verreries, des usines, des laiteries. « Pays rouge », disait-on, d'où démarraient beaucoup de grandes grèves, jusqu'aux années 1970. Le clairon Liénard lui-même s'affichait socialiste, un ami de Léo Lagrange.

« Moi, personnellement, je suis Front national », dit sa petite-fille. Et cette reconnaissance, négligeable pour le grand-père, lui semble aujourd'hui un trésor.

À La Flamengrie, Marine Le Pen est arrivée en tête au second tour de la présidentielle, en 2017. Son score a grimpé, en même temps que le chômage, à 15 % de la population active en Thiérache, record de France. « Aujourd'hui, on parle même de fermer Carrefour, s'affole Rihanna, jeune mère de famille. Les gens en activité aussi se sentent en danger, y compris nous qui avions l'habitude de ne pas être malheureux. » Elle s'estime encore « à l'aise » : tout compte fait et avec deux salaires, il leur reste 7,12 euros pour manger chaque jour à quatre personnes. Elle ne connaît aucune histoire de clairon, ni celle de Sellier, ni celle de Liénard. Et « l'itinérance mémorielle » d'Emmanuel Macron pour se rapprocher des Français ? « La quoi ? elle demande. Je comprends pas. Sa tournée, vous voulez dire ? »

À la station-service du Chef, un ancien agriculteur devenu chanteur de karaoké fait le plein de sans-plomb. On discute à la caisse, comme au bistrot, pour savoir qui ira manifester avec les « gilets jaunes » contre l'augmentation de l'essence. Ou bloquer la nationale 2 pour l'arrivée du président, parce que ça fait vingt ans qu'on promet d'en faire une quatre-voies.

Un petit blond s'excuse de ne pas s'en mêler. « Il ne gagne pas d'argent, il le touche », explique à sa place un autre conducteur. Le petit blond confirme. « Je suis au RSA. Je ne me sens pas autorisé à défiler. » Il a arrêté de voter aussi.

« Je vais aller acheter un drapeau français à la Foir'Fouille »

9 novembre 2018

En France, pour la commémoration de la guerre 14-18 (suite).

Et si on mettait un drapeau français sur la façade ? Le voisin – un noble avec la Légion d'honneur – a sorti le sien. Sur les berges de l'Aisne, de grandes propriétés l'ont accroché à leur portail. « Je vais aller en acheter un à la Foir'Fouille sur la zone commerciale de Compiègne », s'emballe Christine. Avec René, elle tient la crêperie de l'Armistice, tout près de la clairière de Rethondes, où Emmanuel Macron et Angela Merkel commémoreront la fin de la guerre 1914-1918, samedi 10 novembre 2018.

Des villages sont joliment semés au milieu de la forêt comme les cailloux du Petit Poucet. L'immobilier a décollé depuis un moment déjà. La fibre va arriver. Bientôt, le Père Noël passera en calèche dans les rues de Rethondes. « Rien d'exceptionnel, mais un bon niveau », commente un cadre, trois enfants, deux voitures, deux boulots. Les résultats de la dernière présidentielle l'avaient rassuré. Soyons honnêtes : il voulait y croire. Et maintenant, il la sent revenir, la sale petite peur.

Sur les lieux de la cérémonie, un responsable de la sécurité manque avaler son portable. Doigt accusateur vers un groupe en tenue fluo : « J'y crois pas. Même ici des "gilets jaunes" commencent à s'infiltrer. » Les révolutionnaires se révèlent des employés chargés des pelouses. Mais en effet, des gilets se sont mis à apparaître sur les pare-brise, en signe de protestation contre la hausse des prix du carburant. Y compris ceux des deux maires de Rethondes, l'ancien et le nouveau. « C'est ma femme qui voulait », sourit l'un, timidement. Et l'autre : « C'est mon fils. »

Grâce à l'autoroute et à la gare de Compiègne, beaucoup travaillent à Roissy ou à Paris. La vogue des maisons de campagne a été remplacée par celle du « vivre au calme ». Bien sûr, le train reste un peu cher, le péage aussi. « C'est bien pensé : ça trie la population, sinon on deviendrait une banlieue », indique un responsable des ressources humaines. Les grèves à la SNCF lui ont semblé le premier coup de semonce. « Je me suis soudain senti fragile : j'arrivais en retard, comme tout le monde. Tout ça peut voler en éclats. »

À côté de l'Auberge du Pont, une échoppe « épicerie-tabac-baguette » vient de remplacer le préhistorique bistrot. « Le désert avance partout, on le voit : je m'applique à y faire mes courses », proclame une enseignante qui achète des escalopes cordons-bleus en barquette. On n'est pas à Laon, plus profondément enfoncé dans les Hauts-de-France, avec son centre-ville en déshérence et ses réunions publiques sur la débâcle du petit commerce. La dernière a fait le plein, organisée par la section anarchiste locale : c'est elle qui a racheté la dernière bijouterie en face de la cathédrale pour installer son local, histoire de prendre position si le Front national décrochait la ville.

Adjoint au maire à Tracy-le-Mont, près de Rethondes, Jean-Jacques Zalay a constaté que « la vie se fait plus difficile, les pratiques et les mentalités bougent ». On continue de s'occuper de soi, mais en groupe. On se rassemble avec les voisins – « même ceux avec qui on est disputé » – pour des livraisons de fuel ou du covoiturage. On manifeste tous ensemble, mais chacun dans sa bagnole. Un orthophoniste n'ira pas au prochain blocage des « gilets jaunes ». « J'ai l'anniversaire de ma femme. Mais la prochaine fois, sûr. »

Jacques Leblond, président local des anciens combattants, a reçu son invitation pour la cérémonie Macron-Merkel. Il hésite. Ne se sent pas à sa place. Son grand-père a fait 14-18, son père la Seconde Guerre mondiale, lui a été parachutiste en Kabylie, sous les ordres du colonel Bigeard. Aucun d'eux n'a jamais raconté sa guerre, lui pas davantage que les autres. Leblond trouve que l'indépendance de l'Algérie était une bonne chose. Pourtant, « on s'est battu là-bas. Pour qui, pour quoi ? Ce n'est pas un élément qu'on prenait en compte. On y allait parce qu'on nous disait d'y aller. C'est intime, la guerre. »

En 1962, il revient à Rethondes avec quatre décorations et « à moitié fou », se demandant s'il est sur terre, oui ou non. « Fallait tout oublier, c'est ce qu'on nous disait. » Ça dure une bonne année, peut-être plus. Sa femme lui répétait « calme-toi », surtout la nuit avec ses cauchemars. Il finit par rentrer à l'usine. « Je me suis apprivoisé de moi-même à la vie. »

Il a bien senti que son fils devait avoir ses questions à lui, sans oser les poser, le jour où il lui a demandé de faire à son tour un saut en parachute. Leblond le lui a offert, mais il n'a réussi à lui parler de rien d'autre que de cette solitude superbe et du silence où bat seulement le bruit du vent sur la toile qu'il connaissait en flottant dans les airs. Finalement, Leblond ne se rendra pas à la commémoration officielle. Il ira à l'aquagym avec l'hôtesse de l'air qui vit plus haut dans la rue.

La France des ronds-points

16 décembre 2018

En France, l'augmentation du prix de l'essence vient de faire naître une révolte spontanée qui brandit son nouvel emblème : les gilets jaunes.

Des bâches sont tendues en plein vent sur une charpente en bois récupéré. Un coin fait cuisine, Butagaz, table bricolée et, au fond, deux canapés, quatre drapeaux français, un sapin de Noël, offert par des motards. C'est la « cahute », appellation officielle : combien y en a-t-il aujourd'hui en France sur le bord des ronds-points ? Celle-là est près du Leclerc, à l'entrée de Marmande (Lot-et-Garonne). « On dirait un campement de Roumains », jubile Adélie. Des flammes s'élancent de gros bidons.

Adélie, 28 ans, croque-mort, sa vocation. À ceci près que la spécialité est verrouillée dans le coin et que travailler plus loin reviendrait trop cher en essence et en nourrice. Bref, chômeuse. À cet instant précis, Adélie s'en fout. Depuis quand sa vie ne lui avait pas semblé si excitante ? Laisser le téléphone allumé en rentrant à la maison. Ne plus regarder les dessins animés avec la petite, mais les infos. Parler à des gens auxquels elle n'aurait jamais osé adresser la parole, Stéphane par exemple, avec sa barbe tortillée en deux tresses et sa dégaine de gouape. Un routier, en fait, adorable. « Sinon, on fait quoi de nos journées ? » dit Adélie. Être au cœur du réacteur, cette fois au moins.

On est le 6 décembre 2018, il est midi. Trois semaines que le mouvement a démarré, avec l'impression, ici, que tout ne fait que commencer. Un noyau de 150 « gilets jaunes » occupent par roulement le rond-point Leclerc. « Macron, nous te retirons ta Légion d'honneur », proclame la pancarte. Aux alentours, deux autres ronds-points sont aussi occupés, chacun avec son identité et sa cahute : celui du Leclerc est le plus gros, la vitrine locale du mouvement, le rond-point VIP, baptisé « le QG ». Là se brassent les nouvelles, vraies ou fausses. Bruxelles ne veut plus d'agriculteurs en France, vous êtes au courant ? Les banques vont faire faillite, l'argent sera bloqué, retirez tout ce que vous avez. Quelqu'un a vu l'adjudant de la gendarmerie, celui qui est beau gosse ? Le seul sujet dont personne ne parle, c'est le moratoire pour la taxe sur les carburants, que vient juste d'annoncer le gouvernement. La hausse de son montant avait déclenché le mouvement, mais ça n'intéresse plus personne. Trop tard. Tant pis. Déjà ailleurs. Certains ne sont même pas au courant.

Trois dames, employées dans une grande surface – dont l'une tricote aussi des bonnets pour 2 euros –, rangent des fromages dans une glacière. La plus jeune a sauté le déjeuner. Trop cher. Il faut s'habituer à entendre l'expression, elle revient sans cesse sur le rond-point. « Moi, c'est pareil, sauf le dimanche de la Fête de la mère », précise la tricoteuse. « Mais à la cahute, c'est gratuit, on pourrait manger », glisse la troisième. La plus jeune râle : « Ah non, j'ai peur d'y prendre goût. »

Les syndicats de routiers FO-transports et la CGT ont annoncé une grève illimitée. Les paysans devraient les rejoindre, les lycéens aussi. La France pourrait être paralysée. Devant la cahute, les gendarmes boivent le café. « Vous défendez tout le monde ou quoi ? » risque un gradé. « On ne défend pas tout le monde, on défend M. et Mme Tout-le-Monde. Vous voyez la nuance ? »

Vendredi 7 décembre. Rond-point de la Satar, 9 heures

Coralie arrive la première. À son mari, apiculteur, certains sont allés dire : « On a vu ta femme sur le rond-point avec des voyous et des cassos. » « Moi aussi, je suis un cas social », constate Coralie, 25 ans. Elle a mis un temps à digérer le mot, mais « objectivement », dit-elle, c'est bien celui qui pourrait la définir. Elle vient de déposer à l'école ses deux fils d'un premier mariage. Garde le souvenir amer d'un élevage de chevaux catastrophique. Aimerait devenir assistante maternelle. Il fait très froid, il faudrait rallumer le feu éteint dans le bidon. « Qu'est-ce que je fais là ? » se demande Coralie.

Et puis, un grand gars arrive, qui voudrait peindre un slogan sur une pancarte. « Je peux écrire “Pendaison Macron” ? » il demande. « Vas-y, fais-toi plaisir », dit Coralie. Personnellement, elle ne voit aucune urgence à pendre Macron. Et alors ? On affiche ce qu'on veut. Le gilet jaune lui-même sert à ça, transformer chacun en homme-sandwich de son propre message, tracé au feutre dans le dos : « Stop au racket des citoyens par les politiques » ; « Rital » ; « Macron, tu te fous de ton peuple » ; « Non au radar, aux 80 km/h, au contrôle technique, aux taxes, c'est trop » ; « 18 ans et sexy » ; « Le ras-le-bol, c'est maintenant » ; « Marre d'avoir froid » ; « Fatigué de survivre » ; « Staff du rond-point » ; « Frexit » ; « Le peuple en a assé, Macron au buchet ».

Depuis des mois, son mari disait à Coralie : « Sors de la maison, va voir des copines, fais les magasins. » Ça a été les « gilets jaunes », au rond-point de la Satar, la plus petite des trois cahutes autour de Marmande, plantée entre un bout de campagne, une bretelle d'autoroute et une grosse plate-forme de chargement, où des camions se relaient jour et nuit. L'activité des « gilets » consiste ici à monter des barrages filtrants. Voilà les autres, ils arrivent, Christelle, qui a des enfants du même âge que ceux de Coralie, Laurent, un maréchal-ferrant, André, un retraité attifé comme un prince, 300 chemises et trois Mercedes, Sylvie, l'éleveuse de poulets. Et tout revient d'un coup, la chaleur de la cahute, la compagnie des humains, les « Bonjour » qui claquent fort. Est-ce que les « gilets jaunes » vont réussir à changer la vie ? Une infirmière, songeuse : « En tout cas, ils ont changé ma vie. »

Le soir, en rentrant, Coralie n'a plus envie de parler que de ça. Son mari trouve qu'elle l'aime moins. Il le lui a dit. Un soir, ils ont invité à dîner les fidèles du rond-point. Ils n'avaient jamais reçu personne à la maison, sauf la famille bien sûr. « Tu l'as, ton nouveau départ. Tu es forte », a glissé le mari. Coralie distribue des tracts aux conducteurs. « Vous n'obtiendrez rien, mademoiselle, vous feriez mieux de rentrer chez vous », suggère un homme dans une berline. « Je n'attends rien de spécial. Ici, on fait les choses pour soi : j'ai déjà gagné. »

Rond-point Leclerc, 11 heures

Une clameur au bout de la rue, 150 élèves débarquent du lycée Val-de-Garonne, à Marmande, vers le rond-point Leclerc. Ils ont longtemps hésité à faire grève, les classes comptent une majorité de boursiers, anxieux pour leurs subsides. Depuis les années 1990, Marmande et ses riches terres agricoles se sont abîmées dans le croissant de la pauvreté. « Si je vois mon fils dans le cortège, ça va barder : il est censé préparer le bac S », dit Antoine, un ancien de la pub et fervent « gilet jaune ».

D'un pas traînant d'ados, les lycéens embraient vers le centre Leclerc, en face de la cahute. « On va faire des pillages, comme à Paris ? » se renseigne l'un, pas étonné. Ici, Leclerc, c'est bien plus qu'un hypermarché, un empire battant sa propre monnaie et tenu par une famille surnommée « les nababs de Marmande ».

Très haut par-dessus les pompes, le prix du gasoil clignote en rouge : 1,39 euro aujourd'hui. On le consulte comme ailleurs le Dow Jones. En général, les autres grandes surfaces s'alignent.

Au début, ça se passait au mieux entre Leclerc et les « gilets jaunes », l'hyper leur avait même livré une palette de bouteilles d'eau. Puis le patron a estimé que la contestation avait assez duré et a envoyé des employés détruire la cahute pendant la nuit. « On est restés deux jours sans abri : plus personne ne venait. Sans cabane, le mouvement disparaît », dit un « gilet jaune ». Une autre a été construite de l'autre côté du rond-point.

Voyant arriver les lycéens, vigiles et gendarmes s'approchent. La jeune troupe a déjà fait demi-tour, traînant un unique chariot pour butin. Christophe, dit « Kéké », les accueille entre deux pins parasols, au milieu du rond-point. Employé à la SNCF, motard, prof de handball, syndiqué SUD-Rail, un gros charisme et une petite barbe, Kéké est une des figures des « gilets jaunes » : « On vous applaudit, les jeunes, mais que ce soit clair : si vous faites les cons, nous, les adultes, on se retirera et on vous laissera seuls avec les gendarmes. Vous vous ferez gazer, ce sera plié en une heure. » Les lycéens sont contre la réforme du bac, contre Parcoursup, contre la pause déjeuner qui dure quarante-cinq minutes seulement. « Il faut faire un tract », propose l'un. « Un quoi ? »

Un « gilet jaune » passe parmi eux avec des gâteaux sur un plateau. Installée depuis peu dans la région, Cécile se présente : « Je fais partie des vilains mélenchonistes. Je suis zadiste, j'ai fait Notre-Dame-des-Landes. » Des cèpes poussent dans sa cuisine, elle a son propre potager. Demain, le 8 décembre, un samedi annoncé « noir », elle compte manifester à Paris. « Ce sera violent, mais le monde a besoin d'images de violence pour se réveiller. Il faut un référendum pour renverser Macron. »

Trois lycéennes parlementent : « C'est très dangereux, madame, Marine Le Pen va passer. Vous êtes dans le Lot-et-Garonne, il y a une majorité de personnes blanches qui vivent là depuis des générations. » Cécile, abasourdie : « Tu ne veux pas destituer Macron ? » Les lycéennes : « Vous ne venez pas de province, vous ne comprenez pas. »

Samedi 8 décembre.
Rond-point Leclerc, 14 heures

Finalement, personne n'ira manifester à Paris. À Bordeaux non plus, et même Agen paraît soudain bien loin. La veille, Dorothée aussi était tentée « de monter au front » : « Je sais que ce ne sera pas la feria, mais j'ai besoin de voir par moi-même. » Finalement non. Dorothée, 42 ans, monteuse-câbleuse, 1 100 euros net, est l'une des deux porte-parole des « gilets » de Marmande. « Ça faisait des années que je bouillais devant ma télé, à me dire : *Personne ne pense comme moi, ou quoi ?* Quand j'ai entendu parler des "gilets jaunes", j'ai dit à mon mari : "C'est pour moi." »

À l'autre bout du rond-point, Yohann, l'autre porte-parole, est en train de se faire traiter de « traître » : il a négocié avec le maire (Constructifs/Agir) de Marmande, Daniel Benquet, et certains agriculteurs pour éviter le blocage de la ville. « On doit être des "gilets jaunes" exemplaires, aucune dégradation », sermonne Yohann, ton de bon pasteur. D'autres se mettent à l'accuser de viser une carrière politique, la pire insulte sur le rond-point. Lui, plus fort : « Je veux juste faire chier, je le jure. »

Kéké propose une action : tout le monde rentre dans le Leclerc « en civil » – c'est-à-dire sans gilet jaune –, remplit un chariot, puis se dirige vers les caisses. Coup de trompette, on enfile les gilets et on abandonne les courses en criant : « On est le 8 du mois et, désolés, on n'a déjà plus d'argent ! » Quelques petites voix se font entendre. Ici, tout le monde a plus ou moins un lien avec Leclerc, des proches qui y travaillent ou bien comme clients, tout simplement. « Je ne suis pas assez culottée pour y aller », murmure quelqu'un.

Une vingtaine de volontaires finissent par se disperser dans les rayons, sous les affiches célébrant la « foire au porc ». Aucune consigne n'a été donnée sur la façon de remplir les chariots. Mais, sans se concerter, tous – ou presque – y entassent la même chose : leurs fantasmes. L'une accumule des cadeaux de Noël démesurés pour les enfants (« J'en ai trois à charge et 25 euros de budget pour chacun »). Béret et allure de rentier bonhomme, Christian rafle des dessous féminins par brassées, bas et culottes exclusivement. Un couple s'offre les courses dont il rêve, « que de la marque », même pour les boîtes de thon, et sans regarder les prix. C'est la première fois : « D'habitude, on a la calculatrice à la main, ça prend des heures. » Martine est perdue, elle ne va plus au Leclerc depuis longtemps. « Trop cher. »

Aujourd'hui, les virées dans les hypermarchés ont changé de goût. Fini la grande fête innocente des années 1980, avec son sentiment d'opulence et de liberté. « On y va, bien obligé, mais humilié. Un jour, ça pétera aussi. La rage n'est plus très loin », dit quelqu'un. Coup de trompette. Les gilets sortent, en même temps qu'une *Marseillaise*. Certains photographient le chariot qu'ils ne prendront pas. « C'est déjà ça. »

Dimanche 9 décembre.
Rond-point de Samazan, 15 heures

On se croirait à un barbecue en famille, ça discute par groupes, un gobelet à la main. « Au début, on ne savait pas où on mettait les pieds », raconte une retraitée. Des gens arrivaient de partout, seuls en général, sans se connaître, pas très sûrs de rester. Personne n'osait vraiment se parler, certains n'ont rien dit pendant longtemps, dos courbé dans un coin. On les a vus peu à peu se redresser.

Et puis, que s'est-il passé ? Comment tout le monde s'est soudain retrouvé à déballer devant de parfaits inconnus – « Des gens à qui on aurait marché dessus chez Leclerc à peine deux semaines plus tôt, sans les saluer » – les choses les plus profondes de sa vie ? Des choses si intimes qu'on les cachait soigneusement jusque-là, « sauf parfois entre amis, mais c'était gênant ». La cahute est devenue le lieu où « les masques tombent ». Plus de honte. « Ça fait dix ans que je vis sans sortir, à parler à ma chienne. Aujourd'hui, les digues lâchent », dit une infirmière.

Chacun a son histoire, toujours très compliquée, mais toutes se ressemblent au fond, un enchevêtrement de problèmes administratifs, de santé, de conditions de travail. Pris à part, chacun des éléments paraît logique, voire acceptable, mais placés bout à bout, ils finissent par former une infernale machine à broyer. Il est question, par exemple, de ces trois frères, placés dans trois centres aérés différents à cause des écoles, mais il est impossible de payer les trois notes et de les convoyer tous le mercredi : alors il a fallu choisir lequel resterait à la maison. Ou bien ce laboratoire de biotechnologie végétale, un des quatre en France, qui n'arrive pas à recruter : Marmande, c'est trop loin, disent les écoles, on préfère envoyer nos stagiaires au Kenya.

Vous voyez ces maisons en bord de route, que les voitures frôlent en passant ? Eux, c'est là qu'ils habitent. La mairie et l'école sont à 2 kilomètres, la poste à 7 kilomètres, le médecin et les impôts à 8 kilomètres, Intermarché à 9 kilomètres, l'hôpital à 25 kilomètres. Le travail de monsieur à 26 kilomètres. Ils ont une seule voiture. La suite du feuilleton dure une bonne heure. Mais, dans la cahute, tout le monde la réclame. « Ici, il n'y en a pas un plus haut que l'autre, personne pour te juger. » Un jeune homme en fauteuil roulant continue : « Dépendre de la société, c'est ce qui pouvait m'arriver de pire. On a une espèce de fierté, lâchons le mot. » Cet autre, un petit costaud, joue le Père Noël dans les écoles et les supermarchés, payé en nature. « Je vis au black, en fait. » La voiture de celui-là roule sans contrôle technique. « On est tous passés hors la loi, sans même le vouloir. On n'a même plus peur des gendarmes. Qu'est-ce qu'on va devenir ? »

Le rond-point de Samazan se trouve entre le péage de l'autoroute – dont les « gilets jaunes » ouvrent régulièrement les barrières sans faire payer – et le village du même nom, 883 habitants. Si les maires des alentours soutiennent en général le mouvement, l'édile de Samazan est un des seuls à porter le gilet jaune. Cette année, deux agriculteurs de la commune se sont fait saisir leurs terres. Quatre tracteurs de la Coordination rurale viennent parfois tourner sur les carrefours, solidaires, mais avec leurs propres problèmes. Finalement, les routiers ne feront pas grève, revendications acceptées. Les lycéens non plus : pas de transport collectif, et les parents renâclent à les conduire au rond-point.

Lundi 10 décembre.
Rond-point Leclerc, 20 heures

On est quel jour ? Le 10 ? Celui où Emmanuel Macron doit prendre la parole ? Non, celui où les retraites sont versées, voilà la grande attente qui occupe les conversations.

Ça y est, le président s'est mis à parler, on le regarde dans la cahute sur une tablette. « Il annoncera son départ », pronostique Kéké. Macron est l'unique homme politique dont le nom est prononcé sur les ronds-points de Marmande, jamais aucun autre. La politique est prohibée : un militant communiste a bien essayé de tracter, puis un petit couple – lui en costume, elle en blouson de cuir –, se disant France insoumise. Tous ont été chassés. Le seul discours commun évoque les « privilégiés de la République », députés, énarques, ministres, sans distinction, à qui « on ne demande jamais de sacrifices ». En fait, c'est à eux qu'on en veut, bien davantage qu'aux multinationales ou aux patrons.

Fabien attend un coup d'État militaire, « restaurer la discipline et le respect ». Un autre est sûr qu'Emmanuel Macron va lever une armée de migrants, « qui sont tous des guerriers », pour mater les pays récalcitrants dans l'Union européenne. Cette armée pourrait finir par le renverser. Chacun s'écoute sans broncher, personne ne contredit personne. « On va vers la troisième guerre mondiale », conclut quelqu'un. Puis ça rigole quand même. « Vous vous imaginez dire ça à table, en famille ? Tout de suite, ça déraperait. »

L'allocution est finie. Macron est toujours président. « Il nous a servi du flan, ou quoi ? » demande Nico, interloqué. Silence général. Dehors, un gendarme monte la garde. « Des gens qui n'auraient jamais dû se rencontrer se mettent ensemble. Ça fait peur. »

Mardi 11 décembre.
Rond-point Leclerc, 8 heures

Des « gilets » du rond-point de Samazan sont venus en visite. On échange quelques mots.

« À votre rond-point, vous avez des gens de couleur ?

– Pourquoi ?

– On dirait que le mouvement ne les arrange pas. Ici, il n'y a que des gens comme moi, des purs Français.

– Attention, je ne suis pas raciste. Je vais prendre leur défense.

– Moi non plus, je ne suis pas raciste, sauf pour une tranche d'âge, les 12-25 ans. Pas plus. En tout cas, c'est la première fois que je parle avec quelqu'un qui soutient les migrants. »

Le premier samedi où elle est venue, cette présidente d'association a failli s'en aller. « J'étais à la torture. Ils se lâchaient sur les Arabes qui profitent. » Puis elle s'est dit : *On est là, il faut essayer.* Curieusement, son mari, fonctionnaire, ne s'est pas mis en colère contre leurs amis qui votent Marine Le Pen. Il discute.

Oui, ici, c'est possible, chacun fait en sorte que tout se passe bien. La conversation a repris. « Certains Arabes peuvent être méchants, ça dépend de leur degré de religion. »

Comme par miracle, Zara et Fatma apparaissent à cet instant précis, portant des foulards imprimés léopard, pour offrir un grand plat de couscous. « Trop timides pour se faire voir », disent-elles, en repartant sur la pointe des pieds. Tout le monde mange du couscous. Un gendarme passe. La direction de Leclerc vient de couper ses dotations aux associations et à certaines communes : trop d'argent perdu à cause des « gilets jaunes ».

Mercredi 12 décembre. Rond-point Leclerc, 17 heures

Mathieu, un routier, gare son camion sur le terre-plein. Il annonce avoir reçu un message du maire de Marmande, Daniel Benquet : « Je souhaiterais avoir les doléances des "gilets jaunes" pour en faire part au Premier ministre. » Mathieu a immédiatement répondu : le référendum d'initiative citoyenne, visant notamment certains personnages politiques quand le peuple ne se sent plus représenté. Emmanuel Macron, par exemple. Le maire – qui n'avait pas l'air emballé, selon Mathieu – a demandé s'il y en avait d'autres. « Je me suis permis de dire que c'était la seule », dit Mathieu.

Sous la cahute, Yohann vient d'arriver. « Moi, je vais monter à Paris. Il faut les attaquer intra-muros, aller marcher sur les bobos. » « Les quoi ? » demande quelqu'un. « Les gens de la métropole qui nous qualifient de sauvages, qui nous méprisent parce qu'on ne pense pas et qu'on ne vit pas comme eux. » Yohann bombe le torse, en mimant des « Bonjour », lèvres pincées. Il est lancé : « Oui, je me suis durci. J'ai une haine, ça me bouffe, ça me réveille la nuit. Je me retiens depuis si longtemps. »

Il irait même tout de suite, s'il pouvait. Mais il y a celle qu'il appelle « Madame » et qui vient de lui téléphoner, cette maison pour laquelle il s'est endetté et qui est sa « revanche à prendre ». Dehors, ça pleut dru. Le père de Yohann est employé à la blanchisserie de l'hôpital. Sa mère est femme de ménage. Lui travaille dans les pièces détachées pour automobiles. Classe moyenne, dit-il. Les mains se serrent. Ça va aller ? Il s'excuse. « Je ne sais pas ce qui m'a pris. » Un « gilet jaune » demande qu'on le raccompagne à sa voiture : celle des gendarmes est à côté, on ne sait jamais. Lui, c'est un petit retraité qui se met soudain à raconter sa guerre d'Algérie. Puis s'arrête. « Est-ce qu'on va nous laisser respirer ? » Alors, un gendarme : « La lutte continue. » À la demande d'un hôtel cette fois, la cahute a dû être à nouveau déplacée.

2019

« Tiens, si on allait à Hyper U ? »

En France, la ville de Mende, en Lozère,
revendique deux cathédrales :
Notre-Dame-et-Saint-Privat et l'Hyper U.

Un lundi calme

20 août 2019

La porte se cache dans un coin discret de l'hypermarché, derrière le rayon des yaourts et avant celui des fromages. Une volée de marches grimpe sans manière jusqu'à un couloir, étroit et sombre : l'étage administratif, où se concentrent les bureaux, la pointeuse, les vestiaires. Dans cette austérité d'entrepôt s'avance M. Bringer, 80 ans, tenant gravement entre deux doigts un sachet de croquants aux amandes, 5,39 euros, qu'il a acheté lui-même dans son propre magasin. Sur son passage, on se casse en deux, avec des « Bonjour-monsieur-Bringer ». Il salue chacun des employés par son prénom – il y en a 220, en tout.

C'est le matin, un quart d'heure avant l'ouverture, peut-être. Dans le réfectoire, la vaste table carrelée rouge est celle où Mme Bringer, sa femme, a enseigné le catéchisme à des générations de Lozériens. Elle dirigeait le rayon textile, « pas de dentelles, ça ne marche pas dans la région ». Le travail, la famille, une certaine culture terrienne sont des valeurs à ne pas oublier : M. et Mme Bringer le répètent aux enfants. Deux de leurs fils leur ont succédé aux affaires, Xavier et Nicolas.

Le magasin est à couper le souffle, il faut le reconnaître : 7 000 mètres carrés, avec une baie vitrée tout le long de la ligne de caisses qui plonge dans un horizon de ciel et de montagnes. Derrière les portillons, des clients attendent l'ouverture, chariots sagement rangés flanc contre flanc. C'est l'entrée principale, majestueuse, qui s'ouvre sur la « pénétrante », l'allée conçue pour faire tourner les têtes, promotions spectaculaires, articles de saison ou téléphones portables. « Ce matin, j'ai dit à mon mari : "Tiens, si on allait à Hyper U ?" » annonce une retraitée en embrassant une autre. Et le mari : « On n'était pas sortis du parking qu'on avait déjà salué quatre personnes. »

On peut aussi entrer dans le magasin par l'autre côté, plus confidentiel, la petite porte, en quelque sorte. Elle a ses habitués : elle permet un raccourci vers le rayon boucherie et surtout le grand bac réfrigéré, que coiffe le calicot « Anti-gaspi ». Là, chaque jour, se bradent à 30 % ou 50 % toutes les viandes dont la date de consommation échoit le lendemain. « Ils ne vont plus tarder », annonce Véro, chargée du secteur.

8 h 02, les premiers clients apparaissent, une dizaine peut-être, sans courir, mais allongeant le pas. Une femme pêche à l'aveugle des blancs de dinde, des brochettes d'agneau, des merguez halal. Elle triera ensuite. Une autre, en imperméable rouge, fête ce soir les 16 ans de ses jumeaux : elle veut deux steaks et deux canettes de bière à la framboise, les jeunes préfèrent ça au vin. Ça fera la surprise. Elle essaie d'attraper une barquette avant une fonctionnaire, tailleur-foulard. « De nos jours, la vie n'est simple pour personne », s'excuse la fonctionnaire. Gros soupir, bref silence. Elle a du mal avec ses deux lévriers polonais : « Le mâle me mange un kilo de viande par jour. » Et elle replonge à l'assaut du frigo, coude à coude avec l'imperméable rouge, l'une pour ses chiens, l'autre pour ses fils. *Un lundi calme*, pense Véro. Depuis trois ou quatre ans, des clients lui attrapent parfois les paquets des mains, avant qu'elle ait pu les poser dans le bac.

« Où se trouve l'aspirateur à moustiques en promotion ? » demande une grande fille à un gaillard en chemisette rose U. Le gars rigole. « Aucune idée : je travaille dans une grande surface, madame, mais pas celle-là. » Chemisette-rose possède lui-même un Supermarché U : il visite celui de Mende dans le cadre d'un séminaire de l'enseigne, pour toute la région Sud, comme une vingtaine d'autres patrons.

Il y a quelques années encore, beaucoup seraient venus en costard-cravate et belle bagnole. « Le Salon de l'auto », c'était le surnom de ces réunions. Fin de l'âge d'or, premiers licenciements du secteur cette saison. Les grands groupes s'entre-dévorent, une guerre des ogres sur fond de crise. Les « intégrés », surtout, sont touchés, c'est-à-dire les distributeurs avec une direction centralisée et des actionnaires prêts à se débarrasser des magasins affichant moins de 22 % de marge brute ou des retours sur investissements jugés trop lents. Auchan ferme des grandes surfaces, Casino en vend, Carrefour licencie. Les « indépendants » – un modèle coopératif, où chacun possède son magasin – résistent mieux : Leclerc, Intermarché et Système U.

Il est 9 heures. Le dernier poulet vient de partir, le bac anti-gaspi au rayon boucherie est vide. D'autres patrons rejoignent le séminaire. Chacun a son histoire, mais toutes se ressemblent un peu : d'honorables familles de commerçants, parlant boulot même en dormant, qui se décident un jour à traverser le miroir.

Chez Laetitia et Gérald Bordes – ils sont frère et sœur et n'ont pas 40 ans – on était charcutiers dans un bourg du côté de Béziers, débitant le cochon sur la place du marché, il y a un siècle déjà. Au tournant des années 2000, leur municipalité se pique d'avoir son supermarché. C'est la mode, alors, toutes les communes veulent le leur, chacune gardant le voisin à l'œil : si on ne le construit pas, la ville d'à côté le fera et en récoltera les bénéfices. Les bénéfices ? Quelle autre carte aurait un maire pour générer des taxes et des dizaines d'emplois ?

En plus, l'opération cadre à merveille avec le tempo politique : il faut en moyenne deux mandats pour la boucler, entre le vote des dossiers et l'inauguration, avec un résultat bien visible et l'image d'un élu sensible au pouvoir d'achat. Certains sont même sincères, quelques-uns offrent les terrains. Pour la santé du magasin, personne ne s'interroge vraiment : il suffit de poser un parking, un bâtiment, et de dire qu'on a du Nutella pas cher. Les gens se précipiteront, n'est-ce pas ?

Dans le bourg de Laetitia et Gérald Bordes, de puissants groupes postulent à l'appel d'offres. « Pourquoi pas nous ? » se disent le frère et la sœur. Leur Super U ouvre en 2012, 1 700 mètres carrés, avec les parents. Les clients, les employés, le village, rien n'a changé. Et pourtant c'est différent. « Les mêmes gens sont devenus bien plus désagréables depuis qu'on est un supermarché, dit Laetitia Bordes. Tout le monde s'est mis à taper sur la grande distribution. » Le groupe des patrons hoche la tête. L'un d'eux a aperçu des clients de chez lui, payant ici à la caisse. Il a détourné les yeux. Eux aussi. En ce moment, certains magasins rétrogradent. La concurrence marche même entre soi. Un grand, lunettes de soleil, rompt le silence : « Et ta femme, ça va ? – Elle s'occupe d'un rayon, comme ça, on se voit de temps en temps. »

Il est plus de 10 heures. Devant un présentoir s'empilent des lots de shampooing par trois, une promotion géante. Il y a quelques années, les travées auraient pu être bloquées, une ruée, ça s'est vu même pour du dentifrice. Un couple de profs se souvient de leurs parents se battant devant un arrivage de balais. « Les gens n'avaient pas grand-chose, un monde nouveau s'ouvrait, les grandes surfaces nous apprenaient ce qu'il fallait aimer. » Ils traînent leur chariot presque vide comme un amour déçu. Lui : « On a été heureux dans la consommation : avoir un gros chariot, c'était être quelqu'un. » Elle promène son téléphone dans les rayons, branché sur une application capable de détecter les « produits toxiques ».

La famille Bringer, elle, a commencé il y a trois générations en vendant de la toile noire au mètre dans les fermes du Gévaudan. Quand survient l'appel d'offres pour une zone commerciale à Mende, l'attribution de l'hypermarché devient l'enjeu d'une bataille municipale à la fin des années 1990. Deux familles du pays postulent. Chacune est déjà à la tête des deux supermarchés de la ville, mais il y a le gros et le petit : les Bringer, propriétaires de plusieurs magasins, dont un Super U, et les Dalle avec leur Intermarché. Un soir, chez U, éclate un incident banal avec un client. Le type s'annonce : sous-préfet à Florac. Du côté des Bringer, on voit vraiment l'affaire perdue. « Dans ces dossiers-là, tout compte », assure Jean-Michel Brun, le directeur.

Mais le conseil municipal (UDF) vote largement Bringer. « Il fallait des reins solides », se souvient un élu : le chantier colossal est à la seule charge de l'enseigne, sans un sou de financement public y compris pour le rond-point d'accès. En échange, le maire de l'époque, Jean-Jacques Delmas, et M. Bringer auraient conclu un « accord secret », l'expression se murmure avec délice en ville, aujourd'hui encore : aucun autre concurrent ne s'installera. Conduite par Alain Bertrand, l'opposition socialiste tempête contre le « monopole Bringer ». Lui soutenait Intermarché.

11 heures. Un ouvrier en tenue de chantier pose une unique escalope cordon-bleu à la caisse 6. Le regard de l'hôtesse va de l'escalope à l'homme, et retour. Pas un mot, mais ses yeux posent la question. « Elle est partie », confie l'ouvrier. Ce tapis de caisse est leur seul point de rencontre, ils ne se sont jamais vus ailleurs. « Vous êtes la première à qui j'ose l'annoncer. »

Deux autres hôtesses discutent d'une collègue, pas aimable à leur goût. « Celle-là, en région parisienne, elle prendrait des claques. » Rires. Aucune ne ferait ce métier dans une grande ville. « Même Montpellier, j'irais pas. » Puis, après réflexion : « Palavas, peut être. » Elles ne voudraient pas non plus d'un « hyper-hyper », les monstres entre 10 000 et 20 000 mètres carrés. Ce sont eux surtout qui essuient la crise actuelle. « Plus c'est grand, plus ça plonge. Une petite bascule dans la consommation, et plouf ! » explique justement un des patrons en séminaire. Chemisette-rose risque à mi-voix : « Ici, combien ça fait de chiffre d'affaires ? » « 56 millions par an », se mêle un manutentionnaire qui passe. Chemisette-rose s'étrangle. Chez lui, les chiffres sont confidentiels, y compris en interne pour les employés. Pourquoi ? « Le secret, c'est culturel dans la grande distribution. »

À Mende, la liste socialiste d'Alain Bertrand enlève la mairie en 2008. À l'époque, Bertrand veut marquer la ville, comme Georges Frêche, un proche, l'a fait autrefois à Montpellier. Bertrand aussi veut jouer les bâtisseurs : des logements, un espace événements, la relance du musée. Il soutient la création par la région d'un parc d'activité pour les entreprises. Coût : 10 millions d'euros. Toujours inoccupée aujourd'hui, la zone industrielle sert surtout aux gosses pour apprendre à conduire.

En 2012, Bertrand achète également, via la communauté de communes, 8 hectares sur le causse d'Auge, en surplomb de la ville. Le maire est un homme de coups, et celui-là en est un fameux : les propriétaires avaient toujours refusé de vendre. Bien sûr, le prix du terrain a explosé : 1,8 million d'euros, bien trop cher pour ne faire que des lotissements et de l'artisanat. Alors pourquoi pas une deuxième zone d'activité commerciale avec un autre hypermarché ? Après tout, les promesses de son prédécesseur n'engageaient que lui : il serait temps, estime Bertrand, de rompre le « monopole Bringer ».

Monsieur Nutella, chef de gang

21 août 2019

C'est une de ces destinations où l'on ne se lance pas à la légère. Lui prévoit la journée, pas moins. Le trajet, déjà, vous rendrait cinglé. Lui surtout, qui a l'impression d'être en retard dès l'instant où il se lève. La route monte et descend, un tournant, un camion, un autre tournant, un tracteur, un radar. Lui ? Cadre commercial pour les grandes surfaces de la région Sud chez Ferrero. Nutella, ça vous parle, non ? Il aime faire claquer la définition de son métier, nue et brutale : « vendre toujours plus ».

Le voilà enfin arrivé, Mende, capitale de la Lozère. Quand il a été muté dans le Sud, il a fait le tour des mairies, histoire de renifler son territoire. Ici, on est dans le rural, l'« hyper rural », insistent les élus. Des paysans, des fonctionnaires, du médico-social. Peu de chômage, mais pas de gros moyens non plus. Et une institution : l'Hyper U de Mende. Pour le moment, en tout cas : le maire ne fait pas mystère qu'il soutient la création d'une zone d'activité commerciale concurrente, sur le causse d'Auge, de l'autre côté de la ville.

Monsieur Nutella vient de se garer sur le parking de l'Hyper U. À l'accueil, une employée cherche la trace d'une transaction : un père de famille a découvert sur sa carte bancaire un mystérieux débit de 179 euros au magasin. Ça y est, elle a trouvé. « Il s'agit d'un portable et de bières. » Ton réconfortant : « En promo, les bières. » Le père grince. « C'est mon fils, sûr. » Il l'appelle. Mais le fils disputait un match de foot, ce jour-là. « Alors, qui ? » demande l'employée, par-dessus ses lunettes. Elle s'est prise au jeu. Le père devient blanc. « Ma femme. »

Monsieur Nutella a rendez-vous avec le manageur du rayon épicerie, Roland Segala. Stress à 0. Ici, il fait 4 palettes quand il en fait 17 à Auchan à Avignon. Au-dessus de sa tête, une pancarte trompette : « Hyper U s'engage à rester le moins cher de Lozère. Si vous trouvez un produit alimentaire moins cher en Lozère, nous nous engageons à baisser notre prix en moins de 24 heures et à vous offrir un bon d'achat de 10 euros. »

Vendre meilleur marché que le concurrent, c'est l'obsession de base dans ce petit monde. Elle devient une question de vie ou de mort quand il s'agit de Nutella, de Coca-Cola, de Carte Noire ou de Panzani. Entre soi, on les surnomme les « produits voyous », les clients sont capables de changer de boutique s'ils les trouvent moins chers ailleurs, ou pas du tout. Ils s'en servent de marqueurs pour jauger l'ensemble du magasin. Et ça y est, vous avez perdu. Chez les « voyous », Nutella est chef du gang, « le seul dont personne ne peut se passer », disent les manageurs. Ça les énerve. « Ferrero en profite : il essaie de cannibaliser les rayons. »

Le téléphone de Roland Segala ne répond pas : il a filé aux livraisons pour une urgence. Au rayon surgelés, une infirmière arpente la muraille des pizzas, hésitant entre la « Crousti moelleuse, extrême kebab, poulet épicé, oignon, poivron » ou la « Fraîch'Up Italian burger, bœuf, mozza, tomates cerises, sauce burger ». Et pourquoi pas « la pâte épaisse, extra, hawaïenne, blé de France, viande de France, jambon, ananas » ? C'est plus sain d'acheter français, non ? Vérification sur son téléphone : combien coûte-t-elle chez Leclerc ? En entendant le nom, un employé a sursauté. Rire gêné : « Tout devient hystérique quand Leclerc apparaît. »

Parmi les six grands groupes en concurrence frontale sur le territoire national, Leclerc tient la tête, 21 % du marché. Mais, surtout, il a fait du « moins cher » son étendard, déclenchant une interminable guerre des prix. Principal enjeu : les fameux produits voyous, moins d'une centaine. Dans le milieu, les négociations sur leur prix d'achat ont viré à la légende. Elles se tiennent dans des « box » aménagés au siège des centrales, représentant chacun une enseigne, parfois deux. En face campent les industries internationales et leur cavalerie lourde. Là, pendant des jours et des nuits, on s'assassine à coups de centimes, pour décrocher mieux que le voisin, une ambiance entre la garde à vue et les sommets de l'OPEP. Certaines centrales sont régulièrement accusées de « pratiques extrêmes » dans les box, menaces, chauffage tour à tour brûlant ou glacial, pas un verre d'eau. « Personne ne sait ce qui s'y passe, le cœur du réacteur », assure Monsieur Nutella. Bluff et secret, le grand jeu. De toute façon, il lui est interdit d'évoquer les prix. Chez Leclerc, le mot même ne doit pas être prononcé. « En aucun cas. »

Monsieur Nutella attend toujours Roland Segala, responsable épicerie. Certains magasins snobent les commerciaux, il le sait. Chez Carrefour, ils n'ont pas le droit d'entrer avec la sacoche et l'ordinateur. Parfois, on leur fait des coups de vice, comme Intermarché, le 25 janvier 2018. Ce matin-là, Monsieur Nutella avait rendez-vous dans un de ces magasins. Parking bondé à l'ouverture, ça l'avait surpris. À l'intérieur, les gens se tapaient dessus autour de cartons éventrés, certains exhibant des cartes d'handicapé pour doubler : le pot de 950 grammes était affiché 70 % moins cher.

« Les émeutes Nutella » ont explosé sur les réseaux sociaux et les médias. Chez Ferrero, on suspecte Intermarché d'avoir orchestré jusqu'à certaines vidéos, manière de « se refaire une image à travers celle du produit ». Le groupe a été condamné au maximum : 375 000 euros d'amende pour revente à perte, pratique illégale en France. Pas grand-chose au regard du 0,6 % de part de marché gagné sur la période.

Il fallait s'y attendre : six mois plus tard, Leclerc a fait de la surenchère, 80 % de ristourne grâce à une astuce sur la carte de fidélité. Leclerc, encore. Leclerc, toujours. Et le revoilà : à Mende, c'est le nom qui a fini par sortir comme le diable de sa boîte pour s'installer dans la nouvelle ZAC du causse d'Auge. C'était la mode, en 2012, quand Alain Bertrand avait conçu cette zone d'activité commerciale sitôt élu à la mairie. « Tout le monde voulait que Mende soit une grande ville », se souvient Laurent Suau. Socialiste lui aussi, Suau a atterri à la mairie quand Bertrand a choisi le Sénat.

Aujourd'hui, les lumières semblent s'éteindre une à une, comme à la fin du bal. Commandée à l'appui du projet, une étude enthousiaste prédisait 20 000 habitants pour 2020 dans la communauté de communes : le chiffre oscille actuellement autour de 15 000, dont quelques centaines grattées en 2018. « On a appris à se contenter de peu », concède Régine Bourgade, première adjointe.

À Paris non plus, l'époque n'est pas aux grands chantiers. Le dossier Lozère, son isolement, ses routes impossibles, est retourné sur la pile « promesses électorales » et, avec lui, l'aménagement de la nationale 88, qui devait faciliter l'accès à la ZAC du causse d'Auge. Decathlon est venu s'y promener. Pour l'instant, il est reparti.

À l'Hyper U de Mende, la matinée se termine. « Ça va ? » demande un agriculteur à un autre, hypnotisé par les Choco Prince sur les étagères. « Moyen, j'ai pris un chevreuil dans la voiture. Du coup, je me console. » Monsieur Nutella, lui, jetterait volontiers un œil au rayon « tartinable ». Mende est calme, mais « la région Sud fourmille de zadistes anticonsommation » depuis quelque temps.

Ailleurs, il lui arrive de tomber sur des affiches dénonçant l'utilisation d'huile de palme dans la recette de son chocolat. Elles y sont à chaque fois dans certains magasins et peuvent rester longtemps, surtout dans les Carrefour Market, où il y a moins de personnel en rayon. Si ça se trouve, c'est quelqu'un de la maison qui les dépose : « Les activistes primaires sont partout. » Il a fallu former les animatrices à répondre : « Notre huile de palme est sérieusement encadrée… », etc. Lui-même doit parfois éteindre son téléphone la nuit. Pour la première fois en trente ans, certains magasins n'acceptent plus de placer Nutella en avant. Mis à l'amende. La marque a perdu 5 points, mais triomphe toujours avec plus de 75 % du marché.

Une très vieille dame et sa petite-fille s'attardent aux sous-vêtements. « Regarde, mamie : 2 culottes pour 7,90 euros. » Mamie s'exclame : « Mais elles sont immenses ! Tant pis, j'en commanderai sur Internet. » Monsieur Nutella n'a toujours pas de nouvelles de Roland Segala, le manageur épicerie.

Par la baie vitrée du magasin, on apercevrait presque le causse d'Auge, sur un versant en face. M. Bringer, patriarche et patron historique de l'Hyper U de Mende, se souvient avoir vu un jour, lors d'un passage par Aurillac, un « superbe champ en face de Géant Casino, un emplacement numéro 1. [Il] ne pouvai[t] pas le laisser passer. Qui sait ? ». Règle de base : occuper le terrain coûte que coûte, ne pas le laisser aux autres. Une deuxième grande surface d'alimentation lui paraissait impossible à cet endroit : il plante un BUT, spécialisé dans l'équipement de la maison. « Trois choses comptent pour la réussite : l'emplacement, l'emplacement, l'emplacement. »

Comme au Monopoly, les grosses enseignes ont déjà squatté les adresses stratégiques. Désormais, des hypers diminuent leur surface, certains licencient. Paysage national globalement saturé, pense M. Bringer. « Mais l'alimentaire reste un des derniers secteurs en France où les gens sont prêts à prendre des risques à cause de la concurrence exacerbée. »

Au causse d'Auge, le concurrent possible, selon la mairie, s'appelle Stéphane Pilon, déjà patron d'un Leclerc à Rodez (il n'a pas répondu à nos sollicitations). Entre son magasin et l'Hyper U de Mende, aucun contact, mais chacun a envoyé ses espions. Méthode classique. Ils en sont revenus le sang glacé et une même phrase aux lèvres : « Putain, ils sont bons. » À la mairie de Mende, Régine Bourgade a un petit coup de vertige. « Les habitudes changent, on fait marche arrière sur les grandes surfaces. Y aura-t-il de la place pour deux ? » Roland Segala, le chef de l'épicerie, vient de remonter dans son bureau. Monsieur Nutella ? Le vigile vient de le voir partir sur l'écran de contrôle. Consterné, Segala : « Bon sang, je me suis taulé. Il va croire que je l'ai fait exprès. »

Marlaine, Adeline et les autres

22 août 2019

Le comité d'entreprise va commencer. L'ordre du jour est bref, ça devrait aller vite. Voilà d'ailleurs Marc qui s'avance, employé depuis six ans au rayon huiles et condiments de l'Hyper U de Mende. Marc, 36 ans, a saisi le CE pour que son badge porte désormais le prénom « Marlaine » et que son casier soit dans le vestiaire des femmes, et plus dans celui des hommes. Marc, ou plutôt Marlaine, a entamé une procédure de changement de sexe devant le tribunal de Mende. Le laser et un traitement aux hormones peinent encore à éliminer sa barbe, ses traits s'affinent doucement, cheveux aux épaules, yeux soulignés de noir et le charme d'un sourire qui tremble encore entre deux sexes.

« Des questions ? » demande Jean-Michel Brun, le directeur du magasin. Silence tétanisé. La Lozère est un petit pays, chasse, pêche et champignons, tout le monde se connaît, ses 75 000 habitants tiendraient dans le Stade de France. « La Corse sans les armes », écrivent volontiers les préfets dans leurs rapports.

Un élu du CE revoit Marc en père de famille, ses trois petites filles, ses deux divorces. Adeline, chef des caisses, étudiait avec lui au lycée, du temps où il portait treillis et chaussures à clous. Pilier du comité d'entreprise, Adeline n'est pas du genre à avoir froid aux yeux. Elle lui demande : « Tu es prêt à aller jusqu'au bout ? » Marlaine pourrait répondre : « Et moi, est-ce que je demande aux autres ce qu'ils ont dans le pantalon ? » Elle (puisqu'« il » est « elle », désormais) ne le fait pas. Pas plus qu'elle ne raconte sa première sortie en femme, il y a quelques mois, traversant Mende, sa ville natale, sans que personne la reconnaisse. Tailleur, collants, hautes bottes beiges, maquillage. En sortant du cinéma, un homme lui avait tenu la porte, avec un sourire. Elle avait pensé : *J'ai gagné !* Marlaine regarde Adeline et dit juste : « C'est pour de vrai, pas de la blague. » Badge et vestiaire accordés. Il est presque 14 heures, mardi.

Adeline est redescendue à la ligne de caisses. Le long des rayons, les chariots semblent voguer, paisibles caboteurs sur une mer calme. Le rush du matin est passé, peu de clients, mais massés à la même caisse, la 2. Les autres sont en pleine conversation : « Tu as vu ? Les homards font la danse de l'amour dans l'aquarium de la poissonnerie. »

« Allez, les filles ! » lance Adeline. Une des « filles » s'appelle Arnaud. Il ne relève pas. L'habitude. Longtemps, il a été le seul homme en caisse. Les clients en sont restés éberlués, ils se pressaient pour passer avec lui. On le gâtait. Lui voulait prouver qu'il en était capable, scannant la marchandise debout, droit, pâle, vaguement solennel. Mon style, commente Arnaud, 39 ans. Il est à la 20 aujourd'hui. À la 2, Stéphanie encaisse le Dop crème douche parfum Haribo Tagada d'un barbu en bottes de caoutchouc. Quand elle débutait, un rêve la réveillait : elle était devant sa caisse, tiroir béant, incapable de compter l'argent.

À la 4, les lèvres de Bouchra dessinent un sourire, tout en formant une phrase muette : « J'en peux plus. » Megg, 20 ans, nettoie la 8 au vaporisateur. À la journée de formation, on leur a répété : « Vous êtes les visages du magasin, l'image que les gens garderont. » Elle en est fière, « une vocation, comme ma mère, qui a fait Auchan, Lidl et Carrefour ».

Manœuvrant son chariot, une brune en casquette « I love Lozère » proclame : « Moi, ces filles, je les plains. Leur travail est si con que ce n'est même pas un travail. » Aucune ne tourne la tête. Toutes ont entendu pire. Quelques hôtesses, baptisées « les anciennes », travaillent ici depuis les années 1990. En ce temps-là, le magasin était trois fois plus petit, 10 caisses au lieu de 20. Leurs contrats plafonnaient à 22 heures par semaine, planning modifié au dernier moment, tronçonné selon l'affluence par d'interminables coupures non payées. « Elles étaient taillables et corvéables, c'était plus pratique pour l'employeur », explique Myriam Fraisse, entrée plus tard aux ressources humaines du magasin. Les grandes enseignes fonctionnaient toutes sur ce modèle, « cela correspondait à un état d'esprit », de même que le fait de « donner » la caisse aux femmes : « Un temps partiel n'aurait jamais été proposé à un homme. »

Béatrice n'a pas protesté. Elle n'en revenait pas, au contraire, d'entrer chez U à 18 ans en 1997, complétant son salaire par du ménage à la poste ou la garde des enfants chez le directeur de l'époque, connu pour « recruter les nanas à la gueule ». Aux caisses s'alignaient les Miss Mende et toutes leurs dauphines, rien que des belles filles avec un chouchou en vichy rose et un chemisier assorti, scannant comme des dingues à cause du chronométrage. Il fallait passer au moins 21 articles par minute, performances affichées par nom et par score, les dernières en rouge. Les erreurs de caisse étaient placardées aussi. « On n'était pas virée pour ça, mais ça marquait », se souvient l'une. Chez Intermarché, le concurrent du centre-ville, la barre était à 31 articles par minute.

Les caisses étaient collées les unes aux autres, la neige y volait en hiver, dans les courants d'air de l'entrée. On s'enfermait dans les toilettes pour fumer, quand il y avait une accalmie. Personne n'était très regardant sur la législation et encore moins sur les heures supplémentaires calculées selon les besoins. « C'était le bon temps », conclut abruptement Béatrice. Beaucoup le disent, chez les anciennes. « Les clients même étaient différents, joyeux, contents d'acheter et de sortir de gros chariots. C'est pas le salaire qui nous tenait : c'était la vie. »

En 2005, le magasin déménage et s'agrandit, Super U devient Hyper U, premier et unique hypermarché de Lozère. Les notables du département se bousculent à l'inauguration, un événement mondain, avec les employés en haie d'honneur pour les premiers visiteurs. Soudain, un mouvement s'amorce parmi les hôtesses, certaines arrêtent d'applaudir. En tête des clients se découpe l'imposante silhouette de monsieur Georges, un retraité de Sainte-Énimie. Tutoiement rude, regard colère, il en a fait pleurer plus d'une, notant les prix, calculant tout, grondant celles qui ne l'accueillent pas d'un « Bonjour, monsieur Georges » révérencieux. À quelques favorites, il réserve un cadeau : des Doliprane. Précisant : « Je les reçois gratuitement. »

Il est 15 heures maintenant, le rayon traiteur a déjà passé 10 kilos de truffade. C'est le moment creux des ventes, quatre caisses ouvertes seulement. Une hôtesse a mis un bout de ruban adhésif sur l'horloge de sa caisse, pour ne pas voir les minutes s'égrener. À la 8, Anastasie lève la main. Pause accordée, 9 minutes pointées. Depuis trois ans, le pantalon est autorisé pour les hôtesses. Pas de lunettes de soleil dans les cheveux ni de nu-pieds laissant voir les orteils.

À l'étage administratif, le directeur, Jean-Michel Brun, discute avec Myriam Fraisse, la DRH. Aujourd'hui, le temps partiel n'est plus imposé, mais laissé au libre choix des salariés. En caisse, tous ou presque ont demandé les 35 heures (36 h 75 payées sur 13 mois, pauses incluses). La bascule ne s'est pas faite au prix d'une lutte salariale ou à la demande du personnel – il n'y a pas de syndicat dans ce magasin, comme souvent dans la grande distribution. C'est avant tout une conséquence inattendue de la défiscalisation des heures supplémentaires en 2007, par Nicolas Sarkozy. La mesure avait entraîné des contrôles plus stricts, « rigidifiant le flexible, en quelque sorte : les 22 heures n'étaient plus rentables pour nous », dit Jean-Michel Brun.

Depuis le passage à temps plein, 2 hommes travaillent aux caisses sur 25 personnes. L'équipe de direction n'a, en revanche, compté aucune femme jusqu'à récemment. « Faire carrière, c'était être considérée comme une mère indigne », se souvient Myriam Fraisse. La quarantaine, elle a été parmi les premières nommées, grâce à Jean-Michel Brun justement.

Comment raconter le tsunami soulevé par cette évolution ? Brun en parle avec une simplicité désarmante : « Au début, j'ai eu peur de moi-même. Un homme, ça obéit aux ordres, même si ce n'est pas de bon cœur. Une femme, non. Elle discute, elle veut comprendre. » En vingt ans de direction, c'était la première fois qu'une personne lui disait : « Je ne suis pas d'accord. » Voir un employé entrer dans le bureau de Myriam Fraisse le rendait fou. Il se ruait sur ses talons, jaloux. « Je pensais : *Pourquoi il va la voir, elle, et pas moi ?* » Il avait aussi tourné sa table de travail de manière à lire ce que Nathalie, la secrétaire de direction, écrivait sur son écran, de l'autre côté de la paroi vitrée. Elle se souvient : « Le matin, je me disais : *Comment il va être ? Qu'est-ce qui va me tomber dessus ?* » Les deux femmes ont osé lui en parler à la fin d'une formation. Elles songeaient à démissionner.

Jean-Michel Brun est tombé des nues : « J'ai découvert que je faisais souffrir. » Les « anciens » de la direction, Christian Pons ou Roland Segala, ont été réunis. « Écoutez, les mecs, il faut m'aider. Je ne peux plus », a dit Brun. Les anciens ont pris les choses en main, ils ont raconté à Myriam Fraisse et à Nathalie les gars partis de rien, comme eux, galons gagnés fil à fil dans cet univers d'hommes, où le respect s'arrachait au nombre d'heures enquillées au boulot, et l'autorité à qui criait le plus fort. Combien de fois la femme de Roland Segala lui a-t-elle lâché : « Apporte ton lit là-bas, ce sera plus simple » ? Jean-Michel Brun est resté longtemps « en vrac ». Il a changé son bureau de place et demandé : « Il faut me rappeler à l'ordre si je recommence. » Cette année, l'Hyper U de Mende a été décoré du label officiel pour l'« égalité professionnelle entre les hommes et les femmes ».

Sur la ligne de caisses, la 2 n'arrête pas de bugger. Une mère de famille cherche Christelle des yeux, son hôtesse préférée. Elle officie à la 8. « Je vous laisse vous installer et vider vos courses à votre rythme », annonce Christelle. Le chronométrage a été supprimé, et les consignes se sont inversées. Ralentir. « On s'est rendu compte que le client ne tient pas la cadence : ça le stresse de devoir aller vite », dit Adeline, responsable du service. À Mende, la création d'une caisse volontairement plus lente est d'ailleurs à l'étude pour ceux qui voudraient davantage de contact humain. Nom de code : la « blabla-caisse ».

À la 10, une infirmière pose ses achats, un gros chariot, 300 euros au moins. Puis, sans chercher à se cacher, elle range dans son sac une tondeuse à cheveux Babyliss, 39,99 euros. L'hôtesse : « Je crois que vous oubliez de payer quelque chose. » L'autre, sans se démonter : « Avec ce que je laisse à Hyper U, je peux bien me servir. »

L'hôtesse la connaît de vue, leurs gamins jouent ensemble au foot. Et, tout d'un coup, elle a l'impression que des barrières sont en train de sauter, que les gens se permettent des choses qu'ils n'auraient jamais osé faire auparavant. Elle se demande si ce n'est pas depuis les « gilets jaunes ». L'infirmière souriante met maintenant un paquet de chewing-gums dans sa poche.

« Et votre veau, il est français ? »

23 août 2019

Ils sont une vingtaine de paysans de Lozère, penchés sur une plancha électrique, en train de faire griller du steak d'aubrac, au milieu d'un troupeau de chariots. Dans la tradition agricole, une grande surface, « ça sert plutôt à déverser du fumier pour râler contre le prix du lait », rigole l'un. Jamais leurs parents n'y auraient vendu leur production, pas plus qu'ils n'auraient voulu s'y afficher. « Ils auraient trouvé ça bas de gamme. Ça ne collait pas. Tout simplement, un autre monde. »

Cette fois, à l'Hyper U de Mende, les agriculteurs s'avancent vers les clients, plateau fumant à la main, maladroits et souriants : « Goûtez, c'est bon. » L'opération, organisée par la Coordination rurale, syndicat minoritaire très à droite, vise à promouvoir la viande. Un éleveur, un peu âgé, semble incapable de bouger, et préfère griller lui-même sur la plancha que courir après les chariots. « Les paysans, on n'a jamais su se vendre. Soit on gueule, soit on meurt sans un mot. »

Au rayon boucherie, Serge, le responsable, a été l'un des premiers de la profession à entrer dans la grande distribution, en 1981, à Mende. C'était mal vu alors, pas du déclassement, mais presque. Il ne se serait pas risqué à passer la porte d'une petite boucherie. « De là à prendre un coup de fusil... » Les éleveurs refusaient de lui vendre ; il a connu ses présentoirs vides dès 10 h 30 le matin, faute d'approvisionnement. Les industriels ont envahi le marché au milieu des années 1990 : Bigard surtout, où transite 50 % de la viande française, seul capable de répondre aux commandes massives des grandes surfaces.

Quand les boucheries de Mende ont fermé l'une après l'autre, passant de 8 à 3, les producteurs de Lozère ont commencé à fournir Serge. Son domaine a basculé de la pénurie à l'abondance, au moment où les gens se mettaient à manger moins de viande. « Ce n'est plus prioritaire, même moi, j'en mange moins », dit-il. Une cliente l'interrompt. Question du moment : « Il est français, votre veau ? » Toutes les enseignes se sont lancées dans le bio, le circuit court, le tricolore. Ça reste modeste, ça ne fait pas grimper les ventes, mais ça enraie la chute dans la débâcle actuelle des distributeurs. C'est le seul secteur en hausse dans l'alimentaire.

À Hyper U, une agricultrice vient proposer ses châtaignes en pots. « Ma pauvre, je n'ai déjà que ça en rayon. » Roland Segala, manageur de l'épicerie, a tout juste tourné la tête de son ordinateur, ton de gros ours, l'écran jette des reflets argentés sur son visage. Cent dix agriculteurs locaux vendent déjà dans le magasin. Segala les connaît par cœur, factures parfois faites à la main, pas forcément de codes-barres, se trompant une fois sur deux dans leurs calculs, toujours en leur défaveur.

Madame Châtaigne finit par décrocher un bout de rayon. Segala s'ébroue et rigole. « Elle m'a eu à l'affect. Ça ne m'arriverait pas avec Nutella. » Il lui fait la leçon habituelle : « D'accord pour votre prix, mais il vous faut tenir dans la limite de ce qu'un Français peut psychologiquement payer pour ce type de produit. Sinon, c'est le mur. » Dans le circuit court et régional, la chambre d'agriculture de Lozère considère l'Hyper U de Mende comme un pionnier, une vitrine des produits paysans. « Leurs patrons sortent des fermes comme nous », dit-on avec satisfaction sur les causses.

La famille Bringer, propriétaire de l'Hyper U, et celle de Jean-Michel Brun, le directeur, connaissent les sentiers de vachers autour de Rieutort-de-Randon, à 20 kilomètres. Elles ne sont pas parentes, mais presque ; le frère de Brun, Marc, y fabrique son fromage bio avec sa femme, Marie-Claude. M. Bringer, le patriarche, y a acheté une maison pour son fils Xavier. « Il rentrait des États-Unis, j'avais peur qu'il oublie d'où il vient. »

Au rayon charcuterie, une infirmière embarque un bocal d'oreilles de porc farcies, le même qu'elle achète à Hyper U depuis quinze ans. Elle avait été intriguée au début, ça ne se faisait pas alors de travailler avec des agriculteurs du coin. Des lettres rustiques, imitation épicerie à l'ancienne, annoncent sur l'étiquette : « Charcuteries fermières du Gévaudan, André Balez, Recoules-de-Fumas ». Elle avait ri, encore de la pub, comme ce Justin Bridou, personnage inventé jusqu'à la moustache pour fourguer du saucisson d'usine. Un dimanche, l'infirmière n'avait plus tenu. Elle avait roulé jusqu'à l'adresse du bocal. Une cour de ferme. Un toit de lauzes affaissé par les ans. Et surgit André Balez, sous un impayable chapeau. « Oui, j'existe », il tonne. Il apprend à l'infirmière qu'elle n'est pas la première à venir vérifier. Dans la cuisine, deux photos de taureaux primés encadrent la cheminée, plus imposantes que celles des enfants. Entre Balez et sa femme, les répliques roulent, teintées de patois, comme une pièce mille fois jouée pour les visiteurs. C'est elle qui commence. « Quand on s'est lancés, on s'est dit : “Soit on se condamne à ne pas vendre grand-chose...” » Lui continue, un ton au-dessus : « ... Soit on part en grande surface et on leur laisse un peu de pognon. »

À l'Hyper U de Mende, Jean-Michel Brun, le directeur, tape dans la main de Balez : « Si tes oreilles s'en vont, on t'en reprendra. » Les paysans l'avaient mis en garde. « Tu pars chez le diable, il te mangera tout cru. » Maintenant qu'il a franchi le pas, Balez se vante d'être le plus diable des deux. « Pour eux, une chose compte : les laisser dire qu'ils sont les moins chers. Au marché, je vends plus cher. Alors, ils sont contents. » Voilà pour la belle histoire. Il en existe d'un autre genre.

Alors que les petits producteurs ont gagné leur importance, les négociations se sont durcies, pour eux aussi, chez les distributeurs. « On s'est mis à nous pressurer comme des géants de l'alimentaire », raconte l'un. L'autre jour, il avait face à lui un vieux briscard d'une enseigne concurrente à Système U. « Je pense… » a commencé le producteur. « Ici, c'est moi qui pense », a coupé le briscard. Son fauteuil le surplombait, règle basique de l'humiliation. « Il voulait une remise plus forte que les autres, montrer qu'il était le meilleur. Il se foutait de vendre. Son truc, c'était acheter. »

Pour accepter les produits en rayon, une phrase sert de code dans certains magasins : « On se voit sur le parking. » Là, un responsable demande de l'argent, ou bien une tablette, un téléphone. À Mende, Jean-Michel Brun, le directeur, se tord les mains. « Si ça se trouve, ça pourrait arriver chez moi. On a beaucoup travaillé là-dessus. » Aux caisses d'Hyper U, le miel, les confitures et les châtaignes de la société Verfeuille se vendent deux fois mieux que ceux venus de Roumanie, moitié moins chers. Ici, Verfeuille est le plus gros des petits.

« Chez les distributeurs, on se retrouve de plus en plus souvent face à des financiers », constate Denis Pit, un des créateurs de la boîte. Lui essaie de déplacer la négociation pure, le centime par centime. Pour attaquer, il ouvre son pot de confiture. « Tu vas me goûter ça. » Normalement, ça déstabilise. Puis, il enchaîne : « Moi, je ne vends pas un prix, je vends un produit. » Certains refusent même une cuillerée. Si ça se durcit trop, Pit s'en va. « Je ne veux pas baisser la culotte devant eux : certains sont capables de tuer un fournisseur sans ciller. » Il connaît leurs méthodes, dit-il. « Je te grignote d'abord. La troisième année, tu n'as plus de marge. La quatrième, tu plonges et je te rachète. »

À l'entrée du magasin, François, un éleveur, rajoute des morceaux de viande sur la plancha. Comme beaucoup de paysans, il ne se sent pas proche des producteurs, joliment mis en scène à Hyper U. Lui ne fait ni transformation ni vente directe. Seul débouché : livrer à un groupe agroalimentaire, en l'occurrence la Société des caves, la plus grosse laiterie de brebis du monde. Les négociations ? La laiterie fixe son tarif. Fin du round. « On ne vend pas notre lait, on nous l'achète », observe François. Le roquefort de la Société des caves s'écoule à Hyper U. François évite le rayon. Ne pas voir le prix. « Trop humiliant. »

En réalité, c'est là que le piège se referme, à la vente. Pour un distributeur, les produits se divisent entre ceux proposés le plus bas possible et ceux sur lesquels le magasin va se rattraper. Un truc vieux comme les supermarchés : « créer un îlot de perte dans un océan de profits », professait le pape de la gondole, Bernardo Trujillo, dès les années 1950.

Nutella, Carte Noire ou Coca-Cola se rangent dans la première catégorie, celle des produits dits « voyous », moins d'une centaine, mais au cœur de la guerre des prix entre grandes surfaces. « On est otage des marques. Ce qu'on ne prend pas sur Nutella, on le récupère sur les autres. C'est à eux qu'on serre la vis », constate Nicolas Bringer, 47 ans. Bringer junior est un grand blond, brillant, un des deux fils de la famille désormais aux commandes, également président de Système U pour la région Sud. « En sortant de l'école de commerce, en 1994, j'étais le seul à oser dire que j'allais travailler dans l'alimentaire et que j'aimais ça. »

Une fois par semaine, Bringer junior épluche les comptes à Hyper U. En ce moment, ça planche sur la loi Égalim, issue des états généraux de l'alimentation. Entrée en vigueur en février, elle tente de rétablir l'équilibre entre le monde agricole et les grandes surfaces. Une des mesures contraint les distributeurs à vendre au moins 10 % plus cher que ce qu'ils achètent, les obligeant en quelque sorte à gagner de l'argent sur Nutella ou Coca. Ça devrait, espère la loi, réduire la pression sur les PME et les producteurs, entraînant de meilleures conditions à l'achat. Second point : les prix agricoles se construiront désormais au départ par les filières de production. Une commission parlementaire travaille sur les premiers impacts.

Les plateaux de viande grillée continuent à circuler à l'entrée du magasin. En les voyant, le flot des clients se fend en deux, un partage des eaux. Une partie s'approche, charmée. On mastique avec cérémonie. « Manger mieux, quitte à manger moins et à faire un effort financier », décrète un éducateur spécialisé. « On nous a caché trop de choses… » relance un autre. La conversation dérive sur le patron du McDo, à côté : « Même lui, il paraît qu'il est écolo. » L'autre vague, en revanche, reflue pour les éviter. Un employé d'hôpital redoute qu'« ils aient quelque chose à vendre ». Peur de ne pas oser dire non. Peur de paraître pauvre. S'il prend un produit de plus, il va devoir en enlever un autre. Il le sait. Appel à la maison : « Je choisis quel café ? Carte Noire ? » Du coup, il ira reposer le déodorant So Sexy, marque U. Une main remplit le chariot, la seconde le vide. « Pour moi, ça s'appelle faire les courses. »

« Il va falloir aller chercher du chiffre »

24 août 2019

Légèrement affalé devant les écrans de contrôle, l'agent de sécurité se redresse d'un coup. Sur l'un d'eux vient d'apparaître un petit blond, barbiche timide et tee-shirt « Je suis de bon poil », traînant un panier rouge à roulettes du magasin. « Il ne vient pas si tôt d'habitude », s'étonne le vigile. « Bon-Poil » avait de l'électronique planquée dans le pantalon quand l'agent l'a alpagué, l'autre jour, à la sortie de l'Hyper U. C'était un vendredi, comme aujourd'hui. « Je vous rends tout », avait plaidé « Bon-Poil ». « Non, monsieur, vous payez ou j'appelle le commissariat. »

Ici, on est à Mende, 12 000 habitants sur les causses de Lozère, la police sort les sirènes pour deux tubes de rouge à lèvres. Des affaires qui seraient classées dans le Var ou dans l'Hérault finissent en procédure. Trois cents caméras maillent les 7 000 mètres carrés de l'Hyper U. Dans le « sous-marin », nom de code pour la salle de surveillance, l'agent s'est bien calé en face du mur d'écrans. « Le but, c'est la dissuasion : qu'ils aillent voler chez le concurrent », leur a répété un formateur. Lui rigole. « C'est quand même plaisant de les interpeller, non ? » La traque vidéo commence. « Paf, paf », murmure le vigile pour lui-même.

Au milieu des gondoles, « Bon-Poil » a filé vers les portables, la zone la plus sensible. Zoom sur les doigts qui tripotent un chargeur. Deux vendeurs tournent dans le rayon, vaguement désœuvrés. Pas grand monde ces jours-ci. Pourquoi ? Savent pas. Comprennent plus. Après tant d'années dans l'intimité du magasin, ils avaient l'impression de sentir palpiter son pouls, de deviner ses coups de chaud et ses déprimes. Ces derniers temps, il leur échappe. L'« opération spéciale glacière », par exemple, un des vendeurs en parlait à sa femme la veille. Ça parait peu de chose, bien sûr, mais elle fait un tabac d'habitude : une glacière offerte pour 50 euros d'achats. L'objectif de la journée avait été fixé à 209 020 euros de chiffre d'affaires, un gros score. Il a plongé de 30 000.

Sur un écran du sous-marin, le vigile observe « Bon-Poil » qui salue les deux vendeurs. « Il n'y a pas pire que ceux qui disent bonjour à tout le personnel. » « Bon-Poil » finit par reposer le chargeur de portable et s'éloigne, son panier rouge bringuebalant sur ses talons.

Au comptoir traiteur, des collégiennes encouragent le chef, toque noire sur la tête, les mains dans une casserole. « Bravo », applaudit l'une. Et l'autre : « C'est une émission télé, non ? On peut participer ? » Le service traiteur a commencé il y a dix mois, comme la parapharmacie, le coin sushis et la crèmerie, tous aménagés façon boutique le long des rayons. La boulangerie ne vend plus de surgelés, baguettes et gâteaux se font sur place, devant les clients. On a mis des bérets aux poissonniers, un tablier à la caviste. Vingt personnes ont été embauchées et le magasin est passé de 5 000 mètres carrés à 7 000 mètres carrés. Consigne : « Faire oublier qu'on est une grosse machine. » Remettre de l'humain, de la proximité. Fabriquer. Servir le client. Redevenir commerçant, autant que distributeur. « On est condamnés à recréer ce qu'on a tué », dit Jean-Michel Brun, le directeur.

Dans la tornade qui secoue les grandes surfaces, chaque enseigne cherche les formules magiques pour ne pas sombrer. Dans le Lot-et-Garonne, un Leclerc parle d'installer une piscine sur son parking. Ailleurs, c'est une salle de spectacle, du tout-bio ou un immense drive-in. Certains magasins mourront, des enseignes aussi. Peut-être le modèle lui-même, prédisent certains. Sauve qui peut.

« Bon-Poil » flâne au rayon parfumerie, caméra toujours à ses trousses. Il ouvre l'emballage d'un savon. Le hume. Finalement non. Aux fruits et légumes, il pèse des abricots. L'agent de surveillance s'étouffe. « Je rêve, il prend du bio ! » À Mende, les voleurs locaux reviennent éternellement hanter les rayons. Un petit pompier mime un fantôme, voix sépulcrale : « C'est la malédiction du magasin. » Il est interdit à un commerce de refuser des clients. Mais, surtout, l'Hyper U est le seul hypermarché du département. Pour l'instant, du moins : une zone d'aménagement commercial (ZAC) concurrente devrait se construire sur le causse d'Auge, à l'autre bout de Mende.

Lancé dans l'euphorie par la communauté de communes en 2012, le projet prend de plein fouet la crise du secteur. « Aujourd'hui, agrandir les propositions commerciales n'augmente pas forcément la vente d'autant : elles attisent la concurrence, explique Thierry Julier, président de la chambre de commerce et d'industrie. Cela dit, si le dossier du causse d'Auge aboutit, nous l'accompagnerons, c'est notre rôle aussi. » Un peu partout, sur le champ de bataille des ZAC, des distributeurs adoptent la même stratégie : continuer à ouvrir, coûte que coûte, saturer le terrain jusqu'à l'épuisement, en espérant être le dernier survivant. Stéphane Pilon, déjà patron d'un Leclerc à Rodez, est candidat sur la zone du causse d'Auge.

Dans le sous-marin, la caméra 48 vient de récupérer « Bon-Poil » aux fromages. Un paquet de râpé atterrit dans le panier à roulettes, à côté des abricots bio, bientôt rejoints par des pâtes et de la sauce tomate. Maintenant, « Bon-Poil » passe devant la « TG du patron », autrement dit la « tête de gondole du patron », le territoire le plus disputé, à l'entrée du magasin. Les chefs de rayon le veulent tous, vente massive en perspective, avec les primes qui en découlent.

Seul le patron décide à qui l'attribuer. Il est là, justement, ou plutôt le directeur, Jean-Michel Brun, 57 ans. S'apercevant un jour dans un reportage télé, Brun avait pensé : *On dirait Louis de Funès.* En ce moment précis, c'est bien vu. « Virez-moi les débardeurs à 4,95 euros : on met les madeleines », crie-t-il. Brun attrape un transpalette des mains d'un employé. « Il faut en faire un mur », suggère Franck, manageur textile. « Une cathédrale, s'enflamme Brun. Le client qui arrive doit se dire : *Waouh, c'est pas cher !* »

Contre toute prudence, Brun a commandé un semi-remorque de gâteaux, quand ses collègues de la région ont culminé à 4 palettes. C'était plus fort que lui, l'envie de voir jusqu'où il pouvait aller. Brun se démène, plus de 1 000 boîtes s'empilent maintenant au milieu de l'allée, coiffées de la pancarte : « Madeleines Saint-Michel, 1,3 kg, 30 % de remise immédiate ».

Brusquement, « Bon-Poil » vient de faire demi-tour, traversant le magasin à toute allure. Le vigile le suit, pianotant d'une caméra à l'autre, haletant comme s'il galopait lui-même. Retour au rayon des portables. Le vigile exulte. « J'en étais sûr. » « Bon-Poil » s'accroupit devant les chargeurs. Il se redresse, jette quelque chose dans une poubelle. « Il a piqué un truc et se débarrasse de l'emballage », triomphe l'agent. Gros plan sur la poubelle. « Merde ! C'est sa liste de courses. » « Bon-Poil » paie à la caisse. Derrière lui, une femme a pris trois paquets de madeleines. L'hôtesse de caisse sourit. « Vous pouvez vendre tous les sushis du monde : je viens ici parce que c'est moins cher », dit la femme.

Lentement, le vigile est retombé sur son siège. « Ooh, girls just wanna have fun », chante la radio du magasin. Il fait lourd, vivement que la nuit tombe. Jean-Michel Brun, le directeur, est rentré chez lui. Dans sa maison, des ouvriers finissent des travaux. Brun leur propose une bière, mais le frigo est vide. Et s'il montait chez les sœurs Delmas, qui tiennent la dernière épicerie de quartier, un peu après le lycée ? Là, c'est l'odeur qui le frappe, un parfum d'autrefois. Des saucisses au roquefort pendent près du comptoir, rapportées de la Haute-Loire, quelques fromages fermiers s'empilent sur des assiettes de famille. Deux fois par semaine, Véronique, l'aînée, descend au marché de Montpellier choisir les fruits et les légumes.

Le père Delmas avait ouvert l'épicerie en 1962, elle marchait du tonnerre jusqu'à l'apparition des grandes surfaces. Le père s'est découragé. il a demandé à Véronique : « Est-ce que tu ferais mieux que moi ? » L'héritage lui a semblé lourd. Puis la fierté s'en est mêlée, les sentiments aussi. Elle a eu peur que son père ne l'en croie pas capable. Les débuts ont été terribles. On croit gagner quelque chose et on n'a rien. Elle n'osait plus répondre au téléphone. Son existence entière en a pris un coup, certains messieurs se sont découragés.

Les clients venaient par sympathie, pour l'avoir vue petite, y compris le banquier, qui avait connu sa mère. Il y avait cette confiance, les courses marquées dans le grand cahier rouge et payées à la fin du mois, les gamins envoyés aux commissions sans le souci d'un danger, la vie comme une photo de Doisneau qui se mettrait soudain à bouger.

À la caisse, Patricia, l'autre sœur Delmas, écoute une jolie fonctionnaire, tout juste installée à Mende. Elle a demandé sa mutation après avoir vu *Rendez-vous en terre inconnue* sur la Lozère, seule émission de la série tournée en France, et pas au bout du monde. Le chiffre de l'épicerie a commencé à remonter, il y a une dizaine d'années. Des gens sont venus d'autres quartiers, des classes moyennes surtout, et « tous ceux qui aiment les petits endroits ». Au moment où Hyper U s'agrandissait, les sœurs Delmas étendaient leur épicerie, 10 mètres carrés gagnés sur la cuisine. Régulièrement, des inconnus entrent acheter une bricole. Ils reniflent longtemps dans les coins, sans un mot, puis reviennent. « Nous vous proposons de vous affilier à une grande enseigne… »

Devant le comptoir, les clients ont reconnu Jean-Michel Brun. On fait mine de rien. À son tour, il pose le pack de bières. « Vous ne le voulez pas frais ? » demande une sœur Delmas. Et la seconde le lui sort. Alors Brun, toujours prompt à s'accabler, se dit sans lever les yeux : *Toi, avec tes 7 000 mètres carrés, tu n'es même pas capable de ça.*

À l'Hyper U, Nicolas Bringer épluche les dossiers. Il est un des deux fils à avoir repris les affaires familiales. Sans doute, le marché à Mende ne justifiait pas tant de travaux, plusieurs millions, deux ans de chantier. L'aspect défensif a primé, face à la concurrence possible de la ZAC d'Auge. « Est-ce que ce sera trop grand ? Il va falloir aller chercher du chiffre », a dit Bringer, son père. Pour l'instant, chacun, à sa génération, a su monter dans le bon train, aime raconter Nicolas Bringer. « Et nous, est-ce qu'on ne va pas se tromper de modèle ? »

« À Mende, on n'a pas de Fouquet's, on a Hyper U »
25 août 2019

Elles étaient trois filles, plantées à l'aube devant l'entrée des livraisons avec l'intention de bloquer le magasin. « À Mende, on n'a pas de Fouquet's, mais on a Hyper U. C'est ce qu'on a de plus gros », avait proposé l'une. Les autres avaient suivi, comme une évidence. Elles venaient de se rencontrer sur le rond-point des Fontanilles, toutes les trois « gilets jaunes », toutes les trois avec une vie, un travail, des enfants. C'était en décembre 2018.

Six mois plus tard, l'une d'elles pousse un chariot le long des liquides vaisselle, les flacons scintillent comme les alcools sur l'étagère d'un bar. Un employé la reconnaît. Il voudrait la saluer, puis hésite. La direction n'apprécierait peut-être pas. Lui-même était allé sur un rond-point, au début du mouvement. Les gens lui avaient plu, ils se montraient leur fiche de paie dans un pays où tout reste caché. L'employé cherche la fille des yeux, mais elle a disparu dans un embouteillage de chariots, de gamins, de palettes.

C'est samedi, le matin, et déjà foule. On doit être le 3 ou le 4, il y a cette fringale des débuts de mois, des salaires virés sur les comptes, des « courses faites tête haute », dit une assistante maternelle. Elle lance à son fils : « Prends du shampooing. » Puis : « Du qui sent bon. » Et encore plus fort : « On se retrouve au saucisson Label rouge. »

À l'étage administratif, un jeune gars remonte le couloir pour poser sa candidature. De gros rires l'accueillent. « Tiens ! T'es là aussi, toi ? » Ils sont déjà quatre ou cinq à attendre, tous sortis de terminale, d'un lycée ou l'autre de Mende. Sans se concerter, ils se sont retrouvés ici. Une blonde, tatouages recouvrant entièrement ses bras, explique qu'elle avait eu peur de réussir le bac. « Quand tu redoubles, au moins, tu sais ce que tu feras à la rentrée. » Approbation générale. « Les têtes de classe, ils décrochent ce qu'ils veulent. Mais nous, les 11-12 de moyenne, on a le bac. Et après ? Moi, je me retrouve seule dans la foule. » Deux garçons s'envoient des bourrades en riant, comme à l'internat.

« Finalement, le bac, tu l'as eu ou pas ? » demande le jeune gars à « la Blonde ». Elle l'a eu. Tête de condamnée. « C'était pour les parents. » La Blonde a l'habitude de faire ses courses ici. Alors, elle s'est dit : *Au moins, je ne serai pas perdue.* Elle espère « être prise aux fromages ». On lui a dit qu'on n'exigeait rien à l'embauche, même pas de l'expérience. À Mende, Hyper U est le plus gros employeur privé, 220 salariés. Malgré leur acharnement à rester discrets, les Bringer sont une maison qui pèse, patrons de deux magasins But dans le Cantal, un Gifi en Lozère, un U à Lodève et un autre à Castres, sans compter le navire amiral de Mende. Dans le coin, tout le monde est passé chez eux, un jour ou une vie, un stage ou une demande de subvention pour une association.

Dans le magasin, les rayons bière et coca commencent à être éventrés, file d'attente aux caisses. Elles aiment ça, les hôtesses, ces jours où la maison flambe, 6 000 clients dans la journée, l'équivalent de la moitié de Mende. Les gros chariots effraient les débutantes. Très rapidement, ils deviennent les préférés, le temps défile plus vite. Un mécanicien achète la télé LG en promo à 99,99 euros, écran 80 cm. « Vous prenez la garantie ? » demande un vendeur. « À ce prix-là, je la jette quand elle marche plus. »

À la première manifestation des « gilets jaunes », le mécanicien se souvient avoir crié : « À mort Hyper U ! » C'était sur le rond-point au-dessus du magasin, il gelait à pierre fendre. M. Bringer, patriarche de la famille, était monté avec sa gabardine, col relevé, pour aller discuter avec eux. En le voyant, le mécanicien s'était senti « presque à égalité ». Ce jour-là, le trafic avait été bloqué sur toute la nationale 88. Seuls clients : les protestataires, venus à l'ouverture acheter des gilets jaunes.

À la caisse, une hôtesse jette un œil à sa collègue. « Tu as vu la télé, hier ? En Bretagne, on a viré des filles qui ne voulaient pas travailler le dimanche. » Là-bas, il paraît qu'elles sont syndiquées. Ici, non. Personne ne s'est présenté aux élections du personnel. Mende n'est pas bien grand. « On travaille, c'est déjà pas mal. »

À l'étage administratif, les entretiens d'embauche viennent juste de commencer. « Comment vous décririez votre personnalité ? » demande Jean-Michel Brun, le directeur à la Blonde tatouée.

« Sérieuse.

– C'est-à-dire ?

– Je ne fais pas n'importe quoi en soirée.

– Et si vous aviez une baguette magique, vous seriez où ?

– À la piscine.

– Non, je veux dire professionnellement, dans deux ans par exemple.

– Deux ans, c'est trop loin. »

Brun prend des notes.

À la même question, le candidat précédent avait répondu : « Mon rêve, ce serait d'être roi, un roi de conte de fées, un roi qui fait rêver. » « Le Roi » voulait partir pour Nice, mais la vie coûte trop cher. Le poste proposé est un contrat à durée indéterminée, la norme à l'Hyper U de Mende après des années où les grandes surfaces ont abusé d'emplois précaires. « Franchement, je me jette pas dessus », répond le Roi. Le directeur insiste, parle de sécurité. Petite moue dégoûtée du Roi, comme un retour de boomerang à l'employeur. « Je ne tiens pas à m'engager. »

Jean-Michel Brun ne quittera jamais la boîte. Ce serait cracher au visage de son père. Il revoit ce matin où ils étaient descendus de la ferme, tous les deux. « Je te confie mon fils », avait dit le père à M. Bringer, le patriarche. Le lendemain, Jean-Michel Brun rangeait les chariots, comme on entre en religion. Il avait été muté de Mende à Saint-Flour, de Saint-Flour à Lodève, de Lodève à Mende. Il serait allé en Chine, si on le lui avait demandé. Il n'y avait pas de limites. Quand il avait été nommé directeur, il avait eu l'impression que toute sa vie avait été dans ce sens. « Les Bringer savaient que j'étais un homme à eux. La confiance est essentielle dans ce secteur. »

Dans son bureau, la fenêtre donne sur le magasin, les photos au mur en montrent les travaux, l'écran d'ordinateur est relié aux caméras intérieures. Au rayon boulangerie, le manageur se demande s'il ne va pas manquer de baguettes tradition. La catastrophe… Ça voudrait dire qu'il a loupé des ventes. Un secteur bien géré doit afficher de 4 % à 7 % de casse. Un temps, le surplus de pain était vendu le lendemain, par gros sacs à 3 euros. Il a fallu arrêter, les gens se battaient. Des associations passent certains jours, le reste finit à la benne. « Le gâchis fait partie de ce système, explique une vendeuse. Les hypers ont une mauvaise image. Moi la première, je n'aime plus ça. Vous croyez que ce monde-là va encore vivre longtemps ? » Elle baisse les yeux, le sang aux joues, étonnée elle-même de ce qu'elle vient de dire. Elle n'aurait jamais osé avant le mouvement des « gilets jaunes ». Ou alors pas comme ça. Elle se souvient avoir croisé les trois femmes, à 5 heures du matin, en prenant son service. Elle avait été surprise. « C'étaient des comme nous. » Autour de Noël, le chiffre d'affaires du magasin s'était mis à tanguer. Des licenciements économiques avaient été évoqués pendant une réunion à la préfecture et les ronds-points évacués en janvier.

Dans la salle de réunion du magasin, Monique, employée au rayon parfumerie, organise son pot de départ à la retraite. Elle avait commencé vendeuse au centre-ville, à la boutique d'électroménager, puis dans une bijouterie. Toutes deux avaient fermé. « La faute aux grandes surfaces », disait-on. Elle n'avait pas voulu y postuler, ça n'aurait pas été convenable. Son chômage s'était éternisé, les traites de la maison couraient. Au bout de huit ans, elle avait croisé Jean-Michel Brun dans la rue. Elle se souvenait de lui, venu gamin lui acheter un harmonica. Elle l'avait supplié.

Les discours commencent, Franck d'abord, le manageur du secteur, puis Nicolas Bringer. Il vient de recevoir des BTS en comptabilité et leur a fait un test. Sur un chariot de 100 euros hors taxe, quelle est la marge nette d'une grande surface ? Tous ont avancé un chiffre entre 10 et 20 euros, y compris la prof. Bringer sort les bilans. Résultat : 1,50 euro environ. « Il y a une ignorance complète de notre modèle. » Il dit : « Les politiques nous tapent dessus, parce que c'est facile et ça leur fait des voix. »

Au pot de Monique, une question brûle les lèvres des employés autour de lui. Alors, le travail du dimanche ? Est-ce que la mesure sera prise ? Au centre-ville, le petit Intermarché fait son plus gros chiffre ce jour-là. La famille Bringer a souvent répété qu'elle aimerait l'éviter. « Le coût social est fort, plus de dégâts que de gains. » Ils l'ont quand même fait à Lodève, quand un Leclerc s'est installé.

Autour de Monique, on se repasse les bons moments du service. « Vous vous souvenez de celle qui piquait le maquillage, la bourgeoise à qui son mari serrait la vis sur le budget ? » « Et la femme qui trouait les strings ? On avait déguisé Julie en cliente pour la démasquer. » On salue l'une, qui vient d'être embauchée. « Tu as demandé ta prime d'activité ? » La nouvelle sursaute, piquée, comme si on l'accusait de mendier. « J'en ai pas besoin : on boucle notre budget, on n'a même pas de retard sur nos prélèvements. »

Monique ne pensait pas finir sa carrière à Hyper U. Les jours ont passé, puis les semaines, les années. En 42 ans de travail, elle n'a jamais touché un centime d'augmentation, une vie entière au smic. « Tu as eu de la chance d'aller au bout », la félicite une collègue. « Du jour au lendemain, on se fait mal au dos, la médecine du travail vous met inapte. Terminé. On n'est pas grand-chose. » Monique demande : « Et vous, monsieur Brun, vous partez quand ? » Il devient sérieux, soudain. « Il ne faut jamais le dire, sinon on est foutu. »

En bas, la Blonde tatouée et les copains de lycée se sont installés sur un salon de jardin, modèle d'exposition, cinq pièces en polypropylène, 34,90 euros. Dans le magasin, ils ont acheté des chips et des boissons. Monique passe, petit sac sous le bras, où elle a empilé les affaires de son casier. Les gamins lèvent leur verre.

2020

Confinements

La vie et la mort au jour le jour à l'Ehpad des Quatre-Saisons

1er avril 2020

En France, aux premiers jours du confinement, un établissement pour personnes âgées à Bagnolet tente de faire face à la montée du Covid, entre peur et abnégation.

Le couple s'est planté sur le trottoir, juste devant la façade. Ils doivent avoir la cinquantaine, et c'est elle qui se met à crier la première, mains en porte-voix : « Maman, montre-toi, on est là ! » Aux fenêtres, rien ne bouge. Alors le mari vient en renfort, mimant une sérénade d'une belle voix fausse de baryton : « Je vous aime, je suis sous votre balcon ! » Un volet bouge. « Maman » apparaît derrière la vitre ; ses lèvres remuent, mais elle parle trop doucement pour qu'ils l'entendent. « Tu as vu ? Elle a mis sa robe de chambre bleue », constate madame. Puis ils ne disent plus rien, se tenant juste par les yeux, eux en bas et elle en haut, qui agite délicatement la main, façon reine d'Angleterre. Quand le couple finit par s'en aller, elle fait pivoter son fauteuil roulant pour les apercevoir le plus longtemps possible.

Cela fait près d'une semaine que les visites des proches sont interdites aux Quatre-Saisons, un établissement d'hébergement pour personnes âgées dépendantes (Ehpad) public situé à Bagnolet, en Seine-Saint-Denis. Face à la pandémie, cette maison de retraite – un immeuble de trois étages construit dans les années 2000 – fonctionne désormais à huis clos, comme les 7 000 autres de France. Les animations extérieures (sophrologie, chorale, coiffeur ou pédicure) étaient déjà suspendues, mais le confinement général vient d'être déclaré désormais : plus de 60 millions de Français sont bouclés chez eux à travers le pays.

Il est 11 heures aux Quatre-Saisons, la décision vient d'être prise de mettre maintenant les administratifs à distance. Même l'accueil sera fermé. « De toute façon, on n'accueille plus personne. » La gestionnaire remet son manteau, la responsable des ressources humaines aussi. Elles devraient déjà être parties, mais elles grappillent quelques instants encore. Sale impression d'abandonner le navire. Il faut presque les pousser dehors.

Désert, le hall prend des sonorités de cathédrale. Réunion dans la salle à manger pour ceux qui vont se relayer auprès des 65 résidents : les soignants, la cuisine, l'entretien, la direction, soit une petite quarantaine de personnes par rotation. Au stade 3, le plus haut de la pandémie, le masque est obligatoire en Ehpad. La raison est double : le coronavirus s'attaque aux voies respiratoires, et les personnes âgées sont les premières victimes.

« Je ne vais pas vous mentir : je n'ai pas de quoi vous distribuer des masques. Il faudra se débrouiller sans », commence Laurent Garcia, cadre de santé et bras droit du directeur, Édouard Prono. Il lui en reste 200 en réserve, de quoi tenir trois jours s'il fallait appliquer les consignes. Lui-même n'en porte pas, le directeur non plus. Qui comprendrait que la hiérarchie soit seule à pouvoir s'équiper ? « Vous seriez en droit de m'engueuler. À votre place, je serais même tenté d'aller mettre le souk dans mon bureau », continue Laurent Garcia. On rit, tout paraît irréel. « Pas grave, monsieur Garcia », lâche l'une. Lui, désespéré : « Mais si, c'est grave. »

Tous ici se souviennent des gants, des masques ou du gel hydroalcoolique, royalement distribués à l'accueil il y a quinze jours à peine, comme par temps de grippe ou de gastro. C'était le début de la contagion sur le territoire français. Une ou deux soignantes s'étaient aventurées dans le bus avec leur masque. On les avait toisées comme des extraterrestres, elles l'avaient retiré avant la fin du trajet. « On nous expliquait que le risque était faible, on ne se rendait pas compte », explique Laurent Garcia. Lui venait de renouveler sa commande, 500 masques, histoire d'assurer. Début mars, coup de fil du fournisseur : l'État a préempté tout le stock, plus rien de disponible, priorité aux hôpitaux et à la région Grand-Est, la plus touchée. Pour les Ehpad, même réponse évasive à tous : « C'est en cours. » Une infirmière des Quatre-Saisons coupe net : « On voit bien ce qu'ils pensent. Là-bas, ce sont des vieux, ils ont déjà vécu. »

Par la grande baie vitrée, les résidents regardent passer des familles à rollers, un monsieur qui porte un gâteau cérémonieusement. Les petits dealeurs du quartier font des slaloms en quad au bout de la rue. Plus loin, un match de foot commence au stade des Rigondes. Les premiers moments du confinement respirent l'insouciance candide d'un long dimanche ensoleillé.

Dans les couloirs de l'Ehpad, Rosa, l'animatrice, tend par réflexe la main à tous ceux qu'elle rencontre. Le directeur sursaute : « Ne me touchez pas, Rosa. Pensez aux consignes, pas de contacts. » Elle : « Vous êtes sérieux, monsieur Prono ? » Rosa a du mal à se dire que c'est pour de vrai. La veille du confinement, elle faisait encore la queue dans un restaurant algérien bondé vers Ménilmontant et se noyait avec délice dans la cohue du marché de Romainville. « Nous sommes en guerre », a répété le président Emmanuel Macron, la veille, à la télé. Dans la salle de pause, un agent d'entretien approuve : « C'est vrai, au Leclerc de Rosny-sous-Bois, les gens se battent. »

Mercredi 18 mars

Pas un bruit ne sort du bureau d'Édouard Prono. Depuis le matin, il est en train d'essuyer un bombardement terrible, mais silencieux, venu de sa boîte mail. Un collègue fait savoir que 16 résidents sur 20 sont touchés par le virus dans son établissement. Près de Montpellier, ils sont 47 sur 86, 3 en sont morts. De leur côté, les pompes funèbres viennent d'envoyer une note détaillée sur les types de cercueils autorisés pendant la pandémie. Deux possibilités seulement : « L'hermétique, qui permet un enterrement classique, mais il n'y en aura pas forcément assez vu la demande. » Ou alors « le modèle simple, destiné à la crémation ». Conseil aux Ehpad : commandez déjà vos housses mortuaires. « Vous en avez pris ? » se risque à demander Édouard Prono à la docteure Claire Bénichou, médecin coordonnateur de l'établissement.

Sur un forum professionnel, des vieux de la vieille échangent en boucle des messages, dans lesquels chacun assure n'avoir « jamais vu ça ». Édouard Prono traduit immédiatement : « On n'arrivera pas à accompagner tout le monde. » Lui, c'est un garçon timide et bien élevé, 34 ans, jeune comme beaucoup de directeurs d'Ehpad aujourd'hui. « Il y a une question de génération. Comment on fait quand on vient de sortir de l'école et qu'on se prend ça de plein fouet ? »

La porte de son bureau s'entrouvre : Laurent Garcia, le cadre de santé, annonce que la pharmacie ne livrera pas les 15 litres de gel hydroalcoolique. La commande a été oubliée, et plus rien n'est disponible maintenant. Les gants ? Fini aussi, ou presque. D'heure en heure, les infos changent, ordres et contrordres se succèdent. Le ministère de la Santé vient d'envoyer la troisième version de son guide méthodologique. Très stricte au départ, la doctrine officielle s'assouplit à mesure que les stocks fondent au niveau national. En Ehpad, les masques ne sont finalement plus obligatoires au stade 3 de la pandémie, sauf infection déclarée. « Bref, pas de masques, mais des housses mortuaires : vous voyez le message ? » s'étrangle Laurent Garcia.

Assis à son bureau, très pâle et très droit, les mains sur le clavier de l'ordinateur, Édouard Prono se met à pleurer. « Excusez-moi, ça ne m'arrive jamais. » Les alertes de messages carillonnent l'une derrière l'autre sur son téléphone, mais il ne les entend plus. « On est dans *Le Désert des Tartares*, à attendre les mains nues que la catastrophe nous tombe dessus. »

Au troisième étage, madame X., 90 ans, vient de se mettre à tousser, un des symptômes les plus classiques du virus. L'accès à sa chambre est aussitôt limité. « On ne va pas se mentir : il faut se préparer à avoir des cas. Si ça vous stresse, je m'occuperai moi-même de madame X. », annonce Laurent Garcia à l'équipe. Dans un coin, la télé psalmodie le nombre de décès du jour, en France et à travers le monde. Zineb sent ses jambes se dérober. Elle doit s'asseoir : « Il faut déjà que je meure, moi qui n'ai jamais voyagé, jamais profité de la vie, même pas été à l'école. » Elle a 45 ans, elle est agente d'entretien. Mais déjà, elle se relève, son chariot cahote vers les chambres, dans un tintement de vaisselle. Par-dessus son épaule, elle lance à Stéphanie, son binôme : « Tu viens, ma bichette ? » Éternels oubliés d'un secteur médical lui-même en crise, les Ehpad ont toujours manqué de tout – personnel, salaires, budgets. « On est habitués à passer derrière, à prendre sur nous. »

Dans la salle à manger, les résidents attaquent la paella. « Et mon verre de rouge ? Marre de cette baraque, marre de ce putain de virus », tonne Daniel, bretelles noires tendues sur le ventre. Un serpent tatoué ondoie sur son avant-bras gauche, Brigitte Bardot croise haut les jambes sur le mur de sa chambre, sous un drapeau tricolore souligné d'un « Vive la France ». Ça se met à chahuter. « monsieur Daniel est volontiers grossier, mais il faut reconnaître qu'il met de l'ambiance », commentent poliment deux dames très sages à la table d'à côté. Charlotte attaque le yaourt : « Un virus ? Ah bon ? Je l'ai pas vu passer. » Ici, elle mange à sa faim, et son mari, « un fêlé, du genre qui cognait », a enfin disparu du paysage. Maintenant, elle se sent tranquille. Un ange passe avant que Charlotte relance, faisant rouler son accent des faubourgs :

« Trop tranquille, même. » Sa voisine hausse les épaules. « Moi, j'ai été privée de jeunesse avec la guerre. Alors, je vais pas me laisser piquer ma vieillesse par un virus. » Sous l'auvent de l'entrée, Laurent Garcia allume une cigarette. « Je crois que, ce soir, je vais prendre quelque chose pour dormir. Un whisky, peut-être. »

Jeudi 19 mars

« Bonjour, je ne suis ni complotiste ni franc-maçon », annonce un petit bonhomme filmé en gros plan dans son salon. Sur une vidéo, il promet de prouver « par A plus B » que le coronavirus a été volontairement créé par des chercheurs français. Ça dure vingt-deux minutes, et l'infirmier de service aux Quatre-Saisons se repasse une nouvelle fois la démonstration sur son portable. Le monde scientifique l'a unanimement dénoncé comme la « fake news » en vogue du confinement. Mais l'infirmier ne croit plus les discours officiels. « On saura la vérité un jour, dans vingt ou trente ans. » Si ça se trouve, un antidote a déjà été mis au point. Il l'envisage. « Mais on ne nous le donne pas. » Pourquoi ? Sourire entendu, hochement de tête. « Faites fonctionner votre cerveau. » Il regarde sa montre. Bientôt la distribution de médicaments.

Dans les couloirs, des rumeurs et des doutes ont commencé à s'insinuer doucement. Un chauffeur à la retraite feuillette le bulletin des anciens d'Algérie. « De toute façon, on ne nous dit pas la vérité. C'est le problème en France. » Son regard plonge dans la rue. En deux jours, elle s'est vidée. Une voiture passe au ralenti, un homme en costume seul au volant, mais affublé d'un masque et de gants comme pour se protéger de lui-même. Sur les trottoirs, personne, à l'exception des petits dealeurs, plus discrets sous les porches mais en panoplie intégrale de bloc opératoire. L'un s'est rajouté un flacon de gel hydroalcoolique à la ceinture. L'autre manie une béquille, « par solidarité avec les malades du corona », dit-il mystérieusement. Le troisième tient un chiot en laisse, en cas de contrôle de police. Un copain le lui a loué. La bête a été baptisée « Attestation ». « En fait, il n'y a que nous à ne pas avoir de matériel », dit Laurent Garcia. Il doit passer chercher trois tubes d'aloe vera chez sa cousine pour fabriquer du gel dans la cave des Quatre-Saisons. Francis, le responsable de la maintenance, s'en chargera après la panne d'ascenseur et avant le coup de main en cuisine. Le commis aussi a arrêté de venir.

Vendredi 20 mars

Dans une aile du bâtiment, Zineb et Stéphanie, agentes de service, aménagent une zone fermée en cas de propagation, de grandes chambres où la lumière se déverse à flots. En nettoyant les tiroirs, un papier oublié leur tombe sous la main, au nom d'un résident, décédé l'été dernier. Soupir. « C'était avant, du temps où on mourait encore d'autre chose. »

Plus la pandémie progresse, plus elle paraît mystérieuse. « On avance dans le brouillard », signalent les échanges entre médecins. La liste des premiers symptômes n'en finit pas de s'allonger : diarrhée, confusion, chutes inhabituelles ou rhinites sont désormais répertoriées comme des signes possibles avant que se déclenchent les problèmes respiratoires et la fièvre, caractéristiques d'une infection due au coronavirus. « Mais, dans un Ehpad, presque tous les résidents présentent au moins un de ces symptômes », s'alarme Karim, un infirmier.

À faire le tour des chambres, le Covid-19 semble maintenant à chaque chevet. Des chiffres ont commencé à circuler en sous-main, d'autant plus alarmants qu'ils sont impossibles à vérifier : 170 Ehpad seraient touchés sur les 700 en région parisienne. « Vous avez combien de morts chez vous ? » demande un journaliste au téléphone.

Ça y est, la vague arrive : la semaine prochaine va être terrible, se dit Édouard Prono. Aux Quatre-Saisons, 11 personnes sont préventivement placées à l'isolement, après avis de la docteure Bénichou. Une résidente regarde la feuille rose sur sa porte, qui décrète l'accès très restreint à sa chambre. « Le directeur est venu la coller en personne. Je ne me fais pas d'illusions. Je me suis condamnée moi-même. »

Désormais, un seul soignant dans chaque équipe prendra en charge ces 11 résidents-là, afin de limiter les contacts. Qui s'en chargera parmi les soignants ? Passe un frisson. « Marie-Jeanne, j'ai pensé à vous », ose Laurent Garcia. Marie-Jeanne secoue la tête, lentement, et la mèche blonde de sa perruque balaie son visage en mesure. « Non, je le ferai pas », dit-elle. Il y a quelques mois, des punaises de lit avaient envahi 25 chambres de l'Ehpad, notamment à l'étage dont elle s'occupe. Marie-Jeanne se revoit un dimanche à la messe, quand elle avait ouvert sa bible : des insectes s'étaient échappés d'entre les pages. Elle avait affronté la honte, les reproches de la famille – même ceux restés à Kinshasa –, la peur que l'école ou les voisins l'apprennent. « Non », répète Marie-Jeanne.

La main d'Éphline se lève : « Moi je peux. » Éphline avait la vocation des chiffres, une formation de comptable pour travailler dans un cabinet juridique. Quand elle cherchait du travail, elle précisait toujours au téléphone : « Je suis noire. » Il y a vingt-cinq ans, « les gens refusaient carrément, on avait du mal à trouver des Noirs dans les bureaux. On me conseille souvent de ne pas le dire, mais c'est vrai. » Elle a fini par suivre Mylène, sa sœur, aide-soignante aux Quatre-Saisons.

Dans l'autre équipe, c'est d'ailleurs Mylène qui s'est portée volontaire pour s'occuper des 11 « isolés ». Les deux sœurs se relaieront donc en tandem, affaire conclue sans une parole, ni entre elles ni avec les autres. « Normal, ça ne pouvait être que nous », explique Mylène. Dans ce petit Ehpad familial, chacun sait tout des autres, les vies sont aussi transparentes que l'aquarium à l'entrée. Les deux sœurs sont les plus âgées du groupe, 47 et 49 ans, et leurs enfants sont déjà grands. Or, une question obsède les salles de pause : les gamins. Les médecins ont beau se montrer rassurants sur la capacité des jeunes à résister au coronavirus, la méfiance domine. « Est-ce qu'on nous dit vraiment tout ? Qui s'occupera d'eux au cas où ? »

À la réunion, Taoufik, un aide-soignant, alpague une des deux sœurs. La gratitude le transporte : « Je te jure, si j'avais un masque, je te le donnerais. » Laurent Garcia s'est assis. Il y a des histoires qui le cassent en deux, celle des masques en est une. Il ne cherche pas à s'en cacher. Gorge étranglée, il lance : « Pardon, pardon. Et merci d'être là, je vous aime. Vous avez des questions ? » Une voix féminine se risque : « Est-ce qu'on va augmenter les salaires, surtout pour celles qui vont faire ça ? On est courageuses, tout de même. » Laurent Garcia ne répond pas. La tête dans la main, il s'est endormi sur sa chaise.

Il est 15 h 30. Dans la salle à manger, Rosa commence l'animation de l'après-midi. C'est la dernière avant un nouveau confinement dans le confinement. Comme beaucoup d'Ehpad, les Quatre-Saisons ont dû s'y résoudre : les regroupements de résidents aussi vont être suspendus, y compris pour les repas, que chacun prendra désormais dans sa chambre. Pour combien de temps ? On ne sait pas. L'infirmier stagiaire lance la musique, un vieux succès de la Compagnie créole, tandis que Rosa, en blouse rouge éclatante, un minuscule chignon piqué sur la nuque, se met à danser en saisissant le micro : « On y va, tout le monde chante avec moi. » Alors, d'un parterre de fauteuils roulants et de déambulateurs s'élève un chœur de voix frêles, certaines ne tenant que par un fil, mais toutes reprenant comme un cantique : « C'est bon pour le moral, c'est bon pour le moral… »

Samedi 21 mars

Dans le hall de l'Ehpad, deux employés des pompes funèbres ont étalé leur tenue : combinaison, trois paires de gants, charlotte, protège-pieds, lunettes. « T'es sûr qu'on n'oublie rien ? » Ils commencent à se harnacher, minutieusement, quand l'un s'arrête soudain, doigt pointé vers un personnel de l'Ehpad : « Vous ne portez pas de masque ?

– On n'en a pas. »

Sous sa charlotte, l'employé n'en croit pas ses oreilles : « Mais vous êtes un secteur à risque, avec des personnes âgées.

– On n'en a pas », répète l'autre.

L'employé insiste : « Moi, si j'ai pas au moins un masque, je le fais pas. Et c'est tout le monde pareil chez nous. »

Aux Quatre-Saisons, une résidente est morte dans la nuit.

Son état avait commencé à inquiéter le personnel une semaine plus tôt, mais les urgences avaient refusé de l'accueillir : elle n'entrait pas dans les critères instaurés avec la crise. Le médecin avait promis de passer vers minuit. Sur le coup de 4 heures du matin, toujours personne. Panique à l'Ehpad. La résidente est finalement transférée au petit jour. Un test de dépistage du Covid-19 est demandé par l'équipe des Quatre-Saisons. Réponse : « Ici, on ne teste pas, on applique la politique de l'autruche. » Qui leur en voudrait ? L'hôpital craque – qui ne le sait pas ? –, services à bout, des lits ajoutés partout, y compris dans les couloirs, visites interdites, sauf quinze minutes parfois chez les malades en fin de vie. On espère qu'une clinique privée pourra accueillir certains convalescents pour éviter l'explosion. Finalement, le test est accordé : négatif. Selon le vœu de ses enfants, la résidente est rapatriée à l'Ehpad, où une disposition spéciale les autorise à passer du temps avec elle.

Il est 10 heures quand le cercueil sort des Quatre-Saisons. À la fenêtre du premier étage, deux femmes regardent la scène.

« Vous avez vu la tenue des employés ? On dirait des cosmonautes.

– J'ai l'impression de ne rien reconnaître, comme si on était maintenant dans un pays étranger. »

Le cercueil est chargé dans le corbillard.

« Moi, j'ai 87 ans. Je m'en fiche de mourir du corona ou d'autre chose. Et vous ?

– Je voudrais être enterrée dans le Jura, mais est-ce que j'aurais le droit avec cette histoire-là ? Dans le doute, je préfère attendre un peu. »

Le convoi démarre.

« Regardez, elle s'en va. Ça me fait quelque chose quand même.

– Au revoir, madame. »

Dimanche 22 mars

Ça y est, Myriam aura été la première à l'avoir. Elle vient d'arriver au boulot le visage barré d'un masque, un FFP2, plus protecteur encore que le modèle classique, généralement utilisé dans les Ehpad. Son mari le lui a acheté au pied de l'immeuble, dans leur cité à Bagnolet, 50 euros la boîte de 20. L'infirmier de permanence esquisse une moue d'expert : « Pas excessif, le prix. » Il valait 1 euro pièce en pharmacie avant le coronavirus. D'un même mouvement, les collègues se penchent vers Myriam pour scruter la merveille de plus près. Ses yeux roulent comme des billes par-dessus le FFP2. Ici, le masque est devenu le symbole de la crise sanitaire : en avoir ou pas. « Aujourd'hui, si tu poses ton portable et ton masque, on te vole ton masque », lance quelqu'un.

Myriam l'admet : « Je suis une meuf qui fait beaucoup d'arrêts maladie. » Quatre gamins pas bien grands, la maison à faire tourner… Mais, en ce moment, elle se découvre une énergie inépuisable pour partir au boulot. Il y a cette envie d'être là, tout le temps, l'adrénaline qui monte en traversant la ville déserte, l'impression que son boulot d'agente d'entretien a pris une autre dimension. Chez elle, les rôles se sont inversés avec le confinement : son mari reste à la maison et elle file travailler. L'autre jour, il s'est retrouvé à baigner les enfants, pour la première fois de sa vie. En douce, il pousse les petits à la supplier : « Maman, reste avec nous ! » Son portable sonne. C'est lui, le premier coup de fil de l'interminable série qu'ils échangent pendant la journée. « Tu ne lâches pas l'affaire ? » demande le mari. Elle se marre. « Arrête de psychoter. Comment les autres vont faire si je ne viens pas ? » Lui : « T'as mis ton masque au moins ? »

Dans les étages, c'est l'heure du café au lait, des tartines beurrée et du jus d'orange. Non, pas de jus d'orange, la livraison n'a pas eu lieu. Manque aussi la charcuterie, dont monsieur Daniel raffole au petit déjeuner. Il jaillit de sa chambre, en marcel et bretelles. « Qu'est-ce qui nous reste comme plaisir ? Donnez-moi un flingue directement, j'ai hâte de crever pour ne plus vous voir ! » Une résidente arpente le couloir en chemise de nuit, répétant toujours, sur la même note : « Maman, j'ai peur, il va me battre. » Derrière son FFP2, Myriam l'attrape par le bras, s'époumone pour se faire entendre. « Qui va vous battre, ma chérie ? Montrez-le-moi et je le défonce. » Elle tombe nez à nez avec une collègue portant un masque, elle aussi. Moment de saisissement. Toutes les deux s'exclament en même temps : « Tu l'as eu où ? » La collègue fait des manières pour donner le prix. « Je ne peux pas le dire, c'est un cadeau de mon fils. Je le mets pour lui. » M. Prono, le directeur, s'en mêle. « Je vois des masques, mesdames ? Si vous avez un filon, n'hésitez pas à me le dire. »

Rosa, qui n'est pas de service, est venue quand même après le marché de Romainville. Poches pleines de mandarines qu'elle distribue dans les chambres : les prix ont doublé après une semaine de confinement. Seuls trois vendeurs avaient dressé leur étal. « Ça dure toujours, cette histoire de virus ? » demande un homme, allongé sur son lit.

Depuis le passage des pompes funèbres, la rumeur s'est répandue d'un décès aux Quatre-Saisons. Les familles appellent, l'une derrière l'autre. « Le corona est là ? » Rosa, à pleine voix dans le combiné : « Non, non, on n'a pas de cas chez nous. »

Un fils insiste : « Y a un problème ? Ma mère va bien ? Pourquoi vous criez ?

– C'est l'habitude de parler fort aux résidents, monsieur. Maintenant, je parle comme ça même chez moi. »

Dans le petit jardin de l'établissement – quelques massifs que surplombent les HLM voisins –, des filles fument, d'autres discutent. Myriam attend le moment pour appeler son mari. Elle lui dira : « Prépare-toi, j'arrive. » Et ce sera la même scène que tous les autres soirs. Elle ouvrira la porte et lancera aux enfants :

« Mettez les mains devant vos yeux. » Puis, dès l'entrée, elle enlèvera ses habits, très vite, pour ne contaminer personne, et courra toute nue vers la douche. Le portable sonne. C'est lui.

« T'as entendu ? demande le mari.

– Quoi ? »

Un urgentiste de Compiègne vient de mourir, le premier parmi les soignants. Grace, agente d'entretien, écrase sa cigarette. Voix glacée. « Hier, ça touchait la Chine, aujourd'hui, nos collègues. Le virus vient sur nous. »

Lundi 23 mars

Accroupie près de l'ascenseur, Sihem répare le déambulateur de Mme Dupont. Une toux secoue la vieille dame, et Sihem sent quelques postillons lui tomber sur le visage. *Cette fois, c'est fait*, elle pense. *Si elle l'a, je l'ai.* Sihem se relève. Se ressaisir. Empêcher le film catastrophe de lui envahir la tête. Continuer la tournée du matin en se disant : *On est l'armée, il y a une guerre, il faut être courageuse.*

À l'étage, elle croise Tiana. L'infirmière regarde son thermomètre. « Attention, Mme Dupont est en train de faire un pic de fièvre à 39,1 °C. » Sihem se sent vaciller. Même quand elle dort, sa tête reste ici, à l'Ehpad, depuis le confinement. Elle se demande : *Qui est malade ? Qui ne l'est pas ? Comment le savoir quand on entre dans une chambre ?* Les Ehpad n'ont droit qu'à trois dépistages pour les résidents, et aucun n'a été réalisé aux Quatre-Saisons, après avis de la docteure Claire Bénichou et d'un infectiologue.

Dans le hall, Arnaud Dubédat, le médecin de Mme Dupont, arrête Sihem.

« Vous savez qui s'est occupé d'elle aujourd'hui ?

– Moi.

– Vous avez quel âge ?

– 37 ans.

– Des enfants ?

– Une fille de 12 ans. »

À la pensée de la petite merveille, quelque chose se gonfle dans la poitrine de Sihem. Elle la revoit la veille, quand elle lui avait proposé de descendre la poubelle. L'enfant avait voulu se coiffer, s'habiller, tout excitée à la simple idée de mettre le nez dehors. C'était sa première sortie en une semaine. Sihem ne veut prendre aucun risque. Sa propre mère est morte quand elle était petite. Sa hantise serait que sa fille vive la même situation.

Le médecin la regarde. « Je vais vous dire la vérité : Mme Dupont a peut-être des symptômes du Covid-19. »

Il est 14 heures quand deux soignantes sont envoyées pour se faire dépister. Toux, fièvres, fatigue intense. Le test a lieu dans un labo à côté, un fauteuil planté sur un coin de parking derrière des draps tendus. Un infirmier des Quatre-Saisons vient déjà d'y passer. Pas de réponse avant trois jours, le circuit est engorgé. Sihem demande à passer le test aussi, mais, là encore, le matériel manque. Il faut déjà présenter des symptômes pour avoir droit au dépistage. Pourtant indispensable auprès des résidents, le personnel d'entretien en a d'abord été exclu : il a fallu la protestation de plusieurs médecins, dont la docteure Bénichou, pour qu'il finisse par en bénéficier

Au bout de la rue, les petits dealeurs ont disparu. Rupture de stock, la marchandise n'arrive plus.

Mardi 24 mars

Il faut un certain temps pour comprendre à quoi tient le silence qui règne dans les étages. En fait, les télés sont éteintes, toutes ou presque. Il n'y a plus que monsieur Daniel encore planté devant *Premiers baisers*, sa série préférée, les tribulations amoureuses d'une bande de lycéens. « Pourquoi pas ? Voir des petits jeunes, ça fait du bien dans ce mouroir. » Les autres résidents ont coupé l'image et le son, malgré les mesures d'isolement. « Ça ne parle que de morts, j'en peux plus du virus », dit une infirmière à la retraite.

Dans sa chambre, Mme X. regarde son plateau-repas sans comprendre. C'est la première à avoir été isolée. « Qu'est-ce que je dois faire ? » elle demande. Elle prend la fourchette, la repose, perdue, repères qui semblent s'effacer un à un à force de solitude. Selon Hervé, le cuistot, les résidents mangent moitié moins depuis le confinement. « Si ça continue, il faudra peut-être permettre à certains proches de venir », suggère Lorette, la psychologue.

Elle passe de chambre en chambre.

« Vous voulez qu'on appelle votre fils ?

– Je ne sais pas si je vais trouver quelque chose à lui dire, c'est flou. Dites-lui que je ne suis pas maltraitée. »

Une soignante commence les toilettes. Quel jour on est ? Elle n'arrive pas à le dire. Même pour l'équipe, le calendrier commence à se mélanger, temps en apesanteur que ne rythment plus l'école ou les activités. Les magasins autorisés ouvrent et ferment à leur guise. « Chaque minute est devenue un combat, dit la soignante. J'ai du mal à voir plus loin. »

À la réunion du matin, Tiana l'infirmière ouvre le bal : « Je ne vous le cache pas, j'ai pleuré avant de venir. » Sara vient d'arriver, déposée en voiture par son fils. « Il ne veut pas que je me mette à côté de lui. Il me fait monter derrière comme une chienne. J'ai honte. » Elle est agente d'entretien, 56 ans. Pour la première fois depuis son mariage, son mari a appelé sa mère : « Votre fille préfère son travail. » Lui est vigile, il devient fou à force de rester à la maison. Tous les soirs, il répète : « Tu vas me ramener le virus et on est dans le même lit. » Lui, le confiné, se réveille la nuit, secoué de toux. C'est nerveux, assure le médecin. Une autre dort sur le canapé. Chez une vacataire, un traversin sépare en deux le matelas conjugal. « Chez moi, on me traite comme une pestiférée. » Sa mère l'appelle tous les soirs pour la supplier de se mettre en arrêt maladie. Elle n'est pas sûre de pouvoir continuer à venir. « Je vous en demande beaucoup, vous pouvez me détester, explique Laurent Garcia. Personne ne vous en voudra si vous restez chez vous. Mais je vous en supplie, pour les résidents et les collègues, ne me prévenez pas au dernier moment. » Dans le hall, une banderole a été tendue et l'équipe pose derrière : « Merci à nos familles de nous laisser sortir. »

Mercredi 25 mars

Pour rien au monde, Martine ne raterait le rendez-vous de 20 heures, quand les Français se mettent aux balcons pour applaudir ensemble le personnel de santé. Elle en a fait une fête avec ses filles, chacune se remaquille pour apparaître au mieux devant les voisins. Cette fois, un type l'a alpaguée à travers la chaussée, celui qui habite le pavillon en face et conduit une Volvo. « Dites-moi, vous ne seriez pas infirmière ou quelque chose comme ça ? » Martine a rougi. « Je suis aide-soignante. » Elle a encore baissé d'un ton pour préciser qu'elle travaille en Ehpad, aux Quatre-Saisons, à Bagnolet. Quand le type a applaudi plus fort, en la regardant droit dans les yeux et en criant « Bravo ! », Martine a cru qu'il se moquait d'elle. Pas du tout. « C'est vous aussi qu'on remercie tous les soirs », a précisé le voisin. Elle n'y avait jamais pensé. Elle n'aurait pas osé. En général, ceux des Ehpad se trimballent une image de sous-soignants par rapport aux hôpitaux, où se ferait la « vraie » médecine. « Toi, tu torches le cul des vieux », a rigolé un jour une copine. Martine a l'habitude, à force. Elle dit même qu'elle s'en fout. À 20 h 05, en refermant la fenêtre, elle a demandé à sa grande fille : « Tu crois que c'est vrai ? On m'applaudit aussi ? »

Jeudi 26 mars

Le gel hydroalcoolique vient d'être livré, les 15 litres à 130 euros au lieu de 75 d'habitude, de quoi tenir une semaine. En revanche, plus un thermomètre sur le marché. Mais la grande nouvelle est venue de M. Prono, le directeur. « À 14 heures, je vais récupérer une dotation de 350 masques. Désormais, on en aura toutes les semaines. » Il a lâché l'info à sa manière, voix contenue, l'air de ne pas y toucher, comme si c'était tout à fait normal. La docteure Bénichou et Laurent Garcia ont attendu de voir la caisse sur la table pour le croire.

À 16 h 30 commence la première réunion où toute l'équipe porte un masque. Il y en aura deux par jour pour le personnel d'entretien et trois pour les soignants. Dommage que les embrassades soient interdites.

Et puis, d'un coup, l'ambiance vire au tragique. Les résultats des dépistages viennent d'arriver : deux des collègues sur trois ont été testés positifs, les premiers aux Quatre-Saisons. Les yeux bougent par-dessus les masques, à toute vitesse, chacun se cherche du regard. On discute entre soi, à voix basse.

« Tu vas le dire à ton mari ?

– Je suis pas sûre.

– Tu crois qu'on est obligée ?

– En tout cas, on a franchi une étape. Qu'est-ce qui va se passer ? »

Rosa, l'animatrice, se lève : « Je n'avais pas peur, mais oui, je vais le dire : maintenant, j'ai peur. » D'ailleurs, elle ne se sent pas très bien. « Vous me voyez ? Je pèse 90 kilos, mais j'ai une petite santé, en fait. » À bien y réfléchir, elle cumule même tous les signes du virus. La voilà qui se palpe le ventre, la tête, la gorge. « Arrêtez, Rosa : ce n'est pas la première fois que vous nous annoncez votre mort », plaisante Laurent Garcia, alias l'ambianceur – c'est son surnom depuis qu'il a abandonné sa blouse d'infirmier pour devenir cadre de santé, il y a douze ans. Lui aussi, comme tout le monde, a eu son petit coup de fatigue, un peu plus tôt dans la journée. D'une voix mourante, il a demandé à l'infirmière : « Vous pouvez me prendre ma température, s'il vous plaît ? » 36,4 °C. Retour du sourire. « Le virus, on l'a tous eu au moins cinq minutes. » Une aide-soignante le coupe : « Jurez-nous quelque chose, monsieur Garcia : chaque fois que quelqu'un sera touché, vous nous le direz ? »

Vendredi 27 mars

Dans sa chambre, une résidente a mis ses photos sur ses genoux et, un à un, elle caresse les visages. Les moments lui reviennent, les mariages et les drames, la guerre aussi. Et alors ? Ils vivaient les uns avec les autres, tous ensemble. « Ne quittez pas votre chambre, vous êtes à l'isolement », lui a recommandé la soignante chargée de son étage. La résidente a pris un air penaud : « Dommage, ma famille ne pourra pas venir. » La soignante n'a rien dit. Toutes les deux savent très bien qu'elle n'a jamais aucune visite. La résidente se lève de son fauteuil. Elle monte dans l'ascenseur. Personne dans le hall en bas. Quelques pas seulement la séparent de la porte vitrée qui ouvre sur la rue. Si elle sortait ? Coups d'œil sur le trottoir. Désert aussi. C'est vrai, elle s'en souvient maintenant, la France entière est confinée. Elle l'a vu aux infos. De l'autre côté de la fenêtre, elle aperçoit une femme qui se hâte de rentrer. Une pensée lui traverse l'esprit. Et si tout le pays était devenu un gigantesque Ehpad, chacun chez soi, interdiction de sortir, rien à faire sauf manger ? Et elle se met à rire, comme elle n'avait pas ri depuis une éternité.

En Alsace, « le virus est chez nous »

28 avril 2020

En France, le Grand Est a été la région la plus touchée par la pandémie.

Sous une treille de glycine, un enfant a accroché son dessin à la fenêtre d'une ferme : des lapins qui jonglent avec des œufs de Pâques devant une pancarte « Bienvenue en Alsace, à Coronaland ». Traverser le Haut-Rhin aujourd'hui, un des départements les plus touchés par le virus, c'est voyager de villes en villages au pays des drapeaux en berne et des hélicoptères sanitaires. « Ailleurs en France, ils se rendent compte que le monde a changé ? Qu'on ne vivra peut-être plus comme avant ? » demande un gendarme. Ce matin, il a eu un choc en voyant à la télé des joggeurs qui bronzaient, quelque part dans Paris.

À la mairie d'Altkirch

Ils sont à 2 mètres les uns des autres, mais se dévorent des yeux par-dessus leurs masques chirurgicaux. Certains ont grossi, d'autres maigri. L'une a pris un coup de soleil au jardin, celui-là est tout pâle de ne pas avoir quitté la chambre. À la mairie d'Altkirch, les cinq membres de la cellule de crise se rencontrent pour la première fois après des semaines de réunions par ordinateur. Ils se retiennent pour ne pas sangloter. Être à nouveau ensemble, tout simplement.

La journée paraît bénie, il faut dire. En cette mi-avril, trois décès seulement ont été enregistrés en vingt-quatre heures à l'état civil, contre sept ou huit depuis le début de la crise. Au « temps d'avant », il y en avait un seul par semaine ; on n'arrive plus à réaliser.

« Et si on parlait du "temps d'après" ? dit quelqu'un sur un ton attendri, la voix étranglée.

– Désolé de casser l'ambiance, mais on n'est pas au bout, pas du tout. »

Adjoint à la sécurité, Didier Lemaire vient de doucher les enthousiasmes. Il a 45 ans, pompier professionnel à Colmar, pas de carrière politique en vue. Un « bon soldat », dit-il de lui-même. Dans sa tête, le pompier se répète : *Objectif principal : ne pas se laisser envahir par l'émotion, faire comme si j'étais dans mon job.*

Chez les Lemaire, Mathilde, 8 ans, la cadette, descend l'escalier et déclare d'un ton martial, imitant Emmanuel Macron : « Nous sommes en guerre. » Elle a vu papa et maman malades, se relevant juste pour travailler et regarder les infos. À la maison, le virus a tout envahi, jusqu'aux conversations à table. « Avec sa sœur, elles ont dû se sentir seules », dit Sophie, leur mère, infirmière libérale. La petite résume l'affaire, à sa manière, tel un pitch pour Hollywood : « Super, mes parents ont le Covid ! »

Altkirch, 6 000 habitants et « capitale » du Sundgau, comme on appelle ce territoire du Sud alsacien, est à 20 kilomètres de Mulhouse, mais on entre dans un autre monde. Des fermes, des collines, des villages aux clochers si pointus qu'ils paraissent passés au taille-crayon. Et, tout au bout, la Suisse. Nicolas Jander, le maire (UDI) d'Altkirch, se souvient qu'il débattait du budget municipal quand un texto lui a appris l'hospitalisation de Jean-Luc Reitzer, député (LR) et ancien maire de la ville. « On a traduit : "Le virus est chez nous." »

Avant toute mesure officielle, le maire décide de fermer les écoles. D'arrêter les marchés. De suspendre la pièce de théâtre.

Quel fondement juridique ? Il ne se pose pas la question. De son côté, Didier, le pompier, monte la cellule de crise et prévient : « Tout ce que vous connaissez, c'est terminé. Maintenant, sa fierté, son amour-propre, ses titres, on va s'asseoir dessus et essayer d'avancer sans laisser personne au bord de la route. »

C'est après seulement qu'est apparue la trouille. On est début mars, le mot « confinement » semble encore du chinois. *Qui sommes-nous, à notre tout petit niveau, pour imposer ça ?*, se demande le maire. Il appelle partout, les institutions, les politiques. Pas de réponse. Tout flotte. « On était seuls. Ce n'est pas correct de le dire, mais c'est ce qui s'est passé. » Collecte des ordures, sécurité ou administration, chaque chose est à réinventer. Didier, le pompier : « Après cette crise, il faudra une remise en question générale. »

Au centre médical Sainte-Anne, à Guebwiller

Sur le parking du centre, le camion vient de démarrer, avec un homme en armes calé sur le siège passager. Ne pas communiquer l'heure de départ, ni le trajet. Ne prendre aucun risque. Près de Belfort, un dépôt de masques chirurgicaux a été attaqué, les convois de matériel médical commencent à se faire braquer. « Tout va bien se passer », répète comme un mantra un manutentionnaire, chargé des livraisons entre la pharmacie centrale et les 5 unités de soins de l'Ugecam dans le Haut-Rhin, réseau parapublic relevant de l'Assurance-maladie. Toujours ces pénuries à répétition, qui restent un frein énorme. Parfois, il craint « une forme de guerre civile autour du matos ».

Le camion a tourné le coin. Aucun humain en vue sous le ciel d'un bleu impeccable. C'est le Grand Est, pas le Far West, mais on finirait par croire qu'ils se ressemblent.

« Combien le prix de la blouse jetable aujourd'hui ? » demande Claude Moser, directeur du pôle Sud Alsace à l'Ugecam.

Dans la salle de réunion, l'écran de l'ordinateur s'allume.

La responsable logistique a fait une offre à 7 euros, mais un autre groupe l'a raflé à 10.

« Dix euros la blouse jetable, répète le directeur, détachant chaque syllabe. En janvier, elle valait 37 centimes. »

Ces dernières années, les mêmes consignes circulaient dans tout le système médical français, privé ou public : tenir les budgets, ne pas faire de stocks, externaliser un maximum de postes, louer les équipements (maintenance comprise) plutôt que les acheter. Bref, tout ce qui s'est avéré catastrophique dans la crise. « Je commence mon autocritique : moi aussi, je l'ai fait, convient le directeur. Il va falloir repenser tous nos modèles. »

Avec la crise, le centre Sainte-Anne a été transformé en « unité Covid ». L'opération aurait dû être impossible, voire interdite. Mais personne ne s'est préoccupé d'autorisation. « On serait partis là-dedans, on était face à une morgue », assure Claude Moser. En moins d'une semaine, le système a été entièrement reconfiguré, y compris la mise en place d'une cuve à oxygène. Le directeur se marre en pensant aux autorités de tutelle. « Si le Covid-19 n'était pas si dangereux, ils nous feraient des inspections. Heureusement, ils ont peur. »

Au départ, le personnel aussi – une soixantaine de personnes – était inquiet : « Vous nous jetez dans l'arène, sans rien. » Ne sont restés que les volontaires, autrement dit tout le monde. Des médecins et des infirmières en psychiatrie sont venus en renfort.

« Une perfusion ? Je ne sais plus les poser, dit l'une.

– Eh bien, tu vas t'y remettre, ma grande. »

La réunion bifurque sur ce patient, décédé la veille à 19 h 45. Il avait des enfants, des frères, des sœurs, mais un seul proche avait été autorisé à son chevet. Qui choisir ? Et qui décide ? La famille ? Le médecin ? La courte paille ? « Chaque jour, il faut trouver des solutions qu'on n'aurait jamais osé imaginer. » Autour de la table, personne ne porte plus de bijoux, pas même d'alliance. Règles sanitaires strictes. Soixante-quatorze patients ont déjà été accueillis – 24 guérisons et 3 décès –, en majorité des hommes, au tournant de la soixantaine et en surpoids. Le directeur soulève discrètement sa cravate pour se palper le ventre. Cette fois, ce sont ses collègues qui sourient.

D'un bond, Claude Moser s'est levé de sa chaise. Il vient d'apercevoir par la fenêtre une soignante sortie fumer dans le parc. Or, une seule pause est désormais autorisée, vu le prix des blouses jetables. Il s'énerve : « Vous trouvez normal de vous conduire comme ça ? » La fille pleure. Quand il remonte, on entend le directeur marmonner qu'il s'en veut.

Sur la route entre Colmar et Mulhouse

L'effet est spectaculaire : les camionnettes ont recommencé à circuler entre Colmar et Mulhouse, au lendemain du discours d'Emmanuel Macron, le 13 avril 2020. La simple annonce de la fin du confinement pour le 11 mai a produit l'effet d'un signal de départ. Ici, un électricien, là, un horticulteur. Le long du Rhin, vers la frontière allemande, les usines redémarrent, une à une. Cadre dans l'énergie, Christian Rebert pensait que l'activité économique s'arrêterait pour repartir d'un coup, en mode « on » et « off ». En fait, beaucoup de boîtes reprennent sous la carapace du confinement, comme une fourmilière qu'on découvrirait en soulevant une pierre.

Mais les codes habituels ont parfois volé en éclats. Un éducateur fait le ménage, une secrétaire et un employé à l'entretien des espaces verts aident à faire tourner une blanchisserie. Dans une mairie, les éboueurs sont invités aux réunions par Skype. Chez Dany et Marie-Claude, à Colmar, le salon gentiment bourgeois s'est transformé en atelier de couture, où cet ancien de France Télécom fabrique bénévolement des blouses. Les voisins le disent depuis longtemps : « Il faut être bien avec eux. En temps de guerre, ils pourraient nous fournir. »

Dans les quartiers est, Émilie, 37 ans, trois enfants, a postulé pour la récolte de fraises, en attendant de reprendre son boulot à la crèche. Manuela, son amie, s'est inscrite aussi. Au chômage, elle avait pourtant refusé le même travail, voilà quelques semaines. Alors pourquoi maintenant ? « J'espère que les cartes vont être redistribuées. »

Dans le quartier de Bourtzwiller, dans l'est de Mulhouse

Au pied d'un HLM, le carré de pelouse n'est pas plus grand qu'un mouchoir, juste la place de déployer un parasol Pepsi-Cola. La mère, la fille et le petit-fils sont confinés dessous, seule tache de vie dans Bourtzwiller désert. Les deux femmes, Monique et Nathalie, travaillent dans le ménage, rien en ce moment, ça va sans dire. Juste en face de chez elles se dresse un bâtiment imposant, l'église évangélique La Porte ouverte chrétienne. Le parking donne la mesure de sa fréquentation : gigantesque.

« Moi j'y vais à Pâques et à Noël, c'est magnifique, mieux décoré que la vitrine des grands magasins à Paris, s'enflamme Monique, la mère.

– Une secte », tranche la fille.

La mère : « Mais une secte gentille. Des drogués et des alcooliques la fréquentent, ils ont l'air mieux après. » Elle-même a participé à une journée d'accueil, en 2015, « pour le buffet surtout, je le dis honnêtement. Il y avait des sandwichs au salami et même à boire. Entrée libre, tout gratuit ».

La fille : « Mais c'est venu de là-bas. » À Bourtzwiller, où s'est aussi construite la première mosquée d'Alsace, la cohabitation était jusque-là sans histoires avec La Porte ouverte chrétienne. Mais, début mars, certains jeunes n'avaient qu'une idée en tête : la brûler, quand l'église évangélique a été désignée comme un des « détonateurs » de la pandémie dans le Grand Est. Laquelle avait organisé une semaine de jeûne, réunissant plus de 2 000 personnes, du 17 au 22 février, donc bien avant les mesures nationales contre le SARS-CoV-2.

« Finalement, les larmes ont noyé la colère. » raconte Fatima Jenn, ardente défenseuse du quartier et candidate aux municipales (ex-LRM). « D'ailleurs, eux aussi sont victimes », dit-elle au sujet des évangéliques. D'un coup, elle devient livide, s'assoit sur un coin de trottoir, les escarpins dans le caniveau. Le soir même du scrutin municipal, le virus l'a attrapée en plein vol. Son score au premier tour des élections ? À vrai dire, elle peine à s'en souvenir. « Depuis, les priorités ont changé ! Les gens ont changé ! J'ai changé ! » Elle se relève, la démarche mal assurée. « Pardon, je vais rentrer. »

Ici, on se compte entre morts et vivants, le matin à l'heure du café. Une question revient, toujours la même : « Qui est dans le journal aujourd'hui ? » Une jeune femme tente de se consoler : « La voisine de ma mère vient de décéder, elle aussi. Par chance, leurs tombes sont à côté, au carré musulman, derrière Auchan. Elles restent voisines, comme avant. » À la maison de santé locale, un cabinet où se sont regroupés médecins et infirmiers, 80 % des patients ont des symptômes du Covid-19, selon Dominique Amé, une des docteures. « Tout le monde ici a conscience de vivre dans l'épicentre de la maladie. » Rassurer les patients lui prend de plus en plus de temps.

Dans le quartier pavillonnaire, on croise une jeune femme en survêtement Puma et jupe à paillettes. Elle appartient à une des grandes familles algériennes de la ville. La plus touchée aussi : 3 morts, 5 hospitalisés, un nombre incalculable de malades. Les rares valides osent à peine s'afficher au supermarché. Longtemps, les gens les ont évités comme le virus en personne : « Vous êtes dangereux. Pourquoi c'est tombé sur vous ? » Eux aussi se le demandent. Ils culpabilisent. Qu'est-ce qu'on a pu faire ? Quand ? Qui ? La Porte ouverte chrétienne, juste à côté ? Le milieu médical, où travaillent 8 femmes de la famille, en Ehpad ou à l'hôpital ? Ou bien cette fête pour la naissance d'un petit dernier, où une centaine de proches s'étaient retrouvés, fin février ? « C'était un moment très heureux. Au fond de mon cœur, je veux croire que ça ne vient pas de là », reprend mademoiselle Jupe-à-paillettes. Elle en tremble, se réveille en sursaut, appelle une fois encore une belle-sœur ou une cousine. Personne ne trouve plus de mots. Alors elles s'écoutent juste pleurer, chacune dans son téléphone.

Dans une PME, à Mulhouse

« Ma question sera un peu brutale, prévient le responsable des ressources humaines d'une petite boîte de BTP. Est-ce que vous êtes covidée ? » Avant que son interlocutrice n'ait eu le temps de répondre, il continue : « Pour des raisons sanitaires, l'entreprise se pose la question d'organiser le travail en deux équipes, les covidés et les non-covidés. »

L'employée hésite. Le responsable parle toujours : « Comprenez-moi, on essaie de gérer. La responsabilité des employeurs risque d'être mise en cause en cas de contamination d'un ou plusieurs salariés. »

L'employée esquive. « Vous avez le droit de demander notre dossier médical ? Est-ce qu'on peut être obligé de se faire tester ?

– Il s'agit de santé, c'est vrai, mais aussi de sécurité. Il va falloir s'habituer à vivre comme ça. Enfin, sans doute. »

Médecin-chef au centre médical Le Roggenberg, près d'Altkirch, le psychiatre Thierry Malassiné se demande si la France va désormais se partager en deux, « Covid-positifs » d'un côté, « Covid-négatifs » de l'autre. Et quelle sera la cohabitation.

Avec l'association Marie-Pire, à Riespach

Sous les grands arbres, Stéphane se roule dans l'herbe. Antonio dort la bouche ouverte et un filet de soleil tombe pile entre ses lèvres. Maria parle de Dalida. L'heure de la promenade ressemble à une récréation dans le jardin de la maison d'accueil spécialisée Marie-Pire. Au bout d'une route de campagne, le centre a d'abord hébergé des orphelins de la guerre de 14-18, des malades de la tuberculose, et aujourd'hui il recueille 36 adultes atteints de handicaps lourds, physiques et mentaux.

Soudain, Manu se met à pousser des hurlements dans son fauteuil roulant. « Quel bonheur de l'entendre enfin ! » s'enthousiasme Chloé, une aide-soignante. Depuis des jours, Manu restait recroquevillé, dans la position du fœtus, en silence. Ça avait commencé à l'annonce du premier mort dans le centre, le 22 mars, à 20 heures. Depuis, il y en a eu trois autres. « Quand le ministre de la Santé affirme qu'il n'y a pas de tri entre malades dans les hôpitaux, je réponds : c'est faux », dit Pierrick Buchon, directeur général de l'association Marie-Pire, 330 personnes handicapées dans différentes structures.

Au centre de Riespach, des résidents ont commencé à tousser début mars. Les cas suspects sont aussitôt isolés, une opération compliquée dans le milieu des handicapés. On entendait certains gémir dans leur chambre : « Pourquoi je suis puni ? » Un vendredi soir, Alain, 58 ans, se met à suffoquer. L'aide-soignante se souvient avoir appelé le SAMU : « Venez vite, il va me mourir dans les bras ! » L'opérateur évoque la surcharge. Deux jours plus tard, Alain expire dans sa chambre.

L'aide-soignante s'arrête et se tourne vers le directeur : « Est-ce que j'ai le droit de tout dire ?

– Il faut tout dire », insiste Pierrick Buchon.

Elle explique donc que le médecin référent refuse, à son tour, de venir constater le décès, par peur de la contamination. « Il m'a conseillé : “Faites-le vous-même. Et, si vous ne supportez pas de le voir, mettez-lui un drap sur la figure, à la guerre comme à la guerre.” »

Tous les soirs, l’angoisse monte au centre de Riespach. « On se disait : “Qu’est-ce qui va se passer ?” » Le cahier des transmissions internes raconte la nuit du 25 mars. À 20 h 30, le SAMU est alerté pour Marie-France, à 21 h 15 pour Bruno, à 1 h 30 pour Gilbert, à 2 h 45 pour Françoise. À 3 heures, c’est le SAMU qui rappelle lui-même : « Arrêtez de téléphoner, on est saturés. » Toujours pas d’ambulance en vue.

Le lendemain, Pierrick Buchon sollicite l’Agence régionale de santé (ARS). La conversation dure dix-huit minutes. « Ils me le font comprendre très clairement : les personnes handicapées ne seront pas prises en charge. Vous vous les gardez. On vous aidera à mettre en place un accompagnement de fin de vie et une cellule psychologique pour le personnel. » Philou meurt le 28 mars. Gilbert, le 31. Lui pouvait passer la journée à se regarder dans une glace. Il ne s’aimait pas avec les cheveux longs, mais la crise interdisait toute visite. Jusqu’au bout, Gilbert a guetté le coiffeur, suppliant qu’on le fasse venir. Puis le 3 avril, c’est Bruna. « Il a fallu qu’ils tombent les uns après les autres pour qu’on les accepte », reprend Christine, qui pilote le centre de Riespach. En temps ordinaire, déjà, il lui arrive de voir les soignants se décomposer, quand elle emmène une personne handicapée à l’hôpital. « Ils nous les renvoient parfois sans les toucher. Ils n’ont pas l’habitude de les gérer. Certains le disent carrément : “Ces patients-là, c’est pas mon truc.” »

Dans le couloir passe Étienne, agent de service, fraîchement revenu d’arrêt maladie. Il avait signalé lui-même faire partie de l’église La Porte ouverte chrétienne, après l’alerte officiellement lancée début mars par les autorités sanitaires. Les premiers cas venaient d’être détectés parmi les fidèles. Étienne, 35 ans, fait la sono à l’église le samedi soir et y joue de la guitare, comme son père. Il y a rencontré sa femme. À l'association Marie-Pire, Étienne vient de signer son CDI. Seule une collègue lui a lancé un commentaire amer.

Au conseil départemental du Haut-Rhin, à Colmar

Présidente (divers droite) du conseil départemental, Brigitte Klinkert se souvient qu'« on n'avait pas trop envie de [les] voir au début de la crise ». Soudain, tout s'annulait, les rendez-vous, les réunions institutionnelles. Juste au moment où les frontières se fermaient, elle a négocié le transfert de patients en Suisse et en Allemagne, à Fribourg. Le ministère de la Santé du Bade-Wurtemberg lui a envoyé la liste des places dans les cliniques, in extremis, autour de minuit. Le préfet et l'ARS sont tenus informés.

On lui demande : « Vous allez le faire vous-même ?

– Oui.

– Toute seule ?

– Oui. »

Aujourd'hui, elle a plus souvent le maire de Fribourg au téléphone que les autorités de santé françaises. Dans le ciel, au-dessus du conseil départemental, passe un hélicoptère. S'il est jaune et rouge, mauvais signe. Non, c'est le « contrôle-confinement ». Ici, la gendarmerie relève peu de fraudes aux attestations. « Il y a un effet de sidération qui dure, glisse un gradé. Certains jours encore, on sent la mort, littéralement. »

Dans le quartier Bel-Air, à Mulhouse

Bebeto Kalala reçoit dans son salon, à Mulhouse, une jolie pièce tamisée par des voilages mauves aux fenêtres. La cinquantaine, intérimaire dans l'industrie, M. Kalala a participé avec ses

7 enfants à la semaine de jeûne à l'église La Porte ouverte chrétienne. Il ne manquait que sa femme, aide-soignante dans un Ehpad.

De ces quelques jours en février 2020, connus de tous aujourd'hui dans la tourmente d'une pandémie, M. Kalala garde, lui, un autre souvenir : celui d'un « miracle », comme il dit. C'était le 18 ou le 19, il ne sait plus, dans la grande salle du culte. M. Kalala priait parmi les fidèles, un millier au moins, quand une dame a fendu la foule en fauteuil roulant. Devant l'estrade, elle se lève soudain et l'arpente. Ses paroles sont confuses, mais une clameur les couvre. On s'étreint. On chante des louanges. La Porte ouverte chrétienne s'est fondée sur la maladie et la guérison : Jean Peterschmitt a créé l'église en 1966, à Mulhouse, quand sa femme Suzanne a été sauvée par la prière, selon lui, d'un mal incurable.

« La nouvelle de cette guérison instantanée s'est tout de suite répandue : le lendemain, il y avait encore plus de monde à l'église », raconte M. Kalala. C'est justement une journée consacrée aux malades, comme l'église en organise régulièrement. Dans la salle, le pasteur appelle chacun à toucher son corps à l'endroit où il souffre et à prier. Dieu choisira. Ça tousse et ça crache dans certaines travées, par quintes profondes. M. Kalala pense s'éloigner, mais il a honte. « Je me suis senti plein de préjugés. Les gens étaient venus chercher de la force et je m'enfuyais. »

Le dernier jour de jeûne, M. Kalala a des frissons à son tour. Une faiblesse extrême. La chaleur lui sort de partout, de la gorge, des yeux, des oreilles. Le carême doit l'avoir fatigué, pense-t-il. Il va pourtant au culte. Bebeto Kalala a déjà perdu 7 kilos lorsque l'ARS lui apprend, deux semaines plus tard, qu'il est contaminé par le coronavirus. Il demande un test. Réponse : ils sont réservés aux soignants. Depuis, plus de nouvelles.

De son côté, Jonathan Peterschmitt, petit-fils du fondateur, reste « intimement convaincu » que l'église La Porte ouverte chrétienne n'est pas le détonateur de la pandémie dans le Grand Est. Lui-même est médecin généraliste dans un village d'Alsace, « un praticien classique, semblable à n'importe quel confrère », dit-il. Pour aborder d'autres sujets, il attend un signe de ses patients. « Le sud de l'Alsace reste un pays de croyances, de rebouteux, où beaucoup de gens croient aux guérisons miraculeuses. Étant moi-même dans le spirituel, je ne renverse pas la table quand ils m'en parlent. » Dans ces cas, le docteur Peterschmitt, 31 ans et quatre enfants, tous vaccinés, utilise « des moyens autres ». Il vient de demander une enquête scientifique sur la propagation du virus dans le Haut-Rhin, et le CNRS l'aurait déjà contacté. Et si les investigations concluaient à un foyer pendant la semaine de jeûne à Bourtzwiller ? « Dieu commence par son peuple s'il veut donner un message. Il nous fait passer une épreuve pour nous donner l'occasion d'en tirer un bénéfice spirituel. » La Porte ouverte chrétienne compte déjà 30 morts et des dizaines de personnes hospitalisées. Dix-huit membres de la famille Peterschmitt ont été touchés.

Au cabinet du docteur Vogt, à Mulhouse

Le cabinet du docteur Vogt résonne d'un chahut d'auberge espagnole : une bande d'infirmières et d'infirmiers l'attendent pour faire signer l'ordre de mission qui les renverra chez eux, à Paris, Saint-Étienne ou Lille. Dépêchés en renfort dans le Haut-Rhin, ils ont 25 ans pas plus, une classe d'âge, comme on le dirait pour la conscription. Jusqu'ici, le virus s'est montré clément avec la jeunesse, « alors, on a mis les vieilles de côté pour nous choisir nous : c'est notre tour », croit savoir l'une, riant, plutôt fière. Tous ont fraternisé à l'hôpital de Mulhouse, ça flirte un peu, chaises positionnées à un mètre de distance, ne se lâchant la main que pour la passer au gel, à un rythme régulier. « On l'aura fait, on s'est confrontés à l'Histoire avec un grand H », dit un autre, faisant le « V » de la victoire. Comment c'était ? Alors les yeux se voilent. Les souvenirs commencent à se rembobiner. Soudain, ils n'ont plus envie de parler.

Lendemains amers à la sucrerie de Toury

4 juin 2020

En France, les salariés d'une usine en Eure-et-Loir avaient été déclarés « travailleurs indispensables » pendant le confinement. Une fois la mesure levée, le site est liquidé et les ouvriers licenciés.

Cela commence comme « Le Déserteur », l'hymne antimilitariste de Boris Vian : « Monsieur le Président, je vous fais une lettre… » Kévin Rabouin, 31 ans, ne le connaissait pas quand il a rédigé sa missive à Emmanuel Macron, en rentrant de l'usine, une nuit d'avril, à l'heure des séries sur Netflix.

D'ailleurs, M. Rabouin ne s'insurge pas contre « l'effort de guerre » : il la jouerait plutôt à l'inverse, une cantate – sans rime ni musique – pour ceux qui ont œuvré jusqu'au bout, en pleine épidémie de Covid-19. « Monsieur le Président, […] Dans cette conjoncture exceptionnelle de pandémie, mes collègues et moi travaillons. Nous travaillons car, comme mentionné sur l'attestation de notre employeur, nous sommes "indispensables". Nous fabriquons du sucre pour donner à manger aux Français et de l'alcool pour les produits d'entretien et le gel hydroalcoolique. Nous travaillons le jour, la nuit, dimanche et fériés, nous participons à cet "effort de guerre" en prenant des risques pour notre santé. »

La phrase suivante tombe comme un couperet, mais sans une plainte : « Nous sommes dévoués malgré notre licenciement le 30 juin. » À cette date, et tandis qu'Emmanuel Macron multiplie les déclarations sur la nécessité de reconstruire « l'indépendance agricole, sanitaire, industrielle et technologique française », le glas sonnera pour la sucrerie de Toury, en Eure-et-Loir. Et Kévin, Flèche, Mathieu, Benjamin, Julien, Nénesse et les 128 salariés rejoindront cette nouvelle catégorie de Français, tout juste nés de la crise sanitaire : les travailleurs à la fois « indispensables » et « virés ».

« Combien de temps il nous reste avant la fermeture ? » lance Flèche. Ils sont une poignée d'ouvriers à boire des bières chez Kévin Rabouin, petit rite de déconfinement dans l'ombre des grands arbres. Aucun n'a le courage de répondre. On entend juste M. Rabouin batailler avec les saucisses et le barbecue. Marché mondial, restructuration, fusion. L'histoire est banale, eux-mêmes le disent, ils ont vu fermer tant d'usines. Mais, sincèrement, ils ne pensaient pas que ça leur arriverait, à eux. L'autre jour, dans un bureau de la sucrerie, Mathieu, 30 ans, est tombé par hasard « sur le numéro de téléphone d'un gros ponte ». Une question lui brûlait les lèvres, il aurait voulu appeler : « Pourquoi nous ? On est des bons, pourtant. »

Mathieu revoit l'émotion de sa mère le jour où il a été embauché à la sucrerie : « Ça y est, tu as réussi ta vie. » À Toury, 2 900 habitants, il fallait voir le respect quand un employé de l'usine venait demander un emprunt à l'agence du Crédit mutuel. « Pour toi, pas la peine de prendre l'assurance perte d'emploi », glissait le conseiller. La sucrerie fumait depuis cent quarante-cinq ans. Elle fumerait encore après eux. Une institution. Tous les jeunes voulaient y entrer.

Autour, la terre de Beauce dévore l'horizon jusqu'au ciel, un paradis agricole, avec des éoliennes plus hautes que les cathédrales, et l'A19, surnommée « l'autoroute à betteraves », qui défile devant les cinq sucreries au sud de Paris. Trois d'entre elles appartiennent à Cristal Union, numéro 2 français, dont celle de Toury, acquise en 2011. À l'époque, la stratégie du groupe est de devenir le plus gros possible : les quotas européens pour la betterave doivent être supprimés en 2017 et ouvrir la concurrence sur le marché international. Évidemment, Toury n'est pas le Brésil, maître du monde sucrier avec ses plantations de canne. Mais Cristal Union, jusque-là basée dans l'est de la France, compte faire baisser ses prix de revient en multipliant les sites et en allongeant la durée d'exploitation.

Au moment de son rachat, la sucrerie de Toury est « en bon état et avec des bénéfices », se souvient Marcel Jolu, alors directeur général. Ici, on broie 10 000 tonnes de betteraves par jour, une petite structure même à l'échelle de la France, où certaines sont deux fois plus importantes. Mais ses performances la classent parmi les meilleures du pays. En plus de la fabrication du sucre, Toury distille du bioéthanol et de l'alcool, recherché par les laboratoires pharmaceutiques et les parfumeurs de la « Cosmetic Valley », qui s'étend sur huit départements et trois régions.

Tous les salariés se souviennent du premier geste de Cristal Union : faire disparaître le buste d'Arthur Lambert, le fondateur. Le symbole ne trompe pas : la sucrerie vient de basculer d'un fonctionnement resté familial à celui d'un groupe agro-industriel, à la tête d'une dizaine d'usines. Voitures de fonction, va-et-vient de cadres parachutés. Un nouveau management est mis en place. « C'était notre usine et ils voulaient nous apprendre à faire du sucre », témoigne Kévin Rabouin. Lui, c'est un garçon du coin, cool, pas le genre à s'exciter et qui vote du bout des doigts, surtout pour faire plaisir à ses parents.

En général, appartenir à un groupe permet des économies de fonctionnement. Ici, ça semble marcher à l'inverse. Les travaux et l'entretien ne sont plus réalisés en interne, mais facturés par des entreprises extérieures. Tout achat doit désormais transiter par la centrale de Cristal Union. Avec stupeur, Kamal, magasinier, voit les prix des fournitures bondir. Le manche à balai passe de 3 à 32 euros, le raccord d'eau de 4,60 à 65 euros. « Quand on disait "C'est trop cher", on nous répondait "Qu'est-ce que ça peut te faire ? C'est toi qui paies ? On va vous booster, vous serez une usine pilote." » Une déviation routière à 600 000 euros est financée par le département et la commune quand Cristal Union décide de remodeler son site.

Mais lors de la suppression des quotas européens, rien ne se passe comme prévu : le cours du sucre s'effondre face à une surproduction mondiale. En France, la sécheresse puis de nouvelles règles sur les pesticides ont, en plus, plombé la récolte. Le 19 avril 2019, à Toury, les salariés sont appelés à se rassembler sur le parking. Il est 9 heures, un peu plus peut-être. L'annonce tombe dans la stupeur générale : fermeture définitive dans un an.

L'usine est cataloguée « vieillissante », notamment après une panne qui l'a handicapée quinze jours en 2018.

Représentant CGT, Frédéric Rebyffé prévient le syndicat. Personne ne réagit vraiment au siège, à Montreuil (Seine-Saint-Denis). Aucun permanent national ne se déplace non plus lors de la manifestation à travers la ville, pas même « la Commerciale », le surnom de celle qui descend chaque année collecter les cotisations, une cinquantaine en tout. « On n'est peut-être pas assez nombreux pour eux », rigole Stéphane, un syndiqué. À l'automne, une délégation de parlementaires et d'élus locaux monte plaider la cause de l'usine auprès du ministre de l'Agriculture et de l'alimentation, Didier Guillaume. « Ce qui intéresse Cristal Union ? Le fric, le fric, le fric », martèle Philippe Vigier, député (UDI) d'Eure-et-Loir. En sortant de la réunion, Jean-Louis Baudron, président de la communauté de communes Cœur de Beauce, demande au ministre : « Vous croyez que ça va changer quelque chose ? » Ce dernier répond : « Non. »

La décision serait-elle la même, aujourd'hui, à Toury ? « Beaucoup ne le pensent pas, l'usine aurait toute sa place maintenant », dit Laurent Leclercq, maire de la ville, lui aussi salarié de Cristal Union sur un autre site. La fermeture semble même aller à contre-courant de l'Histoire. Depuis la crise sanitaire, le chômage explose, les fragilités et les dépendances françaises dans des secteurs essentiels se sont révélées dramatiques. Partout, la demande d'alcool pharmaceutique bat des records, elle progresse en bioéthanol : une station-service est d'ailleurs en train de se monter à Toury.

Ici comme ailleurs, on s'est enflammé pour le « made in France » et les circuits courts. Un fabricant local de pâtes fait un malheur, les asperges se sont arrachées chez les producteurs. Dans la cour de sa ferme, Éric Delorme, 50 ans, a installé un drive-in pour vendre ses pommes de terre. Ses champs sont à 6 kilomètres de la sucrerie, où la famille livre ses betteraves depuis trois générations. Mais au moment du rachat par Cristal Union, Éric Delorme a dû débourser 100 000 euros pour rester fournisseur : le groupe fonctionne sur un modèle coopératif, auquel les planteurs doivent adhérer moyennant un droit d'entrée et une prise de participation. En échange, des garanties leur avaient été données pour la période redoutée d'après la suppression des quotas. Le groupe s'engageait à acheter les récoltes à un prix pivot fixé d'avance : 27 euros la tonne sur trois ans, à partir de 2017.

« Au début, on ne savait pas trop, mais on avait confiance : un agriculteur de la Marne est à la tête du groupe », dit M. Delorme. Avec l'effondrement du cours mondial, la tonne sera, en réalité, payée 22 euros en 2018 et 2019. « Je suis beauceron : j'avais donné ma parole, eux la leur. Ils nous ont menés en bateau. On aime la betterave, la passion nous sauve. Sinon, toute la culture serait déjà partie à l'étranger. » En France, premier producteur européen, 4 sucreries viennent de fermer sur un total de 26. Trois groupes internationaux se les partagent, à l'exception de deux indépendants. Aujourd'hui, ce sont eux qui rémunèrent le mieux les agriculteurs, jusqu'à 25 % de plus. (Le groupe Cristal Union n'a pas répondu aux sollicitations du *Monde*.)

En apprenant la fermeture, les ouvriers ont d'abord pensé bloquer Toury. Kévin Rabouin se souvient des discussions dans les bâtiments, dans une ambiance électrique, au milieu des dirigeants qui répétaient : « Votre boîte est pourrie, la retaper coûterait trop cher. » La grève ? Les équipes n'arrivent pas à s'y résoudre. Elles veulent « vivre à fond » la dernière « campagne », des mois de travail intense, jour et nuit, hors du temps, où les betteraves fraîches sont écrasées, à mesure du ramassage. Regarder encore une fois la fumée de l'usine remplacer les nuages. Respirer son odeur avec délice, si redoutée pourtant des visiteurs. « On s'est dit : "Notre sucrerie, elle est belle. C'est eux qui ne savent pas la faire tourner. On va leur montrer de quoi on est capables." », raconte Kévin Rabouin. Aux chefs qui donnent un ordre, Albin, 30 ans, s'entend soudain répondre : « Retourne dans ton bureau. L'usine, elle est à nous. » Bientôt, les ouvriers travaillent en roue libre, maîtres à bord. « On est redevenus ce qu'on était avant, on a retrouvé notre fierté. »

L'année précédente, il avait fallu treize jours pour sortir le premier kilo de sucre. Cette fois, trente-six heures ont suffi. Record battu, objectifs dépassés. « On a demandé le palmarès du rendement, boîte par boîte : ils ont refusé de nous le donner », assure Stéphane, syndiqué CGT. À la fin, tous les téléphones se sont levés dans la cour pour filmer les cheminées qui s'éteignaient une à une. Les yeux se brouillent, les mains tremblent. « Cette histoire, ça va encore finir en "gilets jaunes" », lâche quelqu'un. Le « monde d'après », Fredéric Rebyffé, le représentant CGT, en a surtout entendu parler à la télé. Il n'est pas sûr d'y croire, « un discours d'homme politique », selon lui. L'élection présidentielle de 2002 lui revient à l'esprit, le FN au second tour et les banderoles qui proclamaient « Plus jamais ça ». Avec le recul, il trouve que « rien n'a bougé, sauf en pire. Pas un gouvernant ne changera nos vies : chacun doit le faire soi-même ».

Les dernières semaines, seule la distillerie travaillait encore pendant le confinement, tout entière tournée vers la fabrication du gel hydroalcoolique. « On est fiers d'avoir reçu l'agrément "travailleurs indispensables" », poursuit Kévin Rabouin. Un matin, en se levant, sa compagne a trouvé la lettre adressée à Emmanuel Macron. Il a fallu qu'elle arrive au bout pour réaliser que c'est Kévin qui la signait, lui qui n'écrit jamais. Le président ne lui a pas encore répondu.

2021

Des vies sauvages

Sur les traces de la femme des bois

2 mai 2021

En France, dans une vallée cévenole,
une trentenaire connue de tous s'est enfuie pour vivre seule
et cachée dans la forêt.

Sur la route départementale, le sentier démarre juste dans un tournant. Là, il faut abandonner la voiture. Un muret éboulé, la rivière, trois planches mangées de mousse qui esquissent un pont, et c'est déjà la forêt. On peut continuer à flanc de montagne sans remarquer, à quelques pas du chemin, une bâtisse pas plus grande qu'une cabane, quatre murs nus en pierres sèches qui s'accoudent au rocher. Dans cette vallée des Cévennes, elle est longtemps restée à l'abandon au milieu des châtaigniers et des genêts.

En la voyant, Maud s'est enthousiasmée. Ici, elle pourrait venir s'échapper quelques jours par semaine. Elle ferait pousser des plantes aromatiques et médicinales. Ce serait un abri pour sa fille – sait-on jamais –, une enfant de 8 ans. Sur son dos, elle a monté un matelas, un poêle, un baquet pour l'eau, quelques outils. La voilà au paradis. On est en 2017.

Assez vite, Maud a remarqué que du feu avait été fait en son absence. Sa chaise était cassée, ses bougies presque fondues. Puis des objets ont commencé à disparaître, cette grande cape, par exemple, qu'elle aimait tant. Un hiver, elle a découvert l'empreinte de deux pieds nus dans la neige. Pas de doute, quelqu'un visite son « paradis ». Les gardes du parc national des Cévennes ne se sont pas étonnés. Maud ne savait-elle pas que la forêt était habitée ?

Une jeune femme y mène une vie sauvage et solitaire depuis une dizaine d'années. De loin, un chasseur l'a suivie une fois. Il l'a hélée, mais elle a détalé droit devant, face à la pente, impossible à rattraper. Avant que Maud n'achète le « paradis », la Visiteuse le tenait pour son domaine, une de ses cachettes dans les bois. Maud ne s'est pas inquiétée au début, loin de là. Elle aurait l'impression de comprendre la Visiteuse. Au fond, elles se ressemblent, n'est-ce pas ? Même âge, 35 ans, ou à peu près. Même quête d'apaisement. Même amour de la nature, y compris les toutes petites bêtes. Ce serait une autre elle-même, en somme, mais plus libre, qui aurait osé s'affranchir de la société et de ses lois. Pour ne pas brusquer la Visiteuse, Maud a reculé son projet de plantation, puis raccroché au nez des gendarmes en quête de renseignements.

Il y a quelques semaines, Maud a trouvé les jouets de sa fille saccagés autour du « paradis ». Des affaires avaient été brûlées, « un carnage », d'après elle. La nuit, des pas sur le toit l'ont réveillée, un piétinement interminable et fiévreux, presque menaçant, lui a-t-il semblé. Maud a attendu l'aube. Alors, face aux crêtes, dans un soleil tigré par les branches de châtaigniers, elle a hurlé : « Mais qu'est-ce que tu veux ? De quoi tu te venges ? » Quelque part, invisibles, les yeux de la Visiteuse l'observaient, elle en est sûre.

Ça fait longtemps que la Visiteuse occupe les esprits dans ce coin perché des Cévennes, quatre villages, quelques hameaux, un millier d'habitants l'hiver. À certains dîners, on se le promet entre amis : on ne parle pas d'elle ce soir. Mais les conversations finissent toujours par l'évoquer. Qui l'a aperçue ? Chez qui est-elle entrée ? Qu'a-t-elle fait ? Qu'a-t-elle pris ? Ailleurs, elle n'aurait sans doute pas survécu, la faim, les hivers interminables ou, plus probablement encore, un coup de fusil. Mais on est au cœur de la mythique « vallée des hippies », le surnom date de l'après-Mai 68, au temps de leur arrivée.

Ici, la montagne ne plaisante pas, elle a ses gueules. Beaucoup sont repartis depuis, d'autres en revanche se sont enracinés – entrepreneur, enseignant, paysan ou élu local. Un demi-siècle plus tard, ils représentent près de 50 % de la population dans certains coins. Longtemps, la Visiteuse est restée leur histoire, un secret protégé. Mais ces deux dernières années une quarantaine de plaintes ont été déposées contre elle. « Elle est devenue la marginale des marginaux. Dans cent ans, elle sera une légende », raconte un gendarme. De son côté, Michèle Manoa, élue Verte au département, est une des seules à accepter de parler à visage découvert : « L'histoire est presque devenue un cas de conscience pour nous tous. »

Près de la rivière, la mère de la Visiteuse coupe du bois dans la courette derrière chez elle, un appartement loué par une mairie, où elle vit seule maintenant. Haute silhouette austère, cheveux gris noués, 67 ans : on la montre du doigt et elle le sait. Tout à l'heure, comme chaque jour, elle grimpera sur des sentiers connus d'elle seule et de sa fille. Elle fera le tour de ses endroits cachés, en appelant son nom. L'apercevra-t-elle seulement ? Des mois peuvent passer sans un signe. Dans le creux d'un arbre, elle finira par laisser des fruits secs, de la charcuterie, quelques conserves et aujourd'hui du sauté de veau, que les bêtes dévoreront peut-être. Sa fille n'a jamais voulu du couteau, de la lampe frontale ou du nécessaire à couture qu'elle s'était ingéniée à lui porter. Elle ne garde rien. Seule une chose l'avait charmée : un livre de Charles Baudelaire, *Les Paradis artificiels*. C'était il y a longtemps, douze ans déjà, tout au début de sa fuite dans la forêt. Juste après, la mère avait réussi à lui voler un baiser sur la joue. Maintenant, sa fille ne se laisse pas approcher à moins de dix mètres, même par elle, son dernier contact avec les humains. Elle ne parle presque plus.

Dans les Cévennes des Gardons, la mère est arrivée à moto dans les années 1970, c'est ce dont on se souvient en tout cas. Elle circulait avec une amie, l'une n'allant pas sans l'autre, avec leur beauté pour bagage. Les photographes adoraient les faire poser, toutes les deux très brunes, « flashantes ». Dans cette vallée, la plus escarpée de toutes, quelques communautés – plusieurs centaines de personnes – commencent alors à reconstruire des ruines, pierre à pierre, des fermes isolées au bout de chemins vertigineux, dispersées dans les replis de la montagne en fonction du bien le plus précieux : les sources. Là-haut, quelques Cévenols ont résisté à l'exode rural, presque tous célibataires et paraissant taillés pour s'entendre avec cette jeunesse tombée des barricades : le vieux Denis qui change religieusement la ficelle de son pantalon pour aller au marché ou Lucien, dont la cuisine s'orne d'une plaque gravée : « Tout ce qui est mécanique est satanique ».

Dans la vallée, chaque maison a ses rituels, théâtre, cinéma, philosophie, grandes fêtes déguisées ou cette autre où l'on danse. Tout se partage alors, les travaux, les tablées, les couples, un genre de forteresse libertaire, enserrée par le cercle étroit et sauvage des crêtes.

D'où venait la mère ? En rupture familiale, comme tout le monde à l'époque ou presque. Des hippies étaient passés dans son village, en Picardie, elle était partie avec eux. Son entraîneur d'athlétisme avait tenté de la retenir : elle avait l'étoffe d'une championne. La mère s'en foutait. Tous ou presque vivaient de la même manière alors, un peu d'agriculture, un troupeau, les saisons dans les restaurants ou les chantiers. L'épicier du village effaçait les ardoises en échange de champignons ou de châtaignes. Quand les finances plongeaient, quelqu'un montait se refaire en ville. C'était facile, ces années-là. En général, la mère refusait les services à qui la sollicitait. « C'est ma liberté », elle disait, et le mot balayait tout, magnifique et terrible. Les biens, l'argent ne l'intéressaient pas. Pendant les vacances, des touristes s'aventuraient sur les crêtes, ils voulaient voir la « vallée des culs-nus », la curiosité locale.

La mère avait accouché d'un premier fils en 1977 dans une pièce en terre battue, sans électricité. Plusieurs revendiquaient en être le père. Un jour, elle l'avait laissé à l'un d'entre eux pour partir en vadrouille avec un surfeur, puis un baroudeur espagnol. Elle pouvait tout larguer d'un moment à l'autre, sans s'embarrasser des choses ni des gens. C'est avec l'Espagnol qu'elle avait eu un autre fils, puis sa fille, en 1985. Ils avaient vécu près de Madrid et aux Canaries. « Elle devait être très amoureuse, on était tous très amoureux les uns des autres à l'époque », témoigne un entrepreneur.

La mère avait fini par revenir dans les Cévennes, sans l'homme, mais avec les petits. Ici, elle savait qu'elle pourrait s'en tirer. Les gamins de la vallée s'élevaient ensemble, enfance vagabonde sur les chemins de montagne, poussant les portes toujours ouvertes, mangeant ce qu'il y avait sur les tables. Les écoles de village n'avaient jamais connu de gosses pareils, capables de monter des spectacles, d'animer leur propre émission à la radio locale ou de discuter avec d'impressionnants intellectuels. Une photo de ces années-là montre une adolescente souriante, assise sur un muret, cheveux noirs, belle comme sa mère : la future Visiteuse. « C'étaient ses meilleures années, elle s'habillait encore en coloré », commente aujourd'hui son grand frère. Les enseignants se souviennent d'elle, intelligente, un peu en retrait. C'était juste avant le suicide de sa meilleure amie. Après, elle se rase la tête, s'habille de sombre, abandonne le collège. « Pas facile de remettre les choses en ordre dans cette histoire », soupire un éleveur. Mais, avec le recul, il n'a aucun doute : c'était sûrement le premier présage avant la forêt.

Ce printemps-là, le restaurateur du village a vu la jeune fille prendre la route, chevauchant une jument noire, la mère marchant à ses côtés. « Ça va lui changer les idées », dit-elle. Toutes deux font les vendanges, la récolte des fruits, se parlant à peine, sauf pour l'essentiel. La fille réclame son père, finit par le rejoindre à Saint-Domingue ou à La Réunion, partout où il circule. Dans le sud de l'Espagne, il ouvre un restaurant sur la plage.

Que s'est-il passé là-bas pendant une fête, en 2007 ? A-t-elle été droguée ? Violée ? Des rencontres néfastes ? Ce ne sont que des hypothèses. Ceux de la vallée ont essayé de comprendre, quand ils l'ont vue revenir en panique dans les Cévennes, l'œil barré d'un bandeau noir. Blessée ? lui demande un ami. « Non, je ne veux plus voir que la moitié du monde. » Jamais elle n'en dira plus. Deuxième présage, après le suicide de son amie. Elle a 22 ans. Les gens s'écartent, troublés. Gravement, de l'aide lui est proposée, avec les mots d'ici : « Qu'est-ce qui te rendrait heureuse ? » Et elle derrière son bandeau : « Savoir ce qu'il y a dans la tête des gens. »

Les communautés se sont dissoutes avec les années, chacun s'est recentré chez soi. Mais aujourd'hui encore la vallée mythique a gardé ses couleurs, sa méfiance face aux gendarmes, à certaines institutions, aux hôpitaux psychiatriques. Ça rigole autour de la table : « Ici, on n'a jamais été adapté au monde : on est nombreux, ensemble, à ne pas être normaux. » On partage une tisane au miel, quelques légumes arrachés au schiste, dans des potagers suspendus au-dessus du vide. D'une maison à l'autre, chacun se souvient avoir accueilli la jeune femme au bandeau à son retour d'Espagne. On lui demande de participer aux tâches. C'est non. Elle quitte la pièce quand un autre y entre. Parfois, quelqu'un sursaute à la cuisine ou au jardin : ça fait des heures qu'elle se tenait dans l'ombre, à l'épier en silence. Souvent, elle dort le jour, se lève la nuit pour terminer les restes. Son surnom : « le fantôme ».

Quel jour exactement s'est-elle enfuie dans la montagne ? On ne sait plus. Ça s'est passé l'hiver 2009, raconte son grand frère, pendant une de ces tempêtes traversées d'éclairs et de rivières en crue, comme en connaît la région. En pleine nuit, coup de téléphone d'un voisin : sa sœur vient d'être retrouvée sur la route des Crêtes, au bord de la départementale. C'est sa nouvelle manie, marcher le long des routes, faire du stop sans but précis, puis s'allonger en travers de la chaussée. Sentir la chaleur du goudron sous son corps. S'endormir là, à côté d'un pylône. Elle se sent bien. Les automobilistes s'arrêtent en catastrophe. « Tu veux mourir ou quoi ? » Elle a déjà filé.

Cette nuit-là, le grand frère l'aperçoit sur le bas-côté. Elle lui demande de retourner dans une des maisons de la vallée. Lui le sait bien : là-haut, plus personne ne la supporte. Il pense à une copine qui travaille en psychiatrie à Mende, à une heure de route. Pas question d'une unité de choc avec des sangles et des piqûres, mais elle pourrait les conseiller. Il lance : « On va aller à l'hôpital, je resterai avec toi. » Pas de réponse. Lui aussi s'effraie. « Si je l'avais emmenée, tout le monde me serait tombé dessus à ce moment-là, y compris ma mère », raconte-t-il aujourd'hui. Une formation de traducteur, la quarantaine, le grand frère vit maintenant à Paris. Il n'a jamais étudié deux ans de suite dans le même établissement scolaire. « On ne peut pas dire que nous avons été une famille modèle. » Une question ne cesse de le hanter : « Est-ce que j'ai eu tort ? Quelque part, les conneries de ma sœur me dérangeaient. Je n'ai pas assumé, je m'en veux. » Il la voit ouvrir la portière et disparaître dans le noir, comme emportée dans la tempête. Les jours suivants, la mère la retrouve, la supplie de s'enfuir, affolée, perdue, criant à sa fille qu'on veut l'interner en psychiatrie, que les gendarmes sont à ses trousses. De leur côté, quelques-uns, comme la conseillère municipale Michèle Manoa, pensent qu'il faudrait alors tenter des soins. Mais c'est fini. La fille déjà est montée dans les bois.

Au début, personne ne s'en rend compte. Pourtant, elle ne sait pas braconner, ni pêcher la truite à mains nues ou reconnaître les baies comestibles. La ronde de son enfance devient son terrain de chasse, les lieux familiers des amis, aux portes toujours ouvertes. À l'aube ou à la pleine lune, elle se faufile comme un chat dans les cuisines, soucieuse de ne rien déranger, effaçant ses traces. Elle évite les fermes trop proches des villages et de la route, celles avec des chiens ou des inconnus qui pourraient la dénoncer.

À force de voir les provisions se volatiliser, un petit groupe finit par comprendre. La Visiteuse ne déplaît pas, au début. Elle intéresse, sa fuite suscite même une certaine admiration chez ceux de la vallée. Ils y lisent une rébellion contre l'enfermement, un acte de liberté. « Elle est mieux là qu'à l'asile, non ? » « C'est son choix. » « Elle a le droit de vivre comme ça. » Certains lui laissent des paniers dans la montagne, d'autres posent des mets sur la table, avec un mot : « Ceci est pour toi. » Elle se méfie. Réponse sans fautes d'orthographe : « Est-ce que vous avez mis de la drogue dedans ? » À force, ils connaissent ses préférences, des goûts de petite gosse, les boîtes de thon mais pas le foie de morue, les pots de Nutella mais pas le chocolat noir, le beurre de cacahuète à la folie et les conserves maison, le foie gras surtout. Elle ne touche pas à l'alcool, ou plutôt n'y touche plus. On laisse traîner de l'argent et des bijoux. Exprès, pour voir. Elle ne les remarque même pas.

Par temps d'orage ou pendant le gros de l'hiver, les résidences secondaires lui servent de refuge. Parfois, les occupants arrivent à l'improviste. On l'a surprise dans un lit ou sur l'ordinateur, à regarder le film *Entretien avec un vampire*. En un éclair, elle détale avec des yeux de bête traquée. Une fois, un ami s'est lancé à ses trousses avant de s'arrêter net. « Si je l'attrape, je fais quoi ? » Jamais il n'aurait envisagé qu'elle tiendrait si longtemps dehors.

Les années et la montagne ont fini par la transformer. « L'ensauvager », disent certains. Le cerf et le hibou lui parlent. Parfois, un promeneur découvre un matelas de feuilles et de chiffons dans l'échancrure d'un rocher, une cache de nourriture à demi enterrée, un campement avec des ânes à la lisière d'un pré à l'herbe rase. On l'a vue jaillir d'un trou d'eau glacial, avec un visage ébloui. Maintenant, elle entre dans les maisons sans précaution. Ouvre les armoires, choisit des tenues « comme dans une boutique. Elle a du goût, elle prend le plus neuf, le plus joli, mais jamais les chaussures », constate une amie de sa mère. Elle a retrouvé certains de ses vêtements accrochés en grappe à une ficelle dans le bouillonnement d'un torrent, comme dans le tambour d'une machine à laver. D'autres séchaient aux branches d'un arbre, comme sur un fil à linge.

La Visiteuse vide les congélateurs. Embarque les couettes, les couvertures. En repartant, elle laisse tout ouvert, et parfois le four allumé. « On est toujours à se demander ce qui va se passer quand on part de chez soi », dit l'un. Sur les tables, les mots pour elle se font plus pressants : « Tu es toujours la bienvenue. Laisse-nous au moins les duvets, c'est l'hiver. Fais attention avec le feu. » Elle est devenue l'obsession de la vallée.

Dans ces bâtisses, où l'on se plaisait à vivre sans serrure, des verrous ont été posés, des volets, des doubles vitrages, des barrières électriques, des panneaux « Maison piégée ». Alors elle casse pour entrer, ciblant les lieux les uns après les autres, avec des fixations chez certains, où elle retourne inlassablement. À l'intérieur, elle refait la maison à sa manière, objets déplacés, mises en scène. Ici, les yeux d'une marionnette ont été arrachés. Là, de grands masques décrochés des murs et cachés sous le lit. Désormais, chaque passage est signé, comme si elle avait peur qu'on finisse par l'oublier.

Depuis cinq ou six ans, la Visiteuse s'empare de choses intimes, la photo d'un chien ou le doudou d'une enfant. Des gens commencent à se sentir blessés, d'autres à avoir la trouille. La mère les écoute, ne sachant que répondre, partagée entre la gêne et le soulagement. À chaque effraction signalée, elle pense : *Au moins, je sais que ma fille est vivante.* Certains y voient une duplicité. Dans la montagne, elle place des écriteaux pour signaler les maisons en colère. On l'a entendue crier vers les hautes crêtes : « Fais attention, arrête de voler. Les gendarmes vont venir te prendre. » L'autre jour, sa fille lui a parlé, de dos, cachée derrière un rocher.

« Si je redescends, est-ce que je vais être obligée d'aimer les gens ? » Dans le silence des bois, sa voix sonnait, pointue, haut perchée, redevenue celle d'une fillette de 5 ans.

Les premiers à parler publiquement dans la vallée ont été ses amis, trentenaires comme elle, anciens copains de collège ou de sorties. L'un commence : « Il faut que les choses se disent, on va me détester pour ça. Mais est-ce qu'on a protégé quelqu'un et ses choix ? Ou au contraire l'a-t-on laissé dégringoler ? » Leur enfance commune remonte, souvenirs par vagues où se mélangent les instants magiques et les autres. « Être libre était une injonction. On était laissés à nous-mêmes, parfois sans protection. "Assume", on nous disait », pensent certains.

Dans la vallée, des jeunes gens ont recommencé à venir s'installer, autre génération, autre culture, de « nouveaux néoruraux », dit-on, vivant parfois de la terre, mais pas toujours. De retour un soir chez eux, un couple a retrouvé la maison saccagée, la table couverte de récipients, tous étrangement remplis de lait. Ils croient à la vengeance d'un collègue, une manière de leur signifier que leur arrivée n'est pas souhaitée. Ils se renseignent. On leur parle d'elle, la Visiteuse. Plusieurs légendes circulent, un être aux paupières cousues errant dans la montagne ou alors une naïade, vêtue de ses seuls cheveux blonds. La Visiteuse revient chez eux, une fois, deux fois, dix fois. Ils repèrent le poste d'observation d'où elle surveille leurs faits et gestes. L'épouse n'ose plus rester seule, lui frôle la dépression. Ils bricolent une caméra devant la porte. « On va enfin voir à quoi elle ressemble. » Sur l'écran apparaît une jeune femme en jean et en sweat-shirt, bien plantée, toute propre, le visage encadré de deux tresses noires.

En 2018 et 2019, des réunions ont été organisées avec les mairies, l'état-major local de la gendarmerie, Chloé Demeulenaere, la sous-préfète de Florac. Cela avait déjà été le cas des années plus tôt, en vain. « Ceux de la vallée considéraient alors comme une soumission de laisser les institutions s'en mêler. Ils répétaient :

“On ne va pas courber l’échine, on gère nous-mêmes” », croit savoir un élu local. Maintenant, même les victimes sont venues à la réunion. Elle vire vite à la séance de psychanalyse collective, selon des participants. « Je me sens devenir comme les beaufs qu’on fuyait dans notre jeunesse », lance l’un.

Un homme explique qu’il ne ressentirait rien face à la mort d’un être humain, pour la première fois de sa vie. Il est non violent, il se fait horreur à lui-même. Quelques-uns prennent des calmants, une femme a déménagé. Un nouvel arrivant s’énerve : « Comment peut-on laisser cette femme à sa souffrance ? Les soixante-huitards vivent dans leur roman. Ça raconte la vallée, leur refus du monde. » Une quarantaine de plaintes ont été déposées, le parquet de Mende les a classées sans suite le 18 juin 2018, l’enquête « n’ayant pas permis d’identifier l’auteur des infractions ». La sous-préfète a refusé de s’exprimer. Quoi de 9, une association locale chargée du dossier, n’est pas joignable. Aucune avancée n’a été constatée depuis.

Ici, certains ont revu *L’Enfant sauvage*, le film de François Truffaut (1970), où un médecin ramène dans la société des hommes un garçon trouvé dans la forêt. L’époque est autre, bien sûr, et l’histoire s’écrit maintenant à l’envers : les enfants sauvages d’aujourd’hui sont ceux qui ont fui la civilisation, pas ceux qui en avaient été exclus. N’empêche. Certains dans la vallée y voient une solution : lancer un appel à des chercheurs capables de se passionner pour la Visiteuse. Comme dans le film, ils effectueraient un patient travail de terrain pour essayer de la faire descendre de la montagne, pas à pas. Plusieurs hébergements ont déjà été proposés.

Avant la forêt, la Visiteuse aimait se glisser dans une ferme au-dessus du village, chez une vieille famille cévenole. Elle entrait sans s’annoncer, donnait volontiers un coup de main. Les parents l’appréciaient, ils la trouvaient polie, courageuse. Ils n’étaient pas si nombreux, leur semblait-il, les jeunes gens de son âge capables de travailler aussi dur qu'elle. Puis, assise dans la cuisine, elle leur parlait de ses rêves. Elle ne savait pas vraiment comment dire. Ou plutôt si. Elle souhaitait un copain, une maison, des enfants. En servant le café, la mère de famille lui avait demandé : « Tu veux dire, une vie comme nous tous ? »

Des vaches et des hommes

17 août 2021

En France, Jérôme Laronze, éleveur de père en fils dans le charolais, se rebelle contre le système qui régit le monde agricole. En fuite après un contrôle, il est tué en mai 2017 lors d'une opération des gendarmes.

Qui est ce type ? D'où sort-il ? L'autre jour, il a fait sensation dans un cinéma à Mâcon, en Saône-et-Loire, lors d'un débat public sur l'élevage bovin, une spécialité de la région. C'est un grand blond, la trentaine, qui semblait remplir la salle à lui tout seul avec ses mots, sa carrure, son charisme. Dans sa manière de dénoncer l'agriculture industrielle, on aurait cru entendre un militant de la Confédération paysanne. Pourtant, personne ne l'a jamais vu au syndicat, pas plus que dans le petit milieu alternatif local, qui organisait le débat ce jour-là, quelques centaines de citoyens qui se croisent au comité Attac, à la cagnotte pour un paysan-boulanger ou aux actions d'Alternatiba, « mouvement pour le climat et la justice sociale ». Lui se présente comme un éleveur bio, 130 bêtes du côté de Cluny. On est en mai 2014. Aussitôt, la Confédération confie une mission à Agnès Vaillant, permanente pour le département : retrouver le grand blond. Son nom est Jérôme Laronze, il vit à Trivy, 270 habitants et quatre fois plus de vaches.

Au village, on dit « là-haut » pour désigner Les Senauds, la ferme des Laronze. Rachetée en 1864 à de petits nobles, elle se tient sur le dos d'une colline, une maison forte, bravement flanquée d'un pigeonnier, qui embrasse l'horizon. Devant s'étendent les pâturages hérités du père de Jérôme, Jean ; là, ceux de la mère, Marie-Jo, apportés dans sa dot. Des haies d'aubépines et de noisetiers découpent un damier vert dans le vallonnement des prés, avec parfois un brusque écart pour contourner une mare ou un gros chêne. Et partout, elles sont là, réparties en petits troupeaux, les « blanches », les vaches charolaises, race réputée pour sa viande persillée. Ici commence leur royaume, la vallée de l'Arconce, sur une centaine de kilomètres à peine avec des bois, des châteaux et des églises. Au village, on avait été déçu quand un garçon était né chez les Laronze, finalement, après quatre filles. La ferme ne serait donc pas vendue, le fils la reprendrait, forcément, éleveur avant même de le savoir, l'enfance ordonnée par les bêtes, l'héritage superbe et écrasant, pour la cinquième génération. Les sœurs lui avaient souvent répété que rien ne l'y obligeait. Il le voulait, affirmait-il.

« Je vous attendais depuis longtemps », assure Jérôme Laronze en ouvrant la porte à Agnès Vaillant, l'envoyée de la Confédération paysanne, ce mois de mai 2014. Il est sincère, elle le voit. Pourtant, ça ne se bouscule pas dans le Charolais pour adhérer à ce syndicat, minoritaire, catalogué « écolo ». La Confédération compte ici 70 adhérents à peine, des néoruraux surtout, maraîchage, chèvre ou apiculture. Agnès Vaillant sait combien l'élevage bovin traditionnel est un monde à part, difficile à pénétrer. Avant son embauche au syndicat, elle a été une des premières femmes à la tête d'une ferme dans la région, trente ans plus tôt. « Il est où, le patron ? » lui lançaient les représentants, en la dévisageant. À une réunion, quelqu'un lui avait jeté : « Toi, tu n'es rien. » Pourtant, qu'est-ce qu'elle avait aimé sa ferme et ses « blanches », ces grandes bêtes douces, une espèce fragile qui oblige à se lever la nuit pour les naissances. Parfois, le veau est si faible qu'il doit être porté pour téter.

Il faut pousser jusqu'au marché de Saint-Christophe-en-Brionnais pour approcher le milieu et sa légende. Le long des allées, bêtes et hommes se serrent, flanc contre flanc. Le marché n'a plus son poids d'antan, mais « on continue d'y aller, par religion, pour se dire qu'on n'est pas tout à fait devenu les larbins des industriels », dit l'un. Aujourd'hui encore, les prix s'y affichent toujours en francs, la journée peut se passer à négocier deux centimes de plus ou de moins au kilo sur une bête. C'est là précisément que se réfugie l'amour-propre. Désormais, en effet, la majorité des éleveurs laissent partir leur troupeau directement de la ferme à l'abattoir dans les camions des coopératives, sans savoir combien ils toucheront. Le chèque arrive quinze jours plus tard, tarif fixé par les acheteurs, sans discussion. Dans les années 1970, ça semblait tellement plus simple de « rentrer dans le circuit », les grands groupes prenaient tout en charge, du programme alimentaire jusqu'à la boucherie. Dans les fermes, à la moindre inquiétude, le technicien répondait immuablement : « Soyez tranquille, on s'en occupe. »

Sur le foirail de Saint-Christophe, on sait à qui appartient une bête, rien qu'à sa présentation, le petit coup de tondeuse sur la croupe pour montrer ses formes, le soupçon de gel qui lustre le poil entre les cornes. Des gamins marchent derrière le père, les oncles, le grand-père, générations rangées comme sur une image, gravement séparés par quelques pas selon l'âge et l'importance, tous avec la même blouse noire, les mêmes bottes, le même bâton à la main. « C'est comme ça qu'on fait un homme », lâche un cousin. Ce sont les vieilles familles aux exploitations « tenues comme leur porte-monnaie, sévèrement ». Ceux-là ont fait de l'argent, même si les riches années sont derrière. Il y a cet autre aussi, auquel on achètera en dernier recours seulement, à cause de sa réputation « d'avoir de mauvaises mains », un cheptel mal tenu. Un groupe plaisante sur le tracteur avec GPS : « Quand le premier est apparu, tout le monde voulait le sien dans le mois, pour ne pas avoir moins que le voisin. »

Un maquignon se souvient de ce jour où un acheteur lui avait laissé une facture non payée. Pour la première fois, il s'apprêtait à ne pas aller à Saint-Christophe, faute de trésorerie. Son père lui avait fait un virement, immédiatement. « Vas-y, affiche-toi, achète à bloc ! » Leçon retenue. Tout ce qui ressemble à une faiblesse doit être enfoui. Se montrer dur. Nos affaires sont nos affaires, nul ne doit les connaître.

À Trivy, Jérôme Laronze remplit le bulletin d'adhésion à la Confédération paysanne sur la table de la cuisine le jour même de la visite d'Agnès Vaillant. Il improvise une tarte pour la garder à déjeuner. Elle le sent en demande, avide de discuter de tout, content de rencontrer des éleveurs partageant ses valeurs. « On avait l'impression que ça lui faisait de l'oxygène », raconte Agnès Vaillant.

Quand Jérôme Laronze a repris Les Senauds, en 2003, il a d'abord suivi la voie de tout le monde, le statut « jeune agriculteur », avec ses aides et ses prêts bonifiés. Pour en bénéficier il faut remplir des clauses : rajouter des hectares – 30 au moins – à l'exploitation familiale, puis des bêtes parce qu'il faut bien mettre quelque chose dans les prés et un tracteur pour faire tourner l'ensemble. La vache elle-même doit être une formule 1, capable de produire toujours plus de viande et toujours plus vite, grâce aux compléments alimentaires et au vétérinaire. « Les performances valorisent l'agriculteur, il en est fier. Il nourrit la France », affirme une plaquette du ministère de l'Agriculture datant des années 1960.

Dans les fermes, cette course au volume et à l'investissement endette pour des années. Un parcours fléché, toujours le même, qui passe par le Crédit agricole, les coopératives, la MSA (Mutualité sociale agricole), la Safer, qui gère l'attribution des terres, ce maillage d'institutions qui verrouille l'agriculture du plus petit territoire jusqu'à la nomination du ministre. L'adhésion à la FNSEA, le puissant syndicat majoritaire, se fait automatiquement, de père en fils ; « rester unis pour peser, on est tous dans le même bateau », résume un agriculteur de Trivy. Aujourd'hui encore, tenter de faire plus modeste attire parfois des rires à la chambre d'agriculture : « Dites donc, vous n'êtes pas très courageux ! Travailler vous fait peur ? »

Jérôme Laronze a déjà doublé ses prés et construit une nouvelle stabule quand ses parents prennent leur retraite en 2008. Le voilà seul à la tête d'une jolie exploitation, 130 bêtes, autant d'hectares. Il a 28 ans. À cette époque commence sa mue. « On aurait dit qu'il voulait couper le cordon, écrire sa propre histoire », se souvient un ami.

Aux Senauds, Laronze se lance comme sur une terre vierge, toujours ouverte à de nouveaux travaux. Semences rares dans le potager, mélange de trèfles et graminées dans les prés, virage bio. Il connaît sa « période abeille » avec ruches et miel, sa « période mouton », dont il peuple l'ancienne étable, sa « période cochon », où il s'équipe d'un matériel haut de gamme pour produire sa charcuterie. Le cheptel de bovins est élevé en « plein air intégral », c'est-à-dire laissés dans les pâturages été comme hiver. Il expérimente le bœuf séché et la vente directe. Chaque sujet le passionne, il devient incollable, avalant livres et dossiers. Sortir du « circuit » et parvenir à l'autonomie est devenu son but. Sa ferme sera son utopie, le symbole de sa liberté. Grâce à elle, il prouvera ce qu'il vaut.

Dans le Charolais, ce sont alors autant de choses qui ne vont pas de soi. Laronze est un vrai gamin du village, il y a toute sa place, pompier volontaire comme bien des hommes de son âge, grand organisateur de la soirée des conscrits. Mais faire un pas de côté ressemble déjà à une provocation, la tentation de lâcher le groupe. Ça dérange. Jérôme Laronze le revendique. Il aime ça.

À leur retraite, les parents ont construit un pavillon dans un village voisin de Trivy, sur la colline juste en face des Senauds. De là, on voit la ferme, les prés, le pigeonnier. Le père se souvient aujourd'hui de ces matins où il regardait son fils circuler d'une parcelle à l'autre. *Tiens, il est parti aux Combes*, le coteau le plus pauvre, où il vient de construire un parc, comme dans toutes les pâtures, d'ailleurs. *Peut-être ira-t-il aux Glands plus tard ? Ce serait moi, j'y apporterais du fourrage.* De son fils, rien ne le surprenait. Il voulait changer tant de choses, c'était presque une loi pour lui. Le père trouvait qu'il ne se débrouillait pas trop mal. Une inquiétude, pourtant, ne le quittait pas. Qu'est-ce que ça va donner ? Il croyait entendre les autres en train de se demander : *Quand est-ce qu'il va se casser la gueule ?*

Un don du ciel

18 août 2021

En France, Jérôme Laronze (suite).

C'est un coup de téléphone de la mairie de Trivy qui a prévenu l'administration : Jérôme Laronze, éleveur bio sur les hauteurs du village, ne respecte pas les normes sanitaires et administratives pour son troupeau de bovins. Des habitants s'en sont émus. Des maladies pourraient contaminer leur propre cheptel, affirment-ils. Dans les services de l'État, chargés notamment des contrôles dans les fermes, on a l'habitude de ces appels-là. Il arrive que des femmes en plein divorce guident elles-mêmes les agents à travers des étables supposées mal tenues.

Parfois, les coups de fil restent anonymes, laissant deviner un collègue ou un concurrent, selon cette loi de la terre qui surprend toujours les fonctionnaires fraîchement nommés : récupérer du terrain, s'agrandir à tout prix. « On l'a tous fait, ça nous prenait aux tripes, c'était plus fort que nous », raconte un éleveur de Trivy à la retraite. Ici comme ailleurs, le foncier a longtemps servi de marqueur. Plus on en a, plus on compte. Les appels venant de Trivy débouchent finalement sur un contrôle chez Jérôme Laronze, 33 ans, en septembre 2014.

Un contrôle ? En agriculture, prononcer le mot revient à jeter un sort. Une trappe s'ouvre, vous voilà projeté dans une autre dimension, un labyrinthe de formulaires, de délais impératifs, de clauses et de sous-clauses qui s'entrechoquent – et parfois se contredisent –, en vertu de lois françaises ou européennes en permanente mutation. Combien existe-t-il de contrôles différents, gérés par des organismes souvent non connectés entre eux ? 10, 15, bien davantage ? Daté de 2016, un rapport du Sénat sur « l'overdose normative dans l'agriculture » n'a pas risqué de chiffre précis, malgré deux ans de travail. Pour beaucoup de paysans, en tout cas, le débat sur la légitimité des contrôles a fini par passer au deuxième plan, enseveli sous la complexité administrative de leur application.

Personne, pourtant, ne raconte vraiment comment se passe l'arrivée d'inspecteurs dans la cour d'une ferme, même les plus aimables d'entre eux. Trop intime, trop humiliant, une de ces choses qu'il convient d'enfouir. On en lâche parfois quelques bribes. En général, les contrôleurs sont deux, « comme les témoins de Jéhovah ». La loi leur donne beaucoup de droits : circuler sur l'exploitation même en l'absence du propriétaire, consulter tous les papiers. Souvent, une colère monte chez le paysan, que la peur lui fait ravaler. *Tais-toi. Sinon, ils vont encore te chercher des poux.* Une erreur informatique ou une case mal cochée peuvent faire sauter les subventions, surtout celles de la PAC (politique agricole commune), qui représentent de 30 % à 60 % du chiffre d'affaires. Quand les agents s'en vont, il est une question à ne pas leur poser : « Ça s'est bien passé ? » Impossible de s'en empêcher. Eux ne répondent pas, évidemment.

« Un contrôle, ce n'est pas si grave quand on est dans les clous », tempère Bernard Lacour, éleveur, président de la chambre d'agriculture de Saône-et-Loire et responsable à la FNSEA, le puissant syndicat, qui fait 62 % dans le département. Un notable, en somme, même si le mot ne lui convient pas. Aussitôt, sa femme lève les yeux au ciel. « Comment tu peux dire ça ? Quand l'avis arrive, tu n'en dors pas la veille, tout s'arrête ! On est sûrs d'être clean et on prend une pénalité. » Bernard Lacour sourit. Il pense à Idole, sa jument grise offerte pour un anniversaire. Son premier réflexe avait été de se demander : *Est-ce que les papiers sont en règle ?* Et, pendant la panne de la connexion haut débit, il s'était alarmé : *À combien je vais être condamné si un veau naît et que je ne peux pas le déclarer à temps sur Internet ?*

Lors du contrôle chez Jérôme Laronze, en 2014, les inspecteurs relèvent qu'une quarantaine de jeunes bovins, sur 130, n'ont pas été enregistrés. En fait, un éleveur bénéficie de sept jours pour déclarer la naissance d'un veau, délai qui permettra d'établir son « passeport » – c'est le nom officiel – garant de son origine, avec sa race, le numéro de son père et de sa mère. Ce document le suivra toute sa vie, mentionnant chaque mouvement – vente, achat, abattage – depuis ses premiers pas jusqu'à l'assiette. Instauré après la crise de la vache folle, à la fin des années 1990, ce dispositif porte un nom, ou plutôt un concept : la « traçabilité », censée empêcher la propagation de maladies inconnues et rétablir la confiance des consommateurs dans la filière viande. Il ne s'agit plus seulement de faire manger les Français, mais de les faire manger bien : l'économie de production a muté pour devenir une économie de consommation.

Si les mesures peuvent sembler légitimes, certains y voient une volonté plus politique que sanitaire. Ne reste-t-il pas des angles morts dans le système – la nourriture des animaux – par exemple, les abattoirs ou la composition des plats cuisinés industriels ? Laronze, lui, ne s'en cache pas : « Je doute de la traçabilité des viandes », dira-t-il plus tard aux gendarmes. À l'époque, 50 % des éleveurs affichent du retard dans leurs déclarations de naissance, selon la chambre d'agriculture. Laronze aussi avait déjà connu un souci administratif. Tout avait fini par s'arranger. Ce sera pareil cette fois, il en est sûr. En fait, son dossier va s'aggraver.

Autour de lui, l'éleveur de Trivy ne souffle mot du contrôle, bien sûr. Il a pris beaucoup de place, en quelques mois, à la Confédération paysanne, son syndicat. On le voit aux réunions, assidu, coiffé d'une sorte de panama blanc, débordant d'idées. « La première fois, il est venu droit vers moi, je l'ai pris pour un journaliste, se souvient un syndiqué. Chez nous, dans le milieu rural, la parole est prudente, il convient de ne pas se faire remarquer. Lui, c'était l'inverse : il en imposait. » En septembre 2014, le pique-nique annuel de la Confédération est organisé dans son exploitation, à Trivy. Là, tout paraît à son échelle, spectaculaire et démesuré : une grande ferme, un grand cheval blanc, un grand chien. Il fait visiter son potager en citant Molière, Orwell ou le *Wall Street Journal.* Le thym se mélange à la lavande, il a planté des lilas et des amandiers.

Pour rire, des jeunes femmes du syndicat se lancent en douce dans une exploration des lieux. Est-ce que le grand blond aurait aussi une grande fiancée ? Il est séduisant, non ? Au premier étage, elles tombent sur un long couloir, cinq ou six portes en enfilade. Des chambres, vides, matelas à nu, pénombre des volets tirés. Marie-Jo Laronze, la mère, avait ouvert une des premières maisons d'hôte de Saône-et-Loire, en 1978. À Trivy, quelques sourcils s'étaient haussés : recevoir des gens que vous ne connaissez pas ? Pensez un peu, vous qui avez quatre filles ! Il fallait payer leurs études, justement, la mère y tenait. Elle-même n'avait pas dépassé le certificat, alors qu'elle était la meilleure à l'école. Son père, maire d'un village voisin, signait les demandes de bourse pour les autres, mais n'y pensait pas pour elle. Réussir : ses enfants à elle devraient s'en montrer capables.

Dans le couloir désert, une porte grince. Une autre claque. Les jeunes femmes sursautent. « L'impression que des fantômes allaient surgir », témoigne l'une. Quoi qu'il en soit, aucune trace de fiancée pour le grand blond.

L'année suivante, en août 2015, c'est Laronze, encore, sur une échelle, bronzé et en bermuda, qui accroche la banderole pour la fête de la Confédération paysanne puis donne une conférence, promenant un poney au bout d'une longe. « Ceci est une vache, scande-t-il devant l'auditoire, avant de préciser : Une vache de la race Spanghero », référence au scandale alimentaire du moment. De la viande de cheval avait été estampillée « bœuf » dans des lasagnes industrielles, notamment. Laronze connaît l'affaire à fond, il a passé des heures à explorer les réseaux de la fraude, seul devant son ordinateur. À la fin de son intervention, il lance à la salle : « C'est ça, la traçabilité ? Est-ce un signe de bonne santé mentale d'être adapté à une société malade ? [...] Mais il y a de l'espoir dans le désespoir. Moi, je vous le dis, à titre personnel, je consens de moins en moins à être obéissant. »

Au dîner, on se bouscule à sa table. Il singe les ténors de la FNSEA, l'ambiance monte un peu plus. D'ailleurs, la blanquette pour 200 personnes, qui l'a cuisinée ? Lui, lui, lui, la même recette que pour la soirée des pompiers de Trivy. La vedette, le symbole de la fête, c'est Laronze évidemment. À la Confédération, qui peine à recruter, il ressemble à un don du ciel. À tout cela, il prend plaisir. Ça se voit. Quelques années plus tôt, il avait voulu se présenter à la mairie de Trivy, contre l'éternelle liste unique, sans réussir à rassembler une équipe. Cette fois, il a le sentiment d'avoir trouvé des gens qui lui ressemblent, d'être compris. Et reconnu.

En visionnant le film de sa conférence, Jérôme Laronze ne s'est pas aimé. Le théâtre serait un moyen de s'améliorer. Jean-Paul Le Du, lui aussi adhérent du syndicat minoritaire, l'enrôle au sein de la troupe de son village, une dizaine d'amateurs habitués à répéter fort sérieusement : une institutrice, une femme d'agriculteur, deux fonctionnaires des impôts... Le Du, la soixantaine, apprend les tirades en gardant ses troupeaux, 70 chèvres, 60 brebis, 5 vaches. Avec Babet, sa femme, ils ont petit à petit rangé la sulfateuse pour passer en bio, circuit court et vente directe de fromages sur le marché de Cluny.

Comme tout le monde, ils ont connu leur histoire de contrôle : une sanction pour avoir oublié de retrancher la surface du potager sur leur relevé cadastral, soit 2 % de 25 hectares. Alors, cette fois, les Le Du ont décidé de faire leur révolution culturelle : ils ont renoncé aux subventions de la PAC, donc aux contrôles qui les conditionnent. « On nous fait croire qu'on nous aide. En fait, ça nous coince. On a mis les gens au bord du précipice. » Beaucoup de collègues les envient, sans franchir le pas. « Vivre des aides, c'est contre mes valeurs : je me sens blessé, dit l'un d'eux. Mais on ne tourne pas sans elles. La chasse à la prime est devenue un réflexe. »

Aux répétitions, Le Du arrive parfois dépeigné, bottes aux pieds. Il parle volontiers du monde paysan ou de Paprika, sa chèvre favorite. Laronze, lui, n'en dit jamais mot ; il apporte des gâteaux, tout juste sortis du four. Des membres de la troupe sont d'ailleurs surpris d'apprendre par hasard qu'il tient une ferme. Lydie, comptable parisienne venue à Charolles pour la retraite, le regarde, époustouflée : « Toi ? Si propre ? » Laronze ne ressemble pas du tout à l'idée qu'elle se faisait d'« un gars de la terre ». Il lui donne soudain l'impression d'avoir plusieurs vies.

Une vie sous contrôles
19 août 2021

En France, Jérôme Laronze (suite).

Entre elles, elles ont baptisé ces années-là : « les années des suicides ». Ça avait commencé en 2016, un peu avant peut-être, elles s'en souviennent, toutes deux travailleuses sociales auprès de la Mutualité sociale agricole (MSA) à Mâcon, en Saône-et-Loire. Combien y a-t-il eu de morts autour d'elles ? Une vingtaine, elles ne pourraient le dire exactement, qui tombaient par séries. Certains avaient pignon sur rue. Aujourd'hui encore, elles peinent à expliquer le phénomène : « Les gens paraissaient brusquement s'y autoriser. Si lui l'a fait, alors moi aussi, je n'ai plus rien à attendre. » Elles circulaient de ferme en ferme, mais quelques portes restaient closes. « On semblait avoir peur de nous, comme si nous venions réclamer des cotisations en retard. » Il avait fallu défloquer leur voiture de fonction. Dans le monde rural, le travail social a longtemps tourné autour des problèmes d'alcool et de retraite. Les campagnes demeurent, au fond, une vaste zone blanche, laissée à elle-même.

Ces années-là, l'élevage bovin va mal, des cellules de crise sont créées un peu partout, qui sont toujours en service, d'ailleurs. Près de Cluny, un éleveur discute avec Pascal Briday, vétérinaire. Boire le café, coudes plantés sur la toile cirée, fait partie du boulot. Les vétos sont peut-être les derniers confesseurs. En face de lui, le bonhomme commence : « Un matin, je me suis vu partir. » La banque venait de lui refuser les 15 000 euros de prêt pour le foin de ses bêtes. « Un tracteur, si vous n'arrivez pas à le rembourser, on vient le chercher, lui avait expliqué au téléphone une toute jeune guichetière. Le foin, en revanche, sera mangé. » L'agriculteur a fini par acheter un engin neuf. Inutile, certes, mais le concessionnaire a, lui, ouvert un crédit sans problème. La vente du vieux tracteur a fourni la trésorerie pour le foin. Soupirs, soulagement et angoisse mêlés. L'éleveur mettra des années à rembourser. « Mais au moins je ne regarde plus mes bêtes crever. » Son voisin a négocié quelques vaches pour nourrir le reste du cheptel, un autre a vendu un bout de grange à des Lyonnais. Quand elles livrent les aliments, les coopératives exigent désormais un virement la veille ou un chèque signé au cul du camion. Sinon, il repart plein.

En ce mois d'avril 2016, à Mâcon, la Direction départementale de la protection des populations (DDPP) a recensé une dizaine d'exploitations en train de plonger. Les noms sont affichés en rouge sur le tableau des contrôles sanitaires, sous l'étiquette « à risque ». Parmi eux, Jérôme Laronze, 33 ans, éleveur à Trivy.

C'est par une fuite que l'on apprend la nouvelle à la section Saône-et-Loire de la Confédération paysanne, le syndicat alternatif. Là, tout le monde tombe de haut. Laronze ? Ce type qui bouffe la vie, toujours disponible, un genre de surdoué à la tête d'une ferme familiale remontant à cinq générations ? Mais, surtout, il vient d'être élu un des deux porte-parole locaux du syndicat et siège aux réunions, entre le préfet et la chambre d'agriculture. Or, là non plus, personne ne semble au courant.

À la ferme des Senauds, le téléphone de Laronze sonne dans le vide quand Agnès Vaillant, permanente à la Confédération, tente de le joindre. Elle embarque Bernard Taton, éleveur de bovins, et tous deux roulent vers Trivy, dans le jour qui tombe. C'est étrange, ils ne savent pas vers quoi ils vont. Ce garçon qui les avait enchantés est soudain devenu un mystère. Un détail leur revient : ils connaissent sa ferme, les ruches, les cochons, le potager, le grand cheval blanc, mais les vaches, ils ne les ont pas vues. Il ne leur en a même jamais parlé.

Sur l'exploitation, personne en vue. Sa voiture est là, pourtant. Ils attendent. Laronze finit par ouvrir. Il était sous la douche, avance-t-il. Et le téléphone ? Problème de batterie. Dans son bureau, une pile de courriers administratifs non ouverts. Laronze prétexte cette fois une panne d'ordinateur. Tous ces signes, les deux syndicalistes les connaissent trop bien, y compris l'application à ne rien laisser transparaître : ce sont les symptômes de l'agriculteur en perdition. Mais comment se pointer chez quelqu'un et lui dire « Je vais t'aider » ? Aucun des deux n'ose aborder le problème. Lui se met à parler, seul. Pas de son élevage, plutôt de ce monde paysan où les familles ne laissent souvent à leurs enfants d'autre choix qu'en être l'honneur ou le déshonneur. Le monologue dure des heures. « On ne se sentait pas armés, pas préparés, on ne savait plus pourquoi on était là », raconte Agnès Vaillant.

Ils devinent des bouts de dossiers, en comprennent d'autres, un engrenage qui dure depuis plus de deux ans. Au départ, un contrôle en 2014, qui paraît sans gravité d'abord : l'administration a découvert une quarantaine de jeunes bovins dont la naissance n'a pas été notifiée dans les délais. Dès lors, des tests ADN sont la seule issue, d'après les agents, pour prouver leur filiation et les intégrer au circuit de consommation. Jérôme Laronze plaide « le coût et l'absurdité » de la mesure : les bêtes sont toutes nées sur l'exploitation, pas de trafic donc, juste un retard réglementaire. Il refuse les tests et envoie ses déclarations. Rejetées, trop tard. Bientôt, d'autres animaux naissent, pas déclarés non plus.

La machine est lancée avec sa logique à elle, contrôles et injonctions se succèdent, de plus en plus contraignants au fil des mois : immobilisation du cheptel, interdisant toute vente d'animaux, puis « élimination des bovins non déclarés », autrement dit leur abattage par l'éleveur. Laronze est entré dans un tunnel, où il ne maîtrise plus rien.

Un nouveau contrôle est prévu, pour recenser le troupeau après la visite des deux envoyés de la Confédération paysanne aux Senauds : « La chance ultime, sinon on liquide », a lancé la DDPP. Pour la première fois, la famille et le syndicat sont officiellement prévenus et décident d'y assister.

Il a lieu le 22 juin 2016, la pleine période des foins. Partout tournent les faucheuses, des monstres hors de prix. Depuis les cabines, on s'observe pour voir qui travaille le plus vite. La plupart gèrent seuls leur exploitation, des terres toujours plus vastes pour tenter de compenser par le volume les marges sans cesse rognées. Dans les prés court une phrase, la même partout : « On nous donne le même prix au kilo de viande qu'en 1985. » Combien auraient droit au RSA ? Certains ne savent pas qu'ils seraient éligibles, d'autres ne veulent pas le savoir. Ils le rejettent comme une insulte.

Aux Senauds, Marie-Pierre Laronze, une sœur de Jérôme, est déjà arrivée pour le contrôle. Avocate à Lyon, elle mène une belle carrière, comme les trois autres filles de la famille. Toutes ont quitté Trivy, « des femmes qui n'étaient pas pour nous », dit-on au village. Seul Jérôme était resté. Elles aussi découvrent la situation. Des gendarmes accompagnent les agents de la DDPP. D'habitude, on leur serre la main quand ils passent à la ferme, on se sent du même côté. Cette fois, les armes sont sorties, ambiance électrique. Marie-Pierre Laronze sent ses jambes en coton. Elle négocie leur retrait.

Le pointage du troupeau commence. C'est la stupeur. Dans les prés, les vaches lèvent les oreilles, aux aguets, désaccoutumées aux humains, ensauvagées. Jérôme Laronze rêvait d'un troupeau où les bêtes se débrouilleraient seules, le « plein air intégral », sans passer l'hiver à l'étable. Il s'était orienté vers la race limousine, plus résistante, capable d'accoucher seule. Personne ne se risque à demander depuis quand il n'est plus allé les voir.

Dans une stabule s'agitent de jeunes bovins : les bêtes « sans papiers ». Ou plutôt celles qui restent, une quinzaine sur quarante, terriblement maigres. Les autres ont déjà succombé. Plus personne ne parle. L'éleveur avait refusé de les abattre comme l'exigeait l'administration : à elle, dit-il, d'assumer sa décision. Chaque jour, il s'attendait à voir débarquer l'équarrisseur. Mais rien. Dès lors, la gestion de la ferme devient un déchirement. Sans revenus depuis l'immobilisation du cheptel, il ne peut plus ni vendre ni nourrir ses animaux. « Je ne vais pas m'occuper de bêtes qu'on va tuer. » Il s'était concentré sur les autres. Les inspecteurs prennent des notes. Laronze paraît en état de sidération, dévasté. Dans la cour de la ferme, ça négocie longuement. On revient sur un accident, lors d'un contrôle précédent : une mauvaise manœuvre des agents avait envoyé cinq bêtes périr dans un ruisseau. Contre un arrangement, il est convenu que ce sera oublié.

Quand les agents s'en vont, Marc Grozellier, un des trois représentants de la Confédération, prend Laronze dans ses bras. Il sent son corps massif se relâcher. « Qu'est-ce qui ne va pas chez toi ? » il lui demande. Des larmes coulent. Grozellier pense à sa propre ferme, une chèvrerie-fromagerie avec quelques vaches, tout en transformation sur place et vente directe. Ses deux fils viennent de la reprendre. La chambre d'agriculture n'y croyait pas, trop petit, pas assez neuf. En fait, ça tourne si bien qu'ils vont embaucher. Drôle de moment, la transition, « tout peut chavirer, un dosage entre chance et fatalité », estime Grozellier. Ses gamins bossent moins que lui, il en a conscience. Des fois, il brûle de leur dire : « Bougez-vous. » Puis, il revoit tout ce qu'il a raté. Et il se tait.

Une semaine plus tard, en réunion à la DDPP, à Mâcon, l'administration fait un geste : seuls deux tests ADN seront exigés pour rétablir les documents et lever la restriction de mouvement. Il fait beau. Tout va mieux. « On avait l'impression d'une éponge magique », se souvient Marc Grozellier. Et là, Jérôme Laronze se lance dans une de ces tirades dont il a la spécialité, ton calme mais cinglant : pourquoi deux tests seulement alors que quinze bêtes sont concernées ? La situation serait donc bien celle qu'il dénonce depuis le début ? Pas de justice, mais des passe-droits ? Chaque agriculteur devrait, en somme, avoir une sœur avocate pour que tout s'arrange. Et, dans l'effarement général, il conclut : « Condamnez-moi. » Il faut le raisonner, longtemps, pour qu'il cède, à contrecœur. Les deux tests sont faits.

À la ferme, les sœurs se sont emparées du dossier, papiers, prophylaxie, reprise en main du cheptel. En septembre 2016, chaque bête possède son « passeport ». Ne manquent que les cartes sanitaires, autres éléments du dispositif de traçabilité, elles aussi confisquées. Elles dépendent d'un autre organisme. Coups de téléphone, courriers. Marie-Pierre Laronze, l'avocate, se démène. En fait, une centaine d'euros d'arriérés continue de tout bloquer. Le paiement se fait aussitôt, mais les cartes traînent trois mois avant d'être renvoyées, en décembre 2016. Jérôme Laronze, lui, se voit trahi par les contrôleurs. « J'ai plié, ça n'a servi à rien : ils ne tiennent pas parole. »

Le reclus des Senauds

20 août 2021

En France, Jérôme Laronze (suite).

Jérôme Laronze avait voulu partir. Oublier Trivy et sa ferme sur les coteaux. Oublier le Charolais et les vaches. Renaître. Il avait passé des week-ends en Creuse ou en Lozère, à visiter d'autres exploitations. Le plus loin lui paraissait le mieux. Ses rêves d'évasion le galvanisaient. Il s'enflammait dès son arrivée, mimant ses futurs travaux avec de grands gestes. Mais il finissait toujours par revenir aux Senauds, passer le porche entre les deux tilleuls, s'asseoir dans la cuisine devant le buffet de mariage des parents, comme si un ordre muet l'avait rappelé ici. « Mon temple et ma tombe. » Il l'avait dit à un ami.

En février 2017, Marie-Pierre, une de ses quatre sœurs, voit qu'à nouveau les courriers en retard s'accumulent à la ferme. De tout son poids d'avocate, elle avait poussé à un compromis entre lui et la Direction départementale de la protection des populations (DDPP) pour régulariser ses bêtes. Or, certains documents sanitaires, indispensables au redémarrage de la ferme, ont mis des mois à arriver. L'éleveur s'est découragé. Pire : il s'est vu berné. « L'administration ne tient pas parole, elle veut ma peau. » Cette fois, il en est sûr, il en a fait le reproche à Marie-Pierre. Elle se sent perdue. Est-ce qu'elle aurait eu tort de forcer son frère, en révolte contre les contrôles, à « rentrer dans le rang » ?

Maintenant, Jérôme Laronze fuit ses sœurs. Il dit sèchement au téléphone ne vouloir aucune aide et déploie une énergie folle à s'occuper de tout autre chose. Repeindre les volets d'un bleu délicat, par exemple. Ou maçonner un muret, dépanner un engin à la coopérative agricole. Dans la région, certains l'ont croisé à l'hypermarché, rayon boucherie, relevant les étiquettes de viande pour déceler d'éventuelles fraudes. D'autres l'ont vu traverser Trivy entouré de contrôleurs pour les inspections aux Senauds, avec quelques gendarmes aussi. Leur présence a intrigué. Au village, on évite Jérôme Laronze.

Dans la famille, il ne semble plus à l'aise qu'avec ses neveux et nièces, troupe candide qui cabriole autour de lui, l'oncle idéal, Sa Majesté des enfants, couronné de son irremplaçable panama. Promenade sur son grand cheval blanc. Visites de l'abbaye de Cluny avec kebab au goûter. Discussions sur Jean-Jacques Rousseau près du potager. À chacun, il a offert une « cotte », la combinaison verte avec un gros zip en plastique, l'habit de travail dans les fermes. Pour Antoine, son jeune apprenti, aller travailler chez lui tous les mardis est le grand moment de sa semaine. Il l'a baptisée sa « journée d'éveil ». Dans une bonne humeur increvable, on y parle de tout, de théâtre ou des oiseaux qui nichent. De tout sauf du cheptel. Laronze a 36 ans et une centaine de vaches. Combien ? En fait, personne ne le sait exactement. Lui non plus, sans doute.

À la DDPP de Mâcon, Jérôme Laronze est à nouveau désigné comme un problème majeur en ce début 2017. Les feux de détresse se sont rallumés, l'un après l'autre. Les déclarations de naissance ou de décès des bêtes ne sont plus faites. Aucun vétérinaire ne visite le troupeau. Des voisins ont envoyé des photos de ses vaches dans un état pitoyable. Comme dans tous les services de contrôle, la charge de travail explose en Saône-et-Loire. « On se disait : “Pour qui il se prend, là-haut ? Le centre du monde ? On a déjà fait des efforts, passé beaucoup de temps et il recommence” », se souvient un contrôleur.

S'enfoncer dans les coulisses d'un fonctionnement administratif peut être une aventure à la fois rébarbative et glaçante : réduction des effectifs, tourbillon d'incessantes réformes, chamailleries entre ministères, celui de l'Économie chargé des fraudes contre celui de l'Agriculture sur l'alimentaire et le sanitaire. « Même pour nous, ça devient compliqué à suivre », soupire Stéphane Touzet, secrétaire général Force ouvrière des techniciens supérieurs dans l'agriculture. Première conséquence : moins de temps sur le terrain et davantage derrière un bureau. La deuxième : les contrôleurs ont perdu leur rôle de conseil. Il ne s'agit plus pour eux d'épauler un paysan, mais de vérifier qu'il respecte point par point ses obligations vis-à-vis de la politique agricole commune (PAC), puisqu'il en perçoit les subventions. Autrement dit, de l'inspection pure et dure.

« On passe maintenant pour des flics quand on arrive dans les fermes avec nos grilles à remplir. Le contact a été perdu. Parfois, on ne sait plus comment leur parler », poursuit Stéphane Touzet. Dans le cursus des agents administratifs, pas ou peu d'initiation aux risques psychosociaux. « Les exploitations françaises ont un très bon niveau sanitaire, mais comment sont formés les contrôleurs ? Voilà le problème, estime Pascale Gilli-Dunoyer, inspectrice en chef de santé publique vétérinaire et autrice d'un rapport sur les visites sanitaires. Il faudrait leur apprendre la relation à autrui, la manière de dépister les situations, les envoyer expliquer leur travail dans les lycées agricoles. »

Aux gendarmes, une responsable à la DDPP de Mâcon racontera plus tard une de ses visites aux Senauds, un matin de 2015. À l'arrivée de l'équipe, Jérôme Laronze continue de boire son thé, tranquille, philosophant contre la politique et les contrôles. Une manœuvre agaçante pour retarder les agents dans leur boulot, juge la contrôleuse. Tout dialogue lui paraît impossible. Elle le trouve très intelligent, très cultivé, mais fragile.

Ce jour-là, une fois l'inspection finie, Laronze s'effondre : il vient de comprendre que son cheptel restera immobilisé, toute vente de bétail interdite. Il est en pleurs quand les agents quittent finalement la ferme vers 20 heures. Qu'auraient-ils pu faire d'autre ? La contrôleuse ne voit pas. « Ce n'est pas notre métier, nous ne sommes pas psychologues. » Dans le dossier Laronze, il est relevé que le troupeau présente « toutes les caractéristiques d'un abandon ». Au printemps 2017, la décision est prise d'arrêter l'exploitation et de saisir le cheptel.

À la Confédération paysanne de Saône-et-Loire, la sonnette d'alarme vient aussi d'être tirée une nouvelle fois à propos de Laronze, un des deux porte-parole locaux du syndicat. On le convoque pour qu'il renonce à son poste : un représentant hors des règles serait un moyen de pression contre l'organisation, déjà à la peine dans le Charolais, avec son étiquette écolo. Quand il débarque à la réunion, il semble méconnaissable : crâne rasé, barbe fournie. Le grand blond séduisant paraît bien loin. Il lance : « Je me suis fait une tête de merde. »

Dans la salle, on se demande s'il plaisante ou s'il est en train de vriller. Les conseils fusent pour qu'il se recentre sur sa ferme. Pourrait-il avoir une autre ambition que de sauver les Senauds ? Personne ne se pose la question. Elle est inimaginable, tout simplement. Un paysan a des comptes à rendre à ses aïeux, cette chaîne de sacrifices, de travail, d'orgueil tissée de génération en génération. La retraite ou le suicide : longtemps, les fermes n'ont eu d'autre porte de sortie. Dans l'assistance, deux ou trois filles lui demandent comment l'aider. Laronze fond. « Venez vivre avec moi à la ferme. » Ça rit, ça pleure. Cette barbe, au fond, c'est la mode, non ? Et, sur son exploitation, ses problèmes sont moins financiers qu'administratifs, après tout. La situation semble rattrapable, une fois encore. Imperceptiblement, la discussion vient de glisser sur ses bêtes. Alors, son visage se ferme. L'émotion retombe. Il ne cherche ni à se défendre ni à convaincre. Barricadé, il caresse sa barbe.

« On n'avait pas conscience de ce qui se passait dans sa tête, on ne l'a pas mesuré », se souvient aujourd'hui Mikhael Rebaudet, seul élu de la Confédération sur les 35 sièges à la chambre d'agriculture. Les deux hommes avaient le même âge, la trentaine. Ancien concepteur de moules pour la plasturgie à Lyon, Rebaudet s'est reconverti dans l'apiculture et l'élevage de cerfs à Cluny, quand son activité industrielle a filé en Chine. Laronze venait des week-ends entiers l'aider à sevrer les faons ou à trier les biches.

Rebaudet le revoit, portant un daguet, 100 kilos la bête, comme si de rien n'était. « Tu es un sacré bébé », riait l'éleveur de cerfs. L'autre restait volontiers dîner, appétit d'ogre, discussions sans fin sur l'amour et les abeilles. Un peu de politique parfois : l'élection présidentielle n'était pas loin alors, en ce début d'année 2017. Jean-Luc Mélenchon avait intéressé Laronze. Pas longtemps. Plus personne ne lui inspirait confiance, il le martelait. Quand il repartait enfin aux Senauds, Rebaudet insistait, à son tour, pour lui proposer un coup de main. Le « sacré bébé » avait toujours éludé. Il aidait des voisins chez lesquels tout se passait bien, alors que sa propre ferme ne tournait pas. Aujourd'hui, Rebaudet y pense sans cesse. Lui non plus n'avait jamais vu les bovins de son ami.

Un peu plus tard, début mai 2017, Laronze lance une proposition à une réunion de la Confédération paysanne : un procès ou une manifestation contre la DDPP et ses contrôles. L'administration l'a acculé, mais son cas doit servir à d'autres. Il faut révolutionner le système, alerter les Français. Puis il évoque un long texte, une vingtaine de pages qu'il est en train d'écrire. Autour, les syndiqués s'interrogent, mal à l'aise. « On le sentait dans la provocation », se souvient l'un. D'ailleurs, il est presque minuit, on pense déjà aux bêtes, le lendemain, à l'aube. Certains commencent à partir. Lui jette : « Vous verrez, vous allez en entendre parler. » Il paraît convaincu que son affaire va faire changer les choses.

Voilà longtemps qu'il ne dort plus. Ses nuits se passent sur l'ordinateur. Dans une de ses pâtures gît un cadavre de vache, presque en évidence. Une des sœurs s'en émeut. Lui : « La campagne doit puer pour que la société bouge. » Elle ne sait que répondre, pétrifiée par ce tabou que nul n'ose aborder ouvertement. Comment ce bon géant, toujours flanqué de son chien et de son cheval, défendant la famille de renards qui menace sa basse-cour, en est-il venu à maltraiter une partie de son troupeau ? Une nouvelle inspection va avoir lieu, forcément. Lui s'y attend. Ce n'est plus qu'une affaire de jours. Sa ferme est devenue son arène.

À Trivy, le 11 mai 2017, trois agents de la DDPP, le maire du village et un employé municipal se sont donné rendez-vous à 8 h 30 sur le parking du cimetière. Six gendarmes ont été convoqués aussi. Ensemble, ils partent là-haut, vers les Senauds.

Avis de recherche

21 août 2021

En France, Jérôme Laronze (suite).

Il devait être midi, pas davantage, Madeleine Gueux et son mari venaient de passer à table. On sonne : c'est Jérôme Laronze. Les gendarmes sont chez lui depuis le matin avec le maire et des agents de la Direction départementale de la protection des populations. Comme tout le village, Madeleine Gueux les a vus passer. C'est un contrôle, encore un. Ici, personne n'ignore plus la situation qui dure depuis trois ans entre Laronze et les services sanitaires. Partie d'un défaut de déclarations de ses bovins, une simple embrouille administrative a tourné à la débâcle. La décision judiciaire vient d'être prise de saisir son troupeau. On est le 11 mai 2017.

Devant la porte de Madeleine Gueux, Laronze affiche pourtant son sourire de tous les jours. Il vient rendre la ponceuse, empruntée il y a quelques semaines quand il s'était piqué de refaire les peintures aux Senauds. Revenue à la retraite dans son village d'origine, Madeleine Gueux, ingénieure, l'a connu petit enfant. La famille Laronze lui plaisait beaucoup, le père « patient et gros travailleur », les quatre sœurs « toujours parfaites ». Le surnom de la mère lui revient en mémoire : « la Baronne », une femme étonnante qui participait aux championnats de dictée du département. En général, elle les gagnait tous. Jérôme Laronze passait souvent chez les Gueux, il aimait leurs récits de voyages. Eux l'imaginaient volontiers s'envoler pour l'Afrique. En fait, il quittait rarement la région. Il se revendiquait paysan et lisait de la poésie. Ce jour-là, avant de repartir en tracteur, il l'avait embrassée, ce qui n'était pas leur habitude. « Jamais je n'aurais pu imaginer qu'il se nouait un drame, là-haut aux Senauds. »

À la ferme, le contrôle avait commencé vers 9 heures. Combien Laronze en avait-il déjà subi ? Six, sept peut-être. Mais celui-là ne ressemble pas aux autres : il s'agit de recenser son cheptel, avant sa confiscation ultérieure, évacuation ou abattage. Tout paysan qui a vu partir ses bêtes raconte ce moment où il revient, seul, dans son étable. Des bruits l'intriguent. Soudain, il réalise : ce sont ses pas, son propre souffle. Tout résonne maintenant que les bêtes n'y sont plus. Ou bien le lever, à l'aube, comme toujours, la combinaison de travail enfilée, le geste pour brancher la machine à traire avant de se souvenir que la stabule est vide. Les animaux non déclarés – comme certains chez Laronze – sont parfois abattus sur place, tués pour ne pas avoir été enregistrés dans le circuit. Ils sont alignés derrière des barrières métalliques, le vétérinaire les pique à la veine, l'un derrière l'autre.

Certains praticiens refusent. On a vu des éleveurs se mettre au bout de la file. À leur tour, ils tendent le cou, priant le véto de continuer. Il faut une vie pour constituer un cheptel, il en est le chef-d'œuvre, la fierté. Statistiquement, un paysan ne se relève jamais d'une saisie. Ou si rarement.

À ce dernier contrôle, Laronze est aussitôt « parti dans ses délires », des critiques contre l'administration et la politique agricole, les mêmes à chaque visite, selon le témoignage de l'inspectrice, plus tard, aux enquêteurs. Mais elle le trouve « très excité », cette fois. Il accuse les services de l'État d'avoir provoqué la situation de crise, en retardant exprès l'envoi de documents sanitaires. « Jusqu'où serez-vous capable d'aller ? » il lui lance. Elle relève à peine : une excuse, à son avis, pour n'avoir pas tenu ses propres engagements. « Nous, on voyait avant tout un troupeau délaissé », explique aujourd'hui un autre agent. Il défend sa mission, il y croit. « La protection animale est devenue un impératif dans les exploitations, une des inspections les plus complexes et anxiogènes pour les contrôleurs, souligne Bruno Ferreira, directeur général de l'alimentation au ministère de l'Agriculture. Elle n'est pas seulement une préoccupation des bobos parisiens. »

Aux Senauds, ce 11 mai 2017, s'ensuit une confusion, un cache-cache sinistre dans la cour de la ferme : Laronze fait des ronds avec son tracteur, poursuivi par les gendarmes qui veulent l'en faire descendre. « Je suis resté dessus car c'était le seul moyen pour moi d'avoir droit à la parole », écrira-t-il plus tard, dans un e-mail. Arrivent les pompiers, alertés par une amie de l'éleveur, soudain inquiète. Puis, on annonce que le SAMU pourrait intervenir à son tour : le maire de Trivy, Bernard Seigle-Vatte à l'époque, vient de signer un arrêté pour le faire interner en psychiatrie. Cette fois, Laronze prend la fuite. Celle-ci va durer neuf jours. Il est 15 heures environ.

Le lendemain, le 12 mai 2017, un gendarme dépose plainte pour « violence avec arme et refus d'obtempérer » : l'éleveur lui aurait volontairement foncé dessus en tracteur, soutient-il. Un avis de recherche est lancé. À Mâcon, la photo de Laronze est placardée dans certains services publics, « par prudence », précisera un fonctionnaire. Depuis des années, les situations sont tendues dans les fermes entre paysans et contrôleurs. Jusqu'au tragique parfois : deux inspecteurs abattus dans une exploitation fruitière en 2004 à Saussignac (Dordogne) et, dix ans plus tard, une conseillère agricole à Mayran (Aveyron).

Jérôme Laronze n'a pas de casier, personne ne l'a jamais vu violent, y compris pendant les inspections. Lors d'un contrôle précédent, il avait dépanné la voiture des gendarmes. Son avis de recherche signale pourtant : « Passif suicidaire et dépressif. Conduite à tenir : éventuel placement en garde à vue. Personne dangereuse ». Une rumeur s'est mise à galoper, il serait « fiché S ».

Son dossier vient de changer de pile. Le grand blond des Senauds est devenu l'« affaire Laronze ».

À Trivy, les agriculteurs sont contactés pour saisir son troupeau. Tous refusent. Il n'y a plus beaucoup de solutions, à part l'Œuvre d'assistance aux bêtes d'abattoirs (OABA), une des rares associations pour la protection des animaux de ferme, spécialisée dans les sauvetages de cheptels maltraités sur décision de justice. Elle en fait 35 par an environ, la moitié de ceux opérés en France. « Un type qui laisse crever ses animaux ? Il y a vingt ans, j'avais juste envie de lui cracher à la figure, le reste ne m'intéressait pas », raconte Frédéric Freund, juriste et directeur de l'OABA. Son discours a changé depuis. Freund s'est rendu compte que les salopards ou les tricheurs représentaient peut-être 5 % des cas. Alors les autres ? Pourquoi ils ne nourrissent pas leurs bêtes ? Ils doivent les aimer pourtant.

Max Josserand, éleveur et négociant en bestiaux, mène la plupart des missions pour l'OABA. À Trivy, il reste une centaine de bovins dans les pâtures autour de la ferme vide, avec un taux de mortalité autour de 25 %, alors que le seuil d'alerte se situe à 10 %. Mais le pire, ce ne sont pas les animaux, Josserand le sait. C'est lui, l'homme. « Je ne veux pas de sang, dit Josserand, pas de pendu à la poutre après une opération. Si le cheptel va mal, c'est que l'humain va mal. » Josserand repense à « Bras-de-fer », un paysan en Aveyron avec son troupeau affamé, redevenu sauvage. Il s'était barricadé derrière des palettes, personne ne savait s'il était armé. Josserand avait parlementé longtemps. À 18 heures, ils coursaient le cheptel, ensemble dans un 4 × 4 avec un fusil hypodermique. Parfois, pour atténuer le choc, Josserand lance : « Je t'en laisse deux. Choisis-les ! »

Et ce vieux bonhomme dans le Cantal, à l'étable pleine de vaches noires, une misère ? À la tombée de la nuit, Josserand en était encore à discuter avec lui dans la cuisine. L'autre restait buté, farouche. Peu à peu, Josserand voit le cercle des gendarmes se rapprocher de lui : le vieux va être capturé, comme ses bêtes. Josserand tape sur la table. Il se lève. « Je suis parti pleurer. J'ai téléphoné à Frédéric Freund : "Putain, me laisse plus jamais faire ça". » De loin, il voit le bonhomme embarqué pour l'hôpital psychiatrique, ses bottes aux pieds.

Il y a une vingtaine d'années, ces catastrophes qui broient les hommes et les bêtes dans la boue des pâtures n'existaient pas. Il a fallu du temps pour s'en rendre compte, réaliser que la taille des exploitations devenait problématique : trop grosses, trop vite. Longtemps, certains conseillers agricoles ont continué à pousser un paysan qui n'y arrivait pas avec 100 vaches à en prendre 120. Toujours cet espoir fou que le volume arrangerait tout. Emprunts, subventions, investissements : la marche arrière ne s'enclenche pas facilement dans une ferme. « Si c'est bien structuré, tu y arrives, mais un rien suffit pour plonger, ça va très vite, tout seul dans ta ferme, avec tes bêtes qui piétinent derrière », dit Josserand. Le foin acheté au mauvais moment, la mort d'un proche, le départ d'une femme ou les problèmes administratifs, comme pour Jérôme Laronze. Les situations se ressemblent, sans pouvoir être comparées.

Pour ces deux frères vers Grenoble, ç'a été le décès du père. Pourtant, ils ne les supportaient plus, lui et sa façon de décider en maître. Après l'enterrement, ils ont arrêté de faire les comptes, tout est parti de travers. Le vétérinaire le leur a fait remarquer, ils se sont sentis jugés. Adieu le véto. Leurs bêtes maigrissaient de plus en plus mais ils ne le voyaient pas. « Elles sont belles, non ? » Ils pensaient se refaire après l'hiver, confiants. D'autres fois, ils ne pouvaient plus les souffrir, incapables d'entrer dans l'étable. Ils auraient payé pour qu'on les leur prenne. « J'adore ma vie et c'est ma mort », soupire le frère aîné. Et le cadet : « Dites-moi, on est des monstres ? »

Le 16 mai 2017, au club de théâtre amateur près de Trivy, les acteurs attendent Jérôme Laronze à la répétition. D'habitude, il est ponctuel, connaissant bien son texte. On se renseigne. Ça fait presque une semaine qu'il est en cavale. Il faut un moment pour que la troupe y croie, lui qui représentait pour beaucoup l'image du paysan heureux. Ses histoires de contrôle ? Peu d'entre eux connaissent le fonctionnement d'une ferme, comme si deux mondes se côtoyaient sans se connaître vraiment. « Pour nous, les néoruraux, c'est toujours difficile de se mêler d'agriculture », raconte Guy Lereuil, éducateur spécialisé. Un jour, il avait participé à une action contre une porcherie industrielle. « On avait été accusés d'être contre les paysans. On culpabilise toujours. »

Laronze, lui, a disparu. Introuvable, injoignable. Désormais, *Le Journal de Saône-et-Loire* est son unique interlocuteur. Chaque jour, le quotidien suit sa cavale à la « une ». Lui rectifie : « Je ne suis pas en cavale, mais en campagne. » C'est une période électorale, il compte faire la sienne. À Paris, Emmanuel Macron vient, en effet, d'être sacré président, la course aux législatives est ouverte. Le lendemain, nouveau message de Laronze : « Je n'ai absolument pas l'intention de me suicider ni de me rendre. »

Au bout du chemin

23 août 2021

En France, Jérôme Laronze (suite).

Là-bas, dans le bocage, un homme appelle ses bêtes avec des petits mots intimes, chaque éleveur a ses rituels. Ses pieds s'enfoncent profondément dans les pâtures. Dans le Charolais-Brionnais, en Saône-et-Loire, on ne marche pas sur de l'herbe : on marche sur de l'or, des prés si gras, si riches, que ça tient du miracle. Les vaches y engraissent comme nulle part ailleurs, 10 % de poids en plus dans certaines zones, une viande exceptionnelle, rien qu'en broutant l'herbe d'ici.

Si on demande à l'éleveur laquelle de ses bêtes il préfère, il s'empourpre. Question presque indécente. Longtemps, l'amour pour une vache ne s'avouait pas. « Pas de sensiblerie », répétaient les techniciens pendant les décennies productivistes d'après-guerre. La vache est une machine à veaux, s'y attacher serait ridicule. Du menton, l'éleveur finit par désigner une « blanche » dans son pré, une charolaise. Oui, celle-là le rend fou. Vous avez vu son large museau rose sans aucune tache ? Sa tête courte, ses cornes franches, recourbées vers les yeux ? Certains les aiment maigres. Pas lui. Il lui faut des rondeurs. « La passion, ça ne s'explique pas. » Et l'éleveur baisse les yeux, plus rouge encore. « Personne ne choisit ce métier pour finir accusé de maltraiter son troupeau, dit-il. Ni pour mourir sur un chemin de terre, tué de trois balles. »

C'est un peu plus loin, sur une colline en face de Sailly (Saône-et-Loire), qu'est mort Jérôme Laronze, 36 ans, le 20 mai 2017, pendant son arrestation par des gendarmes. Il était recherché depuis neuf jours, en fuite après un contrôle dans sa ferme, où son cheptel devait être confisqué.

Le jour même, le ministre de l'Agriculture en personne se saisit du dossier. Emmanuel Macron vient d'entrer à l'Élysée, en ce mois de mai 2017 : un soulèvement des campagnes serait calamiteux. Avant la famille, c'est Laurent Pinatel, le porte-parole national de la Confédération paysanne qu'on avertit en premier. Jérôme Laronze y était adhérent, section Saône-et-Loire. Pinatel le revoit, un grand blond coiffé d'une sorte de panama, une bête de scène qui tranchait dans le monde silencieux de la terre. Dès le lendemain, l'histoire s'impose dans la presse dans sa version officielle : l'éleveur a foncé sur les gendarmes, ils ont tiré. Comme pour couper court à toute polémique, une procédure s'enclenche vite, fait plutôt rare quand des forces de l'ordre sont en cause : garde à vue, puis mise en examen d'un des gendarmes quelques semaines plus tard pour « coups mortels ayant entraîné la mort sans intention de la donner ».

Chez les Laronze, on a toujours fait confiance aux forces de l'ordre et à la justice. La famille compte d'ailleurs une avocate et un gendarme. Jérôme offrait volontiers le café aux patrouilles dans sa ferme, aux Senauds. Il se sentait de leur côté. Pour lui, ses problèmes relevaient des seuls agents administratifs.

Pendant la reconstitution, six mois après sa mort, l'image commence pourtant à se brouiller. Retour sur la colline en pente douce, un chemin de terre, bordé de frênes et de cerisiers sauvages. Plus bas, on aperçoit un petit château et des fermes éparpillées, de cette même pierre blonde que les abbayes de la région. C'est une promeneuse qui a signalé à la brigade de Cluny une Toyota Yaris, même modèle que celle de Laronze, alors en fuite. Deux équipages se mettent en route pour prendre l'éleveur en tenaille, mais ils s'égarent entre bois et pâtures. Par hasard, l'un tombe sur la vieille Toyota. Laronze est appuyé sur le volant, les yeux clos.

Suicidé peut-être ? pense une des gendarmes. L'autre s'approche, radio à fond : « Dépêchez- vous. On a Laronze en visu. » Le bruit réveille l'éleveur. Il démarre.

À la reconstitution, le gendarme au talkie-walkie rejoue l'action, selon son scénario. Il mime un premier tir de face, dans le moteur de la Toyota, qui avance droit sur lui. Puis, s'écartant de justesse pour l'éviter, il continue à appuyer sur la détente : sept secondes, cinq balles en tout. Il ne s'était jamais servi de son arme. « Légitime défense », soutient son avocat, Gabriel Versini, qui vise le non-lieu. L'autopsie et la balistique, en revanche, suggèrent d'autres pistes. Contrairement à la version du gendarme, aucun impact frontal n'a été relevé dans le capot. Tous se situent du côté droit de la voiture et dans les vitres à hauteur d'homme. Une balle a atteint Laronze par la fenêtre côté conducteur, deux autres ont traversé le pare-brise arrière et le dossier de son siège pour le frapper au dos. Toutes sont fatales.

Les derniers instants de l'éleveur ont été enregistrés par le Taser, que le tireur portait au côté. On entend le claquement des balles, puis le gendarme, très occupé à guider l'autre voiture de la brigade, toujours perdue sur la colline. Sa collègue, elle, répète en boucle : « Vous êtes blessé, monsieur Laronze ? Répondez-moi, au moins. » Mais c'est son souffle à lui qui domine tout, lancinant, terrible, semblant scander un compte à rebours. Puis le silence. « Je crois que c'est mort », dit la gendarme. Aucun geste de secours n'a été tenté. Il est 16 h 29.

En dépit des règles, le dossier ne comporte pas de procès-verbal de première constatation, pourtant essentiel pour figer la scène de crime. D'ailleurs, celle-ci a peut-être été souillée par les multiples allées et venues, reconnaissent plusieurs intervenants. La localisation des douilles aurait pu permettre de préciser la position du tireur. Était-il menacé par la Toyota ? Hélas. Seul un étui sera découvert par les experts chargés des constatations scientifiques. Ils n'accèdent aux lieux que vers 18 heures, avant d'en être éloignés pour une heure dans l'invraisemblable embouteillage qu'est devenu le petit chemin de terre. Au fil d'un interrogatoire, il apparaît que le tireur lui-même était parmi ceux qui cherchaient les douilles avant leur arrivée.

Quatre d'entre elles ont disparu. La section de recherches de Dijon est chargée des investigations : autrement dit, l'enquête sur des gendarmes est… menée par des gendarmes.

Dans le dossier, dès lors, tout prend couleur de suspicion, y compris une arme ancienne – un Sten de la Seconde Guerre mondiale – retrouvée à l'arrière de la Toyota, mais le lendemain seulement. Aucune analyse des empreintes n'a été communiquée. Pour la famille, c'est un monde de certitudes qui s'écroule. « Une impression de trahison. On fait confiance à qui, maintenant ? » s'exclame une des quatre sœurs Laronze.

Certains proches de l'éleveur espéraient le voir débarquer chez eux pendant sa cavale. D'autres avaient cru qu'il se réfugierait à Terre et famille, association du cru qui navigue entre l'Église, « les valeurs du Moyen Âge » et l'extrême droite. Les dernières semaines, Laronze, le tolérant, l'antiraciste, le paysan bio au cœur plutôt à gauche, avait pris contact avec eux. « Il s'était senti lâché. Il ne savait plus que faire de sa révolte », raconte un ami.

Personne ne l'avait suivi, en effet, dans son projet de procès contre la Direction départementale de la protection des populations (DDPP), chargée des contrôles sur sa ferme.

La campagne est une zone de non-droit, inaudible, invisible, il le répétait sans cesse. L'ami se souvient d'une de leurs dernières conversations. À la manière d'un bras d'honneur, par boutade, ils avaient lancé ensemble : « Et si on coulait le pays ? Et si on votait Marine Le Pen pour faire un reset total ? » À Trivy, le village des Laronze, la candidate du Front national était arrivée deuxième au premier tour à la présidentielle en 2017, derrière François Fillon et devant Emmanuel Macron.

À la Confédération paysanne, les coups de téléphone ont afflué de la France entière, des agriculteurs, des citoyens aussi. « Ils s'identifient à Jérôme, certains en ont fait une icône », témoigne Agnès Vaillant, permanente pour la région. Un comité de soutien s'est créé. À la section, le deuil est loin d'être achevé. « Avant, j'avais toujours refusé de m'investir dans les associations d'aide aux paysans, explique Marc Grozellier. La misère des autres me faisait chier, pas le temps. » Maintenant, il a rejoint le mouvement Solidarité Paysans, comme deux syndiqués. Une cellule départementale coiffe un dispositif baptisé « Agriculteurs fragilisés » depuis la mort de l'éleveur.

À la chambre d'agriculture, qui en fait partie avec la MSA (Mutualité sociale agricole), Thierry Michel se souvient de ses débuts, il y a vingt-cinq ans, quand des gens en détresse absolue l'attendaient comme le Messie. « On se le prenait en pleine figure, sans préparation. » Certains collègues avaient démissionné. « On n'a pas signé pour ça », ils disaient. Maintenant, une formation spécifique est prévue. En Saône-et-Loire, cent vingt dossiers environ sont répertoriés, loin sans doute de la réalité : ici, un quart des exploitations se portent mal.

Le soir de la mort de Laronze, des voisins faisaient des offres pour racheter les pâtures des Senauds. Quatre ans plus tard, en 2021, une exploitation n'a pas trouvé repreneur pour la première fois à Trivy. Le village en compte six, contre trente à la génération précédente, pour la même superficie et le même nombre de bêtes. À force de s'étendre, elles sont devenues trop grosses, personne n'a plus assez de fonds pour les racheter. Beaucoup parlent de la fin d'un cycle. « Avant, on produisait pour nourrir. C'était noble. Aujourd'hui, à quoi on sert ? »

Les enquêteurs, à la recherche d'indices, ont saisi l'ordinateur sur lequel Laronze passait ses nuits : l'éleveur surfait surtout sur la recette de l'andouillette ou la culture bio des topinambours. Il y avait un e-mail pour une amie, aussi : « Les terreurs de l'administration sont revenues. Ce soir, ils m'auront fusillé. » Il date du jour de sa mort, à 11 heures du matin.

Dans l'affaire pénale, l'instruction a été élargie à « non-assistance à personne en danger » et « pollution de la scène de crime ». Une nouvelle audition du gendarme – présumé innocent et laissé libre – est prévue en septembre 2021. Ensuite, les magistrats trancheront entre le non-lieu et le renvoi aux assises.

Contre toute attente, une des sœurs de Jérôme, Marie-Noëlle, et son mari ont repris les Senauds. Beaucoup ont trouvé le geste beau et fou. Eux ont pensé à leur gamin, qui grimpait sur un tracteur avant que ses pieds touchent les pédales. L'idée travaillait sans doute la sœur depuis longtemps. « Elle nous a reproché de ne pas lui avoir proposé », soupire Jean, le père. Il n'y avait jamais pensé : les Senauds devaient aller au garçon. À Jérôme. C'était ainsi.

De leur côté, Marie-Pierre Laronze, avocate, et ses sœurs ont contesté la légalité des contrôles devant le tribunal administratif de Dijon. Avec succès. Trois d'entre eux ont été jugés irréguliers : les agents n'avaient ni l'accord d'un magistrat, ni celui de l'éleveur pour entrer dans la ferme avec des gendarmes. « C'est notre frère qui a été victime de violences des agents de l'État, non l'inverse », assurent les quatre sœurs. Depuis sa mort, pas un organisme ne s'est manifesté pour la saisie de ses bovins. « Tout à coup, il n'y avait plus d'urgence. Ils nous ont tout laissé sur les bras. Il a fallu se débrouiller seuls. »

Aucune inspection n'a eu lieu aux Senauds depuis 2017.

2022

Carnets de guerre

« Si on n'y va pas, qui va y aller ? »

9 mars 2022

Au début de l'invasion russe, des Ukrainiens vivant en France font le choix de rentrer : voyage en car et dans la nuit vers leur pays en guerre.

De Paris à Ivano-Frankivsk (Ukraine)

L'alerte antiaérienne vient à peine d'être levée et, déjà, le car s'élance, tous feux éteints, pour traverser la frontière. Derrière lui, il laisse la Pologne. Devant, la route plonge dans la nuit au milieu d'un tourbillon de neige. « Bienvenue en Ukraine », annonce le chauffeur au micro. D'habitude, il lance un vibrant « vive la nation ! », et les passagers, tous ensemble, répondent d'un tout aussi vibrant « gloire aux héros ! ». Ainsi le veut la tradition pour saluer l'arrivée au pays. Mais cette fois, le silence retombe. Personne ne risque un regard sur les femmes, les enfants, les vieillards, cette foule chancelante et toujours plus nombreuse que l'on aperçoit à travers la buée des vitres, fuyant l'Ukraine en guerre. Le car, lui, y pénètre, comme à rebours des événements.

À bord, ils sont vingt-cinq, tous ukrainiens, simples citoyens vivant en France, autant d'hommes que de femmes. Les visages sont fermés, chacun semble refugié au plus profond de lui-même, soudain seul au monde. C'est un de ces moments où l'Histoire impose de choisir. Rester dans le pays ? Fuir ? Revenir ? Qui peut être sûr, dans ces tumultes, de prendre la bonne décision ? Nous sommes le 2 mars, bientôt minuit, l'invasion russe a commencé depuis une semaine. À Kiev, une loi interdit désormais à tout homme âgé de 18 à 60 ans de quitter le territoire, en dehors de cas exceptionnels. Les contrôles sont stricts. Ceux du voyage savent qu'ils plongent dans l'inconnu : il n'y aura pas de retour pour eux avant une date que nul ne connaît. Seules les femmes pourront repartir. Si elles y arrivent.

Paris, où ils ont embarqué trente-cinq heures plus tôt, paraît déjà loin. Natalya, une pédiatre de 47 ans, était venue apporter des médicaments au point de départ des cars Burak (betterave, en français), une compagnie de voyages qui assure des liaisons régulières entre la France et l'Ukraine. Avec la guerre, Burak s'est aussi mise à convoyer de l'aide : la solidarité est impressionnante, en dons comme en bénévoles. La journée entière, Natalya avait aidé à charger le véhicule, incapable de s'en éloigner, seul lieu où sa douleur semblait s'anesthésier. Kiev sous les bombes occupe son corps et son cerveau. Natalya croit devenir folle quand sa mère et sa sœur ne répondent pas à ses messages dans la minute. Là-bas, toutes deux la supplient de rester à l'abri. Le chauffeur s'apprête à démarrer, les premiers embarquent. Et Natalya s'entend demander : « Il reste une place ? » Elle vit en France depuis vingt ans. Personne, parmi ses proches, n'est averti de son départ.

On roule, passant d'une autoroute à l'autre, temps vide, paysage uniforme que n'arrête aucune frontière. Seuls les portables marquent clairement le changement de pays, quand clignote soudain sur l'écran le message d'un opérateur : bienvenue sur le réseau belge, luxembourgeois, allemand…

Parfois, le chauffeur s'arrête sur d'immenses parkings, au milieu de camions garés flanc contre flanc et de petites camionnettes crottées. Routiers lituaniens ou plombiers polonais, émigrés, réfugiés, transfrontaliers, saisonniers se bousculent vers un unique bâtiment : les toilettes. Pas de haltes dans les stations-service, ou alors le moins possible : trop de tentations, trop de temps, trop cher. Les passagers appartiennent à cet univers mouvant, à cette Europe des tréfonds que la guerre habille aujourd'hui aux couleurs de la tragédie. « Qu'est-ce que je fais en France ? » La question fait rire Gala, 36 ans. Femme de ménage, bien sûr. Elles le sont presque toutes à bord, sauf deux qui sont « nounous ». Aucune n'a de situation déclarée.

Au cul du car, on fume en cercle, le groupe des femmes d'un côté, celui des hommes plus loin. Sur vingt-cinq, trois seulement parlent français, alors que certains vivent à Paris depuis des années. Ils ne se connaissaient pas avant le voyage, hormis deux amis. Les femmes se passent un briquet, en silence. À quoi bon parler, leur but est le même : elles vont « récupérer les enfants ». En partant pour la France, elles ont laissé leurs petits à la garde des familles afin de pouvoir travailler le plus possible, jour et nuit quand elles le peuvent. La guerre est venue bousculer ce fragile équilibre. « Nos mères n'arrivent plus à les tenir », résume l'une. Le danger, la nourriture qui manque, les écoles qui ferment une à une. De toute façon, leurs gamins refusent maintenant d'y aller. Ils pleurent, réclament maman. Les plus grands veulent même rejoindre les combats. Des gosses de 14 ans. Ils n'écoutent plus personne. La fille de Natalya, elle, est déjà à Paris. La jeune femme veut maintenant ramener sa mère.

Deux coups de klaxon, il faut remonter. Certaines passagères comptent rester en Ukraine, d'autres ramener les enfants, en tout cas essayer. En fait, elles changent sans cesse leurs plans. « On ne sait pas ce qui nous attend, dit Gala. Peut-être qu'on sera pris au piège. » Le car est reparti. On mange des noix ou du saucisson, envoyé du pays par quelque cousin avant la guerre, mais on se nourrit surtout d'images, une perfusion continue. Les vidéos défilent sur les téléphones : l'aéroport d'Ivano-Frankivsk – ville située à 230 kilomètres de la frontière polonaise – bombardé, Kharkiv dans le rouge des flammes… « Kiev, on ne regarde plus, non. Trop triste », confie Natalya.

Des photos plus intimes s'intercalent de temps en temps. Petit cri de joie en voyant un bébé dans son bain : « Ils ont de l'eau, à nouveau ! » Des sièges du fond, une voix s'élève : « Pour l'instant, ma sœur est vivante. » Quelqu'un vient de recevoir l'image de sa maison détruite. Depuis 2005 en France, il la construisait sou à sou, la porte de bois ouvragée, la cuisine équipée, la Citroën C4 dans le garage et « les draps dans le lit ». Le but suprême paraissait proche : le retour définitif. Au micro, le chauffeur signale l'entrée en Pologne. « On va s'arrêter dans un endroit où vous pourrez acheter des cigarettes. Il n'y en a plus là-bas. » C'est un de ces restaurants de bord de route où l'on sert des soupes et des saucisses. Imperceptiblement s'esquissent les premiers gestes de guerre, les tranches de pain et les serviettes en papier raflées sur les tables en rougissant.

Du côté des hommes, on s'échange des recommandations, comme se méfier de ceux qui portent une oreillette et se disent policiers. Eux aussi, comme les femmes, semblent former un bloc homogène. Tous travaillent dans le BTP. Tous rentrent pour s'enrôler dans les groupes de défense civile territoriale. « Si on n'y va pas, qui va y aller ? » demande Petro, 40 ans. Père de deux enfants de 5 et 10 ans, il compte s'inscrire au centre le plus proche de son village. Selon lui, « il vaut mieux montrer patte blanche : sinon, on n'est pas accepté, ils ont peur des espions ».

Sur la banquette, son voisin se réveille en sursaut. « Quel jour on est ? » Personne ne sait. Le voisin s'ébroue. Il part « chercher un sens à ce qu'[ils sont] en train de vivre ». En Ukraine, il y a vingt ans, il enseignait la chimie. Un grand, avec des boucles d'or, refuse de parler. Trop dangereux. « Force-toi, l'encourage l'ancien prof. Sinon, on va arriver au même système que les Russes. Ils savent qu'on est libres, qu'on a le droit de communiquer. C'est ce qui les rend malades. » « Boucles-d'or » a servi dans l'Armée rouge soviétique avant l'indépendance, quand l'Ukraine était encore l'enfant chérie de Moscou. Un sourire passe. De bons souvenirs, au fond. « Maintenant, ils nous méprisent et ils nous tuent. » Il a rêvé qu'il se retrouvait au front, en face d'un de ses ex-frères d'armes. « J'étais sans pitié. »

La frontière n'est plus qu'à quelques kilomètres. À son tour, l'ex-prof se tait. Plus question de donner son nom, ni celui de son village. La méfiance est montée d'un coup. Est-ce que les routes sont bloquées ? De l'autre côté du pare-brise, l'Ukraine, enfin. En pleine campagne, des voitures sont arrêtées au carrefour, tous phares allumés, prêtes à donner l'alerte ; on a l'impression d'un terrain quadrillé. Premier checkpoint à l'entrée d'un village. Ces sacs de sable, ces dispositifs antichars, ces gars en armes autour d'un brasero, Natalya les a vus sur Instagram, là-bas à Paris. Elle le savait, et pourtant elle s'exclame : « Alors, c'était bien vrai ? Pas une "fake news" ? » Au téléphone, elle annonce à sa mère qu'elle revient la chercher.

Nous voici à l'entrée d'Ivano-Frankivsk, 250 000 habitants. Gala a pris sa décision : elle embarque les gamins, trajet retour dans le même car dès le lendemain. « Comment on fera pour travailler à Paris avec les enfants ? » s'inquiète brusquement une des nounous. Elle vit à demeure chez ses employeurs. Halyna, l'hôtesse de la compagnie Burak, secoue la tête. De toute façon, tous les sièges sont réservés jusqu'à la fin du mois. Elle-même a embarqué ses trois filles vers Paris le jour de l'invasion russe. Petro esquisse un salut de la main en descendant du car. Il restera jusqu'à la victoire, même si la guerre dure des années.

À Ivano-Frankivsk, le centre culturel municipal sent déjà la caserne, odeur de soupe, de couverture mouillée, de tabac, dans une bousculade permanente. Il s'est transformé en un des plus gros centres locaux de recrutement et de logistique du pays. Une équipe part en patrouille : des hommes ont été arrêtés l'autre jour, peignant une croix sur le toit de certains bâtiments pour les désigner comme cibles. « Ce sont des gens d'ici, on les connaît, des drogués à peine conscients, payés 50 dollars par les

Russes », affirme Bohdan Pytel, directeur des services administratifs à la mairie. La hot-line, mise en place par la municipalité, reçoit plus de 600 appels par jour. « La population sait qu'il y a des infiltrés parmi nous. Alors, tout le monde cherche qui », continue Pytel.

Sous des chromos anciens de chanteurs d'opéra, Lubomir, 19 ans, étudiant en chimie, s'occupe des inscriptions. Le nombre d'engagés doit rester secret, mais 20 % environ viendraient de l'étranger, parmi les plus motivés, selon lui. Trois hommes s'avancent, la quarantaine. L'un a relevé ses manches, découvrant l'emblème ukrainien tatoué sur son biceps. En direct sur une GoPro, son copain commente la scène. Ton de journaliste sportif un soir de compétition : « Là, nous sommes en train de nous enrôler. On nous demande de certifier sur l'honneur que nous venons bien d'Espagne, les noms de nos contacts ici… » Sa voix tombe d'un coup en apprenant qu'il est sur liste d'attente. On dirait même qu'il va pleurer. Ici, l'afflux de volontaires était tel, les premiers jours, que seuls les hommes avec une formation – pompier, personnel médical, militaire – sont directement retenus. Oleg, 18 ans, étudiant en architecture et secouriste, en fait partie. « Maman est d'accord, papa ne le sait pas. »

Une cour d'immeuble en pleine ville a été choisie comme premier terrain d'entraînement. Entre les panneaux de basket et le parking, les voisins regardent les exercices à la manière d'un match. « C'est bon pour le moral, ça rassure tout le monde », assure un formateur. Des gosses essaient de parier sur la nationalité des recrues, en fonction des équipements. Deux très jeunes gens, venus de Suède mais d'origine ukrainienne, gagnent la palme. Leurs économies sont tout entières passées dans les rangers et les treillis haut de gamme, jusqu'aux canettes de Red Bull qui remplissent la voiture. Ils sont revenus « pour la victoire, jusqu'à la mort s'il le faut ». Que font-ils à Stockholm ? En chœur : « On travaille dans le BTP. »

Gala, la passagère du car, est enfin arrivée dans son village. Resté à Paris, son mari lui a annoncé vouloir rentrer à son tour. Natalya, elle, vient de vivre sa première alerte à la bombe dans un hôtel d'Ivano-Frankivsk. Dans le couloir, une porte entrouverte laisse apercevoir une femme qui se recoiffe dans le miroir, dernier geste avant de descendre dans l'abri. La mère de Natalya a décidé qu'elle ne quitterait pas le pays. Tous les jours désormais, elle met des chaussettes blanches. « S'il faut mourir, je serai propre. »

Une station de ski dans les Carpates

16 mars 2022

En Ukraine, où s'installe la guerre, Bukovel et ses hôtels de luxe servent de refuge à une clientèle particulière : ceux qui en ont les moyens.

C'était une saison magique, faite de neige et de soleil dans une atmosphère de fête permanente. Sur les remonte-pentes, dans les boîtes de nuit ou les bains bouillonnants, on ne parlait que d'une chose : le risque de guerre, bien sûr, et d'invasion des troupes russes. Mais à Bukovel, prestigieuse station de ski des Carpates ukrainiennes, personne n'y croyait vraiment en cet hiver 2022.

Diana, 24 ans, travaille à la réception du Hvoya, un hôtel de luxe parmi la centaine que compte la station. Le 23 février 2022, après son service, elle a fait du snowboard toute la soirée. Ici, les pistes restent ouvertes jusqu'à minuit, les lumières ne doivent jamais faiblir, ni la musique, ni l'excitation. Le lendemain, le jour n'est pas encore levé quand une foule en panique envahit le hall du Hvoya. Les valises se renversent et s'ouvrent, ça se bouscule, ça balance les clés des chambres sur le bureau d'accueil en courant, sans un regard, tandis que les téléphones portables sonnent le tocsin : la guerre a commencé.

Très vite, les 250 chambres sont vides. Le parking aussi, et les rues, et les autres hôtels. Un silence profond envahit tout. Diana et ses deux collègues se mettent à appeler les clients, pour confirmer ou annuler les réservations. Ils connaissent la réponse, évidemment. « On voulait juste parler à quelqu'un, on se sentait si seuls. » Un à un, les lustres s'éteignent, mesure antibombardement. Alors, ils osent ce geste interdit au personnel : s'asseoir dans les sofas du lobby, face à la montagne, belle à couper le souffle. Et ils pleurent dans le noir, tout simplement.

Quelques jours plus tard, c'est le retour, un embouteillage de Porsche et de BMW. Partis en courant, ils reviennent en courant, les mêmes parfois. Près de 5 000 voitures, immatriculées à Kiev en majorité, ont été recensées pour le seul week-end du 5 mars. Comment les qualifier ? Touristes ? Réfugiés ? Un jeune couple d'agents immobiliers hésite sur le mot qui convient. « Déplacés, peut-être ? » risque-t-elle, étonnée de se voir soudain basculer dans cette catégorie. Après le premier bombardement dans la capitale, ils ont appelé des amis : eux se repliaient à Bukovel. Bukovel ? Les agents immobiliers y avaient skié une fois et, pour être sincères, ils préfèrent l'Autriche ou les Rocheuses. Mais Bukovel est perchée haut dans les montagnes, dans l'ouest du pays, la zone la moins touchée jusque-là et loin de toute cible stratégique. Dès son arrivée, le couple a croisé des voisins de Kiev, « des gens comme nous, la classe moyenne supérieure », résument-ils. Elle : « Les très très riches sont déjà loin, et moi, je ne me voyais pas dans un camp en Pologne. »

À la réception du Hvoya, un père de famille s'inquiète. « Vous n'allez pas fermer ? Vous en êtes sûrs ? » Diana, l'employée, se veut rassurante. Dans les écouteurs de son téléphone, elle entend en même temps la voix de son mari, médecin près de Kharkiv, dans l'Est, ville martyre ployant sous les bombes. Il lui parle de onze femmes violées. Seules cinq ont survécu. Diana tâche de garder un visage impassible, en tendant les clés des chambres. « Nous sommes chanceux », dit-elle. Puis : « J'ai honte. »

À vrai dire, avec la guerre, Bukovel continue de raconter à sa manière un pan de l'histoire ukrainienne. Ici, rien n'existait avant les années 2000. Terrain de chasse réservé à l'élite communiste au temps de l'Union soviétique, Bukovel était redevenue le bout du monde à l'indépendance du pays, en 1991 : quelques chalets oubliés entre la roche et les sapins, des vaches, des ruches et le camion-épicerie une fois par semaine. En 2003, un des nouveaux oligarques ukrainiens y jette son dévolu pour faire surgir des neiges un totem de l'argent fou : une station internationale rivale des plus belles. Tout le monde semble savoir qui est ce magnat, mais nul n'ose en parler, ici encore moins qu'ailleurs. Trop de peur, trop de sociétés-écrans. Depuis, Bukovel est devenue un État dans l'État, avec ses 75 kilomètres de pistes, ses trois lacs artificiels, ses propres lois et son service de sécurité privé. C'est ici, aussi, que le président du pays, Volodymyr Zelensky, s'était fait traiter de « marionnette », accusé d'y avoir rencontré en secret Ihor Kolomoïsky, encore un oligarque, au moment même où des lois pour limiter leur toute-puissance venaient d'être votées. Ça se passait il y a deux mois, en janvier, autrement dit il y a une éternité, avant que le visage de ce même Zelensky ne devienne celui, bouleversant, d'un pays envahi.

Au pied des pistes, les haut-parleurs diffusent en rafales régulières les mesures d'état d'urgence, couvre-feu, abris antiaériens, alcool interdit. On se promène par petits groupes, à pas lents, entre soi, le long des remonte-pentes immobiles dans l'air glacé. Une femme propose, enjouée, de pousser jusqu'à la pharmacie. « On prendra des calmants, s'ils les ont reçus. » Le spa ou les piscines demeurent accessibles dans certains hôtels. Personne ne s'y affiche. « Ce serait antipatriotique », s'insurge une femme d'affaires. Elle secoue son téléphone, muet depuis deux heures. Il doit être déchargé. Mais non. Le business ne répond plus. Visibilité dans l'avenir ? Elle réfléchit. « Vingt-quatre heures. »

Depuis le début de la guerre, les représentants des grands hôtels tiennent chaque matin une réunion de crise. Comment et pourquoi ? Le flou est entretenu. Bukovel reste ce monde clos, volontairement hors-sol. Un versement a été fait au ministère de la Défense, « plus important que certains pays européens », souligne-t-on sans en dire davantage. Comme dans tout le pays, en revanche, le recensement des volontaires « pour l'élan patriotique » a commencé. Ici, ça se passe au centre de loisirs Buka, bowling et dancefloor. Ils viennent nombreux. « On laisse passer le choc des trois premiers jours, l'état de sidération », explique le manageur – « Par pitié, pas de nom », insiste-t-il. « Après, il va falloir les occuper, surtout des gens comme eux, habitués à être débordés. » Il ne voit qu'un problème : « Qu'est-ce qu'on va leur faire faire ? »

Comme dans d'autres communes à l'arrière du front, la fabrication de filets de camouflage est un des premiers ateliers lancés. Au Buka, elles s'y activent à cinq ou six, dont une qui n'arrête pas de pleurer. Veste en fourrure rose, 59 ans, brillante consultante en économie : « Je voudrais m'engager dans la défense armée. Je me sens tellement inutile. S'il vous plaît. »

Rares sont ceux, à vrai dire, qui sortent de leur chambre, et toujours le moins possible, tentant derrière les portes closes de rassembler les éclats brisés de leur réussite. Dmitriy Borodin, 42 ans, dirigeait l'usine Grand Inflatable Boats, des Zodiac haut de gamme, à Kharkiv. L'ordinateur posé sur la coiffeuse, il lit les courriels de ses partenaires internationaux : « Dites-nous ce dont vous avez besoin. » Lui ne demande rien, il ne saurait pas quoi demander d'ailleurs. Mais ça réconforte. Le moral retombe avec le message d'un fournisseur danois : « Quand ouvrez-vous à nouveau ? » Les mains du directeur continuent de taper sur le clavier, mais son genou s'est mis à trembler sous la table. « J'ai l'impression que certains ne nous comprennent toujours pas. » L'usine est-elle encore debout ? Le dépôt de matériel esthétique, dont sa femme, Valentyna, faisait l'import-export, a été bombardé.

Spontanément, le directeur s'est exprimé en russe, la langue des affaires en Ukraine, et plus encore à Kharkiv, jusque-là toujours aimantée vers Moscou. Mais désormais, il ne parlera plus qu'ukrainien, il en fait le serment, solennellement et dans cette langue. Quelques fautes lui échappent. « Excusez-moi, manque de pratique. » Sur le lit, Valentyna caresse Gucci, le chien. Leurs amis russes – presque tout leur carnet d'adresses – ne répondent plus. C'est ça le pire pour elle. « Pourtant, on demandait de leurs nouvelles très poliment, avec calme. Maintenant, on n'existe plus pour eux, comme si on était morts. »

Dans la chambre d'à côté, un spécialiste des hydrocarbures ne se voit pas porter une arme. Un silence. « Je me sens coupable. » Sortir pour le petit déjeuner lui pèse, l'impression de regards qui le fixent et le jugent. En revanche, il est fier d'annoncer « 2 000 dollars d'impôts par mois » : « C'est en continuant à gagner de l'argent que je serai le plus utile pour mon pays. Si j'y arrive. » À travers l'Ukraine, ou plutôt dans les villes encore debout, les autorités le martèlent : l'économie doit reprendre pour empêcher un autre effondrement du pays. À Bukovel, on fait la file devant le nouveau guichet électronique installé à l'office du tourisme, pour virer des dons à l'État. Toutes cartes de crédit acceptées. Un appel national à la réouverture des magasins a été lancé.

À l'hôtel Baza, la salle du restaurant ressemble à l'open space d'une start-up, les écrans d'ordinateur éclairent des visages très jeunes, cappuccino à portée de main. Certaines sociétés, celles du secteur « IT » (les technologies de l'information) en particulier, ont organisé le repli de leurs employés vers des hôtels de catégorie « branchée ». Transport, chambre et pension complète pris en charge. Le travail en ligne et les réunions ont déjà repris. Il y a quelques jours encore, Ulla, 30 ans, rédactrice sur le site Headway Media, se serait décrite comme « pacifiste, cosmopolite et pas nationaliste du tout ». Des amis à Barcelone ou à Berlin ont offert de l'accueillir. « Je ne veux pas partir. Pour la première fois de ma vie, je suis fière d'être ukrainienne. »

Comme tous ses compatriotes, Anatoly Kozlovsky se souvient de ce qu'il faisait le 24 février vers 5 h 30. Réflexe de base en entendant l'explosion près de chez lui, à Kiev : ouvrir la messagerie Telegram. Puis, tout de suite, la peur monte. Il est terrifié et honteux d'être terrifié. Mais c'est incontrôlable. Un animal, il vient de se transformer en animal, agressif en plus. Il lui faut fuir, tout de suite. Aujourd'hui, installé au Baza, il n'est pas vraiment sûr d'être redevenu lui-même, ce bel homme de 32 ans, charismatique directeur marketing des salles Planeta Kino, la meilleure programmation de cinéma à Kiev. « Je suis assis là. Je me dégrade et j'en ai conscience. Retournera-t-on jamais à nos vies normales ? Est-ce qu'elles existent encore ? » Il aurait voulu faire quelque chose d'important, là, tout de suite. Un rôle plus humble s'est présenté : convoyer dans sa voiture des personnes et du matériel vers les villages voisins. « Ma place est peut-être celle-là, maintenant. » À Bukovel, il a de quoi vivre six mois, un an peut-être.

Près de l'école de ski, une Jaguar noire scintille sur le blanc de la neige, exposée dans une cage de verre. Une babouchka, vieille femme en bottes de caoutchouc, vend un poulet plumé posé sur un mouchoir. La distribution de repas gratuits se tient un peu plus bas, au fond d'un couloir à l'entrée du parking numéro 1. S'y retrouvent les réfugiés de Bukovel, une centaine peut-être, pour lesquels quelques lits ont été dressés au centre de loisirs Buka.

Fuyant Soumy, dans le Nord-Est, deux femmes ont mis leurs derniers sous pour s'attabler ici, devant le plateau du jour, macaronis et chou. « Au milieu des gens riches, on s'est dit qu'il y aurait forcément des miettes pour nous. » Svetlana et son gamin se sont échappés de la banlieue de Kiev. Elle travaillait dans un salon de massage appelé « Tout pour rendre les femmes belles et minces ». Jamais la mère et le fils n'auraient imaginé approcher Bukovel la Merveilleuse. Hors d'atteinte pour eux, même en pensée. Dans la folie de l'exode et de la guerre, ils ont fait un détour compliqué pour s'y arrêter. « Au moins une nuit, pour la première et la dernière fois. »

Une armée de civils

22 mars 2022

En Ukraine, les citoyens se ruent vers les centres de recrutement pour la défense territoriale, ces unités de civils qui protègent leur propre territoire.

Dans la cour de la caserne, une douzaine de bonshommes en uniformes dépareillés font cercle autour d'une grosse malle kaki. Le gradé s'approche et, d'un geste de Père Noël dévoilant les cadeaux, il ouvre la malle. Autour, les yeux s'écarquillent : un lance-roquettes antichar vient d'apparaître. « Ça arrive de Suède », lâche-t-il, pas mécontent de son effet. La formation pour l'utiliser va durer deux heures, pas davantage afin d'éviter que le groupe ne soit repéré et ciblé. Puis, les volontaires seront dispersés tandis que d'autres seront initiés à leur tour, dans un lieu lui aussi secret.

« Nous sommes conscients de notre privilège : tout le monde n'a pas l'honneur de pouvoir offrir sa vie au pays », s'émeut l'un d'eux, un grand à moustache. Près d'un mois après le début de l'invasion russe, l'atmosphère en Ukraine change de jour en jour. À Tcherkassy, ville du centre jusque-là en deuxième ligne, le gradé sent s'approcher « le bruit des batailles ». Kiev, la capitale, est à 150 kilomètres au nord-ouest, au bout d'une route stratégique toujours hors du contrôle des troupes russes.

Ici, comme sur l'ensemble du territoire, tout manque pour combattre. L'inventaire poignant de la misère s'affiche jusque sur le tableau noir des écoles : besoin de gilets pare-balles, de sous-vêtements, de duvets, de casques, de batteries pour portable, d'armes... Chaque chaussette collectée est précieusement expédiée au front à bord de bus ou de camions camouflés. C'est ce dénuement qui freine aujourd'hui l'impressionnante ruée populaire pour s'enrôler dans la « défense territoriale », nom officiel en Ukraine pour les unités de civils formés à protéger leur propre zone, sous les ordres de l'armée nationale.

L'état-major estime aujourd'hui que 70 % des hommes du pays ont contacté un centre de recrutement, les généraux eux-mêmes n'en reviennent pas. En trois jours, ils ont été « submergés », les ressources en matériel et en encadrement complètement saturées.

Le dispositif a gagné désormais un rôle prépondérant : Soumy, ville du Nord-Est près de la frontière russe, résiste depuis des semaines sous la seule protection de la défense civile et presque sans armes, explique le capitaine Serhii Vokavenko, sur la base de Tcherkassy. De son côté, Kiev combine les forces armées professionnelles autour de la capitale et les volontaires à l'intérieur.

« J'ai tout essayé pour ne pas rester un civil », reconnaît un étudiant en chimie : le bakchich, le piston, l'arme personnelle offerte par ses parents. Rien à faire, il n'y a plus une place, sauf sur la liste d'attente avec des milliers d'autres. Comme beaucoup désormais, l'étudiant s'affiche en pantalon de treillis, coupe militaire, visage très pâle à force de nuits hachées par les alertes aériennes. Il se revoit, voilà quelques mois encore, tentant tout aussi énergiquement d'échapper au service militaire. Il s'excuse aussitôt : « Tous mes amis faisaient pareil. » Aujourd'hui, il sent naître en lui « un sentiment nouveau » pour son pays.

Dans une ancienne usine à cigarettes soviétique, un club de jeunes a installé son *chtab* (QG, en ukrainien comme en russe) depuis quelques années déjà. Celui-là est à Tcherkassy, mais nombre de villes comptent le leur, plus ou moins sur le même modèle, qui revendique un rôle de précurseur dans la mobilisation actuelle. Et c'est dans ces endroits-là aussi que le président russe, Vladimir Poutine, tente de puiser la légitimité de son invasion :

ici, entre l'atelier de « poterie traditionnelle » et les entraînements armés – « nos spécialités », explique Ian Antonyuk, 27 ans, chef du QG –, coulerait la source d'un « nazisme » dont l'armée russe devrait libérer l'ancienne République soviétique.

L'Ukraine d'avant l'indépendance en 1991 ? L'URSS ? Iana Bondaremko, 26 ans, employée dans une agence de pub et membre du *chtab*, jette un regard ennuyé. Des vieilleries, dont ses parents la barbent parfois. Pour elle, l'entrée dans l'Histoire a commencé par le mouvement de Maïdan en 2014, « la révolution de la dignité », ces manifestations massives à Kiev contre la mainmise constante de la Russie et la corruption de l'État. Bilan : 82 morts et la fuite du président. Au *chtab*, tous en étaient. « Quand j'entends les Russes se plaindre, je compare ma jeunesse à la leur : ça me fait rire, continue Iana Bondaremko. Nous avons subi la répression aussi. Mais nous nous sommes battus, nous, pour notre liberté. »

Sur son portable, elle fait défiler des photos du groupe, tous enlacés, souriant, la tête des filles sur l'épaule des garçons, les doigts faisant le « V » de la victoire. Les images semblent prises un jour de match de football, dans les tribunes du Dynamo de Kiev, dont ils sont supporteurs ultras. Mais ils ne sont pas au stade, ce jour-là ; les clichés datent de mai 2014 et le club accompagne treize de ses membres qui partent combattre au Donbass. La plupart, alors, n'ont pas 20 ans, tous inscrits à l'université et « bien éduqués ».

En contrecoup de Maïdan, la guerre vient en effet d'éclater dans cette région de l'est du pays, où des séparatistes ukrainiens prorusses appuyés par Moscou réclament l'indépendance. Au club, s'engager paraît la suite logique de la « révolution de la dignité ». Mais pas question de signer à l'armée nationale. « À cette époque, on ne faisait confiance à personne, ni aux médias ni aux militaires », se souvient l'un. Trop bureaucratiques, trop vieux, trop pauvres, même plus de carburant pour les avions. Trop russes aussi. D'un gouvernement à l'autre, les discours officiels le revendiquent d'ailleurs : l'Ukraine n'a pas besoin d'une armée forte, Moscou veille sur son ancienne République.

Les treize membres du club décident de rejoindre Azov, un bataillon paramilitaire d'un millier de volontaires environ, comme il s'en crée plusieurs à l'époque. « Ils étaient différents, presque sortis d'un film américain. Nous voulions en être, construire un autre monde », se souvient l'un. Plus crûment, Cicatrice (son nom de guerre) assène : « C'était le meilleur moyen d'avoir une arme correcte. » Look de légionnaire, 33 ans, il était l'un des treize à s'engager ce jour de 2014, comme La Hache, un petit avec des cheveux longs qui recense aujourd'hui les colis pour le front. Pas de tatouage sur les mains, leur avait-on recommandé avant le départ : les Russes étaient réputés couper celles des prisonniers lorsqu'elles en étaient ornées, comme des trophées. Immédiatement, Cicatrice avait recouvert les siennes de fer à cheval, têtes de mort, inscriptions « Hard Line » et « Mort aux ennemis ».

En 2015, le bataillon s'illustre contre les troupes prorusses, notamment pour sa participation dans la reprise de Marioupol, ville-clé sur la mer d'Azov. Reconnu troupe d'élite – les décorations pleuvent –, Azov est finalement intégré aux forces armées ukrainiennes la même année.

Il faudrait pouvoir en rester là. Mais une autre face existe aussi, ces défilés aux flambeaux qui ressemblent à ceux des troupes nazies, ce tatouage « SS » entrevu sur une nuque, ces uniformes portés même en temps de paix pour faire pression sur un vote au conseil municipal de Tcherkassy. Ceux du *chtab* en rient, mettant en avant la lutte nécessaire contre la corruption, expliquant qu'il existe sans doute une poignée d'extrémistes, mais noyée au milieu de nouvelles recrues et de patriotes.

À Tcherkassy, un défenseur des droits de l'homme se souvient d'une réunion informelle avec les ambassadeurs allemand et suédois, il y a deux ou trois ans. « Et Azov ? » avaient demandé les diplomates. Ça l'avait exaspéré. Réponse : « Vous les surestimez. Poutine et sa propagande utilisent plus souvent leur nom que nous. » Aux élections, Corps national, le parti d'extrême-droite créé par les fondateurs du bataillon en 2016, n'a jamais atteint 2 %. « Azov et ses clubs jouent de cette image forte. Ils sont capables de dépasser les lignes rouges démocratiques et nous ne sommes clairement pas d'accord avec ça, explique le jeune fondateur d'une ONG locale. Mais dominer le monde ne les intéresse pas : seule l'Ukraine compte à leurs yeux. » De toute façon, « c'est très difficile d'en parler alors que le pays est envahi : ils tiennent leur rôle dans ces périodes-là », ajoute-t-il. Au moment où la phrase s'achève, le journal télévisé annonce l'entrée des chars russes dans Marioupol, redevenue aujourd'hui ville martyre. Cette fois encore, le bataillon Azov y tient position, encerclé après des semaines de siège et de bombardements. Un silence. Le fondateur de l'ONG reprend : « Aucun de ces hommes ne sortira avec un drapeau blanc. »

Aujourd'hui, la guerre a posé son empreinte sur les esprits, les corps, les paysages. Les appels patriotiques occupent les panneaux publicitaires : « Dieu protège nos soldats », « On est forts quand on est unis », « Tu ne gagneras que si tu te bats ». Parfois le message est adressé aux envahisseurs : « Bienvenue en enfer ». Dans un abri antiaérien, un groupe de gamins regarde avidement sur un portable la vidéo de soldats russes prisonniers, menottés face contre terre. Les petits portent fièrement un brassard « Azov », on le voit partout, de plus en plus, y compris chez les femmes. Des nazis ? Encore un peu, ils se fâcheraient et tiendraient ceux qui le prononcent pour « des agents de Moscou ». « Plus Poutine les menace, plus on les aime. Ils sont nos héros. »

À la base militaire de Tcherkassy, le sous-commandant Moise, 55 ans, le reconnaît : « Je n'ai pas toujours été fier de notre armée nationale. » Officier de carrière, le Donbass a, pour lui aussi, joué le rôle de déclencheur. « J'ai vu les Russes non plus en alliés, mais en ennemis. » Il se met à apprendre l'ukrainien, lui le russophone qui voyait dans l'usage de cette langue un signe presque suspect d'ultranationalisme.

Entre 2014 et aujourd'hui, le sous-commandant Moise estime à plusieurs dizaines de milliers les anciens militaires repassés par les casernes pour défendre le Donbass. « C'était le premier élan patriotique, bien moindre qu'aujourd'hui, mais son prélude. » Selon lui, cette réserve, aguerrie au combat, a servi de base à la reconstruction de l'armée. « Elle explique notre résistance face à l'invasion, cette capacité qui a étonné le monde entier, y compris certains Ukrainiens. »

Le 24 février, au premier jour de la guerre, le *chtab* a de nouveau accompagné dix de ses membres, tous anciens du Donbass, s'inscrire à la défense territoriale de Kiev. Ils voulaient être « sur la ligne de front ». Cicatrice, lui, est devenu instructeur pour les volontaires de Tcherkassy. « Maintenant, nous obéissons à l'état-major », grince-t-il dans un sourire contrit. Son unité ne compte toutefois que des anciens d'Azov, vétérans de 30 ans à peine, qui suivent leur propre entraînement. Ils représentent moins de 5 % de la défense territoriale en ville. Chaque jour, plus de 400 personnes supplient le *chtab* de les intégrer.

Le procès du sergent russe qui ne savait « rien » de l'Ukraine

19 mai 2022

En Ukraine, le premier procès pour crime de guerre va se tenir alors que les combats s'intensifient : une course pour prendre de vitesse la désinformation russe.

Les crimes de guerre ont depuis quelques jours un visage en Ukraine : celui d'un gosse aux traits fins, presque imberbe, le sergent russe Vadim Chichimarine, 21 ans. D'une rafale d'AK-74, il a tué un homme qui poussait son vélo dans un village ukrainien près de Soumy, dans le nord-est du pays. L'homme est mort à quelques mètres de chez lui, il ne portait pas d'arme, il avait 62 ans, selon Iryna Venediktova, la procureure générale.

Le sergent Chichimarine a été arrêté alors qu'il cherchait à s'enfuir avec quatre autres militaires. C'était le 28 février, la guerre en était à son cinquième jour. Moins de trois mois après le début de l'invasion, les 1 000 cotes du dossier Chichimarine sont bouclées et le premier procès pour crime de guerre se tient, ce mercredi 18 mai 2022, devant un tribunal de quartier de Kiev – le pays ne dispose pas de cour spéciale.

Ce n'est que le début d'un long processus : le parquet général affirme avoir déjà recensé plus de 12 000 cas présumés de crimes de guerre. Juger de simples militaires – avant même de poursuivre des haut gradés – pour de tels faits reste rare sur le plan international. C'est encore plus exceptionnel quand les combats se déchaînent toujours dans le pays.

L'avocat ukrainien du sergent russe, Viktor Ovsiannikov, commis d'office, a, comme beaucoup de ses collègues, plutôt l'expérience des dossiers qui traînent pendant des années. « Mais celui-là fait l'objet d'une attention particulière, dit-il. Il devait être lancé le plus rapidement possible, tout le monde le comprend ici. » Dans cette guerre hybride, les combats se jouent avec autant d'acharnement sur le front de l'information que sur celui des armes. À Moscou, le Comité d'enquête de la Fédération de Russie, principal organe d'investigation judiciaire, travaille déjà lui aussi à plein temps sur des supposés crimes de guerre ukrainiens. « Nous devons être plus rapides qu'eux pour établir les faits, ne pas les laisser installer leur fiction », estime un magistrat ukrainien. Aujourd'hui, le pays tout entier semble lancé dans une course de vitesse pour enquêter sur la guerre en temps réel. Une justice immédiate.

À Borodyanka, 15 000 habitants, à la périphérie de Kiev, les services judiciaires locaux se sont installés dans une école après que les bombardements ont réduit en poussière une grande partie de la ville. Des femmes attendent sur un banc devant la classe de géographie. « Ici, chaque tête a son malheur », dit l'une. Tamara Kazbanova, procureure adjointe, a empilé ses dossiers sur le bureau de la maîtresse, au milieu des mappemondes. À l'arrivée des chars russes, le 3 mars, elle avait emporté son ordinateur dans sa fuite vers l'ouest. Dès le lendemain, elle s'est mise à « télétravailler » de sa propre initiative, comme si la chose allait de soi. « Je ne suis pas la seule, se récrie-t-elle aussitôt. Ici, tout fonctionne comme ça, beaucoup d'auto-organisation, sans attendre forcément une directive d'en haut. »

Prisée des classes moyennes, la région l'avait plutôt habituée aux petits vols et aux affaires de cannabis. Cette fois, ses concitoyens restés sur place – « les plus vieux et les plus coriaces », affirme l'un d'eux – lui envoient les premiers éléments de crimes de guerre supposés. Par portable et au péril de leur vie : filmer ou même téléphoner en public dans des zones occupées conduit à l'arrestation immédiate, la torture, l'exécution parfois. Au poste de contrôle, les téléphones sont vérifiés avec davantage de soin que les papiers d'identité. « Ils sont considérés comme plus dangereux que les armes », explique un habitant. Dans le dossier du sergent Chichimarine, le premier à être jugé, c'est d'ailleurs la raison du meurtre : la victime passait un simple appel.

Depuis son retour à Borodyanka, fin mars, après le retrait des Russes, la procureure adjointe reçoit une quinzaine de personnes chaque jour. Feodor Grigorievitch Ivanov, un avocat, est venu signaler les six corps enterrés près de l'hôpital pendant l'occupation, deux femmes et quatre hommes, tous fusillés et l'un d'eux décapité. Il a tracé un plan précis. Ludmila Boïko, une psychologue, témoigne, elle, de cette famille qui a agonisé sous les décombres pendant des heures, appelant à l'aide. Ceux qui s'approchaient pour leur porter secours étaient abattus par un sniper.

Témoigner devant la justice internationale ? Tetyana Riaboushits, directrice d'une maison pour enfants handicapés, n'est pas sûre de le vouloir, sans trop savoir pourquoi. Elle préfère une procédure ukrainienne. Le 6 avril 2022, son père, Grigori Chevtchenko, a été retrouvé dans un garage, à l'autre bout de Borodyanka. Il était méconnaissable, battu, torturé, achevé d'une balle. Électricien, il avait ouvert sa maison et sa table à six militaires ukrainiens. Au-delà du volet judiciaire, c'est une frénésie d'enquêtes qui paraît traverser le pays.

« Pour ne pas laisser les Russes raconter [l']histoire [des Ukrainiens] à leur façon », Olga Feshynko, 52 ans, sans emploi aujourd'hui, s'est mise à collecter les récits autour d'elle. À la fin des entretiens, elle pose toujours les mêmes questions. « Pourra-t-on pardonner ? » Tout le monde dit que non. Puis : « À quoi rêvez-vous ? » « Les hommes répondent : à la victoire et les femmes : à la paix », rapporte Olga Feshynko. Elle fait une petite moue. « C'est très conventionnel. » Seul un gamin de 11 ans lui a raconté les choses autrement. Pardonner ? « Oui, on peut. » Quant à son rêve, il voudrait voyager. Elle compte en faire un livre.

Dans la salle de géographie, la procureure adjointe Tamara Kazbanova enregistre les premiers procès-verbaux, puis planifie ses déplacements sur les lieux. Autour, dans les rues de Borodyanka, tout est encore là, jusqu'aux plus petits signes, comme ce graffiti russe sur un pan de mur calciné : « Ce quartier, c'est le nôtre. » Ou ces rubans blancs toujours accrochés aux boîtes aux lettres, signe exigé par les soldats occupants pour signaler les maisons encore habitées. Une femme raconte avoir dû le nouer elle-même, devant son mari à genoux, un pistolet sur la tempe.

« L'Ukraine entière est une scène de crime », a lancé Karim Khan, le procureur de la Cour pénale internationale, en visite dans la ville voisine de Boutcha, le 13 avril 2022. À ceux qui parlent d'une justice précipitée, Tamara Kazbanova explique que cette immédiateté facilite le recueil des éléments. Ceux-ci sont ensuite transmis à Kiev, où les services de sécurité prennent la relève, notamment pour le travail d'identification des criminels de guerre présumés. Le sergent Chichimarine sera jugé le premier, « parce que les faits sont simples et qu'il est présent sur le territoire », explique son avocat. Selon l'accusation, l'arme du soldat russe a été saisie, des témoins l'ont reconnu, il a avoué. « Mais ça ne sera pas un spectacle, continue l'avocat. Je reste très attentif au respect du droit. Les instances internationales nous observent. »

Deux autres procès devraient être rapidement audiencés, dont celui d'un soldat russe dans la région de Brovary, un village en banlieue de Kiev. Il aurait tué un homme et violé sa femme, de manière répétée, en présence de leur fils de 4 ans, selon le parquet général. C'est un ours ouvrant grand la gueule, tatoué sur sa poitrine, qui a permis de l'identifier. La femme avait décrit le dessin. Le militaire a été retrouvé grâce aux réseaux sociaux : sa photo torse nu figure sur sa page Facebook. Le procès aura lieu par contumace, le soldat ayant fui en Russie.

Le procès du sergent russe qui ne savait « rien » de l'Ukraine

21 mai 2022

En Ukraine, le premier procès pour crime de guerre (suite).

L'avocat ukrainien Viktor Ovsiannikov se souvient de sa surprise, il y a un mois, en découvrant le soldat russe qu'il allait devoir défendre dans le premier procès intenté pour « crime de guerre » depuis l'invasion de son pays. Maître Ovsiannikov, 43 ans, a l'habitude d'être commis d'office dans les dossiers noirs : il a déjà pour client le chef d'un centre de torture secret créé par les séparatistes prorusses dans le Donbass. Cette fois, il s'attendait à rencontrer un « orque », surnom donné par les jeunes Ukrainiens aux soldats russes, en référence à ces créatures – monstrueuses et furieuses – inventées par J. R. R. Tolkien.

À l'ouverture de son procès, à Kiev, mercredi 18 mai 2022, l'orque en question s'avance entre quatre militaires : le sergent Vadim Chichimarine, 21 ans, 50 kilos, flottant dans un survêtement trop large. Ses lèvres tremblent dans un visage de gosse quand il plaide coupable, reconnaissant avoir tué un civil qui ne portait pas d'arme. Son procès se tient devant les caméras de la planète entière. D'autres conflits ont produit des procès spectaculaires, où de hauts responsables ont comparu devant des cours spéciales. Mais l'affaire du sergent Chichimarine prend l'histoire par l'autre bout : celui d'hommes ordinaires précipités dans la guerre, au ras de la peur et de la boue.

En Ukraine, les cours d'exception n'existent pas. Dans le cas présent, plaider coupable permet, comme dans n'importe quelle affaire, une procédure courte, sans examen du dossier, passant directement au réquisitoire et à la plaidoirie. Mais ce premier procès se veut « exemplaire », a martelé le procureur, Andriy Syniuk, pour démontrer que l'Ukraine était un État de droit, respectueux des principes fondamentaux. Il a donc été décidé que les preuves y seraient tout de même examinées et les trois principaux témoins entendus.

Debout dans le box, Vadim Chichimarine les écoute raconter ce qui s'est passé à Tchoupakhivka, dans le nord-est de l'Ukraine, près de la frontière russe, le 28 février, quatre jours après le début de l'invasion. De la guerre, on sait alors peu de choses dans la commune. « Personne ne s'y attendait. On s'informait sur Internet et on essayait de rester chez nous », raconte un voisin, à la barre. La veille, les habitants ont vu des chars en colonne remonter la rue Lénine sans s'arrêter, lancés vers Soumy, la capitale régionale. La nuit tombée, des explosions ont retenti. Alors, au petit matin, ça discute par groupes timides lorsque surgit une Volkswagen Passat. Tombés dans une embuscade sur la route, les militaires russes avaient organisé un convoi pour rapatrier leurs blessés. Mais celui-ci fut à son tour attaqué.

Dans la débâcle, cinq soldats ont volé le véhicule ; parmi eux, le petit sergent Chichimarine. Lui vient de Sibérie, de la région d'Irkoutsk, à plus de 5 000 kilomètres de là, l'aîné de cinq enfants. Un temps, il a travaillé dans un magasin de pneus. Puis, à 18 ans, en 2019, il s'est engagé dans l'armée, « naturellement », dit-il. Où d'autre aurait-il eu l'espoir de gagner autant d'argent pour soutenir sa mère ? « Combien ? » demande le président. « L'équivalent de 550 dollars [520 euros] par mois. » Le président continue : « Que saviez-vous de l'Ukraine ? » Lui : « Rien. Ça ne m'intéressait pas. »

En traversant la frontière, au début de la guerre, le chef leur avait dit qu'ils pousseraient jusqu'à Soumy faire une démonstration de force. « Au bout de trois jours, on devait rentrer tranquillement à la maison », raconte Chichimarine. Mais, au lieu de cela, il se retrouve fuyant à bord d'une Volkswagen bondée, avec un pneu crevé et le lieutenant coincé dans le coffre. « Je pensais qu'on allait tous mourir. »

À Tchoupakhivka, le groupe de voisins s'est précipité à l'abri en voyant la voiture. Sur le trottoir, il ne reste qu'Oleksandr Shelipov, 62 ans, conducteur de tracteur, qui pousse son vélo : il a voulu aller vérifier où les bombes étaient tombées. Dans sa main, il tient un portable. Dans cette guerre hybride, c'est pire qu'une bombe. « Sur le siège avant, un soldat, que nous ne connaissions pas, a crié : “Il va nous dénoncer ! Tire, tire.” Chichimarine a tiré par la fenêtre ouverte », raconte Ivan Maltisov, devant la cour. Lui aussi est militaire, même âge que Chichimarine, même crâne rasé. Aux pieds, l'un et l'autre portent encore leurs vieux godillots de soldats, sans lacets pour Maltisov. Un instant, leurs regards se croisent, minuscule lueur dans leurs visages immobiles de vaincus. Ils sont les deux seuls à avoir été pris. En détention, les quelque six cents prisonniers russes sont isolés des détenus ukrainiens pour éviter le lynchage.

Dans le village, c'était la première fois qu'on entendait une rafale de kalachnikov AK-74. La femme d'Oleksandr Shelipov, qui tirait de l'eau au puits, est sortie aussitôt. Son mari est l'unique victime de Tchoupakhivka. Témoin elle aussi, la veuve pleure. Cela ne la gênerait pas, dit-elle, que le petit sergent soit échangé contre un combattant d'Azovstal, faisant référence à ce bataillon dont une partie des hommes viennent de déposer les armes après des semaines de siège à Marioupol, dans le sud-est du pays. Devenus des héros, c'est vers eux que toute l'Ukraine a aujourd'hui les yeux tournés, bien plus que vers le procès. À son tour, la veuve s'adresse à Chichimarine : « Quel sentiment éprouviez-vous envers mon mari ? » C'est la seule fois qu'il répond sans hésiter. « La peur. »

La perpétuité a été requise. « Avec la guerre, le pays a changé. Je vous demande de garder la tête froide. Nous n'avons moralement et légalement pas le droit d'être guidés seulement par nos sentiments », a avancé Maître Ovsiannikov.

Depuis le début de la guerre, le pays se montre attaché à organiser lui-même ses procès, quitte à laisser pour plus tard une affaire d'envergure à la Cour pénale internationale (CPI). De nombreux spécialistes sont d'ailleurs venus de l'Union européenne et des États-Unis pour aider Kiev dans ce domaine sensible des violations présumées du droit international. Représentants des Nations unies ou de la CPI, magistrats, police scientifique, experts, tous restent étrangement silencieux depuis le début des audiences. « Le système ukrainien a pris tout le monde de vitesse : est-il capable de mener, si rapidement et en pleine guerre, de tels procès ? s'interroge un expert européen. Le moindre faux pas pourrait fragiliser tout le processus et se retourner contre eux. »

L'affaire Chichimarine, qui semblait simple au regard de celles des exécutions et des fosses communes dans les villes de Boutcha ou de Marioupol, s'est transformée en test. Et avec le petit sergent russe, c'est l'État ukrainien qui risque aussi d'être jugé.

La cour, composée de trois magistrats professionnels, l'a condamné par la suite à quinze ans de prison. Deux autre procès sont déjà programmés.

« Et si, en Europe, ils finissaient par nous oublier ? »

1er juin 2022

En Ukraine, des volontaires organisent la résistance, palliant les faiblesses de l'État et de la bureaucratie. Y compris à Mykolaïv, ville russophile avant la guerre.

Des dames en chapeau de paille et lunettes de soleil discutent gentiment sur la place du village, on se croirait un jour de marché, à Lymany, à quelques kilomètres de Mykolaïv, dans le sud de l'Ukraine. La veille, le 27 mai 2022, tout le village a reçu le même SMS : « Attention, Lymany va être bombardé. Vous avez jusqu'au 30 mai pour fuir ou rallier les forces russes. La victoire sera de notre côté. »

Plusieurs tirs ont déjà éventré la mairie en avril, puis l'école d'un bourg voisin, et fait deux morts dans un immeuble du village. Personne, pourtant, ne paraît s'affoler. « Encore de la propagande pour semer la panique », coupe Natalya Panachy, maire et professeure de physique, du ton qu'on prendrait pour parler d'une publicité envahissante.

Ici, la guerre peut parfois ressembler à une routine sinistre : ce jour-là, le sujet qui occupe les esprits reste la distribution de sucre, 5 kilos par famille, attendue depuis des heures dans la chaleur qui monte. Au petit supermarché, de l'autre côté de la place, les rayons débordent, bien garnis, mais le seul client est un militaire qui s'offre une glace au chocolat.

Trois mois après l'invasion russe, la situation semble avoir muté par endroits : ce ne sont plus les marchandises qui manquent, comme au premier temps des combats. C'est l'argent. La distribution va enfin commencer. « Et si, en Europe, ils finissaient par nous oublier ? » lâche quelqu'un dans la file. La voix d'une retraitée, au brushing impeccable, s'élève dans le silence : « Moi, j'aime le sucre. Mais je préférerais des armes. » Elle l'a dit poliment, sans un reproche.

Au loin, des panaches de fumée et des tirs d'artillerie dessinent l'horizon des combats. Contenue par les troupes ukrainiennes à Mykolaïv, grand port à l'estuaire du Dniepr, l'avancée russe a été repoussée hors de la ville. La ligne de front s'est désormais stabilisée à 20 kilomètres au sud, à la limite de l'oblast de Kherson, seule région occupée par Moscou depuis février 2022. « Leurs soldats se sont repliés exactement le long de cette frontière administrative », explique un militaire ukrainien. Cela le fait rire. « On reconnaît bien la bureaucratie russe. » Dans cette steppe rase, ouverte à perte de vue, tout mouvement se repère aussitôt. Les deux armées campent dans une guerre de position, où chacune observe l'autre creuser des tranchées, de plus en plus impressionnantes, sous le survol incessant des drones ennemis.

Depuis la ligne de front, on arrive à Mykolaïv par le quartier Korabelny, au sud, celui des grands chantiers navals. Les colonnes russes comptaient y entrer sans combat, ou presque ; seuls des pilonnages stratégiques, dont celui de l'aéroport militaire, étaient prévus. À en croire des documents trouvés sur des prisonniers russes, le gros des troupes devait même contourner la ville pour se diriger directement sur Odessa, à 130 kilomètres plus à l'ouest. La population, elle, semblait tout acquise, selon les occupants.

« À Mykolaïv, c'est vrai, on aimait les Russes. L'ère soviétique fut une des périodes les plus prospères pour nous, grâce aux chantiers navals militaires de l'Armée rouge », estime le maire, Olexander Senkevich. Lui-même « prie en russe », dit-il, sa langue maternelle. « Mais l'opinion a évolué, notamment depuis l'annexion de la Crimée en 2014. Nous ne leur céderons pas un mètre carré. » M. Senkevich est un quadragénaire aux yeux bleus, chahuté un temps dans sa ville pour des affaires d'abus de biens sociaux. La guerre lui a donné une autre dimension ; à l'image du président Volodymyr Zelensky, en quelque sorte. Il a d'ailleurs adopté la manière présidentielle dans sa façon de parler ou de s'habiller : tee-shirt kaki près du corps, pantalon camouflage, petite arme discrète à la taille. Comme si une génération Zelensky était en train d'éclore sous les bombes.

Loin d'applaudir les troupes russes, la population de Mykolaïv s'est révélée, au contraire, un pivot de la résistance, y compris sur le plan militaire. C'est le cas un peu partout en Ukraine, au point que le phénomène est désormais étudié à travers le monde par les experts. Esquissée pendant la guerre du Donbass en 2014, cette mobilisation citoyenne se renforce aujourd'hui. Organisation horizontale, structurée localement, reposant avant tout sur les relations personnelles plus que sur les institutions, elle prend des formes différentes selon les territoires, les besoins ou les initiatives. Au début de la guerre, Oleg, fonctionnaire à Mykolaïv, a fait le tour des administrations pour proposer les services de Niko Volunteers, l'association d'aide aux militaires qu'il venait juste de créer. « Notre État n'a pas les moyens, on le sait tous. Mais les autorités restaient suspicieuses, répétant : "On a ce qu'il faut, on n'a pas besoin de vous, on ne sait même pas qui vous êtes", raconte Oleg. La bureaucratie plombe tout. »

Au sein de Niko Volunteers, la décision est alors prise de s'organiser en direct avec les gradés de terrain de l'armée ukrainienne. « Maintenant, ils nous contactent en fonction de leurs besoins. » Trois drones, trois smartphones, deux jeeps, quatre tablettes ont déjà été fournis, financés par des appels aux dons sur les réseaux sociaux. « Si on ne peut pas, on les oriente vers d'autres, les associations sont nombreuses. » Dans sa grande misère, l'État ukrainien peine même ici à nourrir ses troupes, fournissant surtout du *kacha* (sarrasin), et pas pour tout le monde. Niko Volunteers a monté un système de commandes en ligne, une sorte de cantine 2.0. « Les militaires annoncent combien ils veulent de repas, on s'engage à les livrer en cinquante minutes. »

Dans le quartier Korabelny, des volontaires en civil patrouillent anonymement dans des zones pavillonnaires devenues fantomatiques, maisons chéries transformées en poussière, massifs de fleurs troués de cratères, des rues entières de rêves explosés. Sur le téléphone d'un de ces volontaires, un grand brun en bermuda, les messages n'arrêtent pas de tinter : « 14 h 06 : 8 hélicoptères décollent de Kherson », « 14 h 17 : 6 tanks et 4 camions sont signalés sur telle route », « 14 h 22 : transport de carburant venu de Crimée ». Aujourd'hui, c'est lui qui centralise les informations envoyées secrètement par des citoyens des zones alentour. Les données sont transférées aux militaires, les contacts changent tous les jours pour éviter d'être repérés. D'autres volontaires ont fabriqué des bombes artisanales pour piéger certaines voies d'accès ou font le guet sur les toits. Les pilonnages ont été particulièrement intenses en mars et en avril, lorsque les troupes russes croyaient encore pouvoir avancer. Situé à portée d'artillerie, Korabelny reste la zone la plus durement frappée, avec seulement douze jours sans bombardements en trois mois de guerre.

Un énorme checkpoint monté par les habitants de Korabelny marque la limite avec la campagne. Des gens circulent, bidon à la main, pour l'essence ou l'eau potable, les canalisations endommagées sont en zone de combat. En gilet pare-balles, des employés municipaux ratissent les pelouses des terre-pleins et ramassent les poubelles. « Les premiers jours de l'invasion russe, on n'apercevait aucune force armée ukrainienne dans les rues », se souvient Denys Sintchenko, 27 ans, chauffeur routier. Il se revoit, observant à la jumelle l'avancée des colonnes russes. « On était 300 sur notre checkpoint, on les attendait, sûrs qu'on allait tous mourir. »

À l'époque, les forces de police aussi semblent avoir disparu, même le numéro d'urgence ne répond plus. Denys et son ami d'enfance Pavlo Salohub, professeur d'histoire, s'enrôlent alors dans une brigade régionale, créée par le gouverneur pour suppléer les forces de l'ordre dans les quartiers. Le numéro rouge de la brigade est placardé partout.

Un matin, une femme les appelle en cachette depuis un abri antiaérien. Elle explique s'être réfugiée avec 70 personnes dans un sous-sol, des mères et des enfants surtout, lorsqu'un homme armé a surgi pour les braquer, argent, bijoux, téléphone. Denys et Pavlo réussissent à capturer l'homme. Sur les réseaux sociaux, une vidéo, tournée par des activistes à Lviv (dans l'ouest de l'Ukraine) après l'arrestation d'un pillard, les avait frappés. Elle montrait le voleur saucissonné à un lampadaire avec du scotch industriel. Son pantalon baissé. Visiblement, il avait été fouetté. Sur son front, une main avait écrit : « maraudeur ». Les deux amis décident de faire la même chose. Leur film devient viral. Avec le recul, Denys ne sait plus s'il a bien agi. « On était choqués, c'était le début. On n'est pas policiers. » Ils n'ont jamais recommencé. À Mykolaïv, les commissariats ont repris du service.

Les marins bannis de la mer Noire

8 juin 2022

En Ukraine, depuis le blocus instauré par les Russes, les quais d'Odessa sont déserts : un drame économique et intime pour le premier port du pays.

Sur la digue, deux amies en bikini léopard s'abandonnent au soleil devant le panneau « Danger, mines ». Un ruban blanc interdit l'accès à la plage, mais les serviettes de bain se disputent chaque centimètre de béton. Dans le bleu du ciel, les grues du port se découpent, immobiles comme un décor. Quand trois missiles strient soudain l'horizon, on rappelle les enfants et on range les pique-niques de mauvaise grâce. À Odessa, au bord de la mer Noire, remonter la jetée dans la rumeur des bars, c'est longer la ligne de front. « Oui, la ligne de front. Ça vous fait rire ? » demande un marin. Ici, la guerre offre une image, qu'elle n'a nulle part ailleurs. Elle est pourtant bien là.

Depuis le début de l'invasion russe, le 24 février 2022, c'est vers la mer que les habitants gardent les yeux tournés. Des bateaux militaires russes se sont approchés de la ville, en mars et en avril, « manière d'être vus, une sorte de pression permanente, raconte Julia Himerik, jeune journaliste. On était sûrs qu'ils nous envahiraient par là. » La flotte russe est d'ailleurs la seule à naviguer désormais, avec le blocus sur la mer Noire instauré par Moscou : une catastrophe pour toute l'Ukraine, dont 75 % des exportations se font par bateau.

À Odessa, le piège s'est refermé. Sur les quais déserts, la longue attente commence, un drame pour la ville, plus intime sans doute, celui des bannis de la mer.

« Notre revenu depuis le blocus ? Zéro », dit Andrey Stavnitser, 39 ans, opérateur portuaire majeur de la région. Il se souvient de son effroi, déjà, au moment de l'annexion russe de la Crimée en 2014. « On a réalisé que cent personnes bien entraînées suffiraient pour prendre Odessa par surprise. » À l'époque, un plan secret est décidé avec les actionnaires de TIS (Transport Ivent Service), le terminal céréalier fondé par les Stavnitser et le plus important de la mer Noire : si les militaires russes occupent la ville, TIS détruira elle-même ses installations. Tout plutôt que les laisser à Moscou et à ceux qui œuvrent en Ukraine pour le ralliement. Aujourd'hui, Andrey Stavnitser n'est pas sûr que la même décision serait prise, à supposer le pire. Les choses sont en train de changer, estime-t-il.

Le temps n'est-il pas venu de défendre, au contraire, les infrastructures menacées par les troupes russes ? Le 4 juin dans la nuit, un porte-parole militaire ukrainien annonçait le bombardement d'un important terminal céréalier à Mykolaïv, autre ville portuaire à 130 kilomètres. « C'est notre avenir qu'ils veulent tuer, dit un autre opérateur. Il faut faire front, même entre concurrents. »

Pour mesurer ce revirement ukrainien autour de la mer Noire, essayer de comprendre les sentiments et les eaux mêlés, il faut aller à Tchornomorsk, port satellite d'Odessa. Récemment encore, la ville ne se repérait pas facilement sur une carte : elle s'est longtemps appelée Illichivsk en l'honneur de Vladimir Ilitch Lénine, nom donné à sa création sous l'Empire soviétique pour désengorger les docks d'Odessa, en plein centre-ville et donc impossible à développer. Construite pour le port, nourrie par lui, Illichivsk avait été sacrée « cité la plus prospère » d'URSS. Son nom a survécu après l'indépendance de l'Ukraine en 1991, la nostalgie aussi, avec une certaine idée de sa grandeur passée.

Les lois de décommunisation finissent par la rebaptiser « Tchornomorsk » en 2015. Mais dans certains milieux, ceux de la mer surtout, il restait de bon ton de l'appeler encore Illichivsk, à voix forte, comme un slogan et un signe de reconnaissance. Depuis la guerre, plus personne ne s'y risquerait. Des drapeaux ukrainiens sont apparus quand le *Moskva*, navire amiral de la flotte russe, a été touché par deux missiles au large, le 14 avril. Un monument sera offert à ceux qui l'ont coulé, a promis le conseil municipal. Et aussi une jolie somme à chacun d'eux, « après la victoire, bien sûr », précise le maire, Vasyl Huliaiev.

Les élus prorusses eux-mêmes ont acquiescé, principale force d'opposition locale. Aucun n'évoque plus un rapprochement avec Moscou. L'un s'est même mis à tonner contre les « pirates russes qui nous pillent », depuis que des cargaisons de blé ukrainien ont été saisies à Marioupol. À Tchornomorsk, l'arrêt du port, et donc des taxes, prive la ville de 40 % de son budget. À Odessa et ses villes satellites, c'est aussi à hauteur d'hommes que se joue le blocus. Les ports possèdent ici le pouvoir de changer en seigneurs ceux qui y travaillent : un jeune débute à 1 000 dollars mensuels (933 euros) quand enseignants et infirmières touchent moins de la moitié. Mais aujourd'hui, seuls 10 % des 50 000 employés dans la région – secteur privé compris – restent en activité, de la maintenance surtout. L'État a versé des compensations, des entreprises maintiennent les salaires. « On ne tiendra pas longtemps », dit un entrepreneur. En ville, on voit des gamins fouiller les poubelles.

La guerre a cueilli Evgen Silvestrov, officier de marine marchande à Odessa alors qu'il rentrait de mission sur un cargo dans les ports néerlandais. Cinquante mille marins résident dans la ville sur 170 000 en Ukraine, une fierté. Dans le quartier du port, des maisons portent les plaques de capitaines illustres qui les ont habitées. Chaque famille compte un homme en mer, ou plutôt plusieurs, par dynasties entières. Pour eux, un second blocus se rajoute au premier : tout homme mobilisable de 18 à 60 ans a l'interdiction de quitter le pays. Privé de navigation, l'officier Silvestrov s'est lancé dans l'aide aux militaires.

Ivan, matelot, s'apprêtait à embarquer pour l'Uruguay. Comme beaucoup, il subit sa situation en silence, à la manière d'un mal secret. « Si je proteste, les militaires diront : “Tu te plains de perdre ton travail, alors que d'autres perdent leur vie à la guerre.” Et ils vont m'envoyer au front. » Des organismes ukrainiens, l'Assol (fonds d'aide aux marins) ou le MTWTU (Syndicat des travailleurs du transport maritime) se démènent pour obtenir la même dérogation que celle des camionneurs ou des cheminots.

Lorsque la guerre a éclaté, des marins ukrainiens se trouvaient en mer avec des Russes : les deux nationalités sont appréciées des armateurs, qui aiment les mélanger dans les équipes. Même culture, même langue. « On essaie de ne pas parler politique à bord, y compris depuis l'annexion de la Crimée, explique Sergyi, 53 ans, mécanicien. Moi, je dis : ma nationalité, c'est Odessa. » Cette fois, les premiers incidents ont eu lieu dans le huis clos des navires. Un autre s'affole déjà : « Si ça dure trop longtemps, est-ce qu'on va disparaître ? »

À l'école professionnelle des marins Marinesco, les élèves en uniforme sont assis en classe. Mickayil, 12 ans, se lève, droit, main sur les cuisses, menton haut. La mer, et rien d'autre. Il sera marin, comme son père. Ou comme son frère peut-être. Lui aussi en est un. Mais dans l'armée.

Les cent jours des orphelins de Marioupol

12 juin 2022

En Ukraine, après des semaines terrés dans les caves de la ville, des enfants, seuls, sont déportés vers Donetsk, territoire sous contrôle de Moscou. Ces orphelins sont en passe d'être adoptés quand le directeur de leur établissement se lance à leur recherche.

Au collège polytechnique, les enfants de l'internat ont entendu des bombardements au petit matin, le 24 février 2022. Ils les ont pris pour des tirs d'entraînement. Cela faisait quelques jours déjà que des explosions résonnaient à Marioupol, dans le sud-est de l'Ukraine. C'est Ivan Matkovsky, 16 ans, qui l'a annoncé aux autres : « Cette fois, on va connaître la vraie guerre. » Il l'a vu sur les réseaux sociaux.

Une vingtaine de gamins sont alors pensionnaires. Venus des campagnes pour suivre leurs études, la plupart sont déjà rentrés dans leurs villages. Ivan, lui, comme deux autres élèves, n'a personne. Dans un monde en train de basculer, le périple des orphelins vient de commencer.

À Marioupol, l'électricité s'arrête, puis l'eau, puis les connexions. Dans plusieurs établissements, le personnel a fui, abandonnant les élèves. Le directeur du collège, Anton Bilay, 41 ans, cuisine chez lui des repas qu'il porte à l'internat, en personne et sous la mitraille. Le collège ne possède pas d'abri sécurisé. Le directeur finit par demander à la police d'évacuer les orphelins. Le 5 mars, ils sont transférés vers l'université technique. Là sont regroupés les plus faibles : des femmes et des enfants, des nourrissons. Pas d'hommes, sauf quelques vieillards. La faim les obsède autant que la peur, parfois plus. Dehors, la température est tombée à – 12 °C. Dedans aussi.

Au bout de deux semaines, des militaires ukrainiens viennent leur conseiller de fuir : la ville s'attend à des bombardements intenses. Il faut imaginer la petite troupe qui titube hors de l'abri, à l'aube du 19 mars. La plupart n'ont pas vu la lumière depuis des jours. Tous sont malades. Il leur faudrait courir. Ils n'y parviennent plus, s'accrochant à un vague bagage comme à une dernière bouée.

Leur abri était sur la rive gauche du fleuve, prise d'assaut par l'armée russe. Depuis la destruction des ponts, plus aucune voie de repli ne subsiste vers le reste de l'Ukraine. Leur seule chance de survie serait d'atteindre le checkpoint russe, leur ont expliqué les militaires ukrainiens. Ils remontent la jetée le long de la mer d'Azov. Le poste de contrôle surgit devant eux. « On n'avait pas d'autre choix, se souvient Maxim Boyko, 15 ans, l'un des trois orphelins de l'internat. On nous a fait monter dans un bus. »

Direction Donetsk, territoire ukrainien sous contrôle des séparatistes et des troupes russes depuis 2014. Les orphelins se retrouvent à l'hôpital pédiatrique numéro 5. Une dizaine d'autres sont déjà là, tous de Marioupol aussi. « Des enfants des caves », résume Ivan. Le plus jeune a 8 ans. Pour la plupart, leurs parents se sont un jour risqués hors de l'abri où ils étaient réfugiés pour trouver à manger, ou du moins essayer. Ils ne sont jamais revenus.

Parfois, des bénévoles viennent chercher les gamins pour faire un tour au parc de jeux dans le centre commercial. La plupart du temps, ils jouent dans la rue. « Vous allez continuer vos études dans un autre collège la semaine prochaine », leur promet le maire de la ville. De son côté, une infirmière affirme : « Vous serez bientôt accueillis dans un autre foyer. » Rien ne se passe pendant des semaines. Puis la guerre les rattrape. Les bruits des combats se mettent à enfler. Cette fois, proposition leur est faite de partir en camp près de Moscou. Ils refusent. « On ne se sentait pas prisonniers, pas à l'aise non plus », explique Ivan. Mais, surtout, ils ont réussi à joindre Anton Bilay, le directeur de leur collège, par messagerie. Il va venir les chercher, les orphelins n'en doutent pas. Ils l'attendent, comme une évidence.

S'il fallait vraiment choisir un héros dans cette histoire, ce serait lui : le directeur. Avec femme et enfants, il a réussi à atteindre l'ouest de l'Ukraine, une région à l'abri, relativement préservée des combats. Là-bas, il tente de recréer son établissement, recensant les professeurs dispersés à travers l'Europe.

Après l'évacuation des trois orphelins, Anton Bilay avait cherché leur trace en vain. Il n'en revient pas de les savoir en vie. Un contact est pris avec l'hôpital numéro 5 de Donetsk. Ces enfants-là ? Ils vont être adoptés grâce à une procédure facilitée, lui annonce-t-on. Pour s'y opposer, il doit remplir plusieurs conditions. D'abord, prouver que les enfants sont effectivement sous sa tutelle. Mais, dans Marioupol qui agonise sous les bombes, tout a brûlé au collège polytechnique, personne ne peut même certifier que le bâtiment existe encore. Anton Bilay réussit finalement à refaire les documents demandés. Deuxième condition : le directeur doit se présenter lui-même à l'hôpital de Donetsk, après validation par les instances compétentes à Moscou. Pour un Ukrainien, se rendre en pleine guerre en Russie et en zone occupée, sur le territoire ennemi, ressemble à un voyage sans retour.

Anton Bilay part en bus, passant par la Pologne, la Lituanie, la Lettonie, des milliers de kilomètres, trois jours de route. La frontière avec la Russie se traverse à pied depuis les sanctions internationales, ça prend plus de sept heures. Fouillé, interrogé, téléphone portable branché sur un appareil qui fait apparaître les numéros effacés, photos passées en revue. À qui voudrait-il faire gober cette histoire d'orphelins et d'internat ? Il ne peut être qu'un agent des services ukrainiens.

À Donetsk, un des orphelins s'est retrouvé une vague famille. Ils ne sont plus que deux, Ivan et Maxim, à voir le directeur pousser la porte de l'hôpital numéro 5. Ils sont les seuls, sans doute, à ne pas être surpris.

Anton Bilay et ses élèves sont de retour à Kiev depuis trois heures à peine. Des visages très pâles, des yeux bleus, des airs d'enfants plus que d'adolescents, les deux orphelins racontent leurs cent jours à travers la guerre, sans plainte ni colère. Le plus ému, c'est lui, Anton Bilay. Ses mains tremblent, ses genoux dansent. Sur les 569 élèves du collège, il est toujours sans nouvelles de 70 d'entre eux.

Depuis le début de l'invasion, 2 162 enfants ukrainiens sans parents ont été transférés vers la Russie ou les territoires occupés du Donbass dans des circonstances souvent très différentes, selon la vice-Première ministre ukrainienne, Iryna Verechtchouk. Ils sont 23 seulement à avoir regagné l'Ukraine. Parmi eux, les deux garçons de l'internat.

Kherson à l'heure russe

30 juin 2022

En Ukraine, cette ville du Sud est tombée la première au début de l'invasion, rapidement et sans combat. Chronique d'une capitale régionale sous occupation russe.

La lettre était posée dans la cuisine à côté d'une assiette de galettes, au cinquième étage d'un immeuble tranquille. « Sviéta, ma fille. Mange des crêpes, c'est très bon avec du fromage. J'en ai marre des douleurs, je ne les supporte plus. Adieu. Ton père. » Le père ne trouvait plus de quoi se soigner, il a sauté par la fenêtre.

« Ici, le manque de médicaments tue plus que les armes », explique au téléphone un médecin de l'hôpital Tropin, à Kherson, dans le sud de l'Ukraine. Première grande ville conquise quelques jours après l'invasion russe, Kherson ne laisse pas facilement deviner sa situation particulière. De l'extérieur, elle semble presque intacte, cité balnéaire et portuaire entre deux mers – la Noire et celle d'Azov –, une beauté de carte postale. Ici, pas de destruction massive comme à Marioupol ni de charniers découverts comme à Boutcha.

Kherson, pourtant, vit sous l'occupation russe depuis quatre mois, plus rien n'y arrive d'Ukraine, ni vivres ni retraites. Les routes sont bloquées, sans même un corridor humanitaire. L'unique accès reste par la Crimée, la péninsule voisine, déjà annexée par Moscou en 2014. Coupée du monde, la ville de Kherson, comme l'oblast du même nom, est aujourd'hui portée disparue : les seuls témoignages proviennent de réfugiés ou d'habitants, joints par téléphone. « On est là pour toujours, Kiev vous a laissés tomber », martèlent les occupants, qui viennent d'achever une troisième ligne de défense. Mais, pour la première fois, le 22 juin 2022, l'agence de presse officielle russe TASS a reconnu qu'un attentat à la voiture piégée avait visé un collaborateur prorusse, alors que plusieurs actions avaient été gardées sous silence. Dans le huis clos de la région conquise, une autre bataille vient de commencer.

L'histoire de Kherson, sa prise et son occupation commencent par un mystère : comment la ville a-t-elle pu tomber sans combat – ou presque – alors que la résistance ailleurs en Ukraine a stupéfié le monde ? « J'aimerais bien le savoir, comme tous les citoyens », s'indigne, à Kiev, Iryna Verechtchouk, vice-Première ministre ukrainienne chargée des territoires occupés. Elle se souvient des premiers jours de l'invasion, quand le comité militaire national se demandait : « Pourquoi les ponts ne sautent-ils pas ? Pourquoi nos troupes ne se battent-elles pas à la frontière ? » C'étaient les ordres en cas d'agression. Trahison ? Le mot circule, bien sûr.

« Si sabotage il y a eu, nous le saurons, une enquête est en cours », poursuit la vice-Première ministre. De son côté, le député Oleg Dunda, membre du parti présidentiel, reconnaît que certains risques ont pu être mal évalués. « Les Russes avaient préparé leur invasion, non seulement militairement, mais avec des agents cachés au cœur du pouvoir ukrainien, explique-t-il. C'est au point que les services américains ne partageaient pas certaines informations, de peur qu'elles atterrissent à Moscou. »

À Kherson, en tout cas, le 24 février, « soldats, policiers, douaniers, tous s'étaient volatilisés », se souvient Dmytro Paraschinets, conseiller à la région. Un chef militaire finit par être joint. Au téléphone, il répond « être déjà très loin ». Seule à faire front : la défense territoriale, une centaine de civils rassemblés en hâte quatre jours plus tôt. Aucune arme ne leur a été distribuée. Plus de soixante meurent au combat. Dans la rue, deux inconnus se jettent à mains nues contre les chars russes, image de désespoir pur qui hante toujours Dmytro Paraschinets, aujourd'hui réfugié à Kiev. Dans l'oblast de Kherson, la stratégie de Vladimir Poutine semble fonctionner : la voie paraît libre pour avancer jusqu'à Odessa, à 200 kilomètres le long de la mer Noire.

En fait, les colonnes sont bloquées à mi-chemin par des combats acharnés autour de Mykolaïv, port stratégique. Repli sur Kherson. Un habitant se souvient : « Les soldats russes sont arrivés place de la Victoire, armes à la main, et se sont mis à dévaliser le supermarché. » L'occupation vient de commencer. On est la première semaine de mars 2022.

Mais cet oblast-là ne ressemble pas à la Crimée voisine, où Moscou bénéficiait d'un soutien assez fort pour l'intégrer à la Fédération de Russie via un référendum – imposé par le Kremlin – en 2014. Ici, les partis prorusses ne dépassent pas 20 % des votes.

Alors, chaque jour, à midi, s'enclenche un rituel d'un courage insensé : des centaines de civils à visage découvert manifestent derrière leur drapeau national. « Au début, on était surpris : les Russes ne touchaient personne, raconte l'un d'eux. Ça nous a donné l'audace de continuer. » Moscou distribue d'ailleurs des dons alimentaires devant la gare, du sarrasin et des boîtes de conserve, devant les caméras des télés russes. « Ils voulaient se montrer comme des gens bien », affirme une cheffe d'entreprise. Toute autre aide est interdite.

En parallèle, les premières arrestations commencent. Noms des personnes ciblées, adresses, fonctions, tout est consigné sur des listes « établies pour la plupart avant l'invasion », explique le député Oleg Dunda. En tête, les vétérans ukrainiens du Donbass, qui ont combattu contre les séparatistes soutenus par Moscou depuis 2014. « Les vétérans, ils les veulent tous, jusqu'au dernier, une vengeance », dit le père de l'un d'eux. Embarqué à la mi-mars, son fils n'a jamais reparu. Viennent ensuite les gens d'influence, autorités locales, journalistes, comités de quartier, patrons ou manifestants.

Ceux qui en ont réchappé décrivent les mêmes scènes : la détention dans des caves, la mise à nu, les coups, la torture à l'électricité, les simulacres d'exécution.

Un élu raconte qu'au bout de trois semaines on lui offre d'être libéré s'il tourne deux vidéos, une pour la population locale, l'autre pour les Russes. « Je devais dire que je n'avais pas été arrêté, mais que je répondais à une visite médicale. Puis, il fallait que j'appelle à collaborer. » La version pour Moscou comprend une phrase de plus, une seule : « Je condamne le nazisme de l'Ukraine. » Libérer le pays du « fascisme », prétendument instauré par Kiev, reste la justification officielle du Kremlin à son invasion. Relâché, l'élu trouve sa maison pillée, jusqu'à la bouilloire électrique. Il boit de la vodka toute la nuit. « À l'aube, j'ai compris que je leur servirais d'appât pour en arrêter d'autres, avant d'être tué moi-même. » Il quitte la région clandestinement.

Les centres sociaux, les crèches, tout ferme. La dernière manifestation pro-Ukraine défile le 27 avril, une poignée de personnes que disperse la brigade antiémeute venue de Moscou. Dans la ville, plus de six cents civils sont portés disparus. La moitié de la région a fui.

Historien et militant associatif à Odessa, Oleksander Babytch est devenu un confident privilégié de ceux restés à Kherson : son livre *L'Occupation d'Odessa de 1941 à 1944* fait référence en Ukraine. Beaucoup le consultent aujourd'hui pour savoir comment se comporter face aux envahisseurs. La réponse de Babytch varie peu : « Apprête-toi à être trahi, y compris par ceux que tu crois connaître. » Alors, les vannes s'ouvrent, on raconte comment des collabos ont remplacé un à un ceux qui refusaient de travailler avec les Russes dans l'oblast : le gouverneur, les maires ou le patron de la chambre d'agriculture. « Ils s'affichent sans gêne, raconte un restaurateur à Kherson. En général, ils sont nés sous l'Union soviétique, avant l'indépendance de 1991, des gens ambitieux qui font le choix du voisin fort. »

Si l'un d'eux devait symboliser la figure du « traître », Volodymyr Saldo, 66 ans, serait sûrement désigné. Maire de Kherson de 2002 à 2012, il avait perdu son mandat et se débattait avec des problèmes judiciaires : il a accepté le poste de gouverneur proposé par les occupants, le 27 avril 2022.

Devant une grosse ferme près de Kherson, deux hommes descendent d'un 4 × 4. Ils se présentent comme de nouveaux businessmans. C'était au début du mois de juin. L'agriculteur ne les a jamais vus, mais l'arme le long de leur cuisse rend les questions superflues. Les inconnus proposent d'acheter les récoltes, blé, soja, légumes, tout. Ici, on est au pays de la terre noire, une des plus fertiles d'Europe, si riche, si grasse que les Allemands avaient le projet fou de l'exporter chez eux par trains entiers pendant la Seconde Guerre mondiale. Les visiteurs offrent un prix dérisoire, trois fois moins que le marché. Mais le marché n'existe plus dans l'oblast de Kherson : vendre en Ukraine, ou a fortiori à l'international, est impossible depuis l'occupation.

Bien sûr, les inconnus annoncent payer en roubles : les nouvelles autorités imposent désormais la devise russe contre la hryvnia ukrainienne. Dans la tête du fermier, les pensées fusent à toute allure : *Si je refuse de vendre, ils me voleront de toute façon.* Une idée lui vient. *Et si je brûlais tout ?* Non, impossible. *Ils y verraient un affront.* Les deux autres se font plus clairs : « C'est la collaboration ou la cave. » Le fermier est un des derniers à avoir réussi à fuir.

Aujourd'hui, des gradés se sont installés dans sa propriété, ils vident des bières autour de sa piscine. Les militaires russes sont incités depuis quelques semaines à faire venir leurs familles et à les installer dans les logements inoccupés. La « désukrainisation » avance en rouleau compresseur : russes seront les programmes scolaires, russe sera la seule banque qui fonctionne de nouveau à

Kherson et ouvrira deux cents succursales, russes les entreprises du district, russes les réseaux Internet, téléphoniques ou télévisés, russes les institutions, russe tout enfant né dans l'oblast après le 24 février 2022.

Au micro de l'agence de presse Novosti, le gouverneur Saldo vient d'annoncer : « La région appartient déjà à la grande famille de la Russie. » Une procédure contre lui a été lancée auprès du procureur général d'Ukraine : Saldo risque quinze ans de prison pour trahison.

Le matin, Kherson se transforme en un immense marché à ciel ouvert : cigarettes biélorusses de contrebande, quelques médicaments parfois, ou un bracelet de femme posé sur un fichu. On vend ce qu'on a pour survivre. C'est le dernier endroit où la hryvnia ukrainienne a encore cours : l'utiliser constitue déjà un « acte de rébellion ». Il n'y en a presque plus en circulation, le troc s'installe, les salaires se paient en nourriture pour qui travaille encore. Dix mille emplois ont disparu, dans le tourisme surtout. « On ne se dispute pas, mais les gens ne racontent presque plus rien, témoigne un commerçant. On sent bien que quelque chose est en train de s'organiser. Mais qui est qui ? Qui fait quoi ? »

À partir de midi, les rues se vident, les habitants se barricadent. Une autre vie commence, comme séparée de la première : les heures russes. Dans les rues, on ne croise plus que des soldats en bandes, certains encagoulés. Ou alors des collaborateurs. Fin mars, deux d'entre eux avaient déjà été tués dans des attentats.

Ces derniers jours, les actions se sont intensifiées, plus d'une quinzaine, pour celles qui sont connues en tout cas : des soldats russes mitraillés dans un restaurant, des voitures piégées contre le directeur de l'administration pénitentiaire, celui de la gare routière ou le gouverneur Saldo lui-même. Ces trois derniers en ont réchappé. Sur une messagerie, un groupe vient de se lancer, baptisé « la base des traîtres ». Dix-sept mille participants y dénoncent les collaborateurs supposés, avec leurs photos, depuis les plus visibles jusqu'aux plus pathétiques, comme cette toute jeune lycéenne, barbouillée de rouge à lèvres, qui déclare sur Facebook son penchant pour les soldats russes. À Kiev, un porte-parole militaire a annoncé qu'un groupe de « guérilleros » avait ouvert un front intérieur.

Comme en réponse, l'ancien maire de Kherson, Ihor Kulekaev, a été arrêté par les forces d'occupation le mardi 28 juin. « Celui qui causait tant de tort au processus de dénazification a enfin été neutralisé », a déclaré le vice-gouverneur prorusse, Kirill Strimosov. Démis après la chute de l'oblast, l'ex-élu n'avait jamais voulu quitter sa ville. C'est chez lui qu'on est venu le chercher. Il est porté disparu.

Jours de survie en zone grise

12 juillet 2022

En Ukraine, dans la région de Kherson, une petite bande de terre et quelques villages se retrouvent coincés entre les lignes de front dans un décor de fin du monde.

À l'est, la ligne de front russe suit le petit chemin derrière la colline. À l'ouest, les positions ukrainiennes descendent le long du fleuve. Entre les deux se faufile une fine langue de terre – 2 kilomètres de large, 10 de long – qui départage les deux armées, mais qu'aucune des deux ne contrôle : la « zone grise ». Dans l'oblast de Kherson, dans le sud de l'Ukraine, c'est pour elle qu'on meurt, jour après jour, dans la boue des tranchées. Ramper pour gagner quelques mottes d'herbe. Arriver jusqu'au gros noyer, ou du moins ce qu'il en reste. Reculer. Attendre. Reculer encore jusqu'à l'arrêt de bus mitraillé. Essayer d'avancer à nouveau. Depuis le début de l'invasion, cette minuscule enclave est devenue un symbole. Dans l'oblast de Kherson, tombé sous l'occupation russe, elle est la seule à résister encore, empêchant Moscou de proclamer la mainmise totale sur cette région et d'imposer le rattachement de celle-ci à la Fédération de Russie.

Avec des accents de Côte d'Azur, des panneaux touristiques annoncent d'un air prometteur : « Novovorontsovka, le Sud commence ici ». Adossée à la zone grise, Novovorontsovka est la dernière bourgade restée sous administration ukrainienne dans l'oblast. La guerre y a installé ses quartiers, façonnant les hommes et les choses. Dans la lumière du petit jour, le chant d'un coq rivalise avec le bruit des tirs. Certaines rues sont anéanties, d'autres intactes, charmantes villas, potagers soignés, plages au bord du fleuve. Et soudain l'air se déchire, un engin vient frapper un bâtiment, comme par caprice ou au hasard. « C'est la stratégie du chaos, explique le colonel Vitaliy, qui commande ce dernier bastion. Avant, les Russes pilonnaient les endroits stratégiques, ils connaissent nos positions. Ils tirent maintenant sans aucun plan, un jeu de roulette, pour effrayer les gens et les chasser. »

Ici, le colonel est l'un des rares militaires de métier, pas plus de 3 % du contingent local, selon lui. À Novovorontsovka comme ailleurs, l'invasion a révélé la faiblesse d'un État et la force d'une société. « La résistance est venue d'eux, des simples citoyens », continue le colonel. Le maire lui-même a déserté en mars. Quelques-uns l'ont croisé des semaines plus tard, juste de passage, revenu chercher ses affaires personnelles.

Avec la guerre, à vrai dire, la bourgade a commencé par se vider. Certains sont partis en douce, sans un au revoir. On ne les juge pas. On n'en parle pas. Ça fait partie des blessures secrètes. Sur 8 500 habitants, il n'en reste que 1 500. Ceux-là affichent une détermination poignante. Ne pas abandonner la ville. Ne pas laisser les troupes défendre une cité fantôme. « Ce serait déjà une défaite », dit Natalya, 50 ans, chargée de la culture et de l'éducation à la municipalité, seule à ne pas avoir quitté la place. Elle se souvient des premiers temps de l'invasion, en février 2022, quand elle n'osait pas sortir de la cave. Maintenant, elle se rend à la mairie tous les jours. « Il faut se montrer. »

À l'autre bout du bourg, le boulanger Vitaliy Shrub a évacué femme et enfants quand la ligne de front s'est rapprochée. L'idée de ne pas revenir lui a traversé l'esprit. Il est revenu. « C'est mon devoir : le pain est un produit social. » Sa marge s'est effondrée, mais il a maintenu la miche de 450 grammes à son prix habituel, 35 hryvnias (50 centimes d'euro). C'est devenu presque trop cher à Novovorontsovka. La banque d'État a fermé son agence, les paiements n'arrivent plus, les emplois disparaissent. Pour la Journée internationale des droits des femmes, le 8 mars, on a proposé aux citoyennes de choisir un cadeau, selon la tradition. Réponse en chœur : « Du pain ! » Le Programme des Nations unies pour le développement prévoit que neuf Ukrainiens sur dix basculeront cette année sous le seuil de pauvreté. Ici, les trois quarts des habitants ont déjà besoin d'être aidés, estime Dmytro Boulaï, avocat. L'argent ne sert d'ailleurs plus qu'à acheter le pain, tout le reste s'échange ou se donne.

Dans le centre de distribution alimentaire, que maître Boulaï a créé au troisième jour de la guerre, tout marche par connaissances personnelles et recommandations. « La réputation de notre centre est essentielle : la corruption pèse lourd en Ukraine », dit-il. Les années précédentes, des collectes avaient eu lieu pour réparer les routes et le toit de l'école. Une partie de l'argent avait disparu, des procès sont en cours. Activiste depuis toujours, militant des droits de l'homme, Dmytro Boulaï se tient très droit, avec quelque chose d'ecclésiastique dans le maintien. Il a fait installer des caméras dans chaque pièce de son centre pour éviter les détournements. Il précise : « Chacun peut demander à les visionner, pas seulement les chefs. » Chez lui, la plupart des volontaires sont « des gens aisés, businessmans et riches fermiers. Personne dans la ville ne peut se permettre de ne rien faire ».

Dans un jardin, plus loin, monte le sifflement d'un missile. Ce sont des enfants, ils l'imitent à merveille, leur nouveau jeu. Puis commence un vrai pilonnage. Des voisins se regardent, chacun à sa fenêtre dans les deux dernières maisons occupées de leur rue. Tout est dans les yeux, un échange de regards. Avant l'invasion russe, ils ne se connaissaient pas. « On n'en avait pas besoin, chacun allait à ses affaires », dit l'un. Et l'autre : « Tant qu'il reste, je reste. »

Un petit groupe se salue devant le palais de la Culture ; embrassades, on se lance des « à ce soir ! ». Une trentaine de personnes dorment chaque nuit dans le sous-sol transformé en abri antiaérien, pour ne pas rester seules chez elles. « Au début, on se reniflait, comme des animaux », raconte un employé. Chacun a aménagé son coin, petit cérémonial intime dans une promiscuité d'internat, ici une peluche sur un lit, là une photo collée sur le béton du mur ou cette chemise de nuit qui dépasse sous un oreiller. Sur la porte, une main a écrit « Peace and Love ».

Le bruit d'un moteur fait sursauter, plus personne n'est habitué : les voitures s'arrêtent une à une ; presque impossible, dans le coin, de trouver du carburant. C'est Andrii Seletskyi qui démarre son 4 × 4. Devant son porche, le drapeau européen a toujours flotté avec celui de l'Ukraine. Certains l'ont supplié de le cacher quand les Russes menaçaient de prendre la ville. Seletskyi, 33 ans, l'a hissé encore plus haut. Entendant ronfler la voiture, son fils se précipite : « Ça y est ? Tu vas au magasin m'acheter du Nutella ? »

Tous les jours, Andrii Seletskyi plonge au cœur de la zone grise par une petite route de contrebandiers, constamment sous le feu, la seule qui relie encore au monde les quelques habitants vivant à Osokorivka, un village coincé entre les deux lignes de front. Qui le lui a demandé ? Qui d'autre oserait s'y risquer ? Personne. « Si je ne le fais pas, ils mourront de faim, en pensant que le pays les a abandonnés. » Sa voiture bondit entre les bois et les prés. Parfois, c'est plus fort que lui : Seletskyi reprend son ton de guide historique, son métier d'avant la guerre. Dans un tournant, il signale doctement les antiques croix cosaques dans un cimetière. Puis, de la même voix professionnelle, il désigne un rideau d'arbres : « Les Russes sont derrière, ils nous regardent. » Des vaches noires aux pis gonflés divaguent dans les prairies. En partant, les habitants ont ouvert la porte des étables. L'odeur entêtante des lilas se mêle à celle de la mort.

Barbe et cheveux blonds, tee-shirt rose, Seletskyi est connu pour avoir fondé le musée local et une agence de tourisme réputée à Kherson. Il est capable de se damner pour acquérir un document ancien. Quand la guerre a commencé, il a cherché à quitter la ville, déjà encerclée par l'ennemi, pour se replier en famille à Novovorontsovka, sa terre natale. Son plan d'évasion était simple mais risqué : peindre une croix rouge sur un drap blanc et foncer à travers les checkpoints russes. Ça passe. L'historien a la brusque impression de se découvrir lui-même. « J'ai compris que j'étais capable de ça. » Alors, spontanément, il se lance dans des missions humanitaires de plus en plus dangereuses, de plus en plus souvent. Il est un des seuls à traverser les lignes russes, notamment pour évacuer des familles ukrainiennes dans la zone occupée. Il a essuyé des tirs, il a vu des hommes tomber et des tanks brûler, il a croisé des voitures explosées au lance-roquettes malgré leur drapeau blanc. La guerre a fait de lui quelqu'un d'autre. « Comme tout le monde chez nous », dit-il.

L'historien s'était imaginé que devenir bénévole à la Croix-Rouge pourrait être une sacrée protection. Sa candidature a été acceptée, mais ses appels à l'aide tombent dans le vide. Jusqu'à présent, il lui a seulement été proposé le remboursement de ses frais d'essence sur justificatifs. Seletskyi s'agace : « On est en guerre, je l'achète au marché noir. » Même le fanion sur sa voiture et son gilet officiel ont été récupérés par raccroc dans le local d'une autre ville, tombée sous le contrôle russe. « Ce n'est pas tout à fait légal, mais je me sens investi. »

Sa voiture vient d'entrer dans Osokorivka, surnommé « le village des millionnaires » pour son agriculture florissante, son usine de sels minéraux, son parc d'attractions avec une grande roue sur les bords du fleuve. Après la crise des années 1990, l'endroit avait fini par retrouver sa prospérité. Évidemment, on peine à le croire aujourd'hui en remontant des rues de cendres et de poussière, cette ambiance lunaire des grandes tragédies. Plus d'eau, plus d'électricité. Dans l'école pilonnée reste sur une chaise la veste du professeur devant le bulletin ouvert de Karas Sofia, 3e année de primaire.

Andrii s'arrête devant une maison à demi effondrée. Au moment où une vieille femme en sort commencent les bombardements. Ça la met en rogne. « D'habitude, c'est plus tard, ils me gâchent ta visite. » Parmi la cinquantaine d'habitants qui s'accrochent, aucun ne s'aventure plus loin que la clôture du jardin, chacun enfermé seul chez soi, ignorant ce qui se passe juste à côté. En faisant le tour des maisons, l'historien colporte les nouvelles aussi bien que les vivres. « Quoi de neuf ? » s'informe la vieille, tout en vérifiant dans le sac à provisions qu'Andrii n'a pas oublié la boîte de thon. Elle peste : « Tu m'as déjà fait le coup, rappelle-toi. »

De nouveaux tirs éclatent, quelque part dans le village. Une épaisse fumée s'élève, on entend tomber une maison. La vieille parle plus fort pour couvrir le fracas : « Et moi, qu'est-ce que je peux te donner ? » Elle cueille un chaton roux au milieu des plants de pommes de terre. « Tu le veux ? » Les bombardements s'intensifient. La voiture repart en trombe, tout le monde à bord harnaché, casque et gilet pare-balles. La vieille, elle, reste en tablier et fichu, seule sur son seuil éboulé, serrant contre elle le chaton roux et la boîte de thon. « Je t'aime », elle crie à Andrii.

Dernière visite de la matinée, chez Olga, 35 ans, ouvrière. Elle a demandé à être évacuée pour retrouver sa fillette, déjà partie. Elle n'en peut plus. Il est convenu qu'on la prendra devant chez elle. « Pas plus d'un sac en plastique comme bagage », a précisé Andrii. Olga n'est pas là. Moment de panique. Et si elle avait été tuée ? En fait, elle se lavait les cheveux avec sa dernière bouteille d'eau. Être belle pour revenir au monde. Elle a enfilé son plus joli tee-shirt, celui avec des paillettes, qui flotte un peu sur ses côtes amaigries. L'inquiétude d'un coup la submerge. « Ça fait si longtemps. Est-ce que je vais réussir à parler ? »

Retour à Novovorontsovka. En général, les nouveaux réfugiés atterrissent à l'hôpital municipal, une cinquantaine y sont déjà hébergés dans les anciens bâtiments. Elles-mêmes venues de la zone grise, les familles agrippent ceux qui arrivent de leur village. « Vous avez vu mes chèvres ? Une blanche avec deux chevreaux et une autre pleine de taches noires ? Elles vont bien ? » Un vieil homme refuse d'être déplacé à Kryvyï Rih, grande ville à une heure trente de route, moins exposée. Il pleure sans bruit, juste des larmes : « Laissez-moi près de mes poules. » Les gens des villes peuvent filer loin. Pas lui. Il vit de la terre. Les mots se bousculent. Il s'excuse d'avoir quitté le village : « Je l'ai fait seulement quand ma maison est tombée, je vous jure, j'ai pas voulu. » Ses quatre garçons sont dans l'armée.

Un petit groupe fume autour d'un missile, fiché au milieu du jardin et devenu le point de rendez-vous. Tania, 20 ans, ouvrière agricole, annonce qu'elle va partir en zone d'occupation russe. Ses parents y vivent. C'est tranquille, ils le lui ont assuré, il y a de l'argent à gagner dans les champs. À côté d'elle, les lèvres se pincent, des regards se détournent. « Moi, j'ai un nom russe, mais je suis ukrainienne », siffle une jeune femme. Stanislas, ingénieur agricole, était en déplacement dans un village près de Kherson quand les troupes russes ont envahi la région. Une seule famille, selon lui, était contente de les voir arriver : elle est sortie sur le seuil, au grand complet, tout endimanchée, les hommes en cravate et chapeau, les femmes avec des robes brodées, offrant aux soldats le pain et le sel, en signe de bienvenue. « Jusque-là, ces gens avaient bonne réputation, tout le monde les saluait », s'étonne encore Stanislas. Dans la nuit, ils se sont fait rosser par des voisins. Stanislas, lui, a été arrêté par les Russes, suspecté d'être un espion parce qu'il venait d'une autre ville. On l'a battu pendant trois jours, avant de le libérer. Sa femme, à côté de lui, détourne la tête. Elle voudrait dire quelque chose, mais sa voix se casse. Il ne lui en avait jamais parlé.

Dans la cour d'une ferme transformée en baraquement, une camionnette se gare bruyamment, tous feux allumés. C'est celle de Nova Poshta, une sorte de version locale d'Amazon, qui poursuit ses livraisons, imperturbable malgré la guerre. Coup de klaxon. On se croirait dans une publicité. Des militaires volontaires se précipitent. Comme des gamins, ils déballent leurs colis : shorts et bobs en imprimé camouflage, drones, jumelles à visée nocturne. Tout est financé par la famille. « On compte sur nous-mêmes », disent-ils. Pas sûr non plus qu'ils mangeraient à leur faim si Alexandre, éleveur de porcs, ne leur portait pas un repas chaud tous les jours. Il fait aussi leur lessive. Au début de la guerre, il insistait même pour leur offrir son couteau à saigner les cochons.

En Ukraine, rencontrer des militaires volontaires, c'est toujours s'aventurer en terre inconnue. Ils sont tous différents, la surprise à chaque fois. Qui découvrira-t-on sous le casque ? Jeune ou vieux, novice ou vétéran, riche ou pauvre, ange ou démon ? Ici, à Novovorontsovka, toute une classe d'âge s'est enrôlée, une bande de potes, des trentenaires, jusque-là gentiment installés dans l'existence. L'un travaillait en Italie avec des comédiens, l'autre dirigeait une école de voile ou organisait des séjours d'aventures. Un quatrième est scénariste de la bande dessinée *Ukrman*, premier super-héros ukrainien. Les chaussettes, qui dépassent de ses rangers, semblent un souvenir incongru, surgi du monde d'avant : bleues avec des petits canards jaunes, de l'espèce qui flotte dans les baignoires. Les potes aiment le commandant Cousteau, Patricia Kaas, la chicha parfum chewing-gum. Au début, ça leur faisait drôle de se voir harnachés d'un uniforme, eux qui avaient déployé tant d'énergie pour éviter le service militaire. C'est devenu leur vie.

Le jour commence à décliner, Vitaliy Shrub le boulanger vient de rentrer chez lui. Il se laisse tomber dans le canapé, puis se relève brusquement. Impossible de s'asseoir là, trop de bons moments reviennent battre contre ses tempes. Il se revoit le samedi soir, devant une bière et du poisson séché, au milieu de tous les siens. Dans les pièces vides, ses pas résonnent étrangement. Il les attend.

Près de la centrale électrique, un technicien gare son vélo, comme tous les soirs. Il a besoin de vérifier que les hautes cheminées sont toujours là. « Alors, seulement, je sais que je suis encore en vie », dit-il. Il lui arrive d'en douter, même en les voyant dressées contre le ciel. Ça le fait rire tout seul. Les pilonnages recommencent.

À Hostomel, sur les pas des « loups » tchétchènes

18 juillet 2022

En Ukraine, la bataille sur l'aérodrome de Hostomel, épisode-clé de la guerre, n'a pas livré tous ses secrets.

Le long du hangar, les troupes russes ont aligné des blindés légers d'un côté et, de l'autre, des camions militaires, flanc contre flanc. Quelques pas devant, une centaine de soldats tchétchènes en uniforme attendent au garde-à-vous. Leur réputation de férocité fait leur fierté : on les surnomme « les loups ». À l'aérodrome de Hostomel, ville ukrainienne à la périphérie de Kiev, ils s'apprêtent à être décorés pour « comportement héroïque » dans l'assaut qui a fait tomber la base militaire, le 24 février 2022. C'est le général Magomed Touchayev, bras droit du président tchétchène, qui officiera en personne. La cérémonie doit être parfaite, comme Moscou sait les mettre en scène pour fabriquer sa mythologie.

Face aux soldats sur le tarmac, un symbole de la victoire russe parachève le décor : l'Antonov An-225, fierté de l'Ukraine, exhibé comme un butin de guerre. Unique exemplaire du plus gros avion du monde, ce cargo long de 85 mètres et autant d'envergure avait en effet Hostomel pour port d'attache. Le nom de l'appareil : *Mriya*, « rêve » en ukrainien. Les frappes russes semblent l'avoir décapité pendant les combats. L'image est d'une photogénie monstrueuse : l'avant de l'appareil gît à terre, sectionné net, tandis que la carlingue, restée sur son train d'atterrissage, laisse entrevoir par un trou béant les entrailles du géant déchu. Une de ses ailes pend, brisée. Ça y est, tout est en place, la parade peut commencer. Mais rien ne va se dérouler comme prévu.

Quatre mois plus tard, à l'aérodrome, reconquis entre-temps par l'armée ukrainienne, le sous-colonel Vitaliy Roudenko fouille du bout de sa botte les éclats de métaux déchiquetés et de carrosserie brûlée en amas devant le hangar. Aujourd'hui encore apparaissent des lambeaux d'uniformes tchétchènes, une chaussure et, partout, du sang séché en longues traînées. « Des drones militaires nous avaient avertis des préparatifs du défilé », se souvient le sous-colonel Roudenko.

La cérémonie bat son plein quand l'armée ukrainienne lance ses frappes, selon lui. Aucun survivant, la centaine de « loups » fauchés d'un coup, y compris le général Touchayev. Révélée par le gouverneur de Kiev, Oleksiy Kuleba, l'histoire n'avait jamais été racontée jusqu'à présent et Serguei Naïdionov, commandant adjoint de la base, la confirme à son tour. Il ne cache pas une certaine jubilation. Quand se serait-elle passée ? Le sous-colonel Roudenko attrape une cigarette dans son paquet. Yeux plissés, il élude, sur le ton laconique du « secret-défense » : « Vers la mi-mars. »

Un élément cloche pourtant dans le récit : la mort du général tchétchène Magomed Touchayev. Elle avait déjà été bruyamment revendiquée par Kiev, mais à une autre date, le 27 février, et lors d'une autre action, la destruction d'une colonne de chars dans la ville de Hostomel. Un prisonnier tchétchène l'avait attestée à l'époque, sans jamais avancer de preuve. Très vite, l'information avait été démentie par les autorités tchétchènes, déclenchant une bataille acharnée sur les réseaux sociaux entre Kiev et Grozny. Cette fois, on vient de plonger au cœur de la guerre hybride, là où le fracas de la communication se mêle à celui des armes.

L'affrontement en ligne rebondit le 13 mars quand un homme, se présentant comme le général Touchayev, dément sa propre mort sur une vidéo diffusée par l'agence Chechnya Today. Barbe rousse déployée sur le treillis, il s'esclaffe face à la caméra : « Ces lapins parlent beaucoup sur Internet, tu le sais. C'est moi, Magomed Touchayev, dont ils parlent [...]. Personne n'est mort chez mes gens [...]. Vous êtes des lapins. On va vous chasser. Vous n'êtes pas des hommes, même pas des humains. » Un dernier signe de vie le localiserait quelque part dans le Donbass, le 21 mars, selon l'enregistrement d'un drone tchétchène. Depuis, plus rien, à en croire les sources ouvertes. L'information s'est faite brouillard. Le général Touchayev est-il mort ? Et dans quelles circonstances ? Quelle est la pièce manquante du puzzle, et pourquoi ? Ni Grozny ni Moscou ne se sont jamais prononcés.

Le récit pourrait rester un cas d'école pour cyber-officiers si l'histoire ne se poursuivait au-delà du tarmac, sur ce territoire interdit pour des raisons sécuritaires. C'est un choc de pouvoir s'y enfoncer, l'impression de se mouvoir dans un jeu vidéo ultra-violent. Chaque bâtiment est brûlé, criblé de balles, pulvérisé, jusqu'aux guérites des gardiens. La destruction est telle qu'on peine à y déceler l'ordre ancien, tout ici se raconte au passé. Ce tas de ruines méconnaissable ? C'étaient les ateliers de construction. Et cet autre ? Le dortoir des appelés. « Au moment de l'assaut, ils tiraient sur tout, sans distinction », reprend le sous-colonel Roudenko.

Il revoit les premières heures de la guerre sur la base, l'horizon qu'assombrissent soudain l'apparition d'une nuée d'hélicoptères russes et les hommes des forces spéciales descendant du ciel le long de filins. Roudenko a compté 56 appareils. En défense, lui ne commande qu'une centaine de soldats, des appelés, rapidement à court de munitions. Site à la fois militaire et privé (notamment pour la compagnie Antonov), l'aérodrome de Hostomel était une cible prioritaire pour Moscou. Les Russes comptaient s'en servir comme base logistique pour leurs gros-porteurs Il-76 et comme tête de pont de la conquête de Kiev, toute proche. Même si la victoire leur revient d'abord, elles trouvent à leur arrivée les pistes d'atterrissage détruites par les forces ukrainiennes, les rendant de fait inutilisables.

À Hostomel, le voyage n'est pas fini : il faut s'avancer plus profondément encore pour comprendre l'histoire jusqu'au bout. Le quartier autour de l'aérodrome a lui aussi été terriblement bombardé, 11 immeubles où vivaient surtout des familles de militaires et des professionnels de l'aéronautique, près de 2 500 personnes. La grande majorité s'enfuit dès les premières frappes, mais 300 environ sont prises au piège. Elles se terrent dans deux bâtiments, les moins touchés, les numéros 10 et 4, entassées dans les caves.

Très vite, les troupes tchétchènes et russes prennent possession à leur tour des appartements encore habitables dans les mêmes immeubles. Au milieu de la dévastation commence une promiscuité infernale entre ceux des caves et ceux des étages, les civils captifs et les occupants armés au-dessus de leur tête. « Les Tchétchènes descendaient plusieurs fois par jour contrôler ce qu'on faisait. Les hommes étaient battus tout le temps. Parfois, l'un était pris pour être interrogé », se souvient Vyatscheslav Osokin, 46 ans, un vétéran.

Dans le sous-sol numéro 10, il dort sur une porte démantelée, tête-bêche avec un voisin. Pas d'eau ni de sanitaires. « Les femmes essayaient de sortir dans la journée pour trouver de la nourriture dans les appartements défoncés », poursuit Vyatscheslav Osokin. De temps en temps, ils sont autorisés à cuisiner et se réchauffer autour d'un brasero devant l'immeuble. La moitié des habitants a été déportée en Biélorussie le 11 mars.

Aujourd'hui, dans le quartier vide et silencieux, Vyatscheslav Osokin est assis sous une tente dressée par lui au pied de l'immeuble anéanti. Son appartement n'existe plus. Il a disposé sur une table des objets trouvés dans les décombres, miraculeusement intacts, un vase, un lourd cendrier de verre, un Père Noël dans sa boule à neige. Il parle, paraissant ne pas voir les autres en face de lui, regard flottant dans le vide. Pour l'anniversaire de sa mère, il y a quelques jours, il a tenu à l'emmener ici, comme incapable de se souvenir qu'un monde existe ailleurs.

Sur l'aire de jeu, passe un jeune homme devant les toboggans brûlés. Il est très blanc, très maigre, marchant comme au ralenti, d'un pas hésitant. Puis il repasse à côté des garages en tôles défoncées, dans d'incessants va-et-vient. Une fois, il porte des bouteilles vides, une autre, des sacs en plastique. Ou il ne porte rien, les mains collées sur les oreilles pour faire taire quelque chose que nul autre n'entend. Des bruits étouffés montent de temps en temps des décombres, de rares ombres se devinent. Il y a ceux qui reviennent, comme Olena Chyryaeva, 51 ans, dont l'appartement était occupé par les Tchétchènes. Et il y a ceux qui ne sont jamais partis, errant, toujours prisonniers du cauchemar.

Dans le bâtiment 10, l'escalier de la cave bourdonne de mouches, énormes et noires, dans un air à peine respirable. Tout est encore là, les paillasses, les dernières rations de vivres, une chaise défoncée. Ici, dans quelques mètres carrés, ont vécu pendant un mois une centaine de personnes. C'est la cité militaire de Hostomel qui a compté le plus de victimes sur les 110 morts et les 400 disparus de la commune, selon le maire, Taras Doumenko.

Sur les murs, partout, les Tchétchènes ont laissé leur signature : « les loups », écrit en lettres noires. Distingués pour leur « héroïsme » lors de la cérémonie, ils n'ont en réalité pas participé à la prise de l'aérodrome, ni même à celle de la ville, se souvient le sous-colonel Roudenko. Leur mission consistait à terroriser les civils.

Chasse aux « saboteurs » dans les champs de Kharkiv

28 juillet 2022

En Ukraine, dans la zone frontalière de l'Est, une patrouille des forces territoriales tente de déjouer les opérations d'infiltration ennemies.

La route des villages, qui mène tout droit de l'Ukraine vers la Russie, ils la connaissent par cœur. Ils ont chassé dans ces bois. Ils ont travaillé la terre de ce champ. Ils ont fait leurs courses dans ce magasin-là. « Vous auriez imaginé que la guerre viendrait ici ? » demande Schmidt, qui fait office de chef, à ses deux collègues de la défense territoriale, surnommés « Gris », pour le plus vieux, et « Vert », pour le plus jeune.

Ici, dans la région de Kharkiv, deuxième ville d'Ukraine, 30 % du territoire est toujours occupé par les troupes russes. Pour préparer l'invasion, des militaires se sont introduits clandestinement du côté ukrainien, quelques mois avant le début de la guerre. Ces « saboteurs » étaient des dizaines, tous n'ont sans doute pas encore été identifiés. C'est resté un traumatisme, voire une faute que paient aujourd'hui les autorités locales : le chef de la sécurité de Kharkiv vient d'être limogé. Les visas pour les Russes sont désormais obligatoires, bloquant officiellement les entrées. Et, partout, tout le temps, des patrouilles sont lancées : la traque des « saboteurs » est devenue une obsession.

Au poste de contrôle, Schmidt glisse le mot de passe au planton. La ligne de front est à une vingtaine de kilomètres, la frontière à quarante. Quelques tournants, un pont écroulé, une longue ligne droite et le fourgon de Schmidt bascule d'un monde à l'autre, brutalement. Plus de voitures, plus d'êtres humains, plus rien qui bouge, seulement des ruines et des bombardements en bande-son. Dans les villages éventrés se devine parfois une ombre, celle d'une sentinelle ukrainienne en planque, si furtive qu'elle paraît un mirage. La silhouette d'un vieil homme glisse le long d'une usine abandonnée. Plus loin, un scooter sort de nulle part, chevauché par un quadragénaire, crâne rasé et lunettes de soleil.

Deux soldats en uniforme se faufilent comme des chats jusqu'au fourgon. « Vous avez de l'eau ? » réussit à articuler l'un d'eux, à travers ses lèvres craquelées. Un groupe de « saboteurs » a été signalé, une quinzaine de bonshommes à bord d'un minibus, déguisés en militaires ukrainiens et parlant la langue pour certains. La journée s'annonce superbe, avec du vent, ce qui empêche les Russes d'envoyer des drones. « Passe-moi une mandarine », glisse « Gris » à « Vert ». L'autre sort une grenade de sa poche.

Le fourgon a bifurqué sur une route à travers champs, dans l'immensité dorée des tournesols. Ces chemins ont été tracés par les chars russes, au moment de l'invasion, début mars 2022. À la jumelle, Schmidt a observé les envahisseurs creuser des tranchées avec des tracteurs volés. À la mi-mai, une contre-attaque ukrainienne a fait reculer les troupes russes de 15 kilomètres. Depuis, la ligne de front s'est figée.

Sur un talus de crête, s'égrènent les anciennes positions russes, vestiges de campements et chars culbutés. Une serviette de bain claque sur un fil à linge, comme un ultime drapeau. La vue s'ouvre sur les quartiers nord de Kharkiv, qui mangent l'horizon, offerts, vulnérables. C'est d'ici que l'artillerie russe les a pilonnés pendant deux mois. La petite patrouille s'est mise à discuter des lance-roquettes Himars, récemment livrés par les États-Unis à l'Ukraine. Capables de tirer à plus de 80 kilomètres, ces engins changent la nature des combats et exaspèrent l'état-major russe. Schmidt ignore si un Himars est arrivé dans la région. Ne veut pas le savoir d'ailleurs. « On le protège comme un président », il dit et sa voix se mouille d'orgueil.

Le fourgon pile devant un blindé russe brûlé. « Gris » descend récupérer des pièces de rechange pour réparer leur matériel. À ce moment, il semble à lui tout seul une image de l'armée ukrainienne, un mélange d'armes ultramodernes et de bouts de ficelle. Schmidt détache un filet de camouflage qui couvrait une tranchée. Avec « Gris », sous un ciel immense, ils tirent ensemble la lourde résille en plein champ, avec des gestes amples de soldats paysans soudain retournés à leurs terres.

Schmidt, « Gris » et « Vert » travaillaient ensemble dans la même société agricole. Aucun n'avait jamais manié une kalachnikov avant le 24 février, premier jour de l'invasion. Le butin est chargé dans l'ancien fourgon blindé d'une banque de Kharkiv, repeint en kaki et payé grâce à une cagnotte. Sur le tableau de bord, à côté des icônes, Schmidt a posé une conserve trouvée sur un campement russe, 225 grammes de veau braisé mis en boîte à l'usine L'Amitié du peuple, le 19 janvier. « Exprès pour la guerre », commente « Vert ». Au croisement de deux chemins, Schmidt braque ses jumelles. « D'ici, ils nous voient », annonce-t-il. « Vert » : « Et toi, tu les vois ? » Schmidt : « Ils sont dans le troisième champ, celui qui est en friche. » Il fait un signe de croix.

Sur la route du retour, d'autres villages encore et toujours la même désolation. Sur la gare de Slatino, une main a écrit : « Bienvenue en enfer ». Une odeur d'incendie flotte à Tcherkaska Lozova, localité sous contrôle ukrainien, pour le moment du moins. La veille, 36 « saboteurs » ont brûlé vifs pendant l'assaut de leur planque, des bâtiments à moitié démolis dans le hameau à côté. D'autres soldats russes ont été blessés et capturés, notamment le commandant, 33 ans, officier au 140e détachement des forces spéciales de Mourmansk et vétéran de la guerre en Syrie.

Sur l'asphalte désert, passe une jeune fille en trottinette électrique. Kharkiv n'est plus très loin, une des cités martyres d'Ukraine, pas un jour sans bombardement depuis le début de l'invasion. Cela va faire deux mois que les militaires du front ne touchent qu'un tiers de leur paie, 30 000 hryvnias (800 euros) sur les 100 000 prévus. Ils restent pourtant les seuls en ville à avoir encore de l'argent. Dans les rares restaurants ouverts, on ne voit qu'eux ou presque, en longues tablées harassées, y compris au Protagonist, repaire de la jeunesse branchée avant la guerre.

Au centre-ville, des femmes attendent en file à l'ombre d'une grille. C'est la morgue. Elles viennent reconnaître le corps d'un proche, victime de tirs. Depuis la guerre, les messes et les cérémonies ne se célèbrent presque plus ici. Alors les familles se font accompagner d'un prêtre, ce qui les autorisera à rester une demi-heure près des civières. Quelques-unes serrent contre elles d'éclatants bouquets de fleurs. Une babouchka les vend au coin de la rue, il ne lui en reste jamais assez. Trois autres équipes de « saboteurs » viennent d'être repérées. Le commandement ukrainien redoute une nouvelle offensive russe sur la ville.

Les naufragés du métro

9 août 2022

En Ukraine, plus de 100 000 habitants de Kharkiv, deuxième ville du pays, ont vécu sous terre pendant des mois, transformant les stations de métro en une cité troglodytique. Traumatisés, certains refusent de les quitter.

Konstantin Anantchenko était venu avec des pâtisseries, son ami le lui avait demandé quand ils avaient convenu de se rencontrer : « Apporte-moi quelque chose de bon. Du sucré. » L'ami en question est un athlète, comme Konstantin d'ailleurs, lui-même champion de judo et responsable des sports à la région de Kharkiv. Leur rendez-vous était fixé à la station de métro Palais-des-Sports. Une histoire simple, en somme. Mais dans l'Ukraine en guerre, il ne faut pas chercher longtemps pour découvrir, sous une banalité apparente, un gouffre de ténèbres.

À 20 kilomètres du front, Kharkiv est bombardée chaque jour, une terreur à heure fixe qui frappe avec la régularité d'un métronome à 23 heures, 2 h 30 et 4 h 30. Personne ne sait où ça va tomber et il arrive que les horaires changent. Si les deux amis ont choisi le métro pour se retrouver, c'est à cause des combats justement : le copain de Konstantin a élu domicile à la station Palais-des-Sports pour se protéger des bombes. Depuis le début de l'invasion russe, plus de 100 000 habitants de Kharkiv habitent ou ont habité dans le métro, ces six derniers mois.

Devant la station, l'ami n'est pourtant pas là. En fait, il refuse de quitter les couloirs souterrains. Trop dangereux, dit-il.

Konstantin n'arrive pas à y croire. Ce costaud, ce grand sportif se terrerait sans oser bouger ? Konstantin s'enfonce dans les galeries. Puis, soudain, il réalise : le problème n'est pas que l'ami ne veut plus sortir. Il ne le *peut* plus. Alors, Konstantin ouvre sa boîte de gâteau. « Regarde ce que je t'apporte. » Et, pas à pas, marche après marche, il essaie de l'attirer dehors, agitant les sucreries sous son nez, reculant dès que l'autre veut les saisir, à la manière d'un chaton qu'on voudrait apprivoiser.

Fin mai, l'annonce de l'évacuation du métro par la mairie de Kharkiv a provoqué des scènes de panique : 70 % des réfugiés refusaient de revenir en surface. Que faudrait-il pour raconter l'odyssée de ces passagers immobiles ? Une symphonie ? Construire à Kharkiv une quatrième ligne de métro ? Patron de la police régionale, le général Volodymyr Tymochko propose de faire un film. Ou alors une thèse de psychologie. Aujourd'hui encore, deux stations sur les trente et une du réseau restent habitées.

Il faut se souvenir de Kharkiv aux premières heures de guerre : rien ou presque n'a été anticipé. La ville, située à 40 kilomètres de la frontière avec la Russie, n'est même pas équipée d'un système de sirène. Dès l'aube du 24 février, 60 000 personnes prennent la gare d'assaut, des embouteillages s'étendent sur des centaines de kilomètres. L'effroi atteint son comble dans les quartiers nord-est, comme Saltivka, les premiers frappés et aussi les plus peuplés, où 400 000 personnes habitent des immeubles démesurés, sans abri antibombe. Un mot d'ordre circule alors : il faut se réfugier dans le métro, conçu au temps de la guerre froide, pour résister aux raids aériens. La police commence à y transporter les gens.

Ce soir du 24 février, des mères avec des enfants occupent les wagons à l'arrêt, d'autres sont allongés sur le dallage du quai, au ras des rails, très peu de nourriture, encore moins de couvertures, seulement un entassement de corps, secoués régulièrement d'une toux qui se propage de l'un à l'autre, et semble bientôt sortir d'une seule et même gigantesque poitrine. Certains sont venus avec leurs animaux. La plupart pensent rester un jour, deux peut-être. Après une semaine, ils y sont encore. D'autres habitants continuent d'affluer, ils sont parfois plus de deux mille par station. En très grande majorité, il s'agit de personnes de la classe moyenne qui se retrouvent à vivre dans la station en bas de chez elles, sur le même quai où, en temps de paix, elles montaient dans le métro chaque matin.

Ces premiers mois de guerre, la ville semble mener une double vie. À la surface, les rues sont désertes, les commerces fermés, les entreprises à l'arrêt. Pas d'école. « Il ne devait pas rouler plus de cinquante voitures civiles et on les connaissait toutes », se souvient le gouverneur, Oleg Synegoubov. Sous terre, en revanche, grouille une intense circulation humaine. « Je cherchais un endroit où être utile », raconte la pédiatre Tetyana Serbou, 40 ans. Tout naturellement, elle atterrit dans le métro. En combinaison mauve assortie de mules à paillettes, elle met en place des consultations. Peu à peu, une existence s'organise sous terre, appuyée par une forte solidarité d'agents de service, de bénévoles locaux ou d'associations internationales comme Médecins sans frontières.

Bientôt, s'ajoutent des animateurs pour enfants, psychologues, instituteurs, profs de karaté, vétérinaires, kinés. « Ils habitaient vraiment là : il y avait même des coiffeurs et des manucures », reprend Konstantin, le judoka. Tout en lustres, marbres et colonnades, les majestueuses stations de Kharkiv se transforment en une cité troglodytique, traversée d'étroites ruelles. Au hasard des aides distribuées, certains ont monté des tentes, d'autres des lits superposés ou de simples matelas. Des cartons s'empilent en guise de petites armoires. Quelquefois, des tissus tendus esquissent un semblant d'intimité. Le linge sèche sur les appareils à tickets, les portillons sont devenus des étagères collectives pour les produits d'entretien.

Hébergé aujourd'hui dans un foyer, Denys Parkhomenko, 22 ans, étudiant en électrotechnique, récite encore d'une seule traite son « adresse du métro », celle où il a vécu durant quatre mois avec sa mère : « Ligne rouge, station Constitution, wagon numéro 763, deuxième sur le quai en direction de Montagne-Froide. » Le fils porte une casquette sur l'oreille, façon Gavroche ; la mère s'abrite crânement sous un coquet chapeau noir et blanc. À cette époque, « Gavroche » est un de ceux qui sortent à l'extérieur du métro : il a rejoint une équipe de volontaires, chargée de réceptionner les aides en surface et de les distribuer entre différentes stations. Pour quitter l'abri le moins possible, cette répartition se fait à travers les tunnels où les métros ne circulent plus, de longues caravanes charriant à pied les bonbonnes d'eau et les vivres dans des caisses en métal. C'est par là, aussi, que circulent des réfugiés ou que s'organisent les évacuations vers la gare, sous la conduite de « guides », formés par les agents. « Gavroche » se souvient avoir eu l'impression, alors, que toute sa vie d'avant s'effaçait. « Mon cerveau était vide. » Seul le présent l'occupe, la mission à accomplir. « Je fonctionnais comme un biorobot. » C'est étrange : il se sent bien, utile.

Chaque station a sa vie propre. Pouchkine est surpeuplée, Usine-de-Tracteurs aussi, mais plus calme ; 23-Août s'est trouvée un « dirigeant » que tout le monde lui envie, un étudiant en médecine qui a organisé des tours de garde et une gestion collective des aides. On déconseille Académicien-Barabachova, traversée en permanence d'un courant d'air glacial. Toutes les gares possèdent des douches pour le personnel, mais les employés n'autorisent pas toujours les réfugiés à s'en servir. On se lave avec des bouteilles d'eau à Université. Construite au temps de l'URSS, comme les deux tiers du réseau à Kharkiv, la station s'appelait auparavant Dzerjinska, en hommage à Félix Dzerjinski, dit « Félix de fer », fondateur de la police secrète soviétique. Son nom a été changé après l'indépendance de l'Ukraine, en 1991.

À chaque sortie de Gavroche, sa mère, Svetlana Koutchak, 56 ans, agente immobilière, compte les minutes jusqu'à son retour.

Il lui dit : « Calme-toi. » Elle ne l'entend pas. Ils se regardent en silence, puis parlent tous les deux en même temps. Comme beaucoup, elle ne quitte jamais le souterrain. Quelques-uns remontent parfois jusqu'à l'entrée du métro respirer un peu d'air.

Vu de là-haut, le spectacle est terrifiant, surtout dans les quatre stations du quartier Saltivka. Mur après mur, les naufragés en sous-sol voient leur paysage familier s'écrouler au fil des bombardements : des appartements deviennent des trous béants, des façades s'affaissent, des étages entiers disparaissent dans la nuit. Le supermarché, où quelques-uns se risquaient encore, est réduit en poussière. Certains ont tout perdu, y compris leurs proches. À la moindre alerte, la panique les reprend, une peur animale. On bat en retraite. En descendant dans les profondeurs des galeries, le hurlement de la sirène s'estompe. Ça y est, on n'entend plus aucun bruit du dehors. Rien. L'anesthésie.

Devant les rames arrêtées, les minutes, les semaines, puis les mois défilent en chiffres rouges sur le tableau lumineux. C'est devenu abstrait. Sous la même température, la même lumière, la même odeur, le temps finit par se fondre en une seule journée qui s'étire à l'infini. L'attente scande les heures. Attendre son tour pour accéder à la précieuse bouilloire collective. Attendre pour les consultations médicales. Attendre les distributions de repas. « Dès qu'on avait bu, on se mettait dans la queue des toilettes », plaisante une employée. Pour se calmer, Svetlana, 56 ans, lit des romans d'amour. Anna, 65 ans, joue avec des enfants. Olga, 5 ans, baptise les chiens et les chats avec de nouveaux noms. Lilia, 23 ans, lave le sol. De rares disputes, pas de vol, des repas pris en commun, une solidarité sans faille. « On se sentait une famille. » Aujourd'hui, l'expression revient sans cesse chez les rescapés du métro.

Le chef de la police régionale, le général Tymochko, décide à l'époque que chaque agent sera affecté en permanence à la même station pour en partager la vie quotidienne. À Kharkiv, où les flics traînent une réputation de brutes, « on a gagné cette fois le soutien de 90 % de la population », souligne le général. C'est un homme massif, au visage impassible, qui reçoit ces jours-ci dans des bureaux discrets : les siens ont été bombardés la première semaine de la guerre, comme la mairie, le siège du gouverneur, le centre-ville, tous les symboles de l'État ukrainien. Le général a juste eu le temps de se sauver à la cave, avec quelques-uns de ses hommes. Dans les sous-sols, il découvre que l'endroit sert de repaire clandestin aux chauffeurs du service pour venir trinquer en douce après le boulot. Ce sont eux qui sauvent la vie du patron et de ses hommes lorsque l'effondrement du bâtiment menace de les emmurer vivants : les chauffeurs leur révèlent l'accès dérobé qu'ils empruntaient eux-mêmes.

À l'époque, le général Tymochko se rend tous les jours dans une des trente et une stations. Il adore demander aux gosses : « Que voudrais-tu comme cadeau ? Je m'en charge. » Il commence à prendre peur quand des gamins de 4 ans ne réclament plus de jouets mais lui font tous la même réponse : « Je voudrais que tu tues les Russes. Quand est-ce qu'ils seront tous morts ? » Des larmes silencieuses lui montent aux yeux à ce souvenir. « Ils ont tué leur enfance. » Son adjoint, Dmytro, le regarde, éperdu : son chef va pleurer. Dmytro en est malade. Les larmes du général restent suspendues à ses paupières, son visage redevient immobile et c'est l'adjoint qui doit se tourner vers le mur pour étouffer un sanglot.

Entre le monde du dehors et celui des tréfonds, les réseaux sociaux deviennent pour beaucoup le seul lien. Déjà traumatisés, ceux du métro « recevaient en temps réel un concentré des drames dans leur ville, des images purement émotionnelles, à la limite de l'hystérie », se souvient Maksym Rosenfeld, architecte. Sans ce matraquage des réseaux sociaux, les gens auraient évacué d'eux-mêmes bien plus tôt, estime de son côté Evgenye Legatch, prêtre à la paroisse Saint-Antoine. « Mais ils n'arrivaient pas à décrocher de leur portable. » À l'époque, le prêtre fait lui aussi des visites dans les stations. « J'avais l'impression d'aller voir des personnes mentalement atteintes. » Il accompagne ceux qui ont besoin de récupérer des affaires chez eux, sans oser s'y risquer. Un homme lui reste en mémoire : il lui fallait aller chercher l'appareil respiratoire de sa femme. Le père Legatch revoit l'homme tourner dans son appartement, « il ne savait plus quoi faire, quoi prendre, il était tout à fait perdu ». Son église, Saint-Antoine, a également été bombardée, un engin a défoncé le toit sans exploser : les cinq tonnes de gravats ont été déblayées par les fidèles. Rien ne leur ferait manquer la messe. Pour remplacer les chaises, le restaurant voisin fait don de ses sofas en cuir, façon club, qui tranchent drôlement le long des murs blancs chaulés, sous les icônes anciennes. « Le métro a offert une solution inattendue pour les sans-domicile, continue le prêtre. Ils vivaient enfin comme tout le monde. Ça les a sociabilisés. »

En mai, une contre-offensive ukrainienne repousse les troupes russes à 20 kilomètres des faubourgs de Kharkiv. Les bombardements s'espacent un peu, la perspective d'une occupation de la ville s'éloigne. Petit à petit, une partie de ceux qui avaient fui prennent le chemin du retour. Kharkiv, deuxième métropole d'Ukraine, finit par retrouver la moitié de sa population, jadis de 1,5 million d'habitants. La guerre est toujours là, la vraie, mais on veut vivre. L'activité redémarre. « Pour moi, l'héroïsme commence avec ces petits chefs d'entreprise qui paient à nouveau les salaires et les impôts », reprend le gouverneur. Pour relancer vraiment l'économie, le métro doit entrer en service. Le 12 mai, quand la mairie annonce l'évacuation des lignes, un tumulte éclate aussitôt parmi les reclus des souterrains. « On se sentait trahis, jetés dehors, abandonnés. Les gens étaient enragés, la moitié avait peur, l'autre n'avait nulle part où aller », raconte Natalya Chapochnyk, 36 ans, qui travaillait dans une animalerie à Saltivka – il lui faut quelques secondes pour s'en souvenir. Aujourd'hui, elle fait partie des cent cinquante personnes qui n'ont toujours pas quitté le métro : deux stations – Héros-du-Travail et Étudiants – sont laissées à leur disposition en bout de ligne, à Saltivka. Le quartier est détruit à plus de 90 %, le centre-ville lui-même endommagé à 30 %, certains villages alentour sont tombés sous occupation russe.

Dans la station, Natalya Chapochnyk circule en chaussons, comme tout le monde. La plupart restent assis sur leur lit. Certains ne se lèvent presque plus. Un groupe de retraitées semble avoir soudé ses matelas les uns aux autres, on dirait une nichée. Elles refusent de « s'abandonner les unes les autres ». Un homme a accroché des ballons rouges au-dessus de son matelas pour l'anniversaire de sa fille. « Pourquoi j'irais quelque part ? Je ne vois plus comment vivre. » La majorité des évacuations ont eu lieu avant le 30 mai. Revenir sur terre peut durer une semaine, parfois davantage, selon un employé administratif. Chaque pas se négocie. Prendre les gens par la main s'avère parfois nécessaire. Après des jours d'une lente approche, ils finissent par arriver au pied des escaliers. Beaucoup reculent en voyant la lumière du jour. Une commerçante raconte avoir eu l'impression que son visage prenait feu, que sa peau partait en lambeaux au point qu'elle a dû mettre sa figure entre ses mains.

Après leur sortie, Tetyana, 56 ans, une fonctionnaire, et sa mère, Gallia, sont revenues chez elles, un appartement des quartiers nord, dans un carré d'immeubles sévèrement bombardés. Elles avaient pris beaucoup de photos dans le métro, puis ont tout effacé. « C'était dur et fort à la fois. » Leur proposition d'accueillir des gens sans domicile n'a pas rencontré d'écho parmi ceux de la station. L'endroit fait peur, surtout depuis que les pilonnages ont repris en juillet. « Mais, pour nous, la maison, c'est la maison », dit Tetyana. Son frère est à l'armée, sa propre fille en exil. Désormais, lorsque retentissent les sirènes, elles ne descendent plus aux abris.

La mairie a promis un hébergement et l'aide alimentaire à ceux qui sortaient du métro. Le foyer de l'université polytechnique de Kharkiv, par exemple, accueille 177 d'entre eux dans des chambres d'étudiant. Svetlana Koutchak y vit maintenant avec son fils, Denys, le Gavroche. Elle a toujours son chapeau, lui sa casquette. En quittant la station Constitution, la mère n'a pas reconnu sa ville. « Quand on s'était enfuis, l'appartement venait d'être détruit, on courait dans la nuit au milieu de verre brisé, de câbles, d'explosions. » Elle a retrouvé Kharkiv « démolie mais propre. Ça bombardait toujours, et pourtant un employé municipal plantait des fleurs, les gens faisaient des travaux ».

Maintenant seulement, les choses lui reviennent une à une, le travail qu'elle a perdu, les amis disséminés, le grand appartement de cinq pièces en centre-ville, la salle de bains avec une fenêtre. « On avait tout. » Elle se met à parler de plus en plus vite. « Quand tu sors, c'est là que tu te poses des questions. Quelle vie va-t-on avoir ? » Gavroche la fait taire brusquement. Depuis la guerre, elle peut monologuer des heures. « Moi, j'aurais voulu faire des études, passer mon diplôme, dit-il. Je préfère l'oublier, ça va juste faire mal d'y penser. » Il prend sa respiration. Et soudain joyeux : « J'accepte le nouvel ordre. »

Quand tombe la nuit dans le foyer de l'université polytechnique, beaucoup descendent leur matelas au rez-de-chaussée par crainte des bombardements. Alors seulement, les uns contre les autres, ils arrivent à trouver le sommeil.

Petites musiques de guerre

19 août 2022

En Ukraine, une société militaire privée internationale, composée surtout d'Anglo-Saxons, mène des missions humanitaires et de formation dans l'est du pays : elle s'est baptisée « Mozart », en opposition aux mercenaires russes du groupe Wagner.

Une poussière blanche tourbillonne dans la rue vide, si droite qu'elle semble tracée à la règle. Malgré la nuit, la chaleur écrase tout, on se croirait dans un western. En fait, c'est une petite ville – dont nous tairons le nom par sécurité – de la région de Donetsk, dans le Donbass ukrainien, pas loin de la ligne de front. Au milieu des immeubles bas se tient un hôtel, le genre d'établissement familial avec des rideaux à fronces auquel la guerre confère un air décalé. Un bombardement tout proche fait sortir les clients un peu avant minuit, humanitaires internationaux, envoyés spéciaux ou soldats en permission. Parmi eux, une petite équipe décide d'apporter les premiers secours : le groupe Mozart, une société militaire privée (SMP) américaine d'une trentaine de volontaires. Tous vétérans de troupes d'élite.

« Ici, nous faisons le travail que Washington ne peut pas faire. Le Pentagone se dédouane en disant qu'il n'a rien à voir avec nous. Il a d'ailleurs raison : c'est la stricte vérité », explique Andy Milburn, colonel américain à la retraite après trente et un ans dans les Marines et fondateur du groupe.

Le lendemain de l'alerte, lui et son équipe partent en mission à

Zaïtseve, un village au milieu des combats, où s'accrochent encore quelques habitants. À chaque checkpoint, les Mozart distribuent deux canettes de soda – c'est leur style. Ce jour-là, ils sont six répartis à bord de deux 4 × 4, « histoire de ne pas mettre tous les responsables dans la même voiture au cas où elle serait touchée ».

Anglo-saxons pour la plupart, les Mozart ont entre 30 et 45 ans. Desbs est le seul Français, un Breton qui a passé trois ans dans les forces spéciales. Il avait d'abord voulu s'enrôler dans le bataillon des volontaires internationaux, à l'appel du président ukrainien, Volodymyr Zelensky. Une fois sur place, il a hésité : beaucoup de novices chez les recrues et un engagement obligatoire de six mois. Finalement, Desbs a rejoint Mozart, des contrats plus souples et des collègues qui lui ressemblent. « J'ai la santé et les capacités : je n'aurais pas pu me regarder dans la glace si j'étais resté dans mon canapé », dit-il. Un autre volontaire explique vouloir « aider des gens qui ont le même ennemi que moi : les Russes ». Aucun ne souhaite donner son identité.

Jusque-là, Mozart paraît l'exemple classique des compagnies de sécurité, près de 1 500 à travers le monde, selon un rapport parlementaire français en 2012. C'est le choix de son nom, peut-être, qui révèle involontairement l'ambiguïté périlleuse de la situation en Ukraine. Mozart se voulait une référence ironique à Wagner, ce bataillon privé russe de sinistre réputation. Le clin d'œil était tentant, Mozart contre Wagner, bon buzz en perspective. Aujourd'hui, Milburn regrette presque son choix.

Sous le label commun de SMP coexistent des réalités très différentes. D'un côté le groupe russe baptisé « l'armée secrète de Poutine » avec ses mercenaires ultra-violents qui participent au combat – comme hier la société américaine Blackwater en Irak. Mozart, en revanche, revendique des missions humanitaires et de formation. « Si un des hommes s'implique en personne dans les affrontements, il doit quitter Mozart », tranche Milburn. Aucun des membres du groupe ne porte d'arme.

Premier arrêt : Bakhmout, une ville sous le feu que les Russes grignotent un peu plus chaque jour. Dans la rue, une femme traîne une bonbonne d'eau dans une poussette, un jeune homme demande de quoi manger. Près du marché, bombardé lui aussi, une dizaine des soldats du 72ᵉ régiment ukrainien montent la garde. Eux ont 20 ans – ou à peine plus – et des répertoires téléphoniques qui ressemblent déjà à des cimetières.

Un Mozart s'avance : « Ça vous intéresserait une formation militaire ? » Ton engageant, quelque part entre le copain de régiment et le commercial en tournée. Le stage est gratuit, dix jours intensifs sur le maniement des armes et la tactique dans un camp privé, résultats « spectaculaires ». Les inscriptions se négocient localement, en direct, sans passer par le ministère ukrainien de la Défense. En général, chaque session rassemble une quarantaine de soldats : ils devraient être au moins le double, mais pas un commandant ukrainien ne peut se permettre aujourd'hui d'en retirer autant, en même temps, sur la ligne de front. « Ici, ça marche à l'envers : on entraîne souvent les gens après qu'ils ont déjà combattu, pas avant », s'étonne un Mozart.

Ces formations sont la principale mission revendiquée par le groupe en Ukraine : 2 500 militaires y seraient passés en quatre mois, selon Andy Milburn. Au début de l'invasion russe, en mars 2022, l'ancien colonel avait été sidéré par le manque d'instruction des troupes. À l'époque, Milburn était venu respirer l'air de la guerre comme « journaliste indépendant », dit-il. Derrière la plume, le vieux soldat n'avait pas tardé à resurgir : Milburn monte sa SMP « grâce à des dons privés sur Internet », américains surtout, et souhaitant rester anonymes.

Au moment de l'invasion russe en Ukraine, en février, Washington s'était empressé d'évacuer sa centaine de conseillers militaires déployés dans le pays. Même si l'assistance américaine se poursuit en armement et en logistique, la Maison Blanche fait tout pour éviter une confrontation directe entre l'OTAN et la Russie. Les ressortissants américains sont encouragés à quitter l'Ukraine et le Pentagone nie tout lien avec des SMP, Mozart ou autres.

Reste qu'un « engrenage à la vietnamienne » hante aujourd'hui l'Amérique. Au temps de la guerre froide, les États-Unis s'étaient peu à peu laissé entraîner dans le conflit, alors que l'ambition de départ n'était là aussi que de « conseiller » et « armer » les troupes sud-vietnamiennes. À cette époque, les instructeurs américains intervenaient sous l'uniforme militaire, à la différence des SMP aujourd'hui en Ukraine.

Profitant de leur présence, Moscou martèle que l'OTAN aurait, en réalité, envoyé des hommes sur le terrain – contrairement à ses déclarations – et Vladimir Poutine accuse les États-Unis de faire durer le conflit. « Je suis sûr à 250 % que des Américains et des Britanniques sont en train de tirer avec les lance-roquettes américains Himars », soutient de son côté le capitaine de réserve Vladimir Yeranosyan, sur le site Ukraina.ru (filiale du canal officiel russe de communication Rossia Segodnia), comme à l'affût de tout incident qui pourrait embraser la guerre encore davantage.

Les deux 4 × 4 du groupe Mozart viennent d'arriver au village de Zaïtseve. En entendant les moteurs, les derniers habitants surgissent des caves et des abris, une poignée en tout, pour se regrouper autour des sacs de provisions que déchargent les volontaires. Mission humanitaire cette fois. Ici, il n'y a plus d'eau, plus d'électricité, plus d'approvisionnement. « Pourquoi vous ne partez pas ? » les harangue Iouri, le traducteur de Mozart. Une femme en tee-shirt *Star Wars* finit par répondre : « J'ai encore des dettes auprès de mes beaux-parents. »

Et si, tout à coup, les Mozart se retrouvaient face à face avec les Wagner ou d'autres combattants prorusses ? L'idée que leur présence, même non armée, pourrait faire basculer la guerre dans une autre dimension les choque. Eux se voient au contraire comme un rempart : former des militaires ukrainiens contribuerait, de leur point de vue, à calmer l'agressivité de Moscou. Et plutôt que le Vietnam, c'est la Seconde Guerre mondiale que citent certains d'entre eux. « Plus tard, on nous reprochera notre prudence, on nous dira : "Pourquoi vous n'avez pas fait davantage ?" L'Histoire nous jugera », affirme l'un. Sur le chemin du retour, on croise autant de voitures criblées de tirs que de véhicules qui roulent. À l'un des checkpoints, les Mozart ne s'arrêtent pas. Il vient d'être bombardé.

À la recherche des civils disparus

30 août 2022

En Ukraine, autour de Kiev notamment, des centaines de familles sont sans nouvelles de leurs proches, arrêtés, torturés et déportés par les troupes russes.

Le portable a arrêté d'émettre le 13 mars. La jeune épouse se souvient précisément de ce jour où son mari a été capturé par les troupes russes qui occupaient Dymer, une ville ukrainienne à une soixantaine de kilomètres de Kiev. Dix jours plus tard, le téléphone a soudain repris du service. La femme appelle un expert en informatique. Comme on consulterait un devin, elle lui demande : « Où est le portable ? » Il est localisé à Krasnodar, dans le sud-ouest de la Russie, à 1 300 kilomètres de Dymer : le spécialiste lui trouve même le nouveau numéro par les réseaux sociaux. Sans la guerre, ses lignes de front et ses infranchissables frontières, la jeune épouse serait déjà partie à Krasnodar.

Dans l'intervalle, un voisin, disparu en même temps que son mari, a été libéré de la prison russe où ils étaient tous deux détenus. Elle le supplie. « A-t-il encore des bras ? Des jambes ? Tu peux tout me dire. Une seule chose compte : qu'il soit en vie. » Le voisin se tait. Sa détention l'a cassé, ça se voit. Il n'est plus le même, physiquement.

Certaines nuits, la jeune épouse se dit qu'elle va appeler le portable. Elle ne peut pas s'empêcher de penser à « l'autre », chez qui le téléphone a atterri, là-bas, à Krasnodar. C'est une femme, elle l'a traquée sur VKontakte, le Facebook russe. Elle l'imagine grosse et laide, forcément. La colère prend la jeune épouse. « Quelle personne normale demanderait à son mari : “Si tu vas en Ukraine, rapporte-moi le portable d’un prisonnier” ? » Elle se souvient de ses photos de famille sur le téléphone. « L’autre » les a-t-elle gardées ? Les regarde-t-elle ?

Comme beaucoup de bourgades au nord de Kiev, Dymer compte 58 civils détenus en Russie, y compris des femmes, un nombre important au regard d’une population de 6 000 habitants. Tous ont été arrêtés et déportés pendant l’occupation russe de la région du 25 février au 22 mars, un crime de guerre selon les conventions de Genève, rappelait un rapport de Human Rights Watch (HRW) en juillet. L’ONG évoque « des centaines d’Ukrainiens non combattants que les autorités russes ont ainsi fait disparaître de force », sans chef d’accusation.

Cette situation s’explique d’abord techniquement : la commune de Dymer se situe à une heure de route de la Biélorussie, État vassal de Moscou, et donc un chemin facile pour évacuer des prisonniers ukrainiens. Mais pourquoi des civils ? Parce qu’ils sont moins dangereux à capturer que les soldats et que « le Kremlin comptait s’en servir comme monnaie d’échange contre des prisonniers de guerre russes, des combattants donc », explique Iryna Verechtchouk, vice-Première ministre ukrainienne, longtemps chargée du dossier à Kiev. Échanger des civils contre des militaires ? « Les lois de la guerre l’interdisent : les accords prévoient des soldats contre des soldats, des blessés contre des blessés, poursuit Iryna Verechtchouk. Mais Moscou utilise les civils comme des otages, c’est du business, pour eux. » Dès lors, les libérations se font au compte-gouttes et le périple de ces citoyens prisonniers raconte aujourd’hui un pan de la guerre, mélange glaçant de torture et de bureaucratie.

À Dymer, les 58 familles des civils captifs ont créé un groupe informel, qui se rassemble timidement sur les bancs d’un parc de la ville. « Pour les arrestations, ils choisissaient des costauds », commence une mère. Une deuxième la coupe : « Non, le mien est petit et doux. » Il était parti voir « où étaient les chars russes » au début de l'occupation. Pendant trois jours, il est resté ligoté à un arbre, aux yeux de tous, avant d'être embarqué dans un convoi. Il avait 20 ans. Un artisan a été enlevé à bord de son « utilitaire Mercedes avec GPS dernier modèle : ils voulaient la voiture, ils ont pris l'homme avec », dénonce sa femme. Les familles parlent toutes de « personnes normales », disparues pour des raisons dérisoires ou incompréhensibles.

Une ouvrière aux belles joues rondes est l'une des rares à vouloir sortir de l'anonymat : Olga Konontchouk, 32 ans et trois disparus parmi ses proches. Son mari Vasyl a été pris le premier, le 4 mars, sur son vélo, à Dymer. Puis deux de ses trois frères ont été arrêtés dans l'appartement familial, Oleg l'aîné et Andri le cadet, ouvriers dans le bâtiment. Les soldats russes étaient accompagnés par un voisin, menotté et visiblement torturé : le bout de ses doigts était coupé. C'est lui qui leur a indiqué que le troisième frère d'Olga était soldat au front. Les deux autres sont emmenés à leur tour, battus puis traînés dans la forêt de Katyuzhanka, toute proche. Les Russes y ont installé une base secrète.

Les vestiges restent visibles aujourd'hui, galeries de terre et de rondins dissimulées sous les fougères, caisses de munitions vides, longues tranchées garnies de tapis dérobés dans les maisons. Au milieu des bouleaux, un trou : dix mètres de diamètre, quatre de profondeur. Pendant trois jours, les deux frères et le voisin y ont été entassés avec une quinzaine d'autres civils, les uns sur les autres, ligotés. Rien à manger, rien à boire. Parfois, un soldat vient les frapper. Tous sont évacués vers la Russie, sauf l'aîné, intransportable à cause d'une jambe brisée par un coup de crosse.

Pendant l'occupation de Dymer, la famille d'Oleg Tcherkov, entrepreneur en pompes funèbres, allait tous les jours au checkpoint russe. « On mettait un drapeau blanc sur la voiture et on roulait doucement, vitres ouvertes. On leur demandait :

“Qu’avez-vous fait de lui ?” À la fin, les sentinelles nous évitaient », raconte Tetyana, sa femme. L’entrepreneur avait été embarqué le 16 mars, lors d’une fouille générale dans son quartier, un bel ensemble de villas résidentielles, où il montait la garde pour éviter les pillages. Un militaire russe finit par lâcher à Tetyana : « S’il part pour Hostomel, personne n’en revient. »

Hostomel, c’est la ville voisine, première étape des transferts vers la Biélorussie, puis la Russie. Yulia Ivannikova-Katsimon, 38 ans, y est passée avant de rester plus d’un mois en captivité de l’autre côté de la frontière. Elle est une des rares à avoir été libérés, le 19 avril. Aujourd’hui, c’est elle qui a lancé le mouvement des disparus à Dymer : on pourrait dire qu’elle en est l’âme, si elle n’en était également les jambes et le cerveau. Elle ose écrire à l’administration russe pour exiger des informations, interroge ceux qui ont pu sortir pour retrouver la trace des disparus. La ferveur de son engagement fait parfois ressembler cette mère de famille à une religieuse.

Bénévole à la Croix-Rouge, Yulia organisait l’évacuation des habitants pendant les combats. Pour stopper l’avancée russe, les Ukrainiens avaient en effet détruit les ponts et volontairement inondé des zones entières, bloquant certains villages du côté des lignes ennemies. Des familles tentent de fuir à bord d’embarcations bricolées. L’une coule, vingt personnes sont noyées. Yulia a l’idée d’utiliser sa trottinette électrique, capable de zigzaguer sur des passerelles de fortune. En deux semaines, elle convoie plus d’une centaine de personnes.

Yulia est la seule, avec un autre bénévole, à traverser le front. « Je ne sentais pas la peur. Une chose me tenait : faire le plus vite possible. » Le 18 mars, elle est arrêtée au poste de contrôle russe avec son gilet de la Croix-Rouge et sa trottinette. La suite du récit, elle ne peut la raconter sans être secouée de violents frissons.

Pour qui arrive à Hostomel, la première étape est la torture, exécutée sans distinction, à la manière d’une formalité. Yulia est battue, puis laissée nue cinq jours dans une pièce au plancher glacé. On lui demande ensuite de se soumettre : attester par écrit qu'elle soutient la libération de l'Ukraine par l'armée russe. Avec seize autres personnes, elle est transférée à la prison de haute sécurité de Briansk, dans le sud-ouest de la Russie. Aux quelques femmes, on rase la tête, comme aux hommes.

Un garde a pitié de la lourde tresse blonde de Yulia qui lui descend jusqu'aux reins : « Pour toi, je ne le fais pas. » On prend les empreintes et l'ADN. On pèse. On mesure. Au réveil, il faut chanter l'hymne russe et répéter : « La Russie aide le peuple ukrainien. » Ensuite, on torture à nouveau, coups et électricité, une heure par jour avec ponctualité. Yulia est libérée à la faveur d'un échange de prisonniers. Elle a subi trois opérations depuis. « Les Russes enlèvent des femmes, mais ils en ont honte : ils redoutent que nous les dénoncions. Même pour celles qui portent l'uniforme, ils refusent de faire les cartes de prisonnières de guerre à la Croix-Rouge, reprend la vice Première ministre Iryna Verechtchouk. Je n'ai accepté les échanges que s'il y avait au moins une femme, en plus des militaires. »

Une jeune fille a, elle aussi, été relâchée avec une dizaine de prisonniers après quelques semaines d'emprisonnement. Elle se souvient de l'échange sur un pont à Zaporijia. Un signal retentit : les gardes russes leur enlèvent les menottes et l'adhésif sur les yeux. Un drapeau blanc leur est donné. Une voix ordonne : « Marchez. » Vers le milieu du pont, elle devine plus qu'elle ne voit les Russes contre lesquels l'échange à lieu. « J'avais gardé la tête baissée, c'est quelque chose qu'on apprend dès le premier jour où on est prisonnier là-bas. Tu as si peur de voir ce qu'il ne faut pas voir. »

Arrivée à l'autre bout du pont, elle entend le premier mot en ukrainien depuis un mois : « *Dobri vetcher* [Bonsoir]. » Alors elle, d'une toute petite voix : « Est-ce qu'on a le droit de chanter l'hymne ukrainien ? » Environ 230 femmes civiles sont toujours détenues en Russie, sur 500 en tout. Celles qui sont libérées sont souvent gênées de rentrer chez elles, la tête rasée.

Après la libération de Dymer, Tetyana a repris l'entreprise de pompes funèbres avec son fils. Des camions réfrigérés sont toujours garés devant chaque morgue, de nouveaux cadavres se découvrent chaque jour. « On n'arrive pas à tout traiter, explique Tetyana, 80 % sont morts par balle ou par bombardement. » Elle n'a aucune nouvelle d'Oleg, pas plus que les 57 autres familles. Dans la commune, 900 maisons ont été détruites ainsi qu'une menuiserie industrielle. Le chômage a bondi de 40 %. On craint l'arrivée de l'hiver.

L'autre soir, la jeune épouse a soudain entendu une petite alerte en provenance du téléphone de son mari, là-bas, à Krasnodar. Elle s'est précipitée. En fait, « l'autre » venait de rejoindre le réseau Signal. Le portable est un Samsung M20, un vieux modèle que le mari avait ressorti pour la guerre. Les troupes russes ont tout pillé avant de battre en retraite, dérobant jusqu'aux sous-vêtements de femme, du parfum, du dentifrice. Maintenant, l'épouse crie presque : « Comment peut-on voler de si petites choses ? » Puis, d'un coup, sa colère tombe. « Finalement, je les plains. »

À Izioum, le livre des morts de Vitaliy

20 septembre 2022

En Ukraine, plusieurs centaines de tombes ont été découvertes dans la cité d'Izioum après la défaite des troupes russes : Vitaliy, croque-mort, témoigne.

Lentement, une femme en robe de chambre remonte la rue, bras ballants, comme si elle ne savait pas où aller. Une autre pousse une charrette rouillée où s'entassent quelques bûches. Autour d'une camionnette, des gens attendent en silence la distribution d'une bible et d'un sac d'aide humanitaire, familles et enfants au regard absent après six mois d'occupation russe à Izioum, dans l'est de l'Ukraine. Des larmes coulent sur certains visages, sans un sanglot, personne n'y prête attention. Mais ici, les morts font davantage parler d'eux que les vivants depuis la libération de la ville à la mi-septembre 2022.

Lors d'une opération de déminage, 445 tombes individuelles ont été découvertes par hasard dans une pinède, à l'extérieur du cimetière Shakespeare – c'est son nom – près de l'entrée ouest d'Izioum. Depuis, le président ukrainien, Volodymyr Zelensky, des dizaines d'experts, légistes, magistrats, spécialistes en crimes de guerre, militaires, journalistes ont parcouru le chemin à travers les grands pins jusqu'à ces sépultures, simples tumulus de terre, plantées d'une croix en bois brut, parfois marquées d'un nom, le plus souvent d'un numéro.

Les images ont fait le tour du monde, transformant Izioum en cité des morts. La lumière doit être faite, a aussitôt exigé le chef de l'État ukrainien. Tous les corps seront autopsiés et feront l'objet d'une enquête. Mais que s'est-il passé ici ? Qui sont ces morts ? Pourquoi sont-ils là ?

Dans le centre-ville, une plaque discrète assortie d'un numéro de téléphone signale, au bas d'un immeuble : « Service rituel et monuments funéraires, 24 heures sur 24 ». Vitaliy, 55 ans, est croque-mort à Izioum depuis 2004, avec neuf autres employés : c'est lui, dit-il, qui s'est occupé des sépultures au cimetière Shakespeare. Sa seule entreprise aurait organisé cinq fois plus d'enterrements ces six derniers mois qu'en temps de paix. Selon lui, tous seraient des civils, à de rares exceptions près.

Vitaliy se souvient du début de l'invasion russe, en février, les bombardements, « les rues pleines de cadavres », les 114 corps trouvés après le pilonnage de deux immeubles près de la rivière à la mi-mars. « Les occupants nous ont d'abord interdit toute inhumation, disant qu'ils s'en chargeraient », raconte Vitaliy. Mais le pont qui sépare la cité a été détruit lui aussi : les corps doivent donc être transportés un à un, à pied, sur une passerelle en planches. L'armée russe renonce, et l'entreprise de Vitaliy reçoit une autorisation.

Le cimetière Shakespeare est désigné comme lieu principal de sépulture. Les occupants ont, en effet, déjà installé une de leurs bases dans la pinède autour, ce qui leur permettra de contrôler les enterrements. Mais des installations stratégiques russes ont été dressées un peu plus loin dans les bois, juste derrière la nécropole. Pas question que les croque-morts s'en approchent : il faut donc que les fossoyeurs travaillent devant le cimetière, hors les murs.

« On devait creuser à toute vitesse et sous les bombardements, continue Vitaliy. On arrivait à cinq ou six, avec plusieurs corps à la fois. » Régulièrement, les militaires les malmènent, les accusant de faire de l'espionnage. « On le faisait gratuitement, payés seulement en nourriture et en gas-oil. » Au-dessus de l'entreprise funéraire, une voisine crie ses doléances par la fenêtre : la ville n'a ni eau, ni électricité, ni gaz. Certaines portes gardent aujourd'hui les inscriptions, datant du temps des Russes. « Ici ne vivent que des femmes et des enfants. » Un magasin signale sur sa devanture n'avoir « ni bière ni vodka ».

Parfois, pour les enterrements, le bois manquait à Vitaliy pour fabriquer les croix. « Alors, on plantait juste un petit bâton sur le tertre. » Pas le temps non plus de graver des plaques. « On mettait un numéro sur la tombe, mais je consignais dans un cahier le nom, la date et le lieu de levée du corps. » Son « livre des morts » vient d'être saisi par les enquêteurs.

Sous le chiffre 1, le premier décès a été enregistré le « 3 ou 4 mars », et le dernier – estampillé 455 – le 15 septembre. C'était le lendemain de la découverte du site. Vitaliy a déjà ses propres estimations. Selon lui, une vingtaine de personnes n'ont pas été identifiées et une vingtaine d'autres auraient été tuées par balles, laissant penser à une exécution. La plupart ont été victimes de mort violente, bombardements ou combats, des corps sont très abîmés. Mais le décompte total ne s'arrête pas là et le vertige commence.

À Izioum, on dénombre six autres cimetières, où Vitaliy explique avoir aidé des familles à enterrer 300 corps supplémentaires, prêtant seulement un fourgon ou creusant la tombe. « En général, on nous interdisait d'y aller, parce qu'ils étaient minés. » Partout en ville, aussi, les habitants ensevelissaient eux-mêmes leurs proches dans les cours ou les potagers.

Bien avant la libération d'Izioum, pourtant, les autorités locales ukrainiennes affirmaient posséder des informations alarmantes sur la ville, tortures, crimes de guerre et crimes contre l'humanité. « Vous verrez, nous allons découvrir une situation pire qu'à Boutcha [ville martyre près de Kiev] », affirmait, dès juillet, Oleg Synegoubov, le gouverneur de la région. L'arithmétique macabre ne serait donc pas terminée. Elle pourrait même devenir folle :

il est envisagé que d'autres lieux de sépultures soient découverts. « Quand les gens étaient torturés, les Russes s'occupaient eux-mêmes des corps », croit savoir Vitaliy. Des hommes auraient été retrouvés dans la rivière, mains attachées.

Dans la ville, circulent des rumeurs insistantes sur un centre de torture installé par les militaires russes dans le commissariat. Impossible de s'y rendre, même pour les policiers ukrainiens : « Le bâtiment n'est pas encore sécurisé », explique l'un d'eux. Une antenne temporaire a d'ailleurs été installée à un checkpoint, à la hauteur d'un des principaux carrefours de la ville. Sous un abri de bus, des personnes sont assises, yeux baissés, papiers d'identité posés sur les genoux. Suspectes de collaboration avec les Russes, elles attendent d'être contrôlées.

Dans la pinède, le chemin vers le cimetière Shakespeare monte à travers les arbres. De profondes excavations marquent les endroits où les troupes russes cachaient leurs chars, des feuillages dissimulent une base où se devine la trace des occupants : ici une paire de gants, là des boîtes de conserve. Les tombes sont à peine plus haut. Des travailleurs en blouse bleue, bêche à la main, s'affairent au bord des tombes. Entre le 14 et le 17 septembre, les corps de 16 hommes et 26 femmes ont déjà été exhumés, puis confiés aux légistes. S'y ajoutent ceux de 17 soldats ukrainiens, trouvés dans une fosse commune, la seule, à ce jour, découverte sur le site. Ensevelis par les Russes, on ne sait encore rien d'eux, selon Vitaliy.

Au milieu des tumulus, Oleksander Kovaltchouk se recueille sur celui de sa mère, morte faute de médicaments et de soins. D'elle, il n'a plus une seule photo, elles étaient dans son téléphone. « J'ai tout effacé : les Russes contrôlaient tout. » C'était risqué d'avoir des images, même celles de sa famille. Pour sa mère, Oleksander estime avoir eu de la chance : il lui a trouvé une croix, un cercueil, un bouquet de fleurs en plastique et une plaque à son nom. « Elle a tout eu. » De quand date le décès ? Ses yeux se mouillent. Il ne sait plus. La guerre, les Russes, tout se brouille autour d'un enterrement où il lui avait été interdit d'aller. Alors, il s'approche de la plaque et lit : « Galina Vlasenko, née le 07/03/1953 et morte le 18/05/2022. Numéro 342. »

L'horloge hollandaise

21 septembre 2022

En Ukraine, dans la région de Kharkiv, le commandant Andri, businessman, revient dans son village juste libéré de l'occupation russe : c'est l'heure des règlements de comptes et des changements de camp dans les bourgades livrées à elles-mêmes.

C'était l'autoroute de Kharkiv vers Moscou, filant à travers la forêt, la voie royale bordée de restaurants et de cafés. Aujourd'hui, l'asphalte part en lambeaux, comme la peau d'un brûlé, ravinée par les chars et les obus. Un blindé léger ukrainien cahote parfois entre les tanks calcinés. Puis le silence retombe, rien ne circule. Depuis sa reconquête par Kiev lors de l'offensive des dernières semaines, cette bande frontalière d'une dizaine de kilomètres a été déclarée « zone de filtration », le 11 septembre. En dehors d'unités militaires, nul ne peut entrer ou sortir : un territoire pris dans la nasse pour vérifier l'identité de tous ceux qui s'y trouvent et débusquer les soldats russes, les « saboteurs », mais aussi identifier les Ukrainiens suspects de collaboration. Comme dans d'autres poches libérées, il s'ouvre ici une époque trouble : celle des règlements de comptes et des changements de camp, au milieu de bourgades décapitées, livrées à elles-mêmes par la guerre, peuplées d'habitants hagards, souvent sans maire, sans police, sans institutions.

Combattant de la brigade de défense territoriale 113, Andri, 50 ans, n'a pas pu se retenir : il veut voir de ses yeux ce qu'est devenu Prokhody, son village, sa maison, ses chiens. Le village est en pleine zone de filtration, checkpoint à l'entrée, tenu par cinq soldats lourdement armés. De là, on aperçoit le hameau russe, à 6 kilomètres de l'autre côté de la frontière, des maisons blanches semblables à celles de Prokhody. Le fourgon blindé d'Andri prend la rue Lénine. Les noms n'ont pas changé depuis l'indépendance, en 1991 : le maire était ouvertement prorusse, la moitié du village aussi. Businessman, engagé dans les forces ukrainiennes depuis la guerre dans le Donbass en 2014, Andri dit en riant qu'il était alors « le seul mauvais garçon du coin ». « Peu de gens me soutenaient », ajoute-t-il. Pendant l'occupation de Prokhody, il est devenu l'homme à abattre, sa tête mise à prix par les militaires russes. Certains l'estimaient à 10 000 dollars, d'autres à 50 000.

Dans le village, des voisins ne le reconnaissent pas en tenue de combat : il doit enlever son casque pour montrer qui il est. « Tu as maigri », dit l'un. Et Lioubov, agricultrice, 75 ans : « Tu as grandi. » À vrai dire, il reste peu de monde ici, une centaine de personnes sur les 2 500 en temps de paix. Tous, ou presque, sont passés en Russie, la voie vers l'Ukraine étant bloquée par la ligne de front. « Ils nous encourageaient à partir en masse », raconte un employé. Moscou voulait des images de propagande pour justifier l'invasion du pays, une foule se jetant dans les bras russes pour fuir le « pouvoir fasciste ukrainien ». Des bus spéciaux ont été affrétés, certains habitants sont partis de chez eux avec leur passeport pour tout bagage. Les plus riches ont pu repasser en Ukraine, un périple long et cher, via les pays baltes. Les autres sont toujours bloqués dans des camps. Le maire a décampé le premier, quelques jours avant la guerre. Ici, on le répète : « Il devait savoir ce qui se préparait et nous a abandonnés. » Le village n'a plus d'électricité depuis six mois.

La maison d'Andri a été occupée dès le début de l'invasion. Elle est celle d'un homme puissant et envié, aux activités prospères : transport de carburant, agriculture, magasins, cryptomonnaie. Dans son hangar détruit, le vent fait rugir les tôles à la manière d'un orgue fou. Il pousse enfin la porte de chez lui. Face au canapé en cuir du salon, une main a tracé en noir sur le mur blanc : « Attendez, on va revenir. » Une table est dressée, les verres remplis, un bol contient des bretzels. Impression que les occupants ont fui en catastrophe. De pièce en pièce, Andri tourne comme un fauve : tout est pillé, dévasté. Youri, un de ses employés agricoles, trotte derrière lui, collé à ses pas, heureux de retrouver le maître, malheureux de le voir crucifié en son propre royaume. Resté au village, Youri a une fragilité cérébrale, aggravée par le fait d'avoir été emprisonné et battu par les Russes parce qu'il était un proche d'Andri. « Où est mon frigo Samsung ? Où est ma bibliothèque précieuse ? Où sont mes tracteurs, mes voitures, ma motoneige ? » s'insurge le maître. Même le compteur électrique a été volé, et la paille du poulailler retournée. « Ils cherchaient l'or », murmure Youri. Tout à coup, un cri plus fort que les autres, un déchirement sorti du plus profond : « Où est mon horloge en bois ? » À elle seule, elle devient brutalement pour Andri le symbole de cette guerre tout entière, ses défaites, ses victoires, ses blessures intimes. « Il faut que je la retrouve. »

Le fourgon d'Andri repart dans le village, chez Fourmi, un vigile quadragénaire jusque-là sans histoires. Il fait aujourd'hui figure de collaborateur le plus visible de Prokhody, fréquentant les Russes sans retenue, comme ses proches. Tetyana, la sœur de Fourmi, une coiffeuse, faisait office de maire et distribuait l'aide humanitaire de Moscou. En échange, un appartement de son choix lui avait été promis à Kharkiv, lorsque la ville tomberait. Elle s'en vantait volontiers. Avec une vingtaine de personnes, elle vient de fuir en Russie, au milieu de la colonne militaire en débandade. De là-bas, une autre des sœurs de Fourmi envoie des messages à Andri. « À une distribution, j'ai pris un jouet de ta fille pour le donner à la mienne. Pardonne-moi. » Suit une photo de la petite fille, endormie avec la peluche. « Elle veut négocier », dit Andri, qui a aussi été appelé par l'ancien maire, « pour discuter ».

De 2008 à 2012, Andri était élu à la commune sous l'étiquette prorusse. « Il n'y en avait pas d'autres à l'époque, on y était tous. » Il a trouvé le milieu « trop sale ». Puis est venu son engagement du côté ukrainien, dans la guerre du Donbass.

Fourmi, lui, n'a pas eu le temps de quitter le village, contrairement à sa sœur Tetyana. Arrivé devant chez lui, le businessman l'appelle. « Tu crois qu'on le frappe tout de suite ? » demande Vitaliy, le frère d'armes d'Andri, qui l'a accompagné. Depuis que les deux hommes ont installé leur famille à l'étranger en raison de la guerre, ils ne se quittent plus, partageant, à Kharkiv, un appartement devenu une caserne miniature. « Non, on ne le bat pas, on va parler », rétorque Andri. Fourmi n'est pas chez lui.

On passe chez Oleksi, 29 ans, mécanicien, un voisin qui sait peut-être quelque chose. « Ceux qui sont restés ne sont pas tous séparatistes, quinze ou vingt étaient vraiment de ce bord », se défend d'emblée Oleksi. La période est dangereuse, il le sait, un mot, un soupçon peut coûter cher. Pendant l'occupation, suspecté d'aider les Ukrainiens, il a été forcé de dormir dans la niche du chien. Il a été battu plusieurs fois. « Mon horloge en bois ? » demande Andri.

« Elle est chez Vitaliy, l'agriculteur. »

L'homme est dans sa cuisine. L'horloge aussi, avec son lourd balancier. L'agriculteur s'embrouille, commence par affirmer qu'elle a été volée par les Tziganes. Puis il affirme être allé la chercher « pour la sauver des Russes ». Une exclamation finit par lui échapper : « Mais tout le monde prenait ! » Andri se fâche. « Non, d'autres n'ont rien volé. Toi, tu pensais que les Russes resteraient toujours. » Le ton, brusquement, monte. La ferme sue la misère. Seuls biens visibles : une vache, des chats maigres, une carriole en bois. À 52 ans, l'agriculteur est célibataire. Deux militaires ukrainiens sont accoudés à la terrasse, lançant des clins d'œil. Vitaliy les héberge, en guise de protection probablement. « Mais la table aussi est à moi », s'exclame Andri. L'autre baisse la tête. « On nous a laissés tout seuls. » Le businessman se calme. « Je te pardonne, c'est la guerre. Mais tu vas rassembler ce que tu as pris et le rapporter chez moi. » Alors, le petit fermier dit sur un ton bas, soumis : « J'ai un proche qui veut être évacué à Kharkiv. Tu pourrais t'en occuper ? »

Dans le village, ça tire au mortier pas loin, on se bat à la kalachnikov. Les forêts, les champs, tout est miné, jusqu'aux cadavres de bétail. Transformée en base militaire russe, l'école est détruite, la biscuiterie aussi. Lioubov et Oleksander, des retraités, vivent dans leur garage depuis le bombardement de leur maison. Sous l'occupation, les réseaux téléphoniques avaient été coupés. Les déplacements n'étaient autorisés que certains jours, à certaines heures. Il fallait éviter les discussions en public. Pendant six mois, Lioubov n'a parlé qu'à Oleksander et Oleksander qu'à Lioubov, à l'exception des Russes, évidemment, qui les ont arrêtés deux fois, les accusant d'aider l'Ukraine. Ils ont cru à une provocation quand ils ont à nouveau entendu frapper à la porte du garage et demander : « Ça va ? » Le commandant ukrainien Ivan Nivikov, du 227e bataillon de défense territoriale, se souvient que la population les a d'abord pris pour la relève russe. Le village avait vu défiler quatre unités différentes, séparatistes du Donbass ou unités du Daghestan, toutes reparties avec des biens pillés. « Les gens étaient étonnés qu'on les laisse bouger : c'est ce qui leur a fait comprendre qu'on était ukrainiens », raconte le commandant Nivikov.

Dans la rue en face, deux hommes se croisent, les yeux au sol, évitant de se saluer. Ils ont perdu l'habitude. Andri avait rapporté son horloge en bois des Pays-Bas, une antiquité du XVIIe siècle. Il en parle doucement, dans le fourgon qui rentre vers Kharkiv, comme on le ferait d'une vie retrouvée.

Le dernier village avant la Russie

23 septembre 2022

En Ukraine, Koupiansk, juste à côté de la frontière, reste une des villes où les troupes russes résistent à la contre-offensive.

C'était une petite ville de rien du tout, à l'extrême est de l'Ukraine, discrète, charmante, avec ses deux usines, ses 27 000 habitants et sa rivière. En février, l'invasion russe a fait de Koupiansk un point stratégique, marqué aujourd'hui en rouge sur les cartes d'état-major. Nœud ferroviaire à la frontière des deux pays, la bourgade était, en effet, devenue la porte d'entrée pour l'approvisionnent des troupes russes sur le front nord du Donbass, dont les limites commencent à une vingtaine de kilomètres à peine.

Sous la pluie d'automne, la contre-offensive ukrainienne vient de planter son drapeau sur la grand-place de la ville. « La région de Kharkiv est sous notre contrôle à 94 % et la zone reconquise presque totalement nettoyée », affirme un commandant adjoint ukrainien d'une base près d'Izioum, surnommé « Diver » (« l'homme-grenouille »). Ce « presque » fait toute la différence. Autour de Koupiansk, les soldats russes continuent de se battre avec âpreté, alors qu'ils ont rapidement reculé ailleurs. Les visites officielles ukrainiennes qui devaient y célébrer la victoire sont reportées de jour en jour. Près de la mairie, les habitants se souviennent que la ville était tombée sans un coup de feu, au début de l'invasion russe. « Cela évitera les destructions », avait soutenu le maire, élu d'un parti pro-Kremlin, en accueillant les occupants avec docilité. La position stratégique de la ville l'avait rapidement érigée en base administrative et militaire russe de la région. Tous les signes d'une annexion programmée semblaient en place : affiches de propagande, inscriptions ouvertes pour obtenir un passeport russe, distribution de puces téléphoniques ou paiement d'une prime aux retraités. Seules les chaînes de télévision de Moscou étaient autorisées.

Dmytro, mécanicien, empruntait régulièrement l'une des deux navettes quotidiennes vers la Fédération de Russie, toute proche. Là-bas, trouver du travail lui semblait plus facile. Aujourd'hui, à Koupiansk, les passants qui le voient parler à des étrangers s'éloignent de lui, visages fermés, hostiles et apeurés à la fois. Sur une table de camping, Galina vend des pâtes, du shampooing, des allumettes. Roubles et hryvnias (les devises russe et ukrainienne) acceptés. « C'était calme avec les Russes », dit-elle. « Personne n'était contre », ajoute Dmytro, haussant la voix à cause du bruit des combats.

Viktor Pripouta, un fermier, s'interpose : « C'est faux. Et Mykola ? Tu te souviens de Mykola ? » Vétéran pro-ukrainien du Donbass, Mykola a été embarqué dans un blindé après avoir organisé une manifestation de 150 personnes contre les occupants. Ce fut le premier et le dernier événement de ce genre. Pour éviter la discussion, Galina tourne la tête. L'incertitude se lit dans son regard : les Russes sont-ils vraiment vaincus pour de bon ? Qui sait comment la situation va tourner ? « À la télévision, j'ai vu… » commence Dmytro. Le fermier le coupe : « Moi, pour savoir ce qui se passe, je regarde par la fenêtre, pas la télévision. » Avec la contre-offensive, la ville est maintenant sur la ligne de front avec tout ce que cela comporte : pas d'eau, pas d'électricité, pas d'essence, magasins pillés. Une vieille dame est morte depuis quatre jours, l'odeur est insupportable. Il n'y a plus d'ambulances ni de pompiers pour évacuer le corps. Dans les rues, le bruit des combats se rapproche.

Une voiture vient de se garer, siglée « aide humanitaire ». On arrive en courant de partout avec des sacs en plastique usés, même les plus âgés qui clopinent. Mais quand commence la distribution, une bombe tombe sur un bloc de maisons. Une seconde s'écrase plus près encore. Une partie de la foule fait un brusque demi-tour pour se mettre à l'abri, tandis que l'autre continue de se précipiter vers la distribution. On se heurte sans un mot ni un cri, la terreur et la misère jetées l'une contre l'autre dans un silence glaçant.

Aujourd'hui, Koupiansk revêt une importance d'autant plus stratégique que la contre-offensive ukrainienne avance vers le Donbass. D'immenses convois militaires roulent vers le sud, les uns piquant vers Donetsk, les autres vers Louhansk. Chaque bataillon arbore ses prises de guerre, engins russes saisis pendant les derniers combats et triomphalement frappés aux armes des vainqueurs.

Mais la proximité de la frontière russe, à 15 kilomètres, complique à l'évidence la reprise de la ville. « Nos ennemis peuvent continuer de masser des troupes de leur côté de la frontière », explique un gradé ukrainien dans une base de la région. Il a participé à la bataille de Balakliia, ville deux fois plus grande que Koupiansk, à 70 kilomètres de là. Elle est pourtant tombée presque toute seule, comme la majorité des territoires libérés de la région. « Nous avions remarqué que les soldats russes reculaient facilement, une fois laissés sans commandement, continue le gradé. À Balakliia, nous avons donc commencé par repérer et décapiter l'état-major. » Selon lui, les soldats russes avaient ensuite été encerclés par grands groupes, puis attaqués. « Ils se sont fait attraper sans se battre », se réjouit-il. Comme pour fouetter les ardeurs à Koupiansk, le président Zelensky a posté, le 19 septembre, la photo d'une place bombardée de la ville, avec la légende : « Notre Koupiansk », appelant au retour de « l'ordre et [de] la civilisation ».

Entre militaires, ça discute de l'allocution de Vladimir Poutine, qui vient d'annoncer une mobilisation partielle en Russie. « Ça peut changer très vite avec eux, mais on est prêts », assure l'un. Tout à la gloire de la contre-offensive, les troupes comparent leur enthousiasme aux signes de pessimisme des adversaires. Glib, 23 ans, affirme avoir vu sur les réseaux sociaux que les jeunes Russes de Belgorod, de l'autre côté de la frontière, à environ 50 kilomètres, cherchent à fuir pour éviter d'être enrôlés.

Après la libération d'une bourgade, des demandes massives de permissions pour le 1er septembre ont été découvertes dans le poste de commandement russe. Soudain, la sonnerie du téléphone de Glib arrête les discours triomphants. Il fait taire les autres à grands gestes. C'est l'université de Kharkiv qui l'appelle pour son examen d'admission en ligne. La voix, semblant sortir d'un autre monde, annonce un test immédiat de grammaire. « Si la question est trop difficile, tu leur dis que tu n'as pas de réseau », souffle un collègue. Et Glib, mine soudain grave : « Mais si je n'ai pas de diplôme, comment je ferai après la guerre ? »

Remerciements

Merci au *Monde*, mon journal, qui m'envoie en reportage jour après jour.

Merci à mes voisins de bureau qui me supportent, à mes confrères sur le terrain ou à la cantine.

Merci à tous ceux qui se retrouveront dans ces pages et m'ont permis de les écrire.

Et toute mon affection à l'irremplaçable Tida Koroma.

Table

2017-2018
La révolte des ronds-points

2019
« Tiens, si on allait à Hyper U ? »

2020
Confinements

2021

Des vies sauvages

2022

Carnets de guerre

RÉALISATION : NORD COMPO À VILLENEUVE-D'ASCQ
ACHEVÉ D'IMPRIMER SUR ROTO-PAGE
PAR L'IMPRIMERIE FLOCH À MAYENNE
DÉPÔT LÉGAL : FÉVRIER 2023. N° 2017 (101728)
IMPRIMÉ EN FRANCE